A ÚLTIMA CANÇÃO

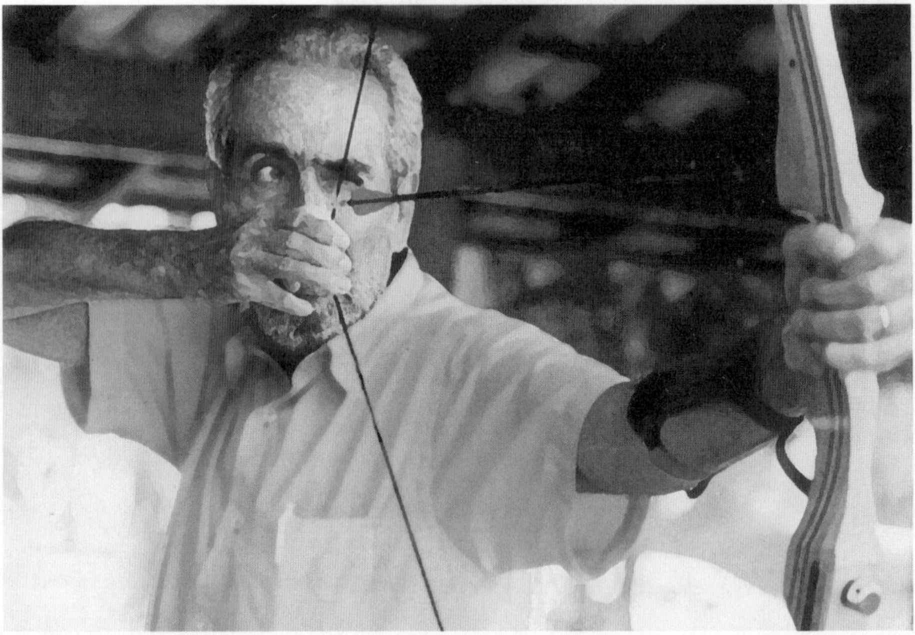

O Arqueiro

Geraldo Jordão Pereira (1938-2008) começou sua carreira aos 17 anos, quando foi trabalhar com seu pai, o célebre editor José Olympio, publicando obras marcantes como *O menino do dedo verde*, de Maurice Druon, e *Minha vida*, de Charles Chaplin.

Em 1976, fundou a Editora Salamandra com o propósito de formar uma nova geração de leitores e acabou criando um dos catálogos infantis mais premiados do Brasil. Em 1992, fugindo de sua linha editorial, lançou *Muitas vidas, muitos mestres*, de Brian Weiss, livro que deu origem à Editora Sextante.

Fã de histórias de suspense, Geraldo descobriu *O Código Da Vinci* antes mesmo de ele ser lançado nos Estados Unidos. A aposta em ficção, que não era o foco da Sextante, foi certeira: o título se transformou em um dos maiores fenômenos editoriais de todos os tempos.

Mas não foi só aos livros que se dedicou. Com seu desejo de ajudar o próximo, Geraldo desenvolveu diversos projetos sociais que se tornaram sua grande paixão.

Com a missão de publicar histórias empolgantes, tornar os livros cada vez mais acessíveis e despertar o amor pela leitura, a Editora Arqueiro é uma homenagem a esta figura extraordinária, capaz de enxergar mais além, mirar nas coisas verdadeiramente importantes e não perder o idealismo e a esperança diante dos desafios e contratempos da vida.

LUCINDA RILEY

A ÚLTIMA CANÇÃO

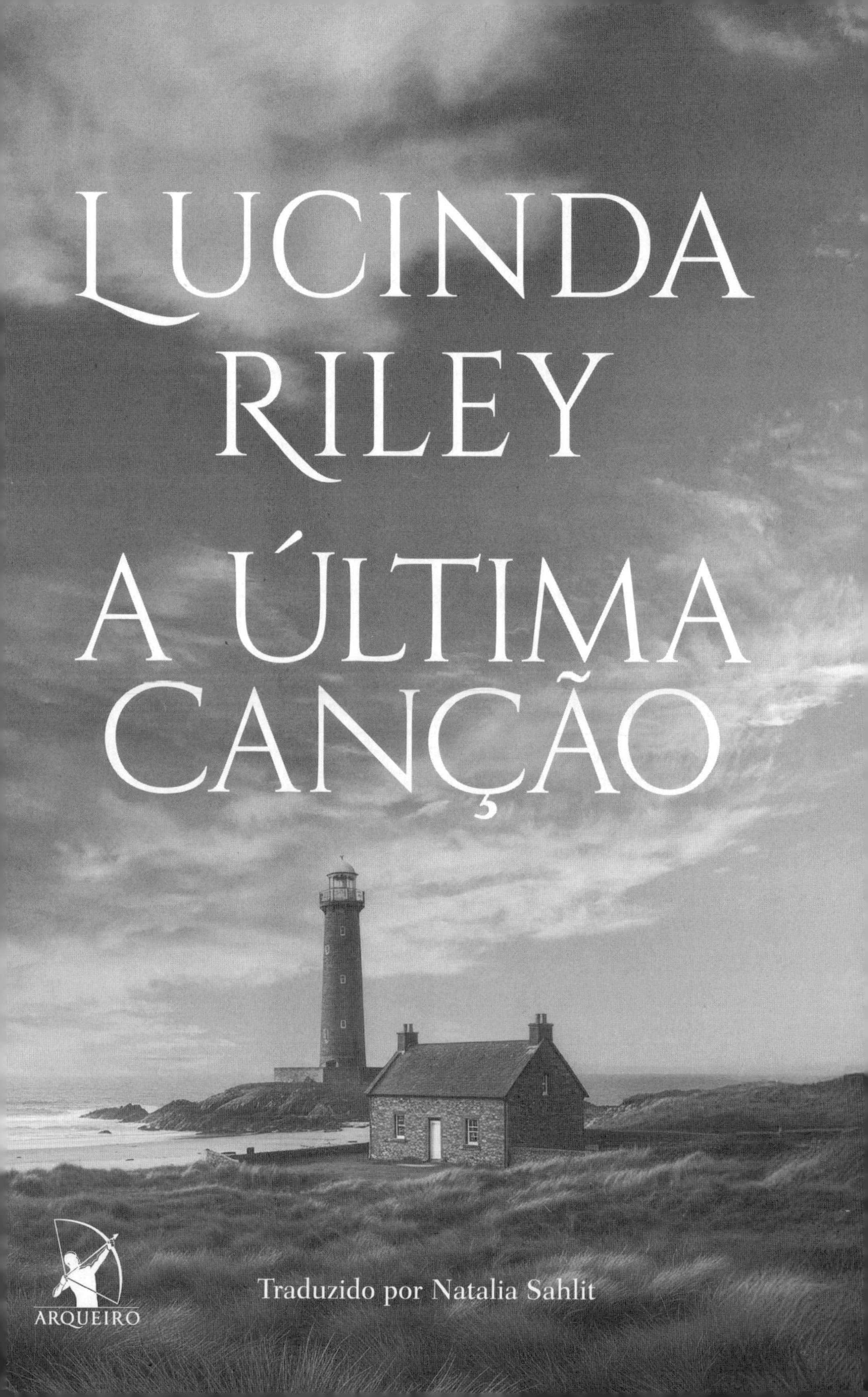

Traduzido por Natalia Sahlit

ARQUEIRO

Título original: *The Last Love Song*

coordenação editorial: Gabriel Machado

produção editorial: Guilherme Bernardo

preparo de originais: Sara Orofino

revisão: Midori Hatai e Milena Vargas

diagramação: Abreu's System

capa: DuatDesign

imagem de capa: Shutterstock AI

impressão e acabamento: Lis Gráfica e Editora Ltda.

CIP-BRASIL. CATALOGAÇÃO NA PUBLICAÇÃO
SINDICATO NACIONAL DOS EDITORES DE LIVROS, RJ

R43u
Riley, Lucinda, 1965-2021
A última canção / Lucinda Riley ; tradução Natalia Sahlit ; [prefácio Harry Whittaker]. – 1. ed. – São Paulo : Arqueiro, 2025.
416 p. ; 23 cm.

Tradução de: The last love song
ISBN 978-65-5565-905-4

1. Ficção irlandesa. I. Sahlit, Natalia. II. Whittaker, Harry. III. Título.

CDD: Ir823
25-100512.1 CDU: 82-3(417)

Carla Rosa Martins Gonçalves – Bibliotecária – CRB-7/4782

Editora Arqueiro Ltda.
Rua Artur de Azevedo, 1.767 – Conj. 177 – Pinheiros
05404-014 – São Paulo – SP
Tel.: (11) 2894-4987
E-mail: atendimento@editoraarqueiro.com.br
www.editoraarqueiro.com.br

Prefácio

Caros leitores,

Obrigado por escolher este romance de Lucinda Riley. Eu me chamo Harry Whittaker e sou filho dela. Se você reconhece meu nome, sem dúvida é por causa de *Atlas: A história de Pa Salt*, a conclusão da série As Sete Irmãs, de autoria da minha mãe, que se tornou minha responsabilidade depois que ela morreu, em 2021.

Eu queria explicar como o livro *A última canção* veio a ser publicado em 2025. Para isso, preciso fazer um resumo do trabalho da minha mãe. Então, peço que você siga comigo.

De 1993 a 2000, minha mãe escreveu oito romances sob o nome Lucinda Edmonds. A carreira dela aparentemente foi interrompida por um livro chamado *Seeing Double.* A trama fictícia sugeria que havia um membro ilegítimo na família real britânica. A morte recente da princesa Diana e a subsequente turbulência monárquica fizeram com que as livrarias considerassem o projeto arriscado demais. Como consequência, os pedidos de livros de Lucinda Edmonds foram cancelados, e o contrato foi anulado pelos editores.

Entre 2000 e 2008, minha mãe escreveu três romances e nenhum deles foi publicado. Então, em 2010, ela fez um grande avanço. Seu primeiro livro como Lucinda Riley – *A casa das orquídeas* – chegou às prateleiras das livrarias. Com esse novo nome, ela se tornou uma das escritoras mais bem-sucedidas do mundo, tendo vendido sessenta milhões de exemplares até o momento em que este texto foi escrito. Além dos novos romances, minha mãe reescreveu três obras de "Edmonds": *Aria* (que se tornou *A garota italiana*), *Not Quite an Angel* (que virou *A árvore dos anjos*) e o já mencionado *Seeing Double* (publicado como *A carta secreta*). Quanto aos três romances inéditos, todos já foram lançados com enorme sucesso.

Não há dúvidas de que Lucinda sempre foi uma das melhores contadoras de histórias do mundo, mas sua voz autoral amadureceu naturalmente ao longo dos trinta anos de carreira. Ela teve um trabalho imenso ao reescrever seus três livros dos anos 1990: mudou enredos, adicionou personagens e alterou seu estilo. Neste livro, assumi esse papel, atualizando e renovando o texto, ajudando a transformar "Edmonds" em "Riley". Desempenhei a mesma tarefa no livro *Beleza oculta*, de 2024.

A última canção foi originalmente publicado em 1997, sob o título *Losing You*. Para mim, este livro é particularmente especial devido ao cenário. Muitos leitores sabem que, embora tenha nascido em Lisburn, minha mãe sempre sentiu que West Cork, na Irlanda, era seu verdadeiro lar. Pouco tempo depois do meu nascimento, no início da década de 1990, nos mudamos para Clonakilty. Minhas lembranças favoritas da infância estão incrustadas naquela paisagem costeira deslumbrante – especificamente nas baías escondidas da praia de Inchydoney, onde minha mãe me contava histórias sobre os espíritos travessos que viviam ali. Depois, nos aquecíamos em um dos pubs acolhedores de Clon, torcendo para presenciar a performance de algum violinista ou flautista. O revigorante local de música e mitos dava asas à minha imaginação, e não é de admirar que a Irlanda seja o berço de algumas das mentes literárias mais brilhantes do mundo.

A última canção é, em muitos aspectos, um tributo a West Cork. Não vou revelar muito sobre o enredo, mas fica evidente que as luzes brilhantes da Carnaby Street, em Londres, empalidecem quando comparadas à Wild Atlantic Way e à (fictícia) Ballymore.

Desde o início, o texto carrega as marcas do estilo de Lucinda. Nas próximas páginas, você vai descobrir amores passionais, perdas trágicas e, é claro, um segredo devastador do passado que ameaça destruir o futuro. No prefácio de *Beleza oculta*, escrevi que "o processo (editorial) foi desafiador" devido aos temas difíceis tratados no livro. Nesta história, não enfrentei esse desafio. Trabalhar em *A última canção* foi pura alegria. Mas tenho que admitir, como pai de gêmeas, que cumprir prazos foi *bem* mais difícil!

Para os leitores pregressos de Lucinda, minha mãe está esperando por vocês como uma velha amiga, pronta para levá-los de volta ao passado. Quanto aos novos leitores, sejam bem-vindos! Estou muito feliz por terem decidido passar um tempo com Lucinda Riley.

Harry Whittaker, 2025

Prólogo

Londres, junho de 1986

Sempre havia jornais do dia anterior espalhados pela sala, mas ela nunca se dava ao trabalho de ler as notícias. Às vezes, juntava tudo e fazia as palavras cruzadas. Isso ajudava a aliviar o tédio. Pegou os exemplares do *The Sun* e do *The Mirror* manchados de chá, enfiou-os debaixo do braço e voltou para a cela. Felizmente, estava vazia. Muriel tinha ido para as duchas.

Acomodou-se no beliche e pegou o primeiro jornal da pilha. Ao procurar a seção de passatempos, se deparou com um rosto familiar encarando-a. Fez um esforço para ignorá-lo e virou a página.

O homem ainda era um grande astro. Seu status atingira proporções míticas depois que ele desaparecera tantos anos antes. Algumas fotos nos jornais eram inevitáveis.

Ela tentou afastar o passado da mente. Ao encontrar as palavras cruzadas, tirou uma caneta do bolso do macacão. Mastigando a tampa, começou a escrever as letras devagar. Mas, como era de se esperar, sua concentração foi por água abaixo.

Por fim desistiu, voltou às páginas anteriores e começou a ler.

VOLTE PARA CASA, CON!

Foi anunciado hoje que a sensação dos anos 1960, a banda The Fishermen, vai se reunir de novo no Wembley Stadium, em Londres, para o próximo – e já lotado – concerto Music for Life. Estrelas do passado e do presente foram convocadas para cantar pela África neste fim de semana, mas a pergunta que não quer calar é: será que Con Daly vai aparecer? O vocalista da banda não é visto em público há mais de uma década.

Ela se recostou na cama, o jornal ainda aberto no colo. Tinha aprendido a anestesiar as emoções. Era o único jeito de sobreviver ali. Deitada no beliche, olhando para a rachadura do teto que vira crescer de 2 para 30 centímetros, abriu um sorrisinho.

Será que era prazer aquilo que sentia?

Não, na verdade não.

Havia tempos já não acreditava no destino. Porém, se tudo corresse bem diante do conselho de liberdade condicional dali a duas semanas, não deixava de ser uma feliz coincidência o fato de que sairia da prisão antes do retorno histórico dos Fishermen em Wembley.

Naquela noite, quando a luz da cela piscou três vezes indicando o toque de recolher, ela foi até a pia e escovou os dentes. Então tirou do bolso do macacão os quatro comprimidos que o carcereiro acabara de lhe dar e os despejou na água corrente. Observou as pílulas rodopiarem e desaparecerem ralo abaixo.

Quando se virou, Muriel a observava, horrorizada.

– Meu Deus, garota, por que diabos você fez isso? Agora não vai conseguir mais nada, não, viu? Sabe como eles são.

Ela subiu na cama em silêncio.

– Tudo bem, Muriel, eu não preciso mais. Boa noite.

Alguns segundos depois, as luzes se apagaram.

Em vez de cair depressa num sono dopado e agitado, ela estava bem acordada.

Ainda levaria um tempo para a dose anterior deixar seu organismo e o cérebro clarear, mas aguentaria firme. *Tinha* que aguentar.

Ela se permitiu vasculhar a memória, trazer a raiva à tona. A dor lhe daria forças e alimentaria sua sede de vingança.

Parte Um

Preparação

1

West Cork, Irlanda, abril de 1964

O vilarejo de Ballymore se aninhava perfeitamente no litoral acidentado de West Cork. As casas pintadas em tons vivos de cor-de-rosa, amarelo e azul eram uma visão animadora em meio aos dias cinzentos e sombrios do inverno, quando as tempestades implacáveis vindas do Atlântico castigavam a costa. Os 1.500 moradores estavam acostumados à chuva, conhecida por durar três meses seguidos sem trégua. Só aguentavam aqueles invernos prolongados por saberem que um verão glorioso viria em seguida. O céu se tornaria azul-anil, e tanto os jovens quanto os mais velhos passariam longos dias nas praias douradas que davam fama à região. Eles sabiam que, durante aquelas curtas semanas, não havia melhor lugar para se estar naquela terra abençoada.

Sorcha O'Donovan saiu da igreja com o restante do vilarejo, indo ao encontro do luminoso ar de abril.

– Que manhã linda! – exclamou Mary O'Donovan, sorrindo. – Acho que a primavera enfim chegou.

– É, está maravilhosa mesmo, mãe – concordou Sorcha, ansiosa para sair. – Posso ir à casa da Maureen antes do almoço? Prometi que ia ajudar com a lição de matemática.

Mary viu uma amiga e acenou para ela.

– Pode, mas volte à uma hora. Você sabe o pai que tem.

– Está bem, mãe.

Sorcha observou Mary se virar e abrir caminho por entre a multidão para se juntar à amiga. Então, pegou a bicicleta na lateral da igreja e atravessou os portões em direção à casa de Maureen. Quando estava fora de vista, virou uma esquina e pedalou o mais rápido possível pelo caminho que saía do vilarejo e dava no mar.

Depois de pedalar 4 quilômetros até a praia em quinze minutos, escondeu a bicicleta em um buraco qualquer e se aboletou em uma duna para recuperar o fôlego e arrumar os cabelos embaraçados pelo vento. Em poucos segundos ouviu o som do violão de Con e sua voz melódica flutuando em sua direção. Sorcha se levantou com um salto e olhou em volta.

– Con! Con, sou eu! – gritou ela, acima do barulho das ondas. Correu alegremente pelas dunas, deixando seu vestido de missa coberto de areia. – Con! Cadê você? – insistiu ela, em um tom meio confuso. – Con? Eu...

Um rugido amigável veio de trás dela. Sorcha não teve tempo de se virar antes do ataque. Os dois desabaram na areia macia, rolando sem parar até caírem em um buraco.

Sorcha olhou para ele, deitado em cima dela, com os imensos olhos azuis sob um par de sobrancelhas espessas e escuras, emoldurados por cílios tão longos e curvos que eram quase femininos. Mesmo após um longo inverno, a pele dele ainda estava bronzeada pela maresia, e os cabelos cheios e pretos caíam em ondas sobre os ombros. Ela sabia que o amaria para o resto da vida, qualquer que fosse o custo.

– Olá, Sorcha-porcha. Sentiu minha falta? – perguntou ele, sorrindo para ela com sua piscadela característica. – Eu com certeza senti a sua.

Um nó lhe surgiu na garganta. Sorcha aquiesceu e acariciou a bochecha fria dele.

– Ah, sim, Con. Ah, sim.

Os lábios dele desceram com força sobre os dela. Sorcha sentiu a mão do rapaz subir lentamente por sua coxa. Desfrutou da sensação por alguns segundos, mas sua consciência venceu.

– Con, você prometeu! – disse ela, contorcendo-se e deitando-se de lado.

– Sou louco por você, Sorcha-porcha. Não penso em mais nada, juro. Até escrevi uma música ontem à noite – contou ele, acariciando os cabelos dela com delicadeza. – Vou pegar o violão e cantar para você.

Con se pôs de pé e atravessou uma duna correndo.

Sorcha ficou ali deitada, os olhos fechados, registrando cada segundo compartilhado com ele para lembrar depois, à noite, quando estivesse sozinha.

– Dei o nome de "My One True Love" – disse ele ao retornar. "Meu único e verdadeiro amor".

Sorcha se virou e olhou para Con enquanto ele começava a cantar para ela.

– Ah, Con, é uma música tão linda... É sério que você compôs pra mim? – perguntou quando ele terminou.

– Compus. E é tudo verdade.

Ele se inclinou e a beijou de novo.

– Você tem mesmo que ir agora?

Sorcha tirou a areia do vestido e ajeitou os cabelos.

– Você sabe que sim. Meu pai vai ficar uma fera se eu não voltar pro almoço.

Ele a envolveu em seus braços.

– Ah, Sorcha... "Venha viver comigo e ser meu amor" – recitou ele, lembrando um poema de Christopher Marlowe. Então ergueu o rosto dela para fitá-la. – Você sabe que a gente não pode continuar assim. Daqui a uns meses, você vai fazer 17. Daí ninguém vai impedir a gente.

– Vai, sim. Você sabe que eles podem – retrucou ela, e se aninhou no peito dele.

– Não se você atravessar o oceano comigo. Não tenho como ficar aqui por muito mais tempo. Só não vou embora agora por sua causa.

– Não diga isso, Con, por favor.

– Desculpa, mas é verdade. Você vai ter que decidir, Sorcha-porcha.

– Sim, sim, eu sei. Eu volto na quarta, depois da escola.

– Vou estar na minha cabana, esperando por você – disse ele, depois a beijou mais uma vez. – Tchau, meu amor.

– Tchau.

Com relutância, ela deixou os braços dele e desembestou pelas dunas. Sorcha estremeceu quando o vento atingiu suas pernas nuas. O tempo estava virando, de maneira repentina e dramática, como costumava acontecer em West Cork. Ela se virou e viu Con olhando para a tempestade que se formava no mar. Talvez tivesse dez minutos antes que o céu desabasse. Não saberia explicar as roupas ensopadas à mãe e ao pai. Arrastou a bicicleta para a rua, subiu nela e começou a pedalar na direção de casa.

A figura que observara os dois nos últimos quarenta minutos saiu correndo sem ser vista.

– Ai, minha Nossa Senhora! Você está encharcada, filha! Como conseguiu ficar assim vindo da casa da Maureen até aqui? É tão pertinho. Sobe e troca de roupa. Vou servir o almoço em três minutos.

– Está bem, mãe – respondeu Sorcha, e subiu as escadas depressa.

Ela entrou no banheiro e trancou a porta. Depois, pulou na banheira e começou a se despir, sacudindo bem cada peça de roupa. Já nua, saiu da banheira e abriu as torneiras, deixando a areia dourada escorrer pelo ralo.

Quando Sorcha reapareceu no andar de baixo, o pai já estava sentado à mesa de mogno bem polida da sala de jantar. Fazia sempre frio ali dentro e cheirava a mofo, porque o cômodo só era usado uma vez por semana.

– Senta, Sorcha – mandou o pai.

Sorcha obedeceu. A mãe trouxe uma peça de rosbife que vinha cozinhando desde as sete da manhã e pôs na frente do marido.

– Espero que esteja macia, Seamus – disse ela, ansiosa, enquanto ele pegava a faca de trinchar.

As duas mulheres ficaram sentadas em silêncio. Com ar pedante, Seamus cortou o assado em fatias perfeitas. Depois que ele separou as três porções, Mary foi autorizada a servir os legumes.

Todo esse trabalho, pensou Sorcha, erguendo o garfo, *e quando a gente finalmente puder comer, o almoço já vai estar morno.*

Ninguém falou nada. Seamus não aprovava conversas durante o almoço. Quando terminaram, Sorcha recolheu os pratos e Mary trouxe uma torta de maçã perfeita, recém-saída do forno.

Sorcha observou o pai comer. Imaginou se ele já havia nascido com a testa franzida, ou se a franzira tanto que o rosto acabara congelado naquela carranca. Qualquer que fosse a razão, ele sempre parecia irritado. Infelizmente, todos diziam que Sorcha era a cara dele. Ela tinha os mesmos cabelos espessos, cacheados e castanho-avermelhados, além dos olhos verdes. Também era alta. As amigas da escola o achavam bonito e diziam que ela era sortuda de ter um pai tão bem-apessoado, mas Sorcha muitas vezes rezava à noite para não ter herdado a personalidade dele. Quando pequena, tinha medo do pai e das costas de suas mãos impiedosas, mas agora... só o desprezava.

– A gente pode ligar o rádio, mãe? – perguntou ela.

– Você sabe que o seu pai não gosta de ser incomodado depois do almoço.

– Baixinho?

Mary balançou a cabeça, como Sorcha sabia que faria.

– Quem sabe mais tarde.

Sorcha começou a enxugar os pratos.

– Mãe, posso perguntar uma coisa?

– Claro.

– Você ama o meu pai?

– Sorcha! – exclamou Mary, e se benzeu. – Que pergunta! Você sabe que eu amo.

– Acho que sim. Eu... bom, estou lendo um livro para a aula de literatura. *O morro dos ventos uivantes*. É sobre amor e... paixão.

– Entendi – disse Mary, continuando a lavar a louça.

– Você já foi loucamente apaixonada pelo meu pai? Tão apaixonada que não conseguia dormir à noite, que só de estar perto dele já era incrível, e quando ele te beijava você achava que ia explodir?

Mary parou e examinou a filha. Os olhos de Sorcha brilhavam e o rosto estava corado.

– Eu... Já – respondeu ela, anuindo. – Já fui louca por alguém... quer dizer, pelo seu pai, do jeito que você descreveu. Mas, Sorcha, esse tipo de sentimento não dura muito. Alguns meses, talvez. Em raros casos, alguns anos. Mas daí a vida real atropela tudo.

Mary olhou pela janela, para as gotas de chuva que açoitavam a vidraça.

– Para ser sincera, é raro a gente se casar com o homem que ama.

– Mas você se casou.

Mary olhou para a filha e esboçou um sorriso.

– Claro que sim. Agora, você não tem dever de casa para terminar?

– Tenho.

– Então chispa daqui e vai lá pro seu quarto. Eu termino a louça.

Sorcha beijou a bochecha macia de Mary.

– Obrigada, mãe.

No andar de cima, em seu quarto espaçoso e confortável, Sorcha pegou a pasta, pôs os livros didáticos, o papel e o estojo em cima da mesa e se sentou. Tateou à procura do envelope no fundo do estojo e o puxou. Estava amassado, e a pequena foto dentro dele, mais ainda. Ela a pegou e contornou o rosto dele com o dedo, como já fizera milhares de vezes. Sorcha podia ver suas impressões digitais na foto inteira.

– Con... Con – murmurou, enquanto olhava para seu amor.

A foto era péssima: estava desfocada e faltava a orelha esquerda de Con, já que Sorcha a rasgara do cartaz que anunciava o último show da banda dele. Mas isso não tinha a menor importância.

Fechando os olhos, Sorcha se lembrou daquela noite, três meses antes, quando o beijara pela primeira vez...

2

Janeiro de 1964, três meses antes

– Uma banda vai tocar na Associação Atlética Gaélica no sábado que vem – contou Mairead às garotas, quando saíam do salão após as orações matinais.

As três amigas ergueram as sobrancelhas enquanto atravessavam o corredor em direção à sala de aula.

– Ouvi dizer que eles são ótimos – continuou Mairead. – Espalharam pôsteres na cidade. Vocês vão ver depois da escola.

– Que tipo de banda? – perguntou Katherine, entrando na sala com as amigas. – E quem toca nela?

– Uma banda de verdade, com guitarras e baterias. Con Daly é o vocalista.

As quatro garotas se sentaram nas carteiras e abriram as pastas.

– Ele não é boa coisa – comentou Maureen, séria.

– O pai não passava de um idiota bêbado, e a mãe morreu quando ele ainda era pequeno, que chance o garoto tinha? – disse Katherine. – Morando naquela cabana esquecida por Deus, sozinho na praia... Acho que a gente devia era ter pena dele.

– Você e seu coração mole, Katherine O'Mahoney. Mas o meu irmão disse que ele tem uma voz incrível. Ele ouviu Con em um bar em Clonakilty há um tempo – contou Mairead.

Os passos pesados da irmã Benedict ecoaram pelo corredor.

– Bom, eu quero ir – sussurrou Mairead. – Quem vai comigo?

A irmã Benedict entrou na sala e não houve tempo para mais conversas.

As quatro garotas se reuniram depois da escola. Descendo a colina que dava no vilarejo de Ballymore, elas debateram a situação.

– Todos os garotos da St. Joseph vão estar lá. Meu irmão Johnny – disse

Mairead, meneando a cabeça para Katherine, que corou. – Tommy Dalton – continuou ela, dessa vez olhando para Maureen, que examinava os pés. – E para você, Sorcha, o garoto que quiser.

– E como a gente vai sair de casa em um sábado à noite para ver um show? – perguntou Sorcha.

– Não se preocupem com isso. Eu planejei tudo – acrescentou Mairead, confiante.

– Desembucha, então – desafiou Katherine.

Mairead as encarou com um ar presunçoso.

– Bom, no sábado de manhã, minha mãe e meu pai vão para Miltown visitar minha tia. E só vão voltar para o almoço de domingo. Johnny ficou encarregado de cuidar de mim. Vocês podem falar que vão passar a noite lá em casa. Seus pais não precisam saber que os meus estão fora. Desde que a gente apareça na missa no domingo de manhã, ninguém vai suspeitar de nada – declarou ela, com os olhos brilhando de orgulho. – E, então, o que acham?

As três garotas se entreolharam.

– E se descobrirem onde a gente esteve? Jesus, Maria e José! Eu seria crucificada! – exclamou Maureen.

– Mas eles não vão descobrir, certo? Jamais imaginariam que suas doces filhinhas passaram a noite dançando com garotos! – disse Mairead com uma risadinha.

Quando chegaram à curva que levaria à sua casa, Sorcha balançou a cabeça, hesitante.

– Não sei, não, Mairead.

– Bom, pensa nisso, Sorcha O'Donovan. A maioria de nós tem quase 17 anos. Não somos mais bebês. E daí se descobrirem? Vão nos colocar na penitenciária de Cork e jogar a chave fora? Duvido muito!

Sorcha corou.

– Você está certa, Mairead. Vou pensar. Vejo vocês amanhã.

Ela acenou para as amigas e desceu a ruazinha estreita que dava na grande praça georgiana McCurtain Square. No centro, cercado por grades de ferro, havia um jardim formal com uma pequena fonte que gorgolejava baixinho. A classe média da cidade morava ali, em casas geminadas de quatro andares que causavam inveja a muita gente. Sorcha atravessou a praça e se aproximou da porta de casa. Do lado esquerdo, uma placa de latão reluzente dizia:

O pai usava os três grandes cômodos do andar de baixo para trabalhar. A família morava em cima, nos três andares superiores. Sorcha girou a chave e foi até as escadas.

– Mãe, cheguei! – avisou ela, tirando o gorro, o blazer, as luvas e o cachecol.

Ela avançou pelo corredor e abriu a porta da cozinha. Sentiu um cheiro delicioso de bacon quando foi até a mesa de carvalho polido e beijou a mãe cheia de farinha.

– Oi, querida. O dia foi bom? Tem chá quentinho na chaleira.

– Obrigada. O dia foi ótimo. Quer uma xícara?

– Não, querida. Preciso terminar esta torta. Helen vem jantar aqui.

Sorcha ficou rígida.

– Ah, mãe, ela tem que vir mesmo?

– Tem, e você sabe. Coitadinha, a menina perdeu o amor dos pais. É o mínimo que a gente pode fazer. E não se esqueça de que ela é uma prima distante do seu pai, Sorcha.

Embora tivesse quase 18 anos, Helen McCarthy estava na mesma sala de Sorcha no convento. Os pais dela morreram em um acidente de carro quando Helen tinha 5 anos, deixando uma fortuna e a casa enorme para a única filha. Desde a morte deles, uma tia idosa cuidava da garota.

Sorcha nunca mencionara às colegas da escola aquelas visitas mensais de Helen. A mãe dela era inglesa e protestante e nunca se envolvera com a igreja comunitária do vilarejo. A família sempre se mantivera à distância. Quando pequena, Helen frequentava uma escola particular em Bandon, e só entrou para a escola do convento quando já tinha 12 anos. Como era mais corpulenta que a maioria das garotas, usava óculos e tinha um desempenho escolar mais lento, tornou-se um alvo fácil de chacota.

Uma vez por mês, Helen ia jantar na casa dos O'Donovans. Seamus administrava o fundo fiduciário da menina, e seu escritório cuidava dos assuntos relacionados à mansão de dez quartos e 80 hectares que seria dela ao completar 18 anos, como estipulado no testamento dos pais.

Sorcha sempre confessava ao padre Moynihan que fora cruel e insensível com Helen e dizia que tentaria conversar com a garota no futuro ou se juntar a ela para almoçar no refeitório, onde Helen se sentava sozinha em um canto todos os dias. Mas nunca conseguiu fazer isso.

– Tenta ser legal, Sorcha – implorou Mary. – São só algumas horas, uma noite por mês. Afinal de contas, ela é da sua turma.

– Juro que vou fazer o melhor que puder, mãe.

– Como a boa menina que você é. Agora vai lá e termina o dever de casa antes que Helen chegue.

O jantar foi difícil e desconfortável como sempre. Helen ficou ali sentada, concentrada apenas na própria comida.

– Então, Helen, alguma ideia do que vai fazer quando terminar a escola? - perguntou Seamus, com uma voz amigável.

– Ainda não sei – respondeu Helen, meio perdida por um instante, mas logo voltou a atenção para o prato.

– Bom, vou querer conversar com você logo, logo. Faltam poucos meses para a propriedade de Lissnegooha passar para o seu nome.

– Sim – disse Helen, partindo distraidamente um pedaço de pão.

A sobremesa pareceu interminável. Quando Mary se levantou e começou a tirar a mesa, Sorcha a seguiu.

– Eu te ajudo.

– Não, estou bem sozinha. Fica um pouco com a Helen no seu quarto, que tal?

Sorcha lançou à mãe um de seus olhares especiais, depois trincou os dentes e saiu.

– Vem, Helen. Vamos lá para cima.

Helen subiu atrás de Sorcha e se sentou na beira da cama. Sorcha puxou a cadeira da escrivaninha e também se sentou.

Não conseguiu pensar em nada para dizer.

Nervosa, Helen começou a dar tapinhas na perna. Então, criou coragem e perguntou:

– Você vai ver a banda na Associação Atlética Gaélica no sábado à noite?

– Como você ficou sabendo?

– Eu vi os cartazes na cidade e ouvi vocês conversando na sala hoje de manhã.

Sorcha balançou a cabeça, sentindo-se culpada.

– Não, claro que não.

– Ah – murmurou Helen.

Ela olhou para as mãos e girou os polegares. Sorcha reparou que as unhas dela estavam roídas até o sabugo.

– Aquele Con Daly está na banda – comentou Helen, tirando do bolso um cartaz amassado e desdobrando-o com cuidado. – Ele é... bom, ele é muito bonito, não acha?

Helen corou até a raiz dos cabelos despenteados.

– É, acho que sim – respondeu Sorcha, mas nunca havia pensado nisso.

– Eu converso com ele às vezes, quando vou cavalgar na praia. Dá para ver a cabana dele da janela do meu quarto. Não seria incrível ser como ele, Sorcha? Morar sozinha, sem ninguém para te dizer o que fazer?

Sorcha encarou Helen, perplexa. Aquilo era mais do que ouvira a garota dizer a vida toda.

– Deve ser frio e solitário dentro daquela cabana. Não tem nem banheiro lá.

– Pessoas como Con e eu, bem, a gente se acostuma com a própria companhia. Somos diferentes dos outros. Em muitos sentidos, provavelmente somos idênticos.

– Só que você vai ser muito rica, com um casarão imenso, e Con Daly não tem nada além de uma choupana emprestada, já que o pai morreu e tomaram a casa da família para pagar as dívidas.

Helen pareceu deprimida.

– É, acho que sim.

Ela dobrou o cartaz com cuidado e o devolveu ao bolso. Sorcha a observou voltar a se fechar. As duas ficaram sentadas em silêncio até Mary bater à porta, cinco minutos depois, e avisar que Seamus já estava pronto para dar uma carona a Helen.

– Tchau, Sorcha.

– Tchau, Helen.

Ela assentiu e saiu do quarto. Cinco minutos depois, Sorcha foi até o banheiro para se lavar. Em seguida, deitou-se na cama, puxou as cobertas e pensou no show do sábado seguinte. Se fosse, mentiria para os pais pela primeira vez. Além disso, o que iria vestir? O vestido de missa? Soltou uma risadinha ao pensar na cena, se virou e fechou os olhos. Resolveu descansar e ver como se sentia de manhã.

– Mãe, Mairead convidou Katherine, Maureen e eu para passar a noite na casa dela no próximo sábado. Tudo bem se eu for? – perguntou Sorcha, com os dedos cruzados nas costas.

Mary estava ocupada esfregando o chão da cozinha.

– Não vejo por que não, se o dever de casa estiver feito antes de você ir.

– Vai estar, prometo.

– Então, pode dizer para Mairead que você vai.

– Legal.

Sorcha ficou ali parada, chocada por ter sido tão fácil.

Mary ergueu os olhos para ela.

– Quer mais alguma coisa, Sorcha? Gostaria de me ajudar a esfregar o chão?

– Eu... Não. Obrigada, mãe.

Sorcha se escafedeu antes que acabasse se entregando.

– Entra, antes que te vejam – sussurrou Mairead ao abrir a porta da cozinha.

– Mas *é* para eles verem a gente, lembra? – disse Sorcha, com uma risadinha.

– É, eu sei – respondeu Mairead, rindo. – Eu tive que pagar meu irmão Johnny para não contar. Ele vai ao show com alguns amigos.

– E ele não vai falar nada?

– Não. Ele está gostando da Katherine, então não vai contar – explicou Mairead, sorrindo. – Você trouxe alguma coisa para vestir?

– Trouxe. Meu vestido de missa – respondeu Sorcha, seguindo Mairead escada acima até o pequeno quarto da amiga.

– Não! Você não seria capaz.

– Estou brincando. Já, já eu te mostro.

Katherine estava sentada no chão só de calcinha e sutiã, em meio a pilhas de roupas.

– Não adianta! É tudo horrível! Eu vou para casa dormir.

– Deixa de ser tonta! – ralhou Mairead. – Você fica linda com a calça de equitação e o suéter preto. Realçam a sua silhueta.

– Não posso ir a um show de calça de equitação! – reclamou Katherine.

– Claro que pode. Sabia que aquela revista que Maureen ganhou da tia de Londres dizia que calça de equitação está na moda?

Sorcha largou a bolsa no chão.

– Não sei por que está tão preocupada – disse ela. – Sabe muito bem que todos os garotos desmaiam quando você passa. Você não precisa nem se esforçar, com esse cabelão louro lindo e esses olhos azuis imensos.

– Ah, sai daqui! – disse Katherine. – Todas as garotas da turma morrem de inveja dos seus cachos ruivos e dessas pernas longas. Você é tão bonita quanto as modelos da revista da Maureen.

– Quando vocês acabarem de puxar o saco uma da outra, talvez a gente possa começar a se arrumar – declarou Mairead, erguendo uma sobrancelha. – Maureen está atrasada. Ela disse que ia estar aqui às quatro e meia. Já são cinco horas.

– Ela vai vir – disse Sorcha, aquiescendo. – Eu a vi na cidade mais cedo.

– Ok. Bom... – começou Mairead, pegando uma escova e um pente e apontando para as garotas. – Quem vai ser a primeira no meu salão?

Uma hora e meia depois, a transformação estava completa. Sorcha analisou seu reflexo, maravilhada.

– Nem acredito que sou eu – disse ela, os lábios escarlates boquiabertos.

Sentiu as pálpebras pesadas com os cílios postiços que a amiga aplicara. Sorcha tocou os cabelos, que Mairead modelou em um coque elegante, preso com grampos no topo da cabeça. O velho kilt que definhava no fundo do armário ficou ótimo após ser encurtado 17 centímetros. Ela tinha ajustado as costuras laterais para que a peça abraçasse as coxas e exibisse suas pernas longas e delgadas.

Katherine também se admirava.

– Mairead, você deveria abrir seu próprio salão. Você é uma gênia – disse ela, sorrindo.

Mairead deu de ombros, modesta, e fechou a revista com a foto da modelo que estava copiando.

– Não foi nada. Agora, é a minha vez. Podem ligar para Maureen enquanto eu estiver no banheiro?

Sorcha mal desviou os olhos do espelho.

– Se ela não chegar em dez minutos, eu ligo.

– Ótimo. Arrumem um pouco isso aí, ok?

– A gente vai tentar – respondeu Katherine com um suspiro, sentando-se com cuidado na cama para não desarrumar os cachos dourados que Mairead escovara até que ficassem brilhantes. – Sabe, acho que as nossas mães não nos reconheceriam nem se descobrissem aonde vamos hoje à noite.

– Pois é. Só consigo pensar no que o meu pai diria se visse o meu rosto pintado e a saia curta.

– Acha que aquilo vai acontecer com uma de nós hoje à noite? – perguntou Katherine.

– Como assim, "aquilo"? – rebateu Sorcha.

– Acha que vamos beijar? – explicou Katherine, enfiando as pernas longas debaixo do corpo.

– Quem sabe?

As duas garotas ficaram sentadas em silêncio, refletindo sobre a magnitude de tal evento.

Ouviu-se uma batida à porta lá embaixo. Katherine deu um salto.

– Deve ser Maureen. Vou abrir.

Dois minutos depois, Katherine voltou ao quarto com uma Maureen corada.

– Jesus, Maria e José! Achei que nunca ia escapar. Shane está doente, e a minha mãe me fez cuidar dele enquanto estava fora. Quanto tempo eu ainda tenho para me arrumar?

– Bastante, se todas nós te ajudarmos – tranquilizou Katherine.

Meia hora depois, as quatro garotas estavam sentadas na cama, contemplando, nervosas, a própria tramoia.

Maureen balançou a cabeça, parecendo desconfortável em um vestido verde-esmeralda que roubara do armário da mãe.

– Talvez a gente devesse esquecer isso tudo, fazer uns sanduíches e colocar o pijama.

– Para de pânico. Aqui – disse Mairead, pegando uma garrafinha de uísque debaixo da cama. – Todas nós precisamos de um pouco de coragem.

Ela tirou a tampa, levou a garrafa à boca, jogou a cabeça para trás e bebeu.

As outras garotas observaram os olhos de Mairead começarem a marejar.

– Rápido, seu rímel vai escorrer! – disse Sorcha, oferecendo um lenço a ela.

– Quem é a próxima? – perguntou Mairead, estendendo a garrafa enquanto enxugava os olhos.

As três garotas se entreolharam, hesitantes.

– Caramba, quanto espírito de aventura, hein? – comentou Mairead, balançando a cabeça e revirando os olhos.

– Dá isso aqui – disse Sorcha, agarrando a garrafa e tomando um gole. – Você é a próxima, Katherine.

Katherine fechou os olhos e tomou um bom trago. Seus olhos brilharam quando ela passou a garrafa a Maureen.

– Gostei.

– Ah, é? – disse Maureen, rindo e tomando um gole.

Ela se engasgou e tossiu, e precisou levar um forte tapa nas costas.

– Certo, estamos prontas? – perguntou Mairead.

As outras três aquiesceram solenemente.

– Então, hora de vestir o casaco, montar na bicicleta e sair.

– E se a gente encontrar alguém? – perguntou Katherine.

– Acena para a pessoa e sorri. A gente só está curtindo um passeio noturno de bicicleta – respondeu Mairead, dando de ombros.

– Como assim, no escuro? – retrucou Sorcha, com uma risadinha.

– Vem, vamos embora.

As quatro garotas saíram do quarto.

Foram quinze minutos de pedalada até a Associação Atlética Gaélica. Com um suspiro coletivo de alívio porque a maioria das pessoas estava encolhidinha junto à lareira naquela noite fria de janeiro, as garotas esconderam as bicicletas nos fundos do clube e entraram na pequena fila que se formava lá fora.

– Passem o dinheiro, que eu vou pagar por todas nós – disse Mairead.

Sorcha se virou e viu que um bando de garotos as examinava com interesse. Ela cutucou Katherine e piscou. Mairead pagou pelos ingressos, e as quatro garotas entraram no banheiro para ajeitar o visual.

Enquanto retocava o batom com cuidado, Sorcha ouviu a banda aquecendo no salão ao lado. Um arrepio de excitação percorreu seu corpo.

– Finalmente você está crescendo – murmurou ela para o reflexo.

Às nove horas, o salão já estava lotado.

– Estão vendo? As pessoas vieram de outros vilarejos. Está tão cheio que ninguém vai achar a gente – assegurou Mairead às outras enquanto abriam caminho até o bar. – Bom, o que vamos pedir?

– Refrigerante de limão.

– Peço quatro?

Todas assentiram.

Uma voz amplificada ecoou em meio à multidão:

– E agora, senhoras e senhores, uma salva de palmas para Con Daly e sua banda!

O apresentador deixou o palco. As garotas ficaram na ponta dos pés quando os cinco membros da banda tomaram seus lugares. Con Daly avançou casualmente até o microfone.

– Boa noite a todos. Os rapazes e eu gostaríamos de dar as boas-vindas a vocês. Esperamos que se divirtam. Vamos nessa!

Con se virou, fez a contagem para a banda entrar e, de repente, o salão foi tomado pelo timbre de uma voz profunda e grave, acompanhada pelo ritmo lento e sensual de um violão.

As garotas ficaram ali, olhando para ele.

– Sabe, mal dá para reconhecer. Con fica bonito quando se arruma, não? – sussurrou Mairead.

– Agora que estou reparando, ele é lindo. Os cabelos pretos e os olhos azuis imensos me lembram o Elvis. Você não acha, Sorcha? – perguntou Katherine.

Sorcha não respondeu. Fascinada, encarava Con Daly.

– Que voz maravilhosa – comentou Maureen. – Tanto quanto as que a gente escuta no rádio.

– Sorcha, pega o seu refrigerante. Sorcha! – chamou Mairead, dando um cutucão nela.

– Oi, desculpa – disse Sorcha, pegando a garrafa.

Ela colocou o canudo na boca e bebeu sem desgrudar os olhos do palco.

– Hã, eu... Você quer dançar, Katherine O'Mahoney?

Um jovem alto e terrivelmente magro, com um caso grave de acne, estava de pé atrás de Katherine. Todas o conheciam. Ele era da turma de Johnny, irmão de Mairead.

– Bom, talvez eu queira dançar – respondeu Katherine, assentindo e virando-se –, mas não com você, Ryan O'Sullivan.

As garotas soltaram uma risadinha, e Ryan se afastou com a cabeça baixa de vergonha.

– Ah, você não devia ser tão cruel – repreendeu Maureen.

– Talvez eu esteja esperando Johnny vir me convidar – disse Katherine, sorrindo.

As garotas encontraram uma mesa vazia em um dos cantos do salão e se sentaram. Observaram a banda e as pessoas que começavam a dançar. Sorcha não conseguia tirar os olhos de Con Daly.

O grupo terminou uma música animada sob aplausos entusiasmados, e Con falou com uma voz suave ao microfone:

– Vocês são um público incrível, obrigado. Agora vamos diminuir o ritmo. Chamem seus parceiros, rapazes e moças. Eu compus essa balada enquanto admirava a bela baía de Ballymore.

Johnny se aproximou devagar da mesa.

– Quer dançar, Katherine? – perguntou ele, confiante.

Katherine corou e anuiu. Então se levantou e pegou a mão estendida de Johnny.

– E você, Sorcha, dança comigo?

Era Angus Hurley, um jovem que Sorcha conhecia desde criança. Os pais dele administravam a fábrica de algodão nos arredores do vilarejo.

Sorcha assentiu, e Angus a levou para a pista. Depois, segurou de leve a cintura dela, e Sorcha, os ombros dele. Eles se balançaram meio desajeitados ao som da música.

– Estou surpreso que seus pais tenham deixado vocês virem hoje à noite – comentou ele.

– Eles não sabem que estamos aqui. E, se disser uma palavra, Angus Hurley, nenhuma de nós vai falar com você de novo.

– Eu não vou contar nada, Sorcha, e você sabe disso.

Sorcha apoiou a cabeça no ombro de Angus e observou Con Daly. Enquanto o admirava, os olhos dele pareceram fitá-la. Por uns bons dez segundos, os dois se encararam. Com relutância, ela desviou o olhar.

– Desculpa, Angus. Eu estava a quilômetros de distância. O que você disse?

– Eu... bom, eu te chamei, quer dizer, eu... – disse Angus, corando. – Eu estava pensando se a gente podia ir ao cinema em Bandon na semana que vem. Você... você está linda esta noite, Sorcha. E eu sempre gostei de você, como tenho certeza de que sabe.

– É muito gentil da sua parte me convidar. Posso pensar e te responder depois?

– Pode – concordou Angus, aquiescendo.

A balada terminou, e Sorcha voltou para a mesa. Maureen estava sentada sozinha, com um ar deprimido.

– Onde está Mairead?

– Ah, um homem lindo apareceu e a levou. Katherine ainda está dançando.

Sorcha sorriu ao olhar para a pista e ver a amiga abraçada ao pescoço de Johnny.

– É bom ver esses dois juntos depois de tanto tempo. Faz meses que eles gostam um do outro.

– E você e o belo Angus?

– Ah, ele me chamou para ir ao cinema na semana que vem, e eu disse que ia pensar.

– Você disse o quê? Sorcha, você sabe muito bem que Angus é o melhor partido da cidade. Um dia, ele vai herdar aquela fábrica e o casarão da colina. Fora que parece um artista de cinema.

– Bom, é o seu gosto, Maureen. Eu acho Con Daly mais bonito.

– Não! – protestou Maureen. – Ele não deve tomar banho há meses!

Sorcha revirou os olhos.

– Você é terrível.

– Bom, acho que você devia ser grata por despertar o interesse de um garoto. Não sei nem por que me dei ao trabalho de vir. Quem iria querer dançar com uma garota tão gorda e feia como eu?

Sorcha olhou para o rosto em formato de coração da melhor amiga, o nariz salpicado de sardas e os cachinhos ruivos que escapavam do coque banana que Mairead havia prendido meticulosamente em sua nuca.

– Você é linda, Maureen, de verdade – respondeu Sorcha, com sinceridade.

– Então por que estou sentada aqui como se fosse invisível enquanto todo mundo dança?

– Você não vai ficar aqui por muito tempo, eu prometo. Licença, preciso ir ao banheiro. Volto em um minuto.

Sorcha se levantou bem na hora em que a banda anunciou um intervalo de dez minutos. Ela foi até Angus, que estava de pé em frente ao bar no fundo do salão.

– Angus, vou ao cinema com você na semana que vem.

– Vai? – disse ele, abrindo um sorriso de alívio. – Legal, Sorcha!

– Com uma condição.

Angus ergueu a mão.

– Qualquer coisa.

– Quero que você compre um refrigerante de limão para Maureen, converse um pouco com ela e, quando a banda voltar, a leve para dançar.

Angus deu de ombros.

– Tudo bem. Eu te pego na sua casa às sete na sexta que vem. A gente pode ir no carro novo que vou ganhar no meu aniversário de 18 anos.

– Perfeito. Até lá, então, desde que você cumpra a sua promessa.

– Vou pegar o refrigerante agora.

Sorcha sorriu, depois partiu em direção ao banheiro, que ficava dentro do hall de entrada. Parou em frente a um espelhinho rachado, arrumou o cabelo e reaplicou o batom. Estava saindo quando um braço a segurou e a puxou, fazendo-a arquejar alto.

– Shhh! Eu não vou te machucar, juro.

Ela reconheceu a voz e sentiu o aroma agradável e viril de loção pós-barba. Um arrepio forte a percorreu quando Con Daly aproximou o corpo do dela.

– Sorcha O'Donovan, eu já te vi lá de casa, passeando com as suas amigas na praia, e sempre te achei uma graça. Mas esta noite você está a coisa mais linda que já vi na vida. Para ser sincero, eu quero me casar com você aqui e agora...

Ele a virou para que ela o encarasse. Estava escuro, mas Sorcha viu que ele abria um largo sorriso.

– ... ou pelo menos te convidar para tomar um chá lá em casa na semana que vem.

Sorcha o encarou, sem palavras.

– Você vai?

– Se eu, eu... vou o quê?

– Lá em casa na semana que vem?

– Eu...

– Claro que vai. Sabe onde eu moro?

Ela assentiu.

– Então eu te espero. Agora vem cá me dar um beijo.

Ele a puxou com delicadeza para si e plantou um beijinho em seus lábios. Então, segurou seus ombros de leve e a encarou.

– Sorcha-porcha – falou, depois deu uma piscadela. – Vou ficar te esperando.

Sorcha o observou entrar. Ela se recostou na parede, com a respiração pesada. Suas pernas pareciam de algodão, e sua cabeça girava.

Con Daly não passava de um vagabundo vivendo em sua cabana na praia. Antes daquela noite, ela teria atravessado a rua para evitá-lo e jamais sonharia em aceitar seu toque.

Sorcha se benzeu e pediu perdão a Deus, não só pelo beijo, mas porque tinha apreciado cada momento.

Será que iria ver Con na semana seguinte?

Sorcha se afastou da parede quando a banda recomeçou a tocar.

Ao entrar, viu que Angus dançava com Maureen, Katherine beijava Johnny e Mairead estava abraçada a um garoto que ela nunca vira.

Então, olhou para o palco.

Con sorriu para ela.

E Sorcha soube que, naquela noite, havia começado algo que poderia mudar completamente sua vida.

3

Helen McCarthy selou o cavalo Davy, checou a cilha e montou. Depois o tirou do pátio do estábulo, trotou pelo sinuoso caminho da entrada, atravessou o portão e foi na direção da praia.

Com os próprios pés, Helen era desajeitada. Porém, à distância, sentada confortavelmente no garanhão alto e com a postura confiante... garota e cavalo formavam a imagem perfeita da elegância.

Aquele era o único momento em que Helen se sentia no controle.

Três minutos depois, já tinham chegado à longa faixa de areia branca.

– Vamos! – gritou Helen, batendo na anca de Davy e fazendo o cavalo andar a meio-galope.

O vento açoitava seu rosto, e o barulho das ondas a ensurdecia. Como geralmente acontecia, Helen começou a chorar alto, junto com os gritos das gaivotas acima dela.

Cavalgou até chegar ao fim da praia. Depois, reduziu a velocidade de Davy a um trote, e eles avançaram com cuidado por um afloramento rochoso até a enseada de areia protegida do vento, que Helen considerava seu refúgio particular. Ela sempre ia até esse lugar quando as coisas estavam ruins, logo passava a maior parte do tempo lá.

Ela desmontou de Davy, o amarrou em uma rocha que saía da areia e caminhou devagar em direção às ondas.

Por alguns instantes, e não pela primeira vez, Helen cogitou continuar até que as ondas lhe tocassem as coxas, a barriga, o pescoço e, em algum momento, se fechassem sobre sua cabeça, trazendo paz e silêncio.

Lágrimas voltaram a escorrer de seus olhos, fazendo as bochechas salgadas arderem. Ela balançou a cabeça. Tinha medo demais da água para se afogar.

Helen se virou e voltou, subindo na rocha que oferecia a melhor vista da costa. Enquanto examinava a paisagem, seus olhos se fixaram no piscar do farol Galley Head, envolto na névoa.

O dia na escola tinha sido mais infeliz que o normal, se é que isso era possível. Ela ouvira Sorcha e sua turma soltarem risadinhas ao relembrar como se divertiram na Associação Atlética Gaélica no sábado à noite. Helen ficara magoada ao notar que elas pararam de falar ao verem que ela estava atrás.

A rejeição de Sorcha O'Donovan era bastante dolorosa. A garota era linda, inteligente e popular, com pais que a amavam. Em suma, Sorcha tinha tudo o que Helen desejava.

Ela olhou para o céu. Em cerca de quarenta minutos, o dia terminaria e a escuridão se espalharia. Após uma noite de trégua, o sol nasceria, e Helen teria que suportar a humilhação da rejeição mais uma vez.

– Ah, mãe, por que você e o meu pai me deixaram? – lamentou ela.

Quantas outras crianças do vilarejo não sentiram um braço acolhedor em volta dos ombros após tropeçar e cair? Quantas ficaram sem uma história antes de dormir ou o beijo do rosto áspero de um homem que falava, em silêncio, de amor e segurança quando a luz era apagada?

– Eu não tenho nada, nada!

Helen sabia que aquilo era uma mentira dramática. Havia uma coisa que teria muito em breve, e em grande quantidade.

Ela enxugou os olhos com um lenço meio sujo e tentou pôr as ideias em ordem.

– Será que vou passar a vida inteira chorando?

– Talvez sim.

Helen deu um salto e se virou. Encontrou a figura elegante de Con Daly parada ali. Ele estava em cima da rocha, elevando-se sobre ela. Helen ficou vermelha como um pimentão.

– Esta vista não é incrível?

Helen fungou e limpou o nariz.

– É, sim.

– Talvez seja o meu lugar preferido.

– O meu também.

– Eu sei – afirmou ele, aproximando-se e agachando-se na rocha ao lado dela. – O local perfeito para sujeitos inúteis como eu e você virmos ficar sozinhos.

Helen soltou uma gargalhada.

– Você não é inútil. Todas as garotas da escola estão loucas por você e pela sua banda.

– Estão, é? – comentou Con, erguendo uma sobrancelha. – Alguma garota em particular?

– E isso importa?

Con deu de ombros.

– Talvez.

– Ah – murmurou Helen, e sentiu os ombros murcharem.

– Eu não te vi lá – disse ele.

– Não. Eu não queria ir sozinha.

Con suspirou com força.

– Ah, Helen, como é difícil viver à margem da sociedade como a gente... Tolerados, mas nunca aceitos. Estou mais do que pronto para ir embora de vez.

– Sorte sua – declarou Helen, fincando a bota de equitação na areia.

– Você também não tem nada que te prenda aqui.

– O medo me prende aqui, Con.

– Sim, é uma coisa poderosa, o medo. Mas nunca esqueça que a solidão te faz forte. Você pode passar a vida observando os outros de longe. Acaba aprendendo muito sobre a natureza humana.

– Eu aprendi que ela é podre – retrucou ela, amarga.

– Fala sério, a sua vida não é tão ruim assim. Você tem aquela mansão imensa e as terras ao redor. Dinheiro suficiente para tornar seus sonhos realidade. O mundo está aos seus pés.

– Eu trocaria isso tudo por ser popular. E bonita que nem Sorcha O'Donovan.

Con abriu um sorriso largo.

– Acho que todo mundo queria ser bonito como ela. Mas você pode comprar um novo penteado e um grupo de amigos.

Helen suspirou.

– Acho que sim.

Con se levantou.

– Eu já vou. Tenho um compromisso no meu palácio ali – disse ele, apontando para a cabana.

– Tem?

– Tenho – respondeu ele, e pôs um dedo nos lábios. – Mas é segredo. Tchau, Helen.

Con estendeu o braço e pousou uma mão reconfortante no ombro dela. O coração de Helen disparou e se encheu de um calor indescritível.

– Se quiser conversar, você sabe onde eu estou.

– Obrigada, Con – disse ela, com a voz estrangulada.

Helen o observou caminhar com desenvoltura sobre as rochas e desaparecer.

Ela pensou no que ele dissera. Apesar de sua reputação de vagabundo sujo, Con era um homem inteligente. As conversas que tivera com ele ao longo dos anos foram raras mas memoráveis. Ele era a única pessoa que Helen conhecia que não a tratava como se ela não tivesse um cérebro.

Além disso, ele parecia ficar mais bonito cada vez que o via.

Por falta de outro homem em quem pensar, pensava em Con. Achava que estava um pouquinho apaixonada por ele, mas sabia que seus sentimentos jamais seriam correspondidos.

Que homem poderia amá-la?

Ela puxou o cachecol até as orelhas. O vento estava começando a castigar. Con tinha acabado de expressar uma ideia que rondava a cabeça de Helen com cada vez mais insistência nos últimos tempos. Seamus O'Donovan havia assegurado que ela seria uma jovem muito rica. Quanto ela não sabia, mas bastava perguntar. Helen sabia que seu advogado a considerava obtusa, acreditando que ela jamais seria capaz de compreender sua situação financeira ou se responsabilizar por administrar a propriedade. Talvez ele tivesse razão. Ela com certeza enfrentava dificuldades na escola. Por algum motivo, era incapaz de entender as palavras escritas em uma página, mesmo que compreendesse o significado delas na cabeça. Mas números não eram um problema. Sempre fora excelente em matemática.

E aquela imensa quantia de dinheiro que logo seria sua... Como dissera Con, poderia comprar uma fuga. Helen poderia ir aonde quisesse – um lugar para recomeçar. Mas onde? Mal havia saído de Ballymore. Será que teria coragem de deixar uma vida que podia até ser difícil, mas era segura e conhecida?

Helen olhou para o horizonte, que escurecia. Não havia mais tempo para pensar. Precisava voltar para casa antes que a luz se extinguisse.

Ela montou em Davy. Enquanto trotava pela praia, viu um brilho emanar da cabana de Con.

Ao se aproximar, ouviu sons de risadas vindo de dentro da casa. Ela fez o cavalo parar e observou a cabana por um instante. A silhueta de Con apareceu na janelinha encardida. Um segundo depois, outra silhueta se juntou à dele. Suas bocas se encontraram, e eles se beijaram.

Helen ficou toda vermelha, odiando-se por espionar, porém incapaz de desviar o olhar. Por fim, a porta da cabana se abriu, e uma figura esguia saiu de lá. Mas não perdeu tempo, disparando pelas dunas antes que Helen tivesse a chance de ver quem era.

Enquanto ela observava a cena, Con saiu da casa e ficou parado à porta. Um fósforo foi aceso, e ela viu o brilho vermelho de um cigarro. Estava quase escuro agora. Davy bufou, impaciente.

A meio-galope, Helen deixou a praia.

4

Maio de 1964

– Então, você vem comigo, Sorcha?

Ela olhou para Con, estirado no sofá gasto onde comia e dormia. Sorcha estremeceu e se aproximou da pequena chama que queimava no fogão. Mesmo sendo início de maio, o frio da noite ainda era cortante.

– Con Daly, aonde a gente iria? Do que viveria? Eu não tenho dinheiro, nem você.

– Eu tenho o meu violão, Sorcha. A gente não passaria fome, mesmo se eu tiver que cantar nas esquinas com o chapéu no chão em troca de grana. E sei que não vai demorar muito para eu começar a conseguir shows e, depois disso, um contrato para gravar um disco – argumentou Con, apontando para o oceano. – O mundo da música está em Londres. É para lá que eu preciso ir.

Ele enfiou a mão no bolso e tirou um cigarro surrado. Então foi até o fogão e o acendeu na brasa, dando uma tragada.

– Quer?

Sorcha balançou a cabeça.

Con pousou um braço em volta dela e a puxou para si. Ele a beijou, e seus lábios tinham o gosto do alcatrão que acabara de inalar. Depois, acariciou os cabelos dela com carinho.

– Ah, Sorcha-porcha, sou um homem consumido pela paixão. Você não me deixa fazer amor com você, não diz se vai comigo para a Inglaterra... Estou começando a me perguntar se você me ama mesmo.

Os olhos dela se encheram de lágrimas.

– Con, você sabe que eu te amo. O que eu sinto é muito forte. Não penso em mais nada. Até a irmã Benedict me perguntou se eu estou com algum problema em casa, porque as minhas notas estão caindo. É só que... eu... eu estou com medo, Con.

– Do quê, Sorcha? Do meu amor? De mim?

Ele virou o rosto dela para que Sorcha encarasse seus olhos gentis.

– Não. Eu... Bom, sempre achei que ia terminar a escola, fazer um curso de secretariado em Cork e arranjar um trabalho no escritório do meu pai. Depois, eu...

– Ia esperar que um homem adequado quisesse se casar com você. Você não sabe que existe um mundo lá fora pronto para ser explorado? Este cantinho minúsculo da Terra ainda vai ser o mesmo daqui a cinquenta anos. Eu achei que você estivesse atrás de emoção, Sorcha. Você não quer *viver*? Não *me* quer?

– Eu...

Sorcha o encarou, perdida.

– Aff!

Con se levantou, jogou o cigarro no fogão e fechou a porta da casa com um estrondo. Então, correu a mão pelos cabelos.

– Sorcha, já faz três meses que a gente está junto. Eu entendo que você é jovem e protegida pelo papai e pela mamãe. Mas quero que você venha comigo, que seja parte do meu futuro. Prometi cuidar de você, casar, se você quiser, mas não vou ficar aqui sentado, perdendo o meu tempo tentando te convencer. Eu vou para Londres em um mês, Sorcha, com ou sem você. Tenho dinheiro suficiente para pagar pela sua passagem, caso queira vir. Pronto, é assim que as coisas são – declarou ele, fungando. – Agora, acho melhor você ir embora. Caso contrário, mamãe e papai podem chamar a polícia, e eu vou ser acusado de sequestro.

Con foi até a porta e a abriu.

Lutando contra as lágrimas, Sorcha olhou em volta em busca da jaqueta.

– Atrás de você – disse Con, apontando para o braço do sofá.

Em silêncio, Sorcha a pegou e foi até a porta aberta.

– Tchau, Con. Quando eu te vejo de novo?

Ele deu de ombros.

Sorcha saiu ao encontro do ar revigorante da noite. A porta se fechou atrás dela com um estrondo.

Ela correu pelo caminho entre as dunas, com os olhos cegos pelas lágrimas e os soluços ecoando à sua volta. Queria ir à igreja pedir o conselho de Deus, mas sabia que fugir com um homem e abandonar sua família a fim de desfrutar dos pecados da carne não era o tipo de coisa sobre a qual Ele gostaria de conversar.

– Ai!

Sorcha tropeçou, então se deitou na areia, esperando que a dor amainasse. Virou-se e olhou para o céu. Era uma noite bela e clara, e Sorcha viu as estrelas brilhando em suas constelações.

Se permitisse que Con partisse sem ela, não se arrependeria pelo resto da vida? O que estava deixando ali? Já não era mais criança. E a ideia de um futuro sem ele era insuportável.

Naquela noite, Sorcha sentou à mesa de jantar da família O'Donovan enquanto a mãe servia montanhas de *colcannon* nos pratos. Depois que Seamus terminou a longa oração de graças, o jantar correu tenso como sempre. Quando a mãe terminou de recolher a louça, Sorcha criou coragem o suficiente para puxar conversa com o pai.

– Pai?

– Sorcha.

– Você sempre pergunta para Helen McCarthy quais são os planos dela para o futuro.

Ele a encarou sem piscar.

– Você queria me perguntar alguma coisa ou fazer uma declaração?

Sorcha corou.

– Desculpa. Só pensei que, como vou fazer 17 anos, talvez a gente pudesse discutir o meu futuro...

Seamus pareceu amolecer um pouco.

– Sim. Me parece uma conversa prudente – concordou ele, cruzando os braços. – Bom, por mais que eu te ame como filha, preciso que a qualidade do seu trabalho seja a melhor.

Sorcha sabia exatamente qual era o rumo daquela conversa.

– Então, antes de te contratar na firma como datilógrafa, preciso que você obtenha a qualificação mais alta em um curso de secretariado. Cork tem várias instituições boas, mas minha recomendação seria...

– Pai? – disse Sorcha, atrevendo-se a interrompê-lo.

Seamus ergueu uma sobrancelha, curioso.

– Sei que você quer que eu trabalhe no seu escritório, e isso seria ótimo, mas...

A mãe de Sorcha reapareceu à mesa com um pudim de pão fumegante.

– Por favor, termine a frase, Sorcha.

Sorcha estava agitada.

– Eu ouvi falar que existem muitas oportunidades em Londres.

– Londres? – questionou Seamus. – Quem foi que pôs essas ideias na sua cabeça?

– Ninguém, eu só...

Seamus se empertigou.

– Filha minha não vai sair por aí se aventurando na Inglaterra.

– Eu entendo, pai, mas acho que lá eu teria a chance de ser alguém. Aqui não tem tantas oportunidades.

Sorcha olhou para a mãe, que enchia três tigelas com o pudim marrom--claro, visivelmente rígida e ansiosa.

– Aqui não tem tantas oportunidades? – repetiu Seamus, inclinando-se sobre a mesa em direção à filha. – Me diga, por favor, que oportunidades você acredita ter em Londres?

Sorcha olhou fixamente para a mesa.

– Bom...

– Foi o que imaginei. Você não tem uma resposta. Qualquer que seja a amiguinha boba que falou isso para você, não pensou nas realidades da vida. Você vai para lá sem nada. Como vai pagar pela acomodação?

– Eu...

– Contas? Comida?

– Não sei.

– Porque, de mim, você não vai ter ajuda. Nenhuma.

– Eu não estava esperando nada.

– Ah, não? Essa foi a única conclusão lógica que você conseguiu tirar esta noite. Se o seu plano é ir até lá e encontrar um milionário metido a besta para se casar, fique sabendo que é uma tolice. A Inglaterra tem muito mais mulheres, e de melhor estirpe que você.

Sorcha observou a mãe fuzilar o pai com os olhos sem que ele percebesse.

– Você tem muito mais chances aqui, com alguém que a gente considere adequado.

Sorcha sentiu uma raiva fervilhar por dentro, que corria o risco de transbordar.

– E se eu não quiser me casar? E se eu quiser ter uma carreira?

O pai soltou uma gargalhada.

– É uma carreira que você quer, é? Ouviu isso, Mary? Nossa filha quer ter uma carreira!

A risada dele deixou Sorcha envergonhada.

– Você vai ser uma excelente datilógrafa e uma esposa e mãe ainda melhor. Nenhum homem vai querer que a mulher trabalhe depois de casada.

– Pai, por favor, só escuta...

– Chega! – gritou Seamus, batendo o punho na mesa. – Sua mãe e eu te criamos para representar a família O'Donovan. Eu não *admito* que filha minha vá desembestada para a Inglaterra e depois volte com o rabinho entre as pernas achando que vou consertar tudo para ela. Você *não* vai envergonhar esta família, Sorcha. Ponto-final.

A sobremesa foi consumida em total silêncio.

Naquela noite, Sorcha chorou baixinho na cama. Seamus a esgotara. Quer ela gostasse ou não, ir para Londres com Con era impossível. Atravessar o mar da Irlanda seria o mesmo que cortar relações com a família em definitivo e, independentemente de como o pai a fazia se sentir, Sorcha não sabia se podia tomar uma decisão que mudaria sua vida para sempre ainda tão jovem.

Se Con a amava como dizia, com certeza uma vida juntos em Ballymore seria o suficiente.

Dito isso, sua próxima tarefa era convencer o pai de que Con não era um delinquente. Se Seamus conseguisse enxergar o talento dele, talvez visse que Con poderia cuidar bem dela.

Com toda a sua habilidade, como ele poderia falhar?

Claro que anunciar seu relacionamento à queima-roupa no café da manhã do dia seguinte não seria a atitude mais sensata. Seamus poderia infartar. Aquilo era um problema para outro dia.

Sorcha secou as lágrimas na fronha do travesseiro e pensou nos olhos brilhantes de Con.

Con dedilhava o violão, melancólico, quando ouviu uma batida à porta. Ela se abriu antes que pudesse alcançá-la.

Ali estava Sorcha, tremendo de frio e emoção.

– Eu te amo, Con. Não quero ficar sem você nunca.

– Então você vai comigo para Londres?

Sorcha se preparou para o que vinha.

– Não, Con. Não posso deixar tudo para trás. Minha vida está aqui.

Con balançou a cabeça e baixou os olhos para o chão.

– Meu Deus, Sorcha. Como vou viver sem você?

Ela segurou as mãos dele.

– Não precisa fazer isso, Con Daly. Fique aqui, comigo.

– Você sabe que nunca vai dar certo. Seu pai não vai nos deixar ficar juntos.

– Esse problema é meu, Con, e eu vou resolver... com o tempo.

Ele puxou as mãos e coçou os olhos.

– Não posso desistir da minha música. Você sabe que eu não posso.

– Eu sei. Mas estava pensando que você poderia ir para Dublin e tentar fazer com que alguém do ramo te notasse lá.

Con pareceu hesitar.

– Eles querem cantores folk em Dublin. Eu sou roqueiro.

– Sim, mas você só precisa de uma chance. Depois, vai poder ser o que quiser, Con. Quando for bem-sucedido, com milhares de libras e três casas, meu pai vai ver que você é o homem para mim – declarou ela, lançando a ele um sorriso tranquilizador. – E depois, quem sabe? Talvez a gente acabe em Londres, exatamente como você quer.

Con pareceu dividido de verdade.

– Meu Deus, eu te amo, Sorcha-porcha. Eu só...

Sorcha segurou a cabeça dele entre as mãos e o beijou com delicadeza. Depois, com mais paixão. Após alguns minutos, o desejo assumiu o controle. Ele a puxou para o sofá, e suas mãos começaram a percorrer o corpo de Sorcha. Con esperou que ela as afastasse de seus seios, mas não foi impedido. Seus dedos escorregaram pelas pernas dela e acariciaram a carne macia da parte interna da coxa, ainda esperando ser contido. Mas os olhos de Sorcha estavam fechados, e os lábios curvados em um leve sorriso.

Ela soltou gemidos baixos de prazer.

– Sorcha... isso é... a gente pode?

Ela abriu os olhos e sorriu para ele.

– Pode. Só me promete que um dia a gente vai casar. Daí, não preciso pensar que isso é um pecado mortal.

– Nós já estamos casados nas nossas almas. O amor não é pecado aos olhos de Deus, Sorcha.

– Não. Então me ama, Con.

Duas horas depois, Sorcha estava de volta em casa, ensaboando-se em uma banheira de água quente. Embora se sentisse um pouco dolorida, era uma dor boa, porque fora ali que ela e Con se uniram. Havia pedalado para casa feito uma louca, morrendo de medo de que a mãe tivesse ligado para Maureen, querendo saber por que ela se atrasara tanto, e descoberto que Sorcha nunca estivera lá. Porém, quando chegou em casa, a mãe estava de cama com enxaqueca, e o pai ainda não voltara da reunião no salão comunitário.

Ela enfiou a camisola pela cabeça e subiu na cama. Então, olhou para o ursinho de pelúcia quase careca que costumava lhe fazer companhia à noite. Pegou o brinquedo e o atirou para fora da cama.

Ursinhos eram para crianças.

E agora ela era uma mulher.

Depois daquela noite, Sorcha sabia que ela e Con pertenciam um ao outro, inteiramente. Tudo teria que ficar bem.

Ela se certificaria disso.

5

– Então, Helen, você pode ver, pelos números, que os investimentos feitos pelos seus fiduciários foram muito bem-sucedidos. Seu dinheiro mais do que dobrou. Bom, a decisão é sua, claro, mas a minha recomendação é deixar tudo como está e viver dos juros. Eu diria que você vai ter o suficiente para a manutenção da casa e do terreno e ainda para ficar bem confortável.

Helen olhou para os papéis na frente de Seamus O'Donovan, do outro lado da mesa. Havia colunas de números de cabeça para baixo relativos a seu futuro financeiro, que ela precisava entender se quisesse assumir o controle de sua vida.

– Posso levar isso para casa e dar uma olhada?

Seamus ergueu uma sobrancelha.

– Bom, claro, Helen. Mas, sem querer parecer grosseiro, duvido muito que você consiga entender.

– Tenho certeza de que você está certo, Seamus, mas vou levar mesmo assim.

– Perfeito. Agora, Helen, preciso que você decida se quer que eu e os outros fiduciários continuemos administrando o seu dinheiro. Como eu disse antes, também posso seguir com a administração da casa e do terreno. Teríamos que chegar a um acordo financeiro pelo meu trabalho, mas eu não seria ganancioso – explicou Seamus, arrumando os papéis à sua frente em um envelope e entregando-o a Helen.

– Obrigada por toda a sua ajuda, Seamus. Sou grata a você e aos outros fiduciários por terem administrado o meu dinheiro tão bem nos últimos catorze anos.

– Não foi nada, Helen. Boa sorte com esses números. Ficarei feliz em ajudar, se você quiser alguma explicação.

Helen se levantou.

– Podemos nos encontrar de novo na semana que vem?

– Claro – respondeu Seamus, acompanhando a garota até a porta. – Venha na quarta, para jantar conosco como sempre. Chegue um pouco mais cedo, assim conversamos antes de comer. E, Helen...

– Sim, Seamus?

– Dentro de três semanas, você vai ser uma jovem muito rica. Até lá, eu ainda sou fiduciário da sua propriedade. Por isso, me sinto no dever de te alertar: não confie em ninguém. Vai ter muita gente por aí querendo tirar vantagem de você, hã, da sua juventude... e do seu dinheiro.

Helen sorriu para ele.

– Obrigada, Seamus. Vou tomar cuidado.

– Ótimo. Até mais.

– Até mais.

Helen abriu os pesados portões da entrada, em frente ao caminho que serpenteava até a casa. Enquanto avançava, olhou para o terreno ao seu redor com um apreço renovado. Os jardins simétricos eram pequenos, e grande parte da terra cultivável cercava a casa. Essa área era alugada como pasto para os fazendeiros da cidade. Quando a casa surgiu, ela a examinou. Sempre a achara feia, com as paredes sólidas de pedras cinzentas erguidas para resistir à maresia, à chuva e ao vento forte do mar. Lá dentro estava sempre frio. Os seis cômodos harmoniosos do andar de baixo nunca eram usados. Tia Betty fazia uma limpeza geral uma vez por ano, depois as capas eram recolocadas sobre os móveis antigos, todos em perfeitas condições devido à falta de uso. Ela e a tia moravam basicamente na cozinha, onde o fogão queimava dia e noite.

Além do banheiro enorme de azulejos preto e branco, o único outro cômodo que Helen visitava era o seu quarto. Ignorando os quartos majestosos com pé-direito alto do primeiro andar, ela se enfiara em um dos aposentos mais aconchegantes do sótão, originalmente usado pelos empregados. Um grande banco de janela permitia que visse o vilarejo de Ballymore de um lado e a praia do outro. Ela passava um bom tempo sentada ali, contemplando o mundo.

Helen entrou pela porta lateral que dava acesso à cozinha por meio de um vestíbulo. Havia um bilhete da tia dizendo que tinha se recolhido mais cedo. Uma panela com um ensopado quase queimado fervia em fogo baixo.

Helen se serviu de uma tigela, depois se sentou à grande mesa de madeira e tirou os papéis do envelope.

Duas horas depois, a tigela de ensopado estava intocada e fria ao seu lado.

Ela demorou um bom tempo para decifrar o que as colunas significavam e o que precisava ser somado para resultar no grande total.

Helen assobiou. Se tinha entendido direito, então "enorme" era mesmo a palavra certa.

– Uma fortuna – disse ela, soltando o ar com força.

Com certeza o suficiente para mantê-la confortável para o resto da vida.

Helen olhou para o nada. Onde seria aquela vida? Ali, onde era tão infeliz? Ou deveria pegar o dinheiro e recomeçar em outro lugar?

Helen balançou a cabeça. Era uma covarde. Podia se ver ali pelo resto de seus dias. Se tivesse alguém para ir com ela, um amigo, talvez, até poderia considerar a ideia.

Ela bocejou. Já era quase meia-noite. O dia seguinte, graças a Deus, era domingo, ou seja, não havia escola.

Helen guardou os papéis no envelope e subiu até seu quarto no sótão.

Ela acordou em uma bela manhã ensolarada. Sabia como o tempo podia mudar rápido, então, sem querer perder um único minuto, vestiu as roupas, disse um ligeiro "bom dia" à tia ao passar pela cozinha e selou Davy. Amava cavalgar nas manhãs ensolaradas de domingo no verão: as praias ficavam desertas, já que o restante da cidade estava na missa.

Uma boa cavalgada a meio-galope ao longo da costa deixou Helen revigorada e pronta para o café da manhã. Ao trotar para casa, viu uma figura à distância, afastando-se depressa da praia. Ela observou a pessoa pegar a bicicleta em um buraco na duna e a arrastar até a estrada.

– Sorcha O'Donovan – sussurrou ela, perguntando-se o que a garota estava fazendo ali quando todos os outros cidadãos piedosos de Ballymore tinham ido para a igreja.

Sorcha acenou para alguém atrás de Helen, depois saiu pedalando em alta velocidade em direção ao vilarejo.

Helen se virou e viu Con Daly empoleirado no topo de uma duna. Ele estava a apenas alguns metros dela.

– Bom dia, Helen. Que manhã linda, não? – disse ele, sorrindo para ela.

Sufocando um soluço na garganta, ela só conseguiu assentir para ele. Helen bateu os calcanhares e saiu cavalgando pela praia.

Na quarta-feira seguinte, Helen se sentou no escritório de Seamus O'Donovan.

– Aqui – disse ela, passando a ele o envelope cheio de papéis.

– Obrigado. Conseguiu entender a situação?

– Sim, acho que sim. Pelo menos eu sei quanto dinheiro tenho e como os investimentos funcionam.

– E você quer manter tudo como está?

– Por enquanto, sim.

– Ótimo. Sugiro que você abra uma conta bancária, para que eu possa te repassar certa quantia todos os meses. Você tem planos para o futuro, Helen?

– Eu... Não no momento.

– Bom, agora você dispõe de dinheiro suficiente para decidir com calma – disse Seamus, depois olhou para o relógio. – Hora de subir. Mary já está com a comida pronta.

Depois do jantar, em vez de querer adiar o momento em que as duas iriam para o quarto dela, Sorcha estava ansiosa para ficar sozinha com Helen.

– Você me viu na praia no domingo passado, não foi?

– É, eu vi. Você estava se encontrando com o Con Daly – respondeu Helen, examinando os sabugos roídos.

– Não! De onde você tirou isso? Eu estava com uma dor de cabeça horrível. Só queria um pouco de ar fresco, Helen, só isso.

– Ah. Eu pensei ter te visto acenar para ele...

– Ele... Ele é um amigo. Eu vejo Con às vezes, quando caminho na praia.

Helen engoliu em seco antes de falar:

– Você sempre deixa os seus amigos te beijarem?

– Eu...

Sorcha analisou o rosto pálido de Helen. Os olhos dela disparavam de um lado para outro do quarto, como se ela estivesse muito nervosa.

– Eu... Você entendeu errado, Helen, de verdade.

– Eu já te vi lá, Sorcha, uma vez à noite. Você com certeza estava beijando

Con Daly – afirmou Helen, tomando coragem para encontrar o olhar de Sorcha. – Eu ouvi sua risada.

Sorcha puxou a cadeira da escrivaninha e desabou nela.

– Certo, Helen, você me viu. Vai contar?

– Não vejo razão para fazer isso.

Sorcha não acreditou nela.

– Então, me conta tudo. Você está apaixonada? – continuou Helen.

Sorcha mordeu o lábio.

– Helen, você jura que não vai falar nada? Ninguém sabe, nem Maureen.

Helen aquiesceu.

– Se você confiar em mim, eu juro que não falo.

Sorcha não tinha escolha; além disso, estava morrendo de vontade de contar para alguém.

– Está bem.

Sorcha se levantou e abriu a porta do quarto para ter certeza de que não havia ninguém à espreita no patamar da escada. Depois, se sentou na cama ao lado de Helen.

– Na verdade, não tem muita coisa para dizer. Eu amo Con Daly, e ele me ama.

Helen ficou ali sentada, pensando.

– Você vai se casar com ele?

– Um dia, vou.

– Ele quer ir embora de Ballymore. Você vai junto?

Sorcha ficou surpresa.

– Como sabe disso?

– Ah, eu e Con conversamos às vezes – confessou Helen, com frieza. – Você não tem medo de um dia ir até a cabana e descobrir que ele foi embora?

– Não. Ele entende que eu não posso sair de Ballymore agora. Con vai para Dublin conseguir um contrato com uma gravadora, e o meu pai vai ver que ele pode cuidar de mim – explicou Sorcha, sem se conter, mas sabia que estava falando demais.

– Ele deve te amar muito para ficar – comentou Helen, sentindo as lágrimas arderem em seus olhos, embora lutasse contra elas com todas as forças.

– É. Mas, *por favor*, Helen. Se os meus pais souberem disso tudo agora... – lamentou Sorcha, e se interrompeu.

Helen a encarou até o silêncio ficar desconfortável.

– Sou boa em guardar segredos quando quero. Você acha que Con vai conseguir?

– Ah, vai. Ele tem uma voz incrível, Helen. E compõe todas as músicas.

– E se os seus pais descobrirem?

– Eles vão gritar e espernear, mas eu já tenho quase 17 anos. Um dia, espero que Con fique famoso e ganhe muito dinheiro, então vamos voltar para Ballymore e todo mundo vai ter orgulho de nos conhecer.

Sorcha pareceu sem fôlego. Helen percebeu que ela não estava tão confiante quanto parecia.

Alguém bateu à porta.

– Seamus está pronto para te levar em casa, Helen.

– Já estou indo, Mary – respondeu Helen, levantando-se.

– Você jura que não vai dizer nada? – implorou Sorcha.

Helen abriu um meio sorriso.

– Juro.

Sorcha a encarou.

– Se você falar, Helen McCarthy, Deus que me perdoe, mas acho que eu te mato.

Helen anuiu devagar.

– Eu sei.

Sorcha a seguiu para fora do quarto e escada abaixo. Seamus aguardava no vestíbulo.

– Obrigada pelo jantar, Mary. Tchau, Sorcha.

– Tchau, Helen.

Helen seguiu Seamus porta afora.

Naquela noite, Helen olhou pela janela do quarto. Na praia, viu a pequena lâmpada a óleo brilhando na cabana de Con Daly. Ela suspirou. Por que a vida era tão injusta? Sorcha não só era linda e popular, como também tinha Con Daly. Não havia dúvidas de que ele ia se dar bem. Eles iam fugir de Ballymore e começar uma vida nova juntos.

Pelo jeito, Sorcha tinha tudo o que Helen queria.

Ela ficou ali sentada, olhando pela janela por um longo tempo.

6

Na sexta-feira à tarde, o último dia do trimestre, as garotas iam sair para comemorar. Como sempre, Helen não estava inclusa nos planos. Ela observou Sorcha e as amigas darem os braços e descerem a colina até o vilarejo. Havia uma grande festa na casa de Katherine.

A frustração com a injustiça de sua vida aumentou.

No domingo de manhã, Helen desceu do quarto e viu que tia Betty planejara um café da manhã especial de aniversário para ela.

– Prontinho, Helen. Aproveita – comentou Betty com um sorriso. – Chegou uma encomenda para você.

Helen abriu o pacote cuidadosamente embrulhado e encontrou uma edição encadernada em couro das *Obras completas de Shakespeare*. Sentiu um nó na garganta. Se já achava difícil ler uma história em quadrinhos, que dirá Shakespeare. Ainda assim, a tia havia se esforçado para comprar algo especial para ela. Helen se levantou, deu a volta na mesa e beijou Betty na bochecha.

– Obrigada, tia – disse ela, assentindo. – É um presente incrível, que eu sempre vou apreciar.

Helen voltou a se sentar e devorou os ovos, o bacon e as linguiças. Betty terminou o próprio café da manhã e examinou a sobrinha.

– Helen, a partir de hoje, você é maior de idade. A casa é sua, e você é adulta. Não vai mais precisar de mim.

Helen ergueu os olhos e percebeu que a tia a encarava, nervosa.

– Você pretende manter a casa ou vai vender?

– Vou manter, é claro. Espero que as coisas continuem exatamente como sempre foram.

– Então você não se importa se eu ficar aqui, Helen?

– Claro que não. Esta casa também é sua. Por que eu me importaria?

– Bom, talvez eu fique até você encontrar um marido. Então você vai ser a senhora da casa, e eu posso me mudar para um chalé.

– Tia, eu nunca te mandaria embora. A senhora sempre esteve aqui para cuidar de mim. É a única família que eu tenho.

– Obrigada. Eu agradeço muito, Helen.

Betty se levantou e começou a tirar a mesa do café da manhã.

Naquela manhã, Helen havia se tornado uma mulher muito rica. E agora tomaria a primeira decisão importante de sua vida adulta.

Ela voltou para o quarto e se sentou no banco da janela. Ele estava molhado pela condensação. A chuva açoitava as vidraças, e o vento tempestuoso as chacoalhava.

Não havia dúvida: o clima estava perfeito.

Helen olhou para as unhas completamente roídas e começou a arrancar as cutículas. Estava ainda mais apreensiva do que imaginara.

Quando levara Davy para dar uma volta de manhã, o mar revolto já lançava pequenas bolas brancas de detritos e espuma no caminho. Mesmo acostumado ao clima severo, Davy ficara inquieto com o vento. Ela encurtara a cavalgada e voltara para casa.

Antes do almoço, tia Betty e ela tomaram uma tacinha de xerez para brindar sua maioridade. Helen ficou de olho no relógio enquanto a tia servia rosbife. Depois de comer, Helen subiu e se acomodou no banco da janela.

Será que ela viria hoje? Helen não sabia se aguentaria esperar muito mais.

O tempo passou.

E então ela a viu, de chapéu e capa de chuva, pedalando em direção às dunas. A bicicleta foi para o buraco, como sempre, e ela correu pela areia em direção à cabana. A porta se abriu, e ela desapareceu lá dentro.

O coração de Helen martelava no peito. Sorcha merecia aquilo.

Ela desceu as escadas para telefonar. Ao pegar o fone, hesitou por um instante. Seria realmente capaz de fazer aquilo? Helen fechou os olhos, pensou no futuro e discou o número.

– Aonde você vai, querido? – perguntou Mary, enquanto Seamus vestia o casaco.

– Era Helen ao telefone. Ela viu Sorcha pedalar para a praia, mas não a viu voltar. Ficou preocupada por causa do vendaval. A maré está muito alta hoje.

– Sorcha me disse que ia visitar Maureen hoje à tarde – disse Mary, intrigada.

– Bom, Helen insiste que viu Sorcha pedalando em direção à praia. É melhor eu dar uma olhada.

– Ah, mas Sorcha frequenta essa praia desde que era bebê. Ela conhece o mar.

– Você tem razão, mas Helen pareceu preocupada.

– Bom, o vento está bem forte mesmo. Se ela *estiver* na praia, vai ficar encharcada.

– Não se preocupe, eu vou encontrá-la – garantiu Seamus, colocando o chapéu. – Até mais.

Depois de passar na casa de Maureen e descobrir que Sorcha não estava lá, Seamus dirigiu até a praia. O vento estava forte o suficiente para derrubá-lo. Ele subiu em uma duna e olhou para a areia. O lugar estava deserto. Avançando por entre as dunas, com o vento rugindo em seu rosto, Seamus viu a cabana de Con Daly. Se ele estivesse em casa, talvez tivesse visto Sorcha.

Seamus foi até a porta da frente. Estava prestes a bater quando algo se movendo lá dentro chamou sua atenção. Ele olhou pela vidraça manchada de sal. No chão, dois corpos nus se contorciam. Quando o casal rolou, Seamus se viu encarando a filha.

Aos tropeços, se afastou da janela, se agachou e vomitou várias vezes.

– Jesus, Maria e José!

Limpando a saliva do queixo, Seamus se levantou e invadiu a cabana.

– Seu canalha! – gritou ele, arrastando Con pelos cabelos e atirando-o contra a parede. – Vou mandar a polícia atrás de você!

Sorcha arregalou os olhos, surpresa. O medo veio logo em seguida. Ela agarrou a camisa de Con, vestiu-a depressa e observou, impotente, o pai dar socos e chutes em seu namorado até ele escorregar na parede e se encolher no chão em posição fetal, aos pés de Seamus.

– Seu canalha, seu *canalha*! – berrava Seamus, enquanto Con tentava se proteger.

Finalmente, Sorcha conseguiu falar:

– Para, pai! Para! Você vai matá-lo!

Ela se levantou e se lançou sobre Con.

– Para, pai, por favor!

Seamus já não podia mais chutar sua vítima sem atingir também o corpo da filha. Com a respiração pesada, o rosto vermelho e os olhos vidrados de raiva, ele a encarou.

– Diga que ele te forçou, e a gente vai até a polícia e manda prender esse homem.

Sorcha balançou a cabeça.

– Não, pai, ele não me forçou. Eu amo ele.

– Vou tentar de novo. Diga que ele te obrigou a fazer isso, e aí a gente pode ir para casa, e este canalha vai ser trancafiado onde merece.

– Não! Pai, você não entende? Eu amo ele! Você não pode impedir a gente de ficar junto. Eu tenho quase 17 anos.

– Você se recusa a admitir que ele te forçou?

– Sim. Ele não me forçou. Eu quis.

Ele deu um tapa brutal no rosto dela.

– Você me dá nojo! Não é melhor que uma puta qualquer! E também não é mais minha filha!

– A gente vai se casar.

– Casar? Rá! Foi isso que ele te prometeu? E você acha mesmo que algum padre te casaria depois do que você fez?

Sorcha perdeu a confiança e começou a soluçar. Con se mexeu debaixo dela e estendeu um braço para reconfortá-la.

– Sorcha, vou te perguntar mais uma vez. Admite que ele não te deu escolha, e a gente vai para casa. Se você se recusar, vou te renegar como filha. Eu nunca mais vou te deixar entrar na minha casa. Aos meus olhos, você vai estar morta.

– Ah, pai, ah, pai, *por favor*, não posso fazer isso. Eu amo ele.

Seamus encarou a filha por alguns segundos.

– Adeus, Sorcha. Que você e esse vagabundo que você diz que ama apodreçam no inferno.

A porta bateu, e Seamus se foi.

A caminho de casa, Seamus parou em um bar da cidade. Entornou quatro uísques em dez minutos. Os outros clientes o observaram, espantados. Ninguém se lembrava de já ter visto Seamus O'Donovan tomar um único gole de álcool em um bar.

– Em nome de Deus, por onde você andou? Eu estava louca de preocupação!

Pálida, Mary cumprimentou o marido na porta da frente. Ela logo sentiu o cheiro de uísque no hálito dele.

– Onde está Sorcha, Seamus?

Seamus soltou um soluço.

– Sua querida filha está, neste exato momento, em uma cabana na praia com aquele vagabundo do Con Daly. Os dois devem estar pelados.

– Seamus! – exclamou Mary, e se benzeu. – Meu Deus, é pecado dizer uma coisa dessas!

– Também é pecado mentir, não é, Mary? – retrucou Seamus, pendurando o casaco no cabide e avançando até as escadas. – Eu vou para a cama. Sorcha está banida desta casa. Ela nunca mais vai entrar aqui. E, se eu souber que você chegou perto dela, também te coloco na rua. Entendeu?

– Eu... Seamus, o mínimo que você pode fazer é explicar. Por favor, eu...

– Cala a boca, mulher! – rosnou ele. – Já ouvi súplicas femininas demais por hoje. Eu disse tudo o que você precisa saber. Agora, boa noite!

Sorcha pôs um pano ensanguentado no supercílio de Con. Ele estremeceu quando ela o pressionou.

– Desculpa, mas a gente precisa estancar o sangramento.

– Para um advogado, o seu pai sabe bater bem. Ah, Sorcha-porcha, que coisa terrível...

Sorcha não respondeu. Fazia um esforço imenso para não pensar e só continuar cuidando dos ferimentos de Con.

– Como o seu pai soube onde te encontrar? – matutou Con. – Você contou para alguém sobre a gente? Amigas da escola?

Sorcha corou.

– Helen McCarthy. Era a única que sabia. Ela vê a praia da casa dela. Aposto que me viu chegar e ligou para o meu pai.

– Helen McCarthy? Por que ela faria uma coisa dessas?

– Ela é uma bruxa má e perversa. Sempre me odiou. E faz séculos que tem uma baita queda por você.

Con pareceu indiferente.

– Tem?

– Ah, tem. Ela não deve ter suportado a ideia de a gente ficar junto. Bom, ela conseguiu o que queria. Pronto, você já está melhor. Amanhã vai acordar com o olho roxo. Está bem inchado.

– Passa o uísque ali do armário? Acho que nós dois precisamos de uma bebida.

Sorcha pegou a garrafa de uísque, se sentou ao lado de Con e a entregou a ele. Con abriu a tampa e tomou um gole direto do gargalo.

– Quer?

Sorcha também tomou um gole.

– Então, Sorcha-porcha, o que a gente faz agora?

Sorcha apoiou a cabeça nas mãos.

– Agora eu não tenho escolha. Não posso voltar para casa, então acho que vou embora com você. Con? – chamou ela, voltando-se para ele.

– Sim?

– Nós vamos para Londres.

Con se esforçou para reprimir um sorriso.

– Sério?

Sorcha deu de ombros.

– Não vejo outra saída. Como você sabe, minha vida aqui acabou.

Con pôs um braço em volta dela e a apertou com força.

– Acho que você está certa.

Sorcha ergueu os olhos para o rosto machucado do namorado.

– Com uma condição.

– É só dizer – respondeu ele.

– Que a gente vá embora amanhã. Não quero ficar em Ballymore nem um segundo a mais. Podemos encontrar uma pousada em Dublin e passar algumas noites lá até o nosso barco partir para a Inglaterra – sugeriu Sorcha, mas sua expressão ficou sombria. – Ah, não, acabei de me lembrar de uma coisa terrível!

– O quê?

– Minha poupança. Eu saquei o dinheiro, caso você precisasse de ajuda para ir até Dublin – contou ela, fazendo Con se sentir culpado. – Está em um envelope no meu quarto. Eu tinha quase 100 libras.

– Ah, caramba... é mesmo uma pena – disse Con com um suspiro, correndo os olhos pela cabana.

– A não ser... A não ser que eu ligue para a minha mãe e implore para ela trazer o dinheiro para mim. Assim, posso me despedir dela e...

Sorcha mordeu o lábio quando lágrimas inundaram seus olhos. Con pousou uma mão reconfortante no joelho dela.

– Eu sei, eu sei. Juro que nunca vou esquecer o sacrifício que você fez por mim hoje. Vou fazer de tudo para te recompensar – afirmou Con, tranquilizando-a.

Ele a beijou com delicadeza, e ela sentiu o gosto metálico do sangue em seus lábios.

– Eu te amo, Sorcha.

– Também te amo, Con.

7

A mãe parecia a Sorcha uma pecadora entrando no céu, olhando de um lado para outro como se pudesse ser fulminada a qualquer minuto.

– A gente pode fechar as cortinas, Sorcha, só por precaução?

– Aqui não tem cortinas, mãe – respondeu Sorcha, dando de ombros. – Não se preocupe. Meu pai não voltaria aqui nem se a própria Virgem Santíssima mandasse.

– Eu trouxe o seu envelope – disse Mary, entregando-o à filha. – E as sacolas de roupa que você pediu.

– Maravilha, mãe. Eu agradeço muito.

Mary deu uma rápida olhada ao redor, hesitante.

– Sorcha, por favor, o seu pai não quer me contar o que aconteceu ontem. Ele voltou para casa bêbado. Eu nunca tinha visto Seamus daquele jeito. Ele disse que não quer mais que você ponha os pés em casa. Claro que está exagerando. Você precisa voltar. Você é nossa filha. Quando ele se acalmar, vai cair em si.

– Não, mãe, não vai.

– Então me conta o que aconteceu!

– Ele encontrou eu e Con juntos aqui na cabana. A gente estava... se beijando.

Mary estudou o rosto da filha.

– Foi só isso, Sorcha O'Donovan? Seu pai pode ser puritano, mas nem *eu* consigo imaginar ele te banindo de casa por ter *beijado* Con Daly.

– Eu... – disse Sorcha, corando e abaixando a cabeça. – Não, mãe. Não foi só isso.

Ela afundou no sofá e fitou as tábuas simples do assoalho.

Mary suspirou.

– Entendi. Bom, acho que é inútil dizer como você foi burra, não é?

Sorcha assentiu.

– Já se confessou?

– Ah, sério, mãe? Como se isso fosse ajudar a mim e ao Con...

– Sorcha! Estou me esforçando para ficar do seu lado, mas não vou tolerar esse comportamento! É melhor eu ir embora.

– Não! Desculpa, mãe, de verdade. Eu não falei por mal, só não consegui contar ao padre Moynihan. Além disso, eu e Con vamos embora para a Inglaterra amanhã.

Mary engoliu em seco.

– Vão?

– Vamos. Acho que não temos escolha. Meu pai nunca vai me perdoar. Con já vive excluído aqui no vilarejo e, mesmo que a gente se casasse, as coisas não ficariam melhores.

Mary encarou a filha, seu rosto era a expressão da tristeza.

– Do que vocês vão viver?

– Con tem algum dinheiro guardado, e eu também, neste envelope que você trouxe. Assim que chegarmos à Inglaterra, Con vai encontrar um trabalho. Ele tem uma voz linda e quer conseguir um contrato com uma gravadora.

Mary aquiesceu.

– Bom, é verdade que ele vai ter mais oportunidades em Londres. Ele não tem futuro aqui.

– Ah, mãe, eu sinto muito... Não queria que isso acontecesse. Eu mal consigo acreditar em tudo isso.

Mary fez uma pausa.

– Sorcha, você está grávida?

– Não, mãe.

– Bom, acho que pelo menos isso é uma bênção.

– É.

– Então quer dizer que você ama Con Daly?

– É.

– E acha que ele te ama?

– Eu sei que ama, mãe. Ele me diz isso o tempo todo. Assim que chegarmos à Inglaterra, vamos nos casar.

Mary observou os olhos de Sorcha brilharem de felicidade e deu de ombros.

– Espero que esteja certa. E que Con Daly entenda o sacrifício que você está fazendo por ele.

– Você acha que arruinei minha vida, não é?

Mary deu um suspiro, depois se sentou ao lado de Sorcha no sofá e pegou a mão da filha.

– Eu não seria uma boa mãe se não temesse por você agora, Sorcha. Você é tão novinha... Eu poderia espernear e berrar com você, dizer quanto você foi tonta, mas para quê? Seu pai já fez isso, e você vai embora mesmo assim.

– A gente não tem escolha, mãe, não agora.

– Não, acho que não, Sorcha – concordou Mary, com o olhar perdido. – Uma vez, mais ou menos com a sua idade, eu amei muito alguém. Ele também foi embora, mas não tive coragem suficiente para ir junto. Enfim... – disse Mary, sorrindo. – Em vez disso, eu fiquei com o seu pai.

– Você ama o meu pai?

– Claro que sim – respondeu Mary depressa, abandonando o devaneio. – Ele sabe dos seus planos?

– Não. Ninguém sabe, só você. Acha que algum dia ele vai me perdoar?

– Acho improvável. Ele te venera, sempre foi assim, desde que você era pequena. Ele ainda te vê como um bebê, o que só piora a dor. Mas não se preocupe com Seamus. Quando você se acomodar, precisa me escrever com um endereço.

– Claro que eu vou te escrever, mãe.

– É melhor mandar as cartas para a casa da Maureen. Ela pode passar para mim. É o seu pai que pega a correspondência toda manhã, e não duvido que ele rasgue uma carta sua.

– Você explica para Maureen o que aconteceu?

Mary assentiu, depois baixou os olhos para o relógio.

– Tenho que ir. Seu pai vai querer o jantar na mesa, como sempre – disse ela, se levantando, e Sorcha a seguiu. – Cuide-se.

– Pode deixar.

Mary estendeu os braços e puxou a filha para si, dando-lhe um beijo na testa.

– Se você precisar de qualquer coisa, eu tento arranjar.

– Obrigada, mãe.

Lágrimas brilhavam nos olhos de Mary quando ela foi até a porta.

– Ah, Sorcha, metade de mim te inveja... Tchau, minha querida. Que Deus te acompanhe.

Mary estava prestes a fechar a porta quando Sorcha se lembrou da pergunta que vinha lhe perturbando a cabeça.

– Mãe, como meu pai descobriu onde eu estava ontem?

– Helen McCarthy ligou, preocupada. Ela pensou ter te visto mais cedo na praia, e a tempestade estava forte.

– Ah.

– Por quê?

– Por nada – respondeu Sorcha, e deu um abraço na mãe. – Vou sentir saudades, mãe. Tchau.

Sorcha se sentou em uma duna e olhou para o mar. Era um dia quente, e a água estava de um azul mediterrâneo perfeito. Parecia que ela ouvia o barulho das ondas pela primeira vez.

Ela percebeu a sorte que tivera de crescer em um lugar tão bonito. Lembrou-se dos longos e preguiçosos dias de verão que passara naquela praia com as amigas. E de todas as noites de inverno em que correra para casa debaixo da chuva forte e encontrara um prato cheio de ensopado fumegante e uma lareira quente para se secar.

Sua vida em Ballymore. Uma vida que lhe parecera monótona quando a viveu, mas que agora parecia bastante segura e protegida. Teve vontade de chorar, mas resistiu. Não havia volta.

Con pôs a mão em seu ombro.

– Pronta?

Sorcha aquiesceu.

– Pronta.

– Ótimo. Não me dei ao trabalho de trancar a cabana – disse ele, sorrindo.

– Entendi...

Con se sentou ao lado dela.

– Tem certeza de que está bem?

– Tenho – respondeu Sorcha, anuindo, depois se levantou. – Vamos, Con. Preciso fazer uma visita no caminho.

Helen ouviu a campainha tocar, porém, sabendo que a tia atenderia, continuou deitada na cama.

– Helen, é para você!

Ela levantou da cama com um salto e foi até o patamar.

– Quem é?

– Sorcha O'Donovan.

– Ah, eu... – disse ela, hesitante, no topo da escada.

– Vem logo, Helen – mandou a tia, irritada. – Sorcha está esperando.

Helen desceu devagar a longa escadaria de carvalho. Sorcha estava de pé no vestíbulo.

– Ponho a chaleira no fogo? – perguntou Betty.

– Não, obrigada. Só tenho alguns minutos – respondeu Sorcha, bruscamente.

– Vou estar na cozinha, caso você mude de ideia.

Quando Helen chegou ao último degrau, Betty se virou e deixou o vestíbulo. Sorcha a observou, aguardando o clique da porta da cozinha. Helen notou que ela estava pálida, mas perfeitamente composta.

– Oi, Helen. Eu vim me despedir.

– Ah, eu...

– Vim te agradecer por contar ao meu pai onde eu estava ontem.

– Eu... eu fiquei preocupada. A tempestade, eu...

– Não gasta a sua saliva com mentiras, não, Helen. Você sabia onde o meu pai ia me encontrar. E queria que ele me encontrasse.

– Não. Eu...

– Eu e Con vamos para a Inglaterra hoje.

Helen ficou calada.

– Eu só queria te perguntar por quê, só isso. Você deu a sua palavra que não ia contar.

Helen descobriu que não conseguia falar. Por fim, Sorcha sorriu de leve.

– Você esperava que o meu pai me encontrasse na cabana, me levasse para casa e me proibisse de ver Con Daly. E que, como uma boa menina, eu ficasse em Ballymore, aí Con ia desaparecer, e eu perderia ele e a minha chance de escapar. Foi isso que você planejou, não foi?

Sentindo-se culpada, Helen olhou para o homem atrás de Sorcha.

– Mas o que você conseguiu foi o contrário. Meu pai se recusa a permitir que eu pise na casa dele de novo. Então, obrigada. O que você fez impossibilitou que eu fique em Ballymore. Eu e Con *temos* que ir embora.

Helen não tinha nada a dizer.

– Talvez seja bom colocar um mar entre nós, Helen. Eu sabia que você estava com ciúmes, mas não fazia ideia de que me odiasse tanto. Vou tentar te perdoar, porque você merece pena. Você pode ter muito dinheiro, mas não tem um único amigo. Eu espero nunca mais olhar para a sua cara na minha vida.

– Eu...

Helen tentou rebater, mas não saiu nada. Uma lágrima grossa rolou por sua bochecha.

Con se aproximou do batente da porta.

– Sorcha, a gente precisa ir – disse baixinho.

– É, eu já fiz tudo o que vim fazer.

Sorcha se virou e caminhou em direção a Con, depois deu meia-volta.

– Bom, você conseguiu uma coisa. Agora, assim como você, eu não tenho família. Mas tenho Con, e ele me ama. Duvido que algum dia você saiba o que é isso. Tchau, Helen.

Sorcha deu as costas para Helen e, furiosa, começou a se afastar da mansão McCarthy. Quando Con não a seguiu de imediato, ela se virou bruscamente e viu os dois compartilhando um olhar demorado e persistente. Helen encarava Con com intensidade, e Sorcha notou que a garota pendia para um lado e para outro, desconfortável.

– Con! Não adianta intimidá-la. Vamos embora.

Helen fechou a porta, se virou e subiu correndo as escadas até o quarto. Então, se jogou na cama e soluçou.

– É tão injusto, tão injusto! – repetia ela sem parar.

Por fim, Helen se levantou e enxugou as lágrimas, as palavras de Sorcha ainda queimando na cabeça. Por que se sentia como a vilã? Sorcha e suas amigas também foram cruéis com ela ao longo dos anos.

Ela abriu a gaveta superior da mesinha de cabeceira e tirou a caderneta bancária. Então se sentou na cama e estudou a quantia depositada no dia anterior. Passou a mão pelos números escritos à tinta.

Aquele era o único legado que recebera dos pais. Sua vida precisava mudar. E, já que ninguém a ajudaria, tinha que encontrar coragem e força para fazer isso sozinha.

Vinte e quatro horas depois, Sorcha observava, por cima da grade de segurança, o litoral de sua terra natal desaparecer depressa. Os braços de Con a envolveram, protegendo-a da forte brisa marinha. Ele a virou para si.

– Bom, Sorcha-porcha, a gente foi embora. Está com medo?

Ela olhou para o rosto dele, escurecido pelo crepúsculo.

– Um pouco.

– Eu também – confessou ele, puxando-a para perto. – Mas temos um ao outro, seja lá o que a gente for enfrentar. E é só isso que importa.

– É.

Con olhou por cima da cabeça dela e murmurou um adeus silencioso.

– Eu te prometo uma coisa. Na próxima vez em que eu voltar para casa, o país inteiro vai saber que estou chegando.

Dois meses depois, uma outra figura parou exatamente no mesmo lugar no convés do barco. Ao sair de sua cabine abafada para respirar um pouco de ar fresco, Helen se recusou a derramar uma única lágrima.

A Irlanda não fora boa para ela. Esperava que a terra onde a mãe nascera fosse melhor.

8

Londres, outubro de 1964

Sorcha acordou com o cheiro de repolho cozido. Não era o aroma gostoso, de dar água na boca, que costumava emanar da cozinha da mãe quando ela refogava a verdura em uma panela com bacon, e sim o cheiro rançoso, de embrulhar o estômago, que anunciava o início de um novo dia no inferno onde ela e Con moravam.

Ping. Ping. Ping.

Sorcha suspirou. Estava chovendo. Do teto. Ela espirrou, depois procurou um lenço debaixo do travesseiro para assoar o nariz. Sua garganta parecia áspera. Talvez uma bebida quente ajudasse. Ela rolou 5 centímetros e quase caiu da cama estreita de solteiro. Con grunhiu e se esticou, seu corpo aliviado por ganhar algum espaço. Sorcha correu até a lareira e pôs fogo em uns dois gravetos que havia guardado da noite anterior, para gerar algum calor. Então, despejou o resto do carvão novo e o cobriu com o carvão usado para manter o fogo aceso por mais tempo.

Estava um gelo. E ainda era fim de outubro. Só Deus sabia como aquele lugar seria em janeiro.

Vamos lá, Sorcha, vamos lá, repreendeu-se ela ao se dirigir à pequena cozinha e ligar o fogãozinho elétrico de uma boca para esquentar a chaleira. Havia grandes chances de que Con ficasse famoso até janeiro, e talvez fossem viver em uma bela casa como as que vira nos arredores de Hampstead Heath.

Esse pensamento parecia mais irreal a cada dia que passava.

Sorcha pegou o grande suéter de Con e o vestiu por cima da camisola. Então, começou a pular de um pé para outro enquanto esperava a chaleira ferver.

Seu namorado ainda dormia. Ele parecia tão tranquilo, como se não tivesse nenhuma preocupação na vida. A chaleira apitou. Sorcha a pegou e despejou a água no bule.

Não se arrependia. Estava com o homem que amava. Não importava que vivessem em um sótão infestado de ratos e tivessem se limitado a uma parca refeição por dia. Ou que, três meses e meio depois, ela já sentisse uma saudade absurda de Ballymore. Os londrinos eram tão bruscos, tão grosseiros. Tudo se movia em um ritmo frenético ali, e Sorcha ansiava pela gentileza das vozes de sua terra.

Acima de tudo, Sorcha sentia falta do espaço e da amplidão de Ballymore. Olhou desconsolada pela janela do sótão e só viu fileiras e mais fileiras de chaminés cinzentas e esfumaçadas.

Sentiu lágrimas lhe arderem os olhos ao pensar na praia, majestosa em sua beleza selvagem e açoitada pelo vento naquela época do ano. E no ar, tão fresco que parecia limpar seus pulmões cada vez que o inalava.

Para, Sorcha, para. Não se esqueça de que, quando você estava lá, não via a hora de ir embora.

Ela serviu um pouco de chá em uma caneca de estanho e a levou até o fogo. Odiava chá puro, mas o leite tinha acabado, e não havia dinheiro para mais.

O pior de tudo era que, logo, logo, até aquele lugar seria um luxo pelo qual não poderiam pagar. Só tinham mais um mês de aluguel na lata do armário. Sorcha sabia que a proprietária não teria dó. Se atrasassem o pagamento por mais alguns dias, estariam na rua.

E depois?

É claro que, antes, nenhum dos dois fazia ideia de como seria difícil. Ao chegar a Londres, eles foram para uma pousada, compraram um jornal e deram uma olhada na seção "Imóveis para alugar". Rapidamente passaram à seção "Quartos para alugar", ao ver os preços pedidos por semana. Eles eram jovens irlandeses, que não eram casados (embora logo tivessem aprendido a mentir sobre seu estado civil) e não tinham referências para oferecer a possíveis locadores. Só conseguiram o quarto em que estavam porque o espaço era impróprio para seres humanos, e a proprietária concordara em dispensar as formalidades habituais.

Con tinha percorrido os bares e as boates do Soho, tentando persuadir os proprietários a ouvi-lo cantar, porém sem sucesso. Sorcha implorou a ele que a deixasse procurar trabalho em uma das grandes lojas do West End, mas ele não queria ouvir falar no assunto.

Desesperado, Con começou a fazer apresentações de rua na Carnaby Street. Sorcha ia com ele, caminhando com coragem os 6,5 quilômetros do quarto deles até Swiss Cottage para economizar dinheiro. Alguns dias, ele ganhava o suficiente para que fossem até um dos bares próximos tomar uma bebida. Nessas poucas noites, a vida era linda. Eles estavam na cidade mais badalada do mundo e faziam parte de uma nova geração que não aceitava as regras dos pais.

No entanto, outras vezes, quando a chuva desabava e eles voltavam para casa em silêncio com apenas algumas moedas no bolso de Con, a depressão tomava conta do resto da noite.

Ela olhou pela janela e rezou para que a chuva parasse logo, já que se apresentar na Carnaby Street debaixo d'água era inútil. Ninguém queria ficar parado ouvindo um cantor encharcado. Então, nos dias chuvosos, o jeito era ir até uma estação de metrô e tocar até um bilheteiro intrometido ser enviado para expulsá-los – ou, pior ainda, a polícia. Con tinha um ódio e um medo instintivos dos guardas. Os dias no metrô não eram lá muito bons.

Sorcha tomou um gole do chá. Sentindo-se estranha, se livrou do suéter de Con. Um suor esquisito parecia escorrer de seu corpo. Ela soltou um suspiro alto. Como podiam continuar assim? Os dois ainda eram próximos, mas a tensão de viver no fio da navalha estava começando a afetar o relacionamento. Um medo incômodo corroía Sorcha por dentro. E se Con se cansasse dela, daquela vida? Talvez ele não quisesse mais se casar com ela. Talvez...

– Bom dia, Sorcha-porcha. Como você dormiu na nossa cama de pregos? – perguntou Con, envolvendo seus ombros.

Ela voltara a tremer.

– Não muito bem. Encontrei outro percevejo durante a noite. Ele subiu na minha coxa.

– Ah, isto aqui não é o Ritz, não há dúvida. Mas quem sabe o que o dia de hoje nos reserva?

– A chuva, Con – respondeu Sorcha, sentindo as pernas trêmulas ao ir até a cozinha servir um pouco de chá para ele.

Con sorriu para Sorcha quando ela lhe entregou sua caneca de estanho.

– Está ficando cansada dessa vida, minha Sorcha? Não é com isso que a minha princesinha está acostumada, certo?

– Nenhum ser humano decente deve se acostumar a viver assim – retrucou ela, mas logo se arrependeu. – Desculpa. Eu estou preocupada, só isso. E não estou me sentindo bem.

Sorcha cambaleou de repente, quando o mundo girou ao seu redor. Con a segurou e pôs uma das mãos em sua testa.

– Meu Deus, você está ardendo em febre, Sorcha! Volta para a cama. Vou fazer um chá com leite para você.

– Não tem leite, Con. A gente acabou com ele ontem à noite.

– Então eu vou sair para comprar mais. Vamos lá, já para a cama. Hoje eu não vou tocar. A gente tem que fazer você ficar boa.

Sorcha deixou que Con a levasse de volta para a cama e a enfiasse debaixo das cobertas. Ela observou o namorado vestir a calça jeans e o suéter gastos.

– Vou comprar um pouco de leite e alguns remédios para baixar essa temperatura. Você fica quietinha aí.

Ela assentiu de leve.

– Desculpa, Con.

– Não peça desculpas, Sorcha. A culpa é deste inferno de vida que eu estou te dando.

Depois que ele saiu, Sorcha se deitou, e lágrimas de autopiedade lhe escorreram dos olhos. Ela cochilou e começou a ter pesadelos... Estava presa em um telhado debaixo de uma chuva torrencial. Con tentava alcançá-la antes que ela escorregasse para a escuridão infinita... mas ele só esticava uma das mãos, porque segurava o violão com a outra e não o soltava... Ela escorregou. Ao cair, gritou o nome dele...

– Con! Con! *Con!*

– Estou aqui, Sorcha, estou aqui do seu lado. Foi um sonho, um pesadelo, só isso.

Ela abriu os olhos e o encarou. Ele estava pálido, com a expressão preocupada. Sorcha olhou em volta e percebeu que o quarto estava quase às escuras, iluminado apenas por uma vela.

– Pronto – disse ele, acariciando gentilmente seus cabelos emplastrados de suor. – Graças a Deus, acho que a febre cedeu.

– Eu... Quanto tempo eu dormi?

– Bom, são quase três da manhã. Eu não consegui te acordar quando voltei das compras, então chamei o médico. Ele me falou para te dar um banho de esponja e ligar de novo se a sua temperatura não baixasse em algumas horas. Você está com gripe, Sorcha. Quer um pouco de água?

Ela sentiu a garganta seca. Assentiu.

Com cuidado, Con levou o copo aos lábios dela.

– Para onde foi que eu te trouxe? – indagou ele, com um suspiro. – Para Londres, a cidade grande, e a gente não vive melhor que camponeses durante a Grande Fome.

Sorcha estendeu a mão e pegou a de Con.

– A gente não pode desistir do nosso sonho. Você é talentoso, *vai* ser descoberto. A gente só não conhece as pessoas certas, só isso.

– E como é que vamos conhecer as pessoas certas, Sorcha? Não – disse Con, balançando a cabeça. – Eu não passo de um imigrante irlandês. Foi pretensão da minha parte achar que as coisas seriam diferentes.

Sorcha soltou um suspiro fraco.

– Por favor, não diga isso.

– Enquanto você estava deitada, parecendo que ia dar os últimos suspiros, eu tomei uma decisão. Não podemos continuar vivendo assim. Vou esperar até o fim da semana, aí, na segunda, começo a procurar trabalho como operário, junto com o restante dos irlandeses. Não temos como viver com o que eu ganho como músico de rua. Você sabe que não.

– Mas *eu* também preciso encontrar um trabalho, Con. Deve haver algum lugar em Londres que queira uma pessoa honesta e bem-disposta.

– É *meu* trabalho cuidar de *você*, principalmente depois de ter te tirado de casa.

– Não vou deixar a gente passar fome por causa do seu orgulho masculino. Se eu encontrar um emprego, vou aceitar – afirmou Sorcha, depois teve um acesso de tosse.

– Bom, agora não é nem a hora nem o lugar para essa discussão. Deixa que eu me preocupo com isso, se concentra em ficar boa. Fecha os olhos, meu amor. Vou ficar sentado aqui até você dormir.

Exausta demais para continuar argumentando, Sorcha obedeceu.

9

Era um dia claro e bonito de outubro. A música retumbava de lojas e bares do West End, e os clientes e funcionários vestiam as cores do Carnaval. A atmosfera estava elétrica.

– Cores do Carnaval, cores do Carnaval – murmurou ele, parando no meio da Carnaby Street, pegando o caderninho e mastigando o lápis.

A coisa mais notável em Derek Longthorne era sua altura. Ou melhor, a falta dela. Embora durante a adolescência se medisse todos os dias, estimava que havia parado de crescer dois meses depois do aniversário de 13 anos. Tinha implorado à mãe que o levasse a um especialista para ver se recebia uma superinjeção de hormônio do crescimento e ganhava alguns centímetros a mais. Ela riu, bagunçou os cabelos dele e disse que o pai era igual. Que as mulheres só notavam seu rosto bonito e os grandes olhos azul-bebê, e que a altura não impedira nenhuma delas de cair aos pés dele.

O problema é que, pensou Derek, *se alguma mulher cair aos meus pés, já vai ficar cara a cara comigo*. Gargalhando por dentro diante do próprio sarcasmo, partiu em direção à loja de sapatos e aos prometidos 10 centímetros que comprara em troca de uma quantia absurda. Com certeza, depois daquela pequena extensão de altura, Peggy não se negaria a sair com ele.

Derek entrou na loja e fez contato visual com uma vendedora magra como um graveto, que fumava um cigarro nos fundos.

– Oi, meu nome é Derek Longthorne. Vim pegar as minhas botas.

A vendedora deixou o cigarro de lado.

– Vou ver se estão prontas.

– Estão, têm que estar. Quer dizer, eu liguei hoje de manhã e...

– Espere aí, vou dar uma olhada.

Derek aguardou em meio a um suspense agoniante. Ele *precisava* delas naquele dia. Por fim, a garota voltou com uma caixa grande.

– Aqui. Quer experimentar?

– Por favor.

– Então senta aí – disse a garota, apontando para um pufe revestido por um plástico vermelho.

Ele se sentou e a observou pegar as botas na caixa. Eram feitas de um couro marrom macio e brilhante. Derek tirou os brogues.

– Tudo bem, eu posso calçar – disse ele, estendendo o braço para pegar as botas das mãos dela.

– Fique à vontade – respondeu ela, afastando-se devagar para terminar o cigarro que ainda queimava no cinzeiro.

Derek calçou as botas e fechou os zíperes nos tornozelos.

Ao ficar de pé, ele se desequilibrou e cambaleou um pouco. Então, foi com cuidado até o espelho.

Um metro e setenta. Finalmente, o sonho inatingível. Derek sorriu para o espelho, passou um pente nos cabelos louros, mandou um beijo para o reflexo e saiu da loja.

Não estava com pressa nenhuma de ir para casa. Comprou uma calça nova e perambulou pela Carnaby Street, imaginando Peggy abrindo a porta de casa e caindo em seus braços.

Fazia seis anos que estava apaixonado por ela, desde que a família de Peggy se mudara do norte para Londres e a garota entrara para sua turma na escola. Desde que seu primo Todd, não muito dado a superlativos no que dizia respeito às mulheres, achara Peggy "bonitinha". Ela logo se tornou muito popular, juntando-se à gangue das garotas descoladas, enquanto seus colegas de classe faziam fila para sair com ela.

Derek sabia que não tinha a menor chance. Sonhava com Peggy à noite e se contentava com isso. Até... encontrá-la a caminho da escola e descobrir que ela morava no fim de sua rua. Derek passara a planejar encontros matinais. Ele esperava atrás de uma cerca viva até Peggy sair pelo portão da frente, depois caminhava atrás dela por um tempo e a chamava. Quando ela se virava, ele contemplava aqueles grandes olhos azuis, imensos em seu rosto adorável.

– Oi, Derek – dizia ela, e esperava que ele a alcançasse.

Então, eles caminhavam os quinze minutos até a escola juntos. Derek vivia para esses interlúdios matinais. Na escola, era conhecido como Del – até alguns professores adotaram o apelido –, mas Peggy o fazia se sentir especial.

No primeiro Natal, Derek dera a ela um frasco de perfume. Ela abriu o presente, se atirou nos braços dele e o beijou.

– Derek, você é mesmo o garoto mais doce que eu conheço.

Isso elevou a paixão dele a um novo e vertiginoso patamar. Em janeiro, quando as aulas recomeçaram, Derek tomou coragem e chamou Peggy para sair. Para sua surpresa, ela aceitou. Ele a levou ao cinema para ver Elvis em *Prisioneiro do rock' n' roll*, e eles dividiram um saco de pipoca. Derek passou o filme todo tentando tomar coragem para passar o braço pelos ombros de Peggy.

– Foi muito legal – dissera Peggy, quando Derek a acompanhou até a porta de casa. – Gostei de sair com um garoto para ver um filme sabendo que ele não ia tentar me agarrar assim que as luzes se apagassem.

Então, ela o beijara gentilmente na bochecha.

– Boa noite, Derek. Você é mesmo um bom amigo.

Não foi nada fácil descobrir que Peggy estava saindo com Mikey Doolan, o bonitão da turma. Derek estremeceu só de se lembrar de sua pálida mãe aparecendo na delegacia para buscá-lo, após ter sido flagrado atirando um tijolo na janela da cozinha dos pais de Mikey. Após outros incidentes semelhantes, Derek foi encaminhado a um psicólogo. O médico dissera à mãe de Derek que ele desenvolvera uma obsessão, provavelmente causada pelos hormônios descontrolados da adolescência. Ele a tranquilizara, afirmando que Derek superaria aquilo com a idade. É claro que Derek fingira ser esse o caso, mas, por dentro, sabia que seu amor por Peggy nunca, jamais, o deixaria.

Derek decidiu tomar um drinque. Entrou em um dos bares barulhentos da rua, se sentou em um banco e pediu uma cerveja. Soltou um suspiro. Tudo isso acontecera cinco anos antes. Ele fez o que o psicólogo sugerira e a polícia exigira: ficou longe de Peggy. Sabia que ela não se sentia intimidada *de verdade* pela intensidade de seu amor. Só dissera aquilo para encobrir seus verdadeiros sentimentos por ele. No fundo, no fundo, Peggy sabia que ele era o homem para ela.

Derek estava esperando o momento certo. Agora, ela morava em cima de uma lanchonete de peixe e fritas, só a algumas centenas de metros de sua casa. Ele sabia que Peggy ia ao West End todos os dias para cursar alguma faculdade, porque uma vez pegou sorrateiramente o mesmo ônibus que ela e viu onde a garota desceu.

Derek tomou um gole da cerveja e se consolou com o fato de que Peggy o amaria quando fosse famoso. Ele se lembrava de todas aquelas conversas no vestiário dos garotos sobre as bandas que formariam quando saíssem da escola. Desde então, a maioria deles se tornara aprendiz na fábrica local de sapatos, e vários estavam desempregados. Enquanto ele, Derek Longthorne, também conhecido como Del, era um guitarrista-base em uma banda de verdade. Ele planejaria um encontro com Peggy em breve. Mas precisava ser na hora certa. Derek tinha que *impressioná-la*.

Todd, o primo por parte do falecido pai, era alguém que Derek idolatrava. Quando Derek entrara para a mesma escola que ele, sofreu chacotas impiedosas por conta de sua baixa estatura. Todd, três anos mais velho, havia cuidado dele, dado um jeito nos valentões e se certificado de que Derek fosse deixado em paz. Ao terminar a escola, ele ingressou em uma faculdade de música muito famosa e disse a Derek para continuar praticando guitarra, já que um dia queria formar uma banda. Derek levou as palavras do primo a sério. Todas as noites, praticava por horas e horas, quase enlouquecendo a mãe, mas também descobriu que aquela concentração toda o fazia parar de pensar em Peggy.

Então, dito e feito, Todd fora visitá-lo no verão em que Derek terminou a escola e perguntou se ele teria interesse em fazer parte da nova banda que estava montando. Apesar de serem primos, Derek teve que fazer um teste. Seus anos de sólida prática combinados a uma habilidade natural facilitaram a tarefa de Todd, que lhe ofereceu uma vaga.

Derek entornou o resto da cerveja. Isso fora três anos antes. A fama estava demorando mais do que o esperado. A banda Todd Bradley and the Blackspots vivia fazendo shows e contava com um pequeno séquito, mas não chegava a ser um estouro. Pior que isso, eles tinham acabado de perder Norman, o baixista, para outro grupo, o que os desmoralizou ainda mais.

Derek consultou o relógio. Não precisava correr para casa naquela noite. Tia Marge vinha para o chá, e Derek sabia como ela e a mãe gostavam de ficar sozinhas para conversar. Ele se levantou e decidiu dar uma volta pela Carnaby Street.

Con reprimiu um bocejo ao pendurar o violão no ombro e tocar algumas notas. Encontrar um lugar onde o som do instrumento não fosse abafado pelos discos aos berros nas lojas era uma tarefa cada vez mais difícil. Conferiu o que havia faturado até então. Quase 10 xelins. Para ser sincero, não era o suficiente nem para manter um cachorro vivo.

Então, era o fim. O último dia. Na segunda-feira, encontraria um emprego de verdade, que pagasse um salário decente. Ele e Sorcha logo estariam na rua. Ela merecia coisa melhor. Ele devia uma vida boa a ela, depois de tudo. Não havia alternativa.

– Bom... – murmurou ele, em voz alta, mas para ninguém em particular. – Não se pode dizer que eu não tentei.

Enquanto caminhava a passos largos, Derek pensou na música que compusera pela metade mais cedo. Talvez a mostrasse para Todd quando estivesse pronta, para ver se poderiam tocá-la nos shows.

De repente, Derek ouviu um som melodioso vindo do outro lado da rua. Era um contraste tão grande em relação à cacofonia louca da Carnaby que ele se virou para olhar. O artista era alto – Derek já não se ressentia por isso – e extremamente bonito. Cantava uma música que Derek nunca ouvira, então deduziu que fosse original. Embora simples, tinha uma melodia marcante. Devagar, Derek atravessou a rua para observá-lo um pouco. Não havia dúvidas de que o sujeito era um guitarrista competente, e ele gostou de sua voz grave e suave.

Quando o artista parou, Derek pôs a mão no bolso e pegou alguns xelins. Então, os lançou no estojo aberto do violão.

– Toca outra.

Con encarou o jovem. Ele o observara atravessar a rua em sua direção. Andava de um jeito estranho, de vez em quando curvando os joelhos para os lados, como se perdesse o equilíbrio. Com aqueles cabelos louros e grandes olhos azuis, mais parecia um garoto do coral que cresceu demais. Em termos de idade, poderia ter entre 16 e 30 anos. Con olhou de relance para os 4 xelins lançados em seu estojo.

– Algum pedido específico?

– Toca outra das suas.

Con abriu um sorriso largo e cortês.

– Está bem.

Ele tocou uma mais animada que havia composto aos 14 anos, mas que ainda estava entre suas preferidas.

Quando terminou, o jovem aplaudiu.

– Foi incrível. Por acaso você toca baixo?

– Já toquei.

Ele se aproximou e estendeu a mão.

– Derek Longthorne. Prazer. Quer tomar uma cerveja?

Con chegou em casa duas horas depois. Oscilava entre a felicidade e a incerteza. Após decidir que sua carreira musical chegara ao fim, recebera uma proposta para dar um passo tênue na direção certa.

– Oi, amor. Tem alguma coisa cheirando muito bem – disse Con, aspirando o ar ao cruzar o quarto e abraçar Sorcha, que mexia o conteúdo de uma panela. – E você também está uma delícia de se *olhar*.

Ele enlaçou a cintura dela e a beijou, olhando para a panela.

– Que bacon é esse? E essa minissaia?

Sorcha se virou para encará-lo. Era a primeira vez em muito tempo que a via maquiada.

– Con, eu... – disse ela, com os olhos brilhando. – Hoje é dia de comemorar.

– É? Eu esqueci algum aniversário?

– Não. Eu preciso que você prometa que não vai ficar zangado.

– Sorcha, linda desse jeito, você faz de mim o que quiser.

– Ok. Eu consegui um emprego. Começo na segunda e vou ganhar 5 libras por semana.

Con largou a cintura dela.

– Achei que a gente já tinha conversado sobre isso.

– A gente conversou, Con. Mas a situação está desesperadora.

– Eu sei, eu sei – disse ele, suspirando. – Bom, o que você vai fazer?

– Uma coisa bem feminina. Vou trabalhar no balcão da perfumaria da Swan and Edgar's.

– Isso não é uma fábrica de fósforos? – perguntou ele, sentando-se na única cadeira gasta do apartamento.

– Não, seu bocó – respondeu Sorcha com uma risadinha, relaxando um pouco. – É uma grande loja de departamento na Piccadilly Circus. Ah, Con, fala que você está feliz!

– Vem cá – disse Con, dando um tapinha no joelho.

Sorcha foi até ele e se sentou, abraçando o pescoço dele.

– Eu acho – declarou ele, beijando o pescoço dela – que não consigo pensar – continuou, beijando o ombro dela – até fazer amor com você.

Algum tempo depois, eles estavam deitados na cama estreita, com os membros entrelaçados.

– Então, minha preciosa princesa tem que trabalhar para o namorado inútil. Nunca pensei que a gente chegaria a esse ponto – comentou Con, acariciando a pele sedosa da coxa de Sorcha.

– Não vai ser por muito tempo. Você vai conseguir alguma coisa, eu tenho certeza.

– Bom, na verdade, eu consegui uma coisa hoje.

– O quê? Uma coisa boa?

– Talvez.

Os olhos de Sorcha brilharam.

– Conta, Con.

– Eu conheci um camarada que diz fazer parte de uma banda. Eles acabaram de perder o baixista. Ele me ouviu tocar, me levou para tomar uma cerveja e me chamou para aparecer em um pub de Camden Town amanhã à noite, para fazer um teste.

– Como o quê?

– Como o baixista deles.

– Ah, entendi...

– Você não parece muito animada.

– Desculpa. Só achei que você queria ter a sua própria banda. Baixista? – disse Sorcha, torcendo o nariz. – Você vale mais do que isso.

– E você vale mais que vender perfumes para ricaças gordas – retrucou Con, pulando da cama para pegar a latinha de tabaco e os papéis de enrolar cigarros na calça jeans.

– Eu estou feliz por você, Con, de verdade. Mas sempre imaginei que você seria o líder da banda.

– Sorcha, nós dois imaginamos um monte de coisas que não aconteceram desde que chegamos aqui. Enfim, acabei de decidir que não vou. Vai ser bem melhor procurar um trabalho estável como operário – declarou Con, acendendo o cigarro enrolado e tragando-o, melancólico.

– Não, não foi isso que eu quis dizer. Claro que é um começo. Claro que estou feliz. Fala mais sobre eles. Que tipo de música eles tocam?

Con deu de ombros.

– Coisas modernas, rock... Fazem *covers* e tocam músicas próprias.

– Eles são conhecidos?

– Nunca ouvi falar – respondeu ele, com um sorriso largo. – Mas seria um começo.

– Con, é uma ótima notícia. Você tem que ir amanhã à noite.

– Vou pensar – disse ele, por fim. – Agora, que tal um pouco daquele bacon?

O pub Queen Victoria, na Camden High Street, era barulhento e enfumaçado. Havia uma mistura eclética de clientes, desde velhos jogando cartas ao redor de uma mesa à multidão jovem e multicolorida amontoada em um canto do bar, observando a banda montar o equipamento em um pequeno estrado.

– Olha – sussurrou Sorcha quando já estavam a alguns metros de distância da banda –, parece que eles têm público. Já é alguma coisa.

Con não respondeu. Ele observava a cena com interesse.

– Oi! Que bom que você veio – cumprimentou Derek, dando um tapinha nas costas de Con. – E quem é essa belezura? – perguntou ele, voltando os olhos para Sorcha.

– Minha namorada, Sorcha O'Donovan.

– Derek Longthorne. Guitarrista-base dos Blackspots. Prazer, Sorcha – disse ele, sorrindo para ela. – Certo, vem por aqui que eu vou te apresentar para o resto do grupo. Eu falei com Todd, e ele acha melhor você ouvir a primeira apresentação, para ter uma ideia do nosso estilo, e se juntar à banda depois do intervalo.

Ele conduziu Con em direção ao estrado. Sorcha os seguiu, tímida e constrangida.

– Ah, Sorcha, por que você não fica com a Lulu naquela mesa ali do canto? Ela é namorada do Todd. Ela vai te explicar quem é quem. Agora, Con, como eu te disse ontem, o estilo é bem...

Sorcha olhou na direção que Derek apontara. Sentada à mesa, fumando um cigarro, estava uma linda garota. Tinha cabelos cor de ébano, lisos e compridos, quase batendo na cintura. As madeixas faziam um forte contraste com sua pele pálida cor de alabastro. Os olhos da mulher estavam bem delineados com lápis preto, e seus lábios exibiam um vermelho vistoso contra a pele clara. Ela vestia um terninho de camurça azul bem ajustado ao corpo, com botas combinando.

Sentindo-se terrivelmente desleixada com seu casaco impermeável e a minissaia de tweed, Sorcha caminhou devagar até a mesa.

– Oi. Derek me falou para vir até aqui.

Aqueles olhos enormes e inocentes se concentraram em Sorcha. Eles a examinaram de cima a baixo, de um jeito tão penetrante que Sorcha se sentiu corar.

– Então, senta.

– Meu nome é Sorcha O'Donovan. Eu vim com Con Daly. Ele está fazendo um teste para ser o baixista da banda.

– Boa sorte para ele – disse Lulu, arrastando as palavras e dando mais uma tragada no cigarro. – Eu não teria muita esperança, querida. Eles testaram doze no último mês. Isso aqui não é uma bandinha de fundo de quintal, sabe? A Todd Bradley and the Blackspots vai longe.

– Com certeza.

– Todd tem formação clássica. Ele entende do riscado.

– Qual deles é Todd?

– Ali, perto do microfone.

Sorcha deu uma olhada em Todd. Com seus óculos e cabelos curtos raspados nas laterais, ele estava bem longe da imagem do roqueiro suado.

– Ele é o homem mais inteligente que já conheci. Me apresentou a Proust e Freud. É capaz de recitar poesia por horas sem fim. O homem tem um cérebro imenso. Eu acho isso superestimulante. Todas as músicas dele têm um sentido profundo, são poemas musicados.

Sorcha encarou Lulu, agora em parte torcendo para que Con não estivesse à altura. Não conseguia enxergar uma amizade entre elas no futuro.

– Então, hã, Sonia, o que você faz da vida?

– Na verdade, meu nome é Sorcha. Na próxima segunda, eu começo a trabalhar no balcão de perfumaria da Swan and Edgar's.

– Sério? Fascinante. Eu sou atriz. Você me reconhece? Já fiz vários filmes – contou Lulu, voltando o olhar penetrante para Sorcha, desafiando-a.

– Eu... Claro, agora estou reconhecendo.

– Eu tenho um teste na semana que vem para a Hammer.

– Quem?

– *Quem?* Hammer Pictures, é claro. É um teste para uma noiva de Frankenstein.

– Ah, tenho certeza de que você seria perfeita para o papel.

– Obrigada.

Sorcha deu graças a Deus por Lulu ter encarado como um elogio.

– Ok, pessoal – disse Todd, após pegar o microfone.

Uma onda de aplausos irrompeu da plateia.

– Obrigado por virem. Vamos começar com uma velha favorita. Com vocês, "Time Slips By".

Sorcha observou com interesse a banda começar a tocar. Não era nenhuma especialista em música, mas o som era bom e melodioso, e Todd tinha uma voz agradável. Viu que Con os estudava atentamente. Em determinado momento, ele se virou e piscou para ela. Sorcha piscou de volta. Lulu estava com a cabeça apoiada no encosto do banco, de olhos fechados, mexendo os lábios junto com a música. Sorcha fez um esforço imenso para ouvir a letra. Ela fazia sentido, mas a "poesia" lhe escapava.

Vinte minutos depois, a banda anunciou um intervalo. Todd desceu com desenvoltura da plataforma e abriu caminho em direção a Lulu.

– Maravilhoso como sempre, meu amor – elogiou ela, depois o beijou nas duas bochechas.

– Obrigado. Quem é essa?

Um par de olhos inteligentes encarou Sorcha com interesse por trás dos óculos.

– Sorcha, namorada do Con.

– Ah, nosso possível baixista, descoberto pelo Derek enquanto definhava na Carnaby Street – disse Todd, sorrindo. – Prazer, Sorcha. Eu realmente espero que Con consiga o ponto. A banda não tem como avançar sem um quarto membro tão comprometido quanto o restante de nós. Eu te vejo mais tarde, amor. Quero dar uma palavrinha com Con e deixar ele mexer um pouco no nosso baixo. Tchau, Sorcha, prazer imenso em te conhecer – declarou Todd, mandando um beijo para Lulu e saindo.

– Esse homem exala sexo, não é? – murmurou Lulu.

Quinze minutos depois, Todd estava de volta atrás do microfone.

– Certo, permitam que eu apresente a vocês Con Daly, recém-chegado de Emerald Isle, embora a gente vá tentar não usar isso contra ele – anunciou Todd, com uma risadinha –, onde liderava a sua própria banda de sucesso. Como sempre, quero que vocês ajudem a gente a decidir se Con é o novo homem do pedaço. Senhoras e senhores, Con Daly!

Con subiu no palco, acenou meio envergonhado e pendurou o baixo no pescoço.

– Boa sorte, Sonia – murmurou Lulu. – Essa plateia é meio difícil.

– Obrigada – respondeu Sorcha, trincando os dentes.

Aquilo era horrível. Con, mil vezes mais talentoso que todos eles, sendo tratado como um aprendiz idiota.

– A gente vai tocar "Can't Buy Me Love"! Todo mundo conhece essa – disse Todd, depois sorriu e contou a entrada da banda.

– Vamos lá, Con, mostra para eles do que você é capaz – murmurou Sorcha.

A plateia aplaudiu e gritou. Todd logo os conduziu a outro sucesso dos Beatles.

– Agora, além de tocar baixo, esse homem me disse que também canta! Com vocês, Con Daly!

Con deu alguns passos à frente e parou diante do microfone.

– Obrigado – disse ele, e começou a tocar o riff de guitarra marcante e familiar que indicava o início de "House of the Rising Sun".

Sorcha observou Lulu endireitar a postura de repente e encarar Con. A música era perfeita para o seu homem. Uma onda de orgulho a atingiu.

Quando terminaram de tocar o famoso hit da banda The Animals, choveram aplausos no pub. Con fez uma mesura e voltou ao seu lugar atrás de Todd.

– Então, o que acham?

– Sim! Sim! – gritou o público.

– Bom, Con, parece que você está dentro. Bem-vindo à Todd Bradley and the Blackspots!

– Com um pouco de treino, seu namorado pode até cantar bem – declarou Lulu, olhando para Sorcha com um respeito renovado.

– Acho que ele se saiu muito bem sem treino nenhum.

Lulu franziu a testa.

– Não precisa ficar na defensiva. Ele é bom. Seja como for, ele só vai fazer *backing vocal.* Todd é o vocalista do grupo.

– Claro – respondeu Sorcha, melancólica.

Uma hora depois, após recusar uma oferta para se juntar ao restante da banda em uma boate no Soho por falta de fundos, Sorcha e Con caminharam a passos largos através do Regent's Park até sua casa em Swiss Cottage.

Con estava em êxtase.

– A gente vai ensaiar três tardes por semana. Eles têm mais de uma dúzia de shows agendados em pubs para o próximo mês. Todd está decidido a chegar ao topo. Seu namorado aqui tem uma atitude superprofissional, Derek é excelente na guitarra base e Ian, o baterista, é excepcional. Eu realmente acho que pode dar certo para eles. Ou melhor, para a gente!

Sorcha aquiesceu em silêncio.

Con parou.

– Você está tão quieta desde que a gente saiu de lá... Não ficou nem um pouquinho feliz por mim?

– Claro que fiquei, Con. É só que, quando você foi lá para a frente e cantou, o palco ganhou vida. Sei que sou suspeita para falar, mas o público também sentiu isso. Como a namorada do Todd falou, você só vai tocar baixo e fazer *backing vocal*. Todd Bradley é o astro e... Bom, eu sei que ele não vai te dar nenhum espaço.

Con parou e pegou as mãos de Sorcha.

– Acha que eu não sei disso? Mas, Sorcha, e daí se eu tiver que ser o segundo violino para Todd por um tempo? É um começo. Se eu for bom, vou ser notado, sendo vocalista ou *backing vocal*. É melhor que nada, é assim que eu vejo.

– Claro.

– Ah, Sorcha – disse Con, puxando a namorada e abraçando-a com força. – Sempre cuidando de mim, não é? – continuou ele, beijando-a na testa. – Você sabe que isso não vai dar muito dinheiro. Todd estava comentando que o pagamento dividido por quatro não é muito bom. Ele falou que eu posso pegar o baixo dele emprestado por enquanto, mas que vou ter que comprar o meu.

– Então é ótimo que eu tenha um emprego. Fico feliz em te sustentar até que as coisas comecem a decolar, desde que você me aguente fedendo a seis tipos diferentes de perfume quando eu voltar para casa.

– Não quero viver às suas custas por muito tempo, mas vamos dar alguns meses e ver o que acontece.

– Legal.

Con baixou os olhos para ela.

– Não importa o que a gente enfrentar, sempre vamos estar juntos.

– Sempre – repetiu ela, quando os lábios dele desceram para encontrar os seus.

10

Helen bocejou e fitou o horizonte de Londres. A sala estava abafada. O número de estudantes e o antigo aquecedor a gás tornavam o ar desagradável de respirar.

No que estava pensando ao se inscrever para fazer um curso de administração de empresas? Tudo aquilo fora um erro terrível. As disciplinas eram impossíveis, e ela sabia que estava ficando para trás. As contas eram razoáveis, mas, até então, nada de novo. Já havia decidido sair no fim do trimestre e repensar seu futuro.

– Srta. McCarthy, será que poderia responder minha pergunta ainda hoje? A turma toda está ansiosa para ouvir suas palavras. Srta. McCarthy, está ouvindo?

De repente, Helen se deu conta de que o professor falava com ela. Corando, baixou os olhos para o número escrito com uma caligrafia elegante na parte inferior da página.

– Claro, desculpa. A empresa ficaria com aproximadamente 35 mil, depois de pagar 7.500 libras e 15 xelins para a Receita.

– Muito bem. Certo, turma, como dever de casa para o fim de semana, quero que respondam as perguntas da página 47 do livro *Práticas de contabilidade para iniciantes*. Vejo vocês na segunda às nove e meia em ponto. Bom fim de semana.

A turma soltou um audível suspiro de alívio enquanto os quinze alunos guardavam canetas, blocos de anotação e livros-texto e começavam a conversar sobre os planos para os dois dias seguintes.

Helen arrumou suas coisas, se levantou e caminhou até a porta.

– Srta. McCarthy, podemos dar uma palavrinha?

Ela assentiu, resignada, e foi até o professor. Ele esperou até que o último aluno deixasse a sala, fechou a porta e se empoleirou na escrivaninha.

– Sente-se aqui um minuto, Srta. McCarthy.

Helen se sentou, lembrando-se dos dias em que as freiras a seguravam na sala e a castigavam por seu trabalho horroroso.

– Eu queria conversar sobre os trabalhos que a senhorita entregou.

– Eu... sei que às vezes não acompanho o nível da turma. Vou me esforçar no futuro, Sr. Bryant. Eu...

Uma litania de desculpas bem-ensaiada e promessas de melhora jorrou de dentro dela. O Sr. Bryant ergueu as mãos.

– Helen, por favor... posso te chamar de Helen?

– Eu... – disse ela, e olhou para ele.

Ele tinha olhos gentis. Pela primeira vez, ela percebeu que ele não parecia irritado.

– Pode.

– Em primeiro lugar, é bom se lembrar de que você não está mais na escola. Eu e os outros professores daqui somos pagos pelos alunos. Quem decide se vai trabalhar muito ou pouco são vocês. A gente recebe um salário para ensinar, aconselhar e ajudar vocês. Logo, qualquer comentário que eu faça vai ser apenas uma crítica construtiva, para ajudar você a conseguir a qualificação que pagou para obter. Entendeu?

– Entendi.

Dava no mesmo, não importava a forma que ele tivesse escolhido para disfarçar as palavras. Ele estava prestes a dizer a ela que seu trabalho era horrível.

– Helen, alguns dos seus trabalhos escritos são péssimos – afirmou ele, com uma risadinha.

Helen se encolheu visivelmente para longe dele.

– *Mas* os seus trabalhos com números são, na verdade, soberbos. Você é de longe a mais inteligente da turma.

Ela ergueu os olhos para ele, intrigada.

– Helen, você costuma ler livros?

– Às vezes. Eu... – começou ela, mas depois balançou a cabeça. – Não, eu não leio.

– Por que não?

– Porque...

Ela entrelaçou as mãos, contorcendo-as.

– Porque você acha impossível compreender o sentido das palavras?

– É – respondeu ela, e caiu no choro.

– Ok, ok. Pronto, aqui – disse Tony Bryant, oferecendo um lenço a ela.

– Obrigada – agradeceu Helen, e assoou o nariz com força. – Eu tento, Sr. Bryant, eu tento mesmo. Mas sou simplesmente burra, é isso.

Tony Bryant balançou a cabeça.

– Foi nisso que os professores da sua escola te fizeram acreditar?

– É nisso que o senhor acredita, não? – perguntou ela, fungando.

– Meu Deus, não. Já faz quase dois meses que estou avaliando os seus deveres de casa. Seu trabalho escrito é quase ininteligível... mas eu nunca precisei fazer uma única correção em seus cálculos. Parece que você tem um cérebro matemático. Isso me leva a deduzir que você não é nem um pouco burra. Longe disso, na verdade.

Helen absorvia cada palavra dele.

– Acho que você tem um problema que requer certa atenção – continuou o professor.

– Que tipo de problema?

– Helen, já ouviu falar em dislexia?

Ela balançou a cabeça.

– É uma dificuldade de aprendizagem em que a pessoa acha muito complicado compreender as palavras escritas.

– Ah. Bom, isso soa um pouco familiar.

Tony ergueu as mãos.

– Não sou nenhum especialista, mas já tive dois alunos com dificuldades parecidas. Os dois foram diagnosticados com dislexia.

Um pequeno raio de esperança começava a iluminar o mundo de Helen.

– O senhor... o senhor acha mesmo que esse pode ser o meu problema?

– Acho. Eu queria que você fosse ver um conhecido meu. Ele vai poder confirmar a minha teoria. A única questão é que... ele não é nada barato.

– Dinheiro não é problema – respondeu Helen, depressa.

– Ótimo – concordou ele, escrevendo um nome e um endereço em um bloco. – O Dr. Allen trabalha na Harley Street. Não sei o telefone dele de cabeça, mas por que você não dá um pulo lá a caminho de casa agora à noite? Fica a dez minutos daqui. A recepcionista dele pode marcar uma consulta para você.

Tony Bryant sorriu para ela. Helen começou a entender por que as outras garotas da turma o achavam tão atraente.

– Obrigada – disse ela, enfiando o pedaço de papel no bolso do casaco.

– Não me agradeça, Helen. Eu espero estar certo. Só queria que alguém tivesse identificado isso antes – comentou ele, com um sorriso caloroso. – Esse problema deve ter tornado as coisas muito difíceis para você.

Helen engoliu o nó na garganta.

– Tornou mesmo.

– Certo – disse ele, ficando de pé. – Hora de ir. Vai fazer alguma coisa legal no fim de semana?

– Não, eu...

– Ótimo, ótimo. Depois me conta o resultado da sua consulta com o Dr. Allen.

– Pode deixar.

Com um pequeno aceno, ele desapareceu escada abaixo.

Quinze minutos se passaram até que Helen estivesse serena o suficiente para sair da faculdade na Baker Street e caminhar até a Harley Street.

O endereço que Tony lhe dera era uma das muitas casas brancas com fachada de estuque da Harley Street. Ela tocou a campainha da porta várias vezes, sem resposta, depois viu um aviso de que o consultório do Dr. Allen fechava às cinco da tarde. Já eram cinco e meia. Helen anotou o telefone do médico na frente de um dos livros de exercícios, desceu a escada e caminhou até a Oxford Street. As luzes de Natal tinham sido instaladas nos dias anteriores, e clientes entravam e saíam das lojas de departamentos. Ela encontrou o ponto de ônibus certo para levá-la à sua casa em Wimbledon e andou até o fim de uma longa fila.

Quarenta e cinco minutos depois, Helen entrou no número 7 da Wimbledon Park Grove. A construção era uma casa vitoriana de fachada dupla, que tinha sido dividida em pequenos apartamentos anos antes. O de Helen ficava no último andar. Ela conferiu a correspondência na mesa. Tia Betty escrevia a cada duas semanas e Seamus O'Donovan a mantinha informada sobre suas finanças.

Naquele dia, não havia nada. Ela olhou para a correspondência dos outros moradores, com quem nunca trocara mais que um "oi".

Ao subir a escada, Helen refletiu sobre a diferença entre as pessoas dali e as de Ballymore. Quatro seres humanos, vivendo sob o mesmo teto, compartilhando a mesma porta de entrada e, no entanto, sem saber nada um do outro. De onde vinha, ainda que morasse a 10 quilômetros de alguém, a pessoa saberia de sua vida antes de você.

Ela girou a chave e acendeu a luz no minúsculo corredor. Depois pendurou o casaco e entrou em seu quarto e sala.

O cômodo estava frio. Helen foi até a lareira elétrica e a ligou na tomada. Depois, fechou as cortinas ao redor da grande janela saliente.

Embora tivesse visto apartamentos maiores ao procurar um lugar para morar, escolhera aquele por duas razões. Primeiro, porque havia uma linda cerejeira do lado de fora da janela. Ela sabia que, na primavera, a árvore desabrocharia em uma exuberância de tons branco-rosados. E, em segundo lugar, o apartamento incluía a mais rara das conveniências modernas particulares: seu próprio banheiro.

Uma hora depois, Helen saiu dele embrulhada em seu novo e aconchegante roupão aveludado. Esvaziou uma lata de feijões cozidos em uma panela, pôs duas fatias de pão debaixo da grelha e ligou sua maior preciosidade: uma TV em preto e branco, novinha em folha.

– Bem na hora – disse ela, sorrindo enquanto a música-tema da série *Os Vingadores* saía do pequeno alto-falante.

Aquele era o programa preferido de Helen. Emma Peel era sua heroína, e ela achava Diana Rigg a garota mais bonita que já vira.

Após ficar grudada na tela por um tempo, Helen baixou os olhos enquanto os créditos rolavam e percebeu que havia se esquecido de comer os feijões na torrada. Faminta, mas sem energia para preparar outra coisa, jogou o jantar frio no lixo, escovou os dentes, puxou a colcha de bordado e subiu na cama.

Eram só oito e meia, mas não importava. Estava cansada e, além disso, queria pensar em Tony Bryant. Tony... Helen estremeceu involuntariamente ao pensar no nome dele. Ele tinha sido tão gentil... e o jeito como olhara para ela com seus grandes olhos castanhos...

11

– Ok, pessoal, vamos tentar essa. Quando eu disser quatro.

Os quatro integrantes da Todd Bradley and the Blackspots começaram a tocar. O galpão vazio e cheio de correntes de ar, com a vista magnífica da Tower Bridge, vibrou ao som da última composição de Todd. Con dedilhava o baixo, juntando-se a Derek e ao baterista Ian para formar as harmonias, enquanto Todd assumia o vocal principal.

– Parem! – exclamou Todd, erguendo a mão. – Vocês entraram um tempo depois nos *ah, ah*. E suavizem um pouco. Vocês estão abafando minha voz, rapazes. Vamos de novo.

Uma hora e meia depois, Ian acendeu um baseado e ofereceu ao grupo.

– E aí? – indagou Todd, após dar um trago e passar o cigarro a Derek, que inalou demais e começou a tossir. – Estamos todos prontos para amanhã à noite?

– Estamos, claro – concordaram eles, com um aceno geral de cabeça.

– Ótimo. A gente se encontra às sete para montar o equipamento.

– Liguei para o camarada do Artístico e Repertório da Pirate Records – interveio Derek. – Nunca se sabe, ele pode aparecer.

– Ah, cara, você sempre liga para ele antes dos nossos shows, e ele nunca vai – comentou Ian, com um jeito brincalhão.

– Pode ser que um dia ele vá. Nunca se sabe quem está na plateia – respondeu Derek, na defensiva. – Eu faço o melhor que posso, sabe?

– A gente sabe disso – disse Todd, depois consultou o relógio. – Tenho que ir. Vou encontrar Lulu em meia hora. Vejo vocês amanhã.

Con e Derek ajudaram Ian a guardar a bateria e levá-la até a van antiga que usavam como "possante" da banda.

– Bicho, eu queria que a gente tivesse uma base permanente. Andar com isso de um lado para outro está acabando comigo.

– Um dia a gente vai ter o nosso próprio estúdio, Ian. Espera só para ver – afirmou Derek.

– E Harold Wilson vai aparecer chapado nas Casas do Parlamento – brincou Ian. – Eu vou nessa. Tem uma festa no Soho hoje à noite. Vocês querem ir? Vai ter um monte de garotas e uns venenos de primeira.

Con e Derek balançaram a cabeça. Ian deu de ombros.

– Como queiram. Eu ofereceria uma carona, mas não tem espaço. A gente se vê amanhã.

– É, e dessa vez não esquece onde, Ian.

Após diversas tentativas de dar a partida na van, Ian acenou e saiu soltando fumaça pela rua. Con e Derek o seguiram e viraram à direita para atravessar a Tower Bridge.

– Cigarro? – perguntou Derek, estendendo o maço.

– Obrigado.

Con pegou um Embassy do maço, e os dois homens acenderam os cigarros.

– O que você vai fazer no Natal?

– Vou ficar em casa com Sorcha. E você?

– Ah, vou ficar com a minha mãe para deixá-la feliz – comentou Derek, dando de ombros. – Eu sou tudo o que ela tem. Você sabe como é essa coisa de família.

Con não respondeu.

– Então, você já está com a banda há quase um mês. O que acha da gente?

– Acho que vocês são ótimos – respondeu Con, generoso.

– Não estou perguntando pessoalmente. Quero saber o que você acha do som.

– Bom, acho que Ian é um baterista incrível quando não está doidão. Todd compõe... músicas interessantes, e você é mais do que fera na guitarra base. Que tal assim?

– Foi uma baita de uma evasiva, Con, isso sim. Eu conheço os nossos problemas. Não temos uma identidade forte o suficiente. Somos como milhares de outros grupos, tentando virar os Beatles ou os Stones. Só que a razão de essas bandas se saírem tão bem é que elas são *diferentes*.

Os dois chegaram à outra ponta da Tower Bridge.

– Está a fim de uma cerveja, Con? – perguntou Derek.

– Ah, estou, mas não posso. Eu tenho que encontrar Sorcha no trabalho em vinte minutos, e dá uma boa caminhada daqui até a Piccadilly.

– Está bem – disse Derek, dando de ombros. – Eu te vejo amanhã à noite. Tchau.

Con o observou ir embora. Havia algo de triste em Derek, mas ele não conseguia identificar o que era. Con se virou e começou a caminhar depressa em direção à Piccadilly Circus.

Ela já estava esperando por ele na cafeteria de sempre, na Archer Street.

– Oi, linda – cumprimentou ele, beijando Sorcha e sentando-se atrás do balcão ao lado dela. – Teve um bom dia?

– Nada mau. A loja está uma loucura com todos os clientes de Natal. A gente teve que contratar duas garotas novas para ajudar. E você?

Con pegou a latinha de tabaco e começou a enrolar um cigarro.

– Ah, foi legal.

– Você tocou a sua música nova para Todd? Você falou que ia fazer isso...

Con deu uma tragada no cigarro.

– Eu sei que falei, mas me sinto invasivo. Ele compõe as músicas da banda, e quer que as coisas continuem assim.

Sorcha tirou um fiapo do colarinho de Con.

– Bom, você pelo menos perguntou se poderia cantar uma música? Ele não tem como te negar umazinha, não é?

– Obrigado – disse Con, quando a garçonete lhe passou o cappuccino. – Bom, acho que ele tem, sim. O ego dele é imenso. Ah, Sorcha, vamos deixar passar as festas de fim de ano. A banda tem dez shows agendados nos próximos dois meses. Isso vai dar um dinheiro extra para sustentar a gente por um tempo. Não quero arriscar e causar qualquer tipo de confusão. Além disso – continuou ele, beijando o nariz dela –, esta é a época da boa vontade para todos os homens, o que inclui cantores egoístas, bateristas chapados e guitarristas-base baixinhos.

– Está bem, vou deixar rolar. Na verdade, tenho uma boa notícia.

– E qual seria?

– Uma das garotas que trabalha no departamento de luvas e bolsas soube que tem uma quitinete vazia no prédio dela, em Hampstead. Seria bem mais caro do que a gente paga, mas o telhado não tem goteiras, e Bridget disse que o lugar é bem espaçoso.

– Mais caro quanto?

Sorcha apertou os lábios.

– Com meu bônus de Natal, a gente poderia pagar o depósito. E também teria que cortar alguns gastos extras, mas já imaginou ter um quarto bacana e confortável? A gente pode pelo menos dar uma olhada, Con, por favor?

Con beijou a bochecha dela.

– É claro, Sorcha-porcha. Tudo o que você quiser.

Três dias antes do Natal, eles se mudaram para a quitinete na Arkwright Road. Tinha um quarto espaçoso, arejado e recém-decorado, que dava em uma pequena cozinha.

Sorcha teve quatro dias de licença do trabalho, e eles passaram o Natal acomodando-se na quitinete. Na véspera de Natal, Sorcha recebeu um cartão da mãe com 3 libras. Usou o dinheiro para ir às compras na feira da Berwick Street, bem na hora em que os comerciantes estavam empacotando a mercadoria, e conseguiu comprar uma arvorezinha, um peru e um grande ramo de azevinho.

Enquanto Con estava no show, Sorcha decorou o quarto. Ela recheou o peru, deixou os legumes descascados para o dia seguinte e, cantarolando as canções natalinas no rádio, embrulhou o presente de Con: uma loção pós-barba cara que comprara na Swan and Edgar's com seu desconto de funcionária.

– *Noite feliz, noite feliz...*

Sorcha colocou o presente de Con debaixo da árvore, depois foi até a janela e abriu as cortinas. A noite estava quieta e fria, sem nenhuma brisa.

Os sinos no rádio anunciaram a chegada da meia-noite.

– Feliz Natal, mãe – murmurou ela.

Na manhã seguinte, Con e Sorcha trocaram presentes. Sorcha abriu uma caixinha de veludo. Dentro dela, havia um anel. Sorcha o aproximou da luz e viu como a pequena esmeralda brilhava em meio ao conjunto de diamantes.

– Con, é lindo – sussurrou ela. – Como você conseguiu pagar por ele?

– Não se preocupa com isso. Eu fui bem pago na última semana.

Con se ajoelhou ao lado de Sorcha, pegando o anel e o terceiro dedo da mão esquerda dela para colocá-lo.

– Pronto. Está meio grande, mas o joalheiro disse que poderia ajustar.

Ela olhou para ele, os olhos brilhando.

– É para ser...?

– É. Um anel de noivado. Eu queria que fosse uma aliança de casamento.

Assim que eu ganhar o suficiente para te oferecer o que você merece, prometo que te encontro na frente do altar.

Sorcha o beijou.

– Te amo, Con. E este anel significa muito para mim.

Mais tarde, depois de um bom jantar, alguns uísques a mais e uma caminhada pelas charnecas, Sorcha se aconchegou a Con, feliz.

– Foi um Natal incrível, só nós dois na nossa casa nova – disse ela.

– Você não ficou pensando nos Natais de Ballymore?

– Um pouco. E você?

– Não, Sorcha. Meu pai tomava tanto uísque no dia 24 que, na maioria das vezes, só saía da cama de tarde. Depois ficava de mau humor porque os bares fechavam na noite de Natal – contou Con, então riu.

– Bom, agora você tem a mim, e eu sou a sua família. Prometo que nunca vou te deixar, nem te machucar.

Ele acariciou os cabelos dela com carinho.

– E eu prometo que, um dia, vou fazer você se orgulhar de mim.

– Eu sei que vai, Con, eu sei disso.

12

– Bom, Helen, Tony Bryant estava certo. Acho que você é disléxica – declarou o Dr. Allen, um inglês de meia-idade, olhando para ela por cima dos óculos meia-lua.

– Isso... é maravilhoso – sussurrou Helen.

– Juro que nunca vi um paciente entrar em êxtase ao receber um diagnóstico.

– Desculpa. É que finalmente descobri por que ler é tão difícil e por que fui tão mal na escola.

– Sim. Entendo o que você está dizendo. Mas a dislexia pode ser um probleminha persistente. Você vai precisar de muita paciência e determinação para superar isso.

– Sou bastante determinada.

– Ótimo, é assim que se fala. Talvez te interesse saber que uma em cada quatro crianças que enfrentam problemas na escola tem dislexia. Só que muitas nunca são tratadas. Os testes que eu te passei hoje de manhã me deram uma ideia do nível do seu problema. Você é capaz de distinguir as cores e não tem nenhum problema com números. Parece que são as palavras que saltam da página na sua direção.

Helen assentiu.

– Você confunde as letras quando escreve, mesmo sabendo onde elas devem ficar. Não é raro, e já me deparei com casos piores. Eu acho que, com tempo e paciência, você vai aprender a lidar com esse problema. Vou começar te passando algumas planilhas.

O Dr. Allen entregou a Helen um maço de papéis.

– Quero que você copie exatamente a palavra em cima do espaço, várias vezes. É chato e repetitivo, mas já foi provado que funciona. Aos poucos, você vai treinar o seu cérebro para reconhecer as formas. Eu também quero que você seja corajosa e leia o máximo que puder. Comece com revistas. As frases geralmente são curtas, e elas sempre têm fotos para te dar uma ideia geral. É muito importante que você pratique.

– Está bem, Dr. Allen. Vou fazer de tudo para melhorar, vou mesmo – garantiu Helen, de coração.

– Perfeito. Minha recepcionista vai marcar a sua próxima consulta. Eu te vejo em uma semana, aí a gente analisa as planilhas e discute quaisquer problemas que você tenha encontrado.

– Obrigada, Dr. Allen. Eu fico muito grata.

Os dois se levantaram, e Helen estendeu a mão para ele.

– Ótimo, ótimo. Cuidado com a neve lá fora. Parece perigosa.

– Pode deixar. Tchau.

Embora as calçadas fossem traiçoeiras, Helen caminhava com um passo alegre.

Eu não sou burra, eu não sou burra, pensou consigo mesma, sorrindo. Nem mesmo uma espera de meia hora por um ônibus que quebrou em Wimbledon Hill a desanimou. Ela chegou em casa encharcada, porém mais feliz do que jamais se sentira.

A pausa de quinze dias para as festas de fim de ano era algo que, no início, Helen temia. Pensara brevemente em voltar para Ballymore, mas decidiu que passar o Natal com a tia naquela casa imensa e vazia era uma ideia ainda mais deprimente do que ficar sozinha em Londres por duas semanas.

No fim das contas, Helen não se sentiu nem um pouco para baixo.

Na véspera de Natal, foi às compras na Wimbledon High Street. Comprou um pequeno peru, legumes, uma garrafa de vinho e uma imensa caixa de chocolates. Depois, entrou em uma banca de jornal e comprou uma pilha alta de revistas femininas. A leitura dos artigos não só lhe daria a prática que o Dr. Allen enfatizara, como também a divertiria com as lindas fotos em papel brilhante das modelos com as últimas tendências da moda.

Compras feitas, cambaleou para a casa sob o peso das sacolas.

Passou a manhã de Natal cozinhando um belo almoço. *Pena que é só para mim*, pensou Helen, imaginando como teria sido maravilhoso se Tony Bryant estivesse sentado à sua frente.

Após assistir ao filme da noite de Natal, Helen se enfiou na cama para viver seus “dez minutos de fantasia com Tony”. Depois, pegou uma pilha de revistas na mesinha de cabeceira. Jean Shrimpton, Twiggy e várias outras mulheres lindas e anônimas bombardearam sua visão ao virar as páginas. Com um suspiro, Helen se recostou nos travesseiros e olhou para o teto.

Fala sério, Helen, cai na real. Tony nunca te acharia atraente. Você não passa de uma quatro-olhos qualquer sem nenhum amigo.

Lágrimas de autopiedade marejaram seus olhos. No entanto, em vez de chafurdar na tristeza como fizera no passado, Helen ficou revoltada. Enxugando o rosto, desceu da cama e parou em frente ao espelho de corpo inteiro que ficava dentro da porta do armário.

Primeiro, inspecionou o rosto. A pele estava amarelada e com um pouco de espinhas. Ela se lembrou de ter lido em uma das revistas que, se você cortasse o chocolate e bebesse uma quantidade absurda de água, poderia melhorar o aspecto da pele.

Depois, ela tirou os óculos e analisou os olhos. Não havia dúvidas de que eram seu melhor atributo: ovais e de um raro verde-água. Helen suspirou. A menos que quisesse passar o dia todo esbarrando nas coisas, não tinha como abrir mão dos óculos. Havia, porém, uma chance de encontrar armações mais lisonjeiras.

– Aaaa – murmurou para o espelho.

Os dentes eram bonitos: perolados e retos, sem espaços desagradáveis.

Helen correu as mãos pelos cabelos. *De fato, não existe cor mais sem graça. Uma mistura de água de vala com rato morto*, pensou. Mas os fios eram espessos e abundantes.

Respirando fundo, Helen tirou o pijama e se preparou para encarar seu corpo nu de maneira objetiva pela primeira vez na vida. O que aquela revista dissera? Quinze minutos de exercícios por dia combinados a uma dieta apropriada, e ela poderia perder alguns quilos se desejasse. Helen abotoou o pijama e voltou para a cama. Depois, folheou outra revista, contornando com o dedo os corpos magros e flexíveis das modelos.

Valia a pena tentar, certo?

Acomodando-se debaixo das cobertas, ela esticou o braço e apagou a luz da mesinha de cabeceira. Faltavam dez dias para o início do novo período letivo. Dez dias nos quais, ainda que não pudesse se transformar completamente, poderia ao menos dar o primeiro passo.

– Prontinho, querida. O que você acha? – perguntou o cabeleireiro, segurando um espelho para que ela pudesse ver a nuca.

Helen virou a cabeça de um lado para o outro e sorriu.

– Adorei.

– A diferença é gritante – afirmou o cabeleireiro, orgulhoso, correndo os dedos pelo chanel reto e brilhante. – Como eu falei, é só levar um frasco do nosso xampu especial para cabelos danificados e lavar pelo menos duas, três vezes por semana. O estilo é fácil de manter – concluiu ele, puxando a capa dos ombros de Helen. – Até a próxima, querida.

Helen saiu do salão e encontrou o sol brilhante de janeiro. As liquidações já tinham começado, e a Regent Street estava lotada. Ela tateou a bolsa atrás do guia de ruas de Londres. Após se orientar, começou a caminhar na direção da Carnaby Street. Havia lido sobre a rua em uma das revistas e sabia que ali era o lugar ideal para arrumar "um visual bacana".

"Can't Buy Me Love" retumbava em alguns alto-falantes em frente a uma butique. A loja ao lado tocava o novo compacto dos Rolling Stones. Mais adiante na rua, alguns músicos dedilhavam violões. A rua estava lotada de gente jovem, e a cacofonia de sons e cores deixou Helen atordoada. Nunca vira nada igual.

Um pouco mais confiante com seu novo corte de cabelo, Helen respirou fundo e entrou em uma das lojas novas.

De volta ao apartamento, Helen ajeitou a minissaia de tweed e puxou o suéter preto de gola rulê sobre os quadris. Então, virou de lado e se olhou no espelho. Não era Twiggy, mas sua tentativa deliberada de cuidar do corpo nos últimos dias estava começando a apresentar resultados. Dentro das meias-calças pretas e das botas envernizadas de couro escuro, as pernas de Helen pareciam bem torneadas. Além disso, a rotina de maquiagem que praticara de maneira obsessiva definira suas feições.

Ela vestiu o novo casaco de couro que batia nas coxas e pegou a pasta. Não havia nenhuma dúvida. Pela primeira vez na vida, Helen ficou orgulhosa do que viu no espelho. Sem pensar, mandou um beijo para o próprio reflexo, abriu a porta do apartamento e saiu.

Como esperava que ele fizesse, Tony a reteve depois da aula.

– Helen, eu queria perguntar como vão as coisas com o Dr. Allen.

– Ah, muito bem, obrigada – respondeu ela, assentindo. – Eu estou dando duro, e acho que a minha leitura e escrita estão melhorando. Na nossa última sessão, o Dr. Allen disse que estava muito satisfeito.

– Ótimo! Tenho certeza de que vou notar essa melhora no seu trabalho logo, logo.

– Obrigada, Sr. Bryant. Por tudo – disse ela, timidamente, e foi em direção à porta.

– Ah, Helen?

– Sim, Sr. Bryant?

– Achei o seu novo corte de cabelo fantástico.

Helen voltou quase saltitando para casa. O tempo, o dinheiro e o esforço que investira naqueles dias... tudo valeu a pena, só para ouvir aquelas poucas e simples palavras da boca do homem que amava.

13

– Tchau, amor, te encontro hoje à noite no Victoria. Talvez eu me atrase um pouco, porque aquele monstro convocou uma reunião do andar todo – disse Sorcha, beijando Con na bochecha.

Con agarrou a namorada e a puxou para cima dele.

– Con! Me solta! Eu levei horas para arrumar o cabelo!

– Vai logo, então, para a sua miríade de aromas – disse ele, largando Sorcha.

Ela sorriu para ele, ajeitando o penteado.

– Não esquece de comprar leite. Estou atrasada. Vou ter que correr até a Fitzjohns Avenue.

– Vai te deixar em forma, Sorcha-porcha.

– A cara de pau de um homem deitado na cama até agora! – exclamou Sorcha, depois foi até a porta e a abriu. – Tchauzinho.

– Tchau, amor.

A porta se fechou, e Con se sentou, cruzou os braços atrás da cabeça e olhou pela janela. Era uma linda e clara manhã de março. Por toda a cidade, narcisos começavam a despontar nas sebes, forçando suas cabeças douradas a vencerem a camada de resíduos mortos do inverno.

Con pegou o velho violão na cadeira ao lado da cama. Endireitando a postura, começou a dedilhar o instrumento.

– E eu te amei mais que...

Tocou um acorde dissonante e devolveu o violão à cadeira.

Não havia dúvidas, seus dias com os Blackspots estavam chegando ao fim. Sorcha tinha razão. Com Todd Bradley no comando, ele não teria a menor chance. Apresentara ao homem várias músicas que julgava adequadas para a banda.

– Maravilha, Con, vou dar uma olhada – respondera ele, como sempre.

E, então, inevitavelmente, elas nunca mais foram mencionadas.

Con pulou da cama e começou a procurar a latinha de tabaco. Os

Blackspots estavam empacados, e o vocalista tinha um grave problema de megalomania.

Ele poderia conseguir algo melhor. E contaria a eles no show daquela noite.

– Meu Deus, Con, acho que você vai ter que me ajudar hoje à noite.

Todd estava muito pálido, com um cachecol bem amarrado ao pescoço. Ele tomava grandes goles de vinho do Porto com limão.

– É gripe?

– É. Lulu pegou na semana passada. Queria ter demonstrado um pouco mais de compaixão por ela. Dói só de falar. Eu vou apresentar a gente como sempre, mas depois você vem e canta comigo.

– Ok.

– Derek, você e Ian podem colocar mais força nas harmonias de apoio? Não vão poder contar com o Con hoje à noite.

– Claro, bicho, sem problemas – respondeu Ian, assentindo na direção deles.

– Que diabos ele usou hoje? Parece completamente fora de si – comentou Todd, com a voz rouca.

Con deu de ombros.

– Talvez você devesse conversar com ele. Ian está piorando. Na outra noite, dormiu no meio de uma música.

Todd ergueu a mão.

– Claro, Con, quando eu estiver em condições. Você pode testar o som dos amplificadores, por favor?

– Claro, Todd. Às suas ordens – murmurou Con.

Freddy Martin voltava de carro para seu apartamento confortável em Belsize Park quando foi acometido pela súbita vontade de tomar uma cerveja. Parou na Camden High Street, estacionou o carro em uma viela lateral, comprou um jornal noturno e foi até o pub Victoria Arms.

Pediu uma cerveja, puxou um banco e se sentou em frente ao balcão.

– Boa noite, senhoras e senhores. Peço desculpas pela minha gripe. Felizmente, Con prometeu me ajudar.

Olhando de relance para o palco no canto, Freddy viu que se tratava da banda-padrão: um quarteto com um nome horroroso que, segundo se lembrava, era bem pouco inspirador. Quando eles começaram a tocar a primeira música, ele abriu o jornal e começou a ler.

– Con, você vai ter que assumir o comando, camarada. Eu não aguento mais, estou no fim – sussurrou Todd em tom dramático, após a terceira música.

Con aquiesceu.

– Você sabe bem as letras?

– Sei, claro que sei.

– Ótimo – disse Todd, assentindo. – Começa com "Fields of Glory".

– Boa noite, pessoal. Vou ficar no lugar do Todd pelo resto da noite. Nosso vocalista está com uma gripe horrível.

Um "ah" veio da plateia. Con assentiu para a banda.

– Ok, vamos lá.

Freddy leu que o Cavern Club, em Liverpool, o local onde os Beatles tinham começado, corria o risco de ser entregue à administração judicial. Ele havia tocado lá nos primórdios da casa e sentiu uma onda de nostalgia pelo que o lugar já fora.

– *Campos de glória, enquanto eles marcham...*

Ele ergueu os olhos para o palco quando a voz penetrou sua consciência. Ficou impressionado com o que viu.

Isso é o que eu chamo de um sujeito boa-pinta, pensou Freddy, *e ele canta bem.*

– *Um dia nós venceremos, sim, venceremos.*

– Demitam o compositor – murmurou Freddy.

Mas ficou interessado o suficiente para baixar o jornal e esperar pela música seguinte.

– Você é bom – balbuciou Freddy –, muito bom.

Sem dúvida, a banda havia melhorado desde a última vez que a vira. Aquele novo integrante parecia ter, finalmente, dado alguma coesão ao grupo. O som estava bem mais refinado.

Freddy pediu outra cerveja quando a banda desceu do palco no fim da primeira parte do show. Ficou tentado a ir até lá se apresentar, mas decidiu não fazer isso. Estava interessado, mas precisava ouvir mais.

Ele observou o grupo por outra meia hora, refletindo sobre o visual da banda. Concluiu que todos os rapazes eram atraentes à sua maneira. No fim das contas, era o *sex appeal* que vendia discos aos montes.

– Que diabos – disse Freddy, suspirando.

Fazia seis meses que estava entediado. Precisava de um desafio. Saiu do banco e se aproximou para cumprimentá-los.

– Oi, rapazes. Eu vi o show. Gostei.

– Obrigado – crocitou Todd, curvado sobre um amplificador, de costas para Freddy. – Mas não foi nossa melhor noite. Eu estou gripado e...

Todd se levantou e se virou, com o rosto vermelho pelo esforço. Diante dele, estava um homem alto com uma mandíbula marcante e cabelos louros repartidos para o lado. Seu terno era impecável.

– Eu... hã... Boa noite, Sr. Martin – gaguejou ele.

– Escuta... Todd, não é?

– Eu... Sim.

– Aqui está o meu cartão. Liga para mim, vamos nos encontrar. Eu queria conversar com vocês. Não demora muito, ok?

– Claro, Sr. Martin.

– Certo. Até mais, rapazes. Obrigado pela música.

Freddy Martin acenou para eles e abriu caminho pelo pub. Todos os quatro integrantes da banda o seguiram com o olhar.

– Caraca.

– Me belisca.

– Estou pasmo.

– Alguém poderia me dizer quem é esse homem? – perguntou Con, confuso.

– Aquele, Con, era Freddy Martin. Ele foi um baita roqueiro nos anos 1950, sempre em primeiro lugar nas paradas. Quer dizer, a música dele está fora de moda hoje, mas, caramba, eu tenho a coleção inteira dos compactos dele no sótão – explicou Derek, boquiaberto.

– Então, ele era um cantor conhecido – disse Con, olhando rápido para Ian e Todd, que pareciam tão impressionados quanto Derek.

– Con, agora ele é empresário. Foi ele quem descobriu a banda The Tin Men. Ele que lançou.

– Parece que depois rolou um grande desentendimento, e o grupo se separou há seis meses – continuou Derek.

Todd espirrou e pegou um lenço já bem usado.

– Perdão. Enfim, talvez Freddy esteja procurando uma nova banda para gerenciar. Vou dizer uma coisa, aquele homem conhece todo mundo da indústria musical.

Derek estava pulando de entusiasmo.

– Ei, pessoal, pode ser dessa vez, pode ser a nossa grande chance. Quem topa tomar um drinque?

– Todd, preciso ir para casa – disse Lulu, cortando o barato. – Vou gravar nos estúdios Elstree amanhã e tenho que estar lá às seis – explicou ela, depois se levantou com ar arrogante.

– Claro, Lulu. Escuta, pessoal, eu vou ter que deixar vocês. Preciso ir para casa cuidar dessa gripe. Vou ligar para Freddy Martin amanhã de manhã. Entro em contato depois que falar com ele.

Todd e Lulu saíram, e Derek foi pegar alguns drinques no bar. Sorcha apertou a mão de Con quando ele se sentou ao lado dela.

– Você foi demais lá em cima – sussurrou ela. – Não me admira que Freddy Martin tenha gostado da banda.

– Obrigado – disse Con, beijando-a. – Amanhã eu volto para o banco, é claro. Ah, Derek, que bom homem você é – comentou ele, erguendo os olhos quando o parceiro de banda pôs os drinques na mesa.

– Bom, um brinde à Todd Bradley and the Blackspots. Vamos torcer para que, daqui a um ano, esse nome esteja na boca do povo – declarou Derek, erguendo o copo.

– Um brinde a isso.

– A primeira coisa que precisa mudar é o nome da banda. É horrível. Alguém quer café?

Freddy olhou para os quatro jovens nervosos, sentados em sua sala de estar espaçosa. Todos aquiesceram. Freddy serviu o líquido preto fumegante em quatro xícaras de porcelana.

– Sirvam-se de leite e açúcar. A questão é que vocês precisam de um nome curto e direto, fácil de lembrar. Enfim, isso é uma coisa na qual a gente pode pensar se decidir trabalhar junto. Quem compõe as músicas?

– Eu – respondeu Todd, endireitando o corpo e aguardando os louros.

– Vou ser brutalmente sincero com você, Todd: pelo que ouvi algumas noites atrás, elas não são boas o suficiente. As melodias são incomuns, o que eu acho um ponto positivo... mas as suas letras são péssimas. Alguém mais da banda escreve?

– Eu escrevo – respondeu Derek.

– Ótimo. Deixa eu dar uma olhada no seu trabalho.

– Eu também – disse Con, baixinho.

– Fantástico. Isso também vale para você, Con. O ideal é que vocês produzam o próprio material. Facilita muito a vida e dá um som definitivo para a banda. A gente *pode* contratar um compositor se for necessário, mas deixem eu ver o que vocês escreveram primeiro.

Con olhou de relance para Todd. O rosto dele estava vermelho pela humilhação.

– Agora, quanto à imagem de vocês... ou melhor, à falta dela... – comentou Freddy, com uma risadinha. – Vocês são rapazes bonitos, mas não estão fazendo jus ao que têm. Eu diria que um bom corte de cabelo e um guarda-roupa novo são absolutamente essenciais até vocês voltarem a cantar em público.

Os quatro garotos beberam seus cafés em silêncio.

– Sr. Martin – chamou Con, por fim –, sem querer ser grosseiro, mas o senhor não gosta do nosso nome, nem da nossa música, do nosso cabelo, nem das nossas roupas. Será que o senhor poderia dizer do que gosta?

– Eu peço perdão, Con. Vocês vão ter que se acostumar com o fato de que eu digo exatamente o que penso. Isso elimina o blá-blá-blá. Vocês estão sentados aqui, não é? Isso significa que têm potencial. Vocês quatro ficam bem no palco. Dois louros e dois morenos são uma combinação atraente. Musicalmente falando, têm um bom som. Fora isso, vocês têm... – Freddy parou, procurando a palavra certa. – Vocês têm um *carisma* que, no momento, ainda está cru, mas pode ser desenvolvido. Com algum tempo, esforço e dinheiro, talvez a gente possa criar algo especial – concluiu ele, abrindo um largo sorriso para os garotos.

– Sem querer ser presunçoso, Sr. Martin, mas o que o senhor vai oferecer para a gente? – perguntou Todd.

– Todd, não me apressa. Eu já ia chegar lá. Mais café? – ofereceu Freddy, servindo-se de outra xícara enquanto os quatro garotos se remexiam, nervosos, nos assentos. – Tenho certeza de que vocês sabem que eu costumava cantar. Nos últimos anos, gerenciei um grupo muito conhecido. Por motivos que eu não quero me aprofundar aqui, esse grupo se desfez. O que pretendo oferecer a vocês é o mesmo acordo que ofereci a eles, anos atrás. Gerenciamento pessoal.

Freddy se levantou e começou a andar de um lado para outro na sala de estar.

– Como vocês podem imaginar, meus contatos na indústria musical são vastos e bem estabelecidos. Qualquer banda que eu contrate entra em uma gravadora só por ter sido recomendada por mim. Eu mesmo financiaria as fitas demo e todas as despesas até o momento em que conseguisse um contrato para vocês. Eu também pagaria um salário fixo que seria descontado do primeiro contrato. Pelo privilégio de me ter como seu empresário, a banda me pagaria vinte por cento do ganho bruto. Esse, Sr. Bradley, é o acordo.

– Entendi – disse Todd, assentindo.

Os outros garotos olhavam para Freddy em silêncio.

Freddy cruzou os braços e se voltou para a banda, encarando-os do alto.

– Tem uma coisa que vocês precisam entender antes de a gente prosseguir. Eu sou um homem razoável, mas se aprendi algo gerenciando o último grupo foi que só existe espaço para um chefe. E nem preciso dizer quem é ele.

Freddy consultou o relógio.

– Infelizmente vou ter que interromper essa reunião. Eu tenho um almoço no Soho em meia hora. Por que vocês não saem, conversam e decidem juntos?

Ele se levantou, e seus convidados o seguiram até a porta da frente. Freddy apertou solenemente a mão de cada um.

– Tchau. Me liguem em alguns dias, e a gente volta a se reunir.

Freddy fechou a porta, abriu um sorrisinho ao se lembrar das expressões perplexas dos garotos, depois correu escada acima para pegar a chave do carro.

Na calçada, os quatro rapazes se entreolharam.

– Pub? – perguntaram em uníssono, avançando pela rua até encontrar um.

– Vocês viram aquela casa? Bicho, aquilo ali é grana séria – comentou Ian, acendendo um baseado fedorento enquanto Derek e Todd voltavam com as cervejas.

Todd tossiu e afastou a fumaça.

– Ian, é sério? É o terceiro desde o café da manhã.

– Ah, Todd, isso é bem melhor que os seus cigarros – retrucou Ian, bem-humorado, dando outra tragada.

– Então – falou Todd, tomando um gole de cerveja –, o que acharam?

– Ele é um homem poderoso – comentou Con.

– Conhece muita gente – lembrou Derek.

Todd fungou e franziu os lábios antes de dar a própria opinião.

– Bom, eu achei que ele é um baita canalha – disse com desdém. – A gente não precisa dele, rapazes. Tudo o que ele fez foi atacar a nossa música e sugerir um novo corte de cabelo – explicou Todd, balançando a cabeça. – Desculpa. Ele pode até ser o bambambã, mas eu odiei aquele homem.

– Só porque ele falou que a sua música é uma droga, Todd – rebateu Ian, em tom sereno. – Talvez ele esteja certo – concluiu, dando de ombros.

– Ah, é, Ian? Bom, talvez se você não estivesse chapado noite e dia, poderia tentar colocar a caneta no papel e compor alguma coisa. Aí, você ia ver como é difícil...

– Rapazes, rapazes – interrompeu Con, erguendo as mãos. – Não é hora de brigar. A gente recebeu uma proposta que devia levar a sério.

– Ele mencionou um salário fixo – comentou Derek, incrédulo, soltando o ar com força.

– É, mas depende do que ele quer dizer com "fixo" – retrucou Todd, taciturno.

– Bom, vamos ser sinceros, vai ser melhor do que o que temos para sobreviver no momento – argumentou Derek.

– Então você está disposto a vender a sua integridade artística por algumas libras por semana, é isso?

– A gente precisa comer, Todd – respondeu Con. – E não tem nada de errado em querer ganhar dinheiro. Achei que ele foi direto. Sem enrolação. Eu gosto disso.

– Só porque ele puxou o seu saco – desdenhou Todd, balançando a cabeça.

– Bom, bicho, foi algo de que ele gostou. Não menospreza – disse Ian, tateando os bolsos atrás de uma caixa de fósforos e reacendendo o baseado.

Todd parecia prestes a pular em Ian, então Derek pôs uma mão fraternal em seu ombro.

– Você sabe como é difícil fazer alguém de uma gravadora aparecer em um show. Freddy Martin os traria em um piscar de olhos. Ele também disse que pagaria pelas fitas demo, uma coisa que a gente jamais teria como arcar, Todd.

Todd tirou a mão do primo do ombro.

– É, Derek, e ele vai pegar o dinheiro de volta no primeiro contrato que a gente fechar. E depois ficar com vinte por cento de tudo o que a gente ganhar, só pelo nosso privilégio de tê-lo como empresário.

– São negócios, Todd – argumentou Derek, dando de ombros. – Qualquer empresário vai querer a parte dele. A gente pode ser a melhor banda do mundo, mas se não tivermos dinheiro para investir no nosso desenvolvimento, não adianta. Vamos ficar encalhados por anos.

– O homem pode até ter nos insultado, mas, bicho, ele deve achar que temos *alguma coisa* para oferecer. É a reputação dele que está em jogo também. Alguém quer uma tragada? – disse Ian, balançando o baseado no ar.

– Não, obrigado – disse Con. – Freddy Martin sabe do que está falando. Eu admito que ele não é perfeito, mas o que mais a gente tem? Existem centenas de bandas em Londres que pulariam em cima de uma oportunidade dessas. Se a gente não aproveitar, outro grupo vai fazer isso.

– Certo, certo – concordou Derek. – Pessoal, sabe o que eu sugiro?

– Conta para a gente, por favor – debochou Todd.

– Que a gente faça uma votação.

– E se der empate? – perguntou Ian. – Nós somos quatro.

– Aí, a gente tira no cara ou coroa ou algo assim – respondeu Derek, sorrindo. – Ok, eu vou primeiro. Eu digo para a gente fechar com Freddy Martin.

Derek deu de ombros quando Todd lançou a ele um olhar ferino.

– E eu digo que vou sair da banda se o resto de vocês votar a favor – ameaçou Todd.

– Con? – instigou Derek, voltando-se para ele.

– Eu estou com Derek. Acho que um novo corte de cabelo e um terno de maricas são preferíveis a um possível fracasso e à fome.

– Ian? – perguntou Derek.

– Eu estou com vocês. Mal posso esperar para ouvir o grito das groupies – brincou ele, sorrindo.

– Bom, rapaziada, parece que a decisão foi tomada. A gente vai dar uma chance ao Freddy Martin. Desculpa, Todd – disse Derek.

Todd se levantou com uma expressão de repulsa no rosto. Em silêncio, saiu do pub.

– Você fez o quê?!

Lulu estava de pé no meio de sua sala de estar em Chelsea, olhando, incrédula, para o namorado.

Todd se serviu de mais um copo de uísque da garrafa já meio vazia. Tomou um trago e deu de ombros.

– Sim, eu saí.

– Seu merdinha estúpido e arrogante! – exclamou Lulu, pegando uma almofada do sofá e atirando nele.

– Lulu, eu achei que você estivesse do meu lado! Você sempre disse que ama as minhas letras. Freddy Martin falou que elas são uma droga!

Ele parecia um garotinho magoado. Lulu viu que precisava tentar outra abordagem.

– Querido, eu amo mesmo as letras. E te acho extremamente talentoso. É só que, depois de todo esse tempo, a grande chance chegou. Freddy Martin, *o* Freddy Martin, ex-empresário de uma das bandas mais famosas do país, se ofereceu para trabalhar com vocês. E aí você saiu da banda. Eu só fiquei muito surpresa.

– Olha, Lulu, você não viu, você não estava lá. Freddy me ofendeu. Eu sou o vocalista dos Blackspots, mas Freddy Martin estava puxando o saco de Con Daly, dizendo como a voz *dele* era maravilhosa. Parece que eu fui relegado a coadjuvante na *minha* banda. Não, obrigado. Eu vou criar outra, e melhor. Vou derrotar Con Daly no território dele.

Lulu afundou na poltrona e suspirou. Depois, afastou as espessas madeixas pretas do rosto.

– Então, isso tudo é ciúme. Você acha que Con roubou o seu holofote.

Todd cerrou os punhos.

– Eu odeio ele, Lulu, ele e aquele charme irlandês gentil. Con pode ter enganado o resto da banda e Freddy Martin, mas não a mim – afirmou Todd, apoiando a cabeça nas mãos. – Por trás daquele exterior calmo, tem aço. Con está tão determinado a chegar ao topo quanto eu.

– E isso é errado? – perguntou Lulu, e balançou a cabeça. – Agora você está *mesmo* parecendo mimado e ciumento. Con é um bom sujeito, Todd. Sim, ele é talentoso e bonito. Mas essas são qualidades que uma banda precisa ter para fazer sucesso, não?

Todd lançou a Lulu um olhar duro.

– Do jeito que você fala, parece até que está a fim dele.

Lulu revirou os olhos.

– Não, mas entendo por que muitas mulheres acham ele atraente.

– Ótimo. Não quer massagear um pouco mais o meu ego, não? – perguntou Todd, soluçando de repente.

– Todd, querido, você sabe que eu te amo. Só estou dizendo que Con *é* um recurso para a banda. E é assim que você deveria pensar nele. Tem lugar para vocês dois! Veja o caso de Lennon e McCartney: ambos são músicos, cantores e compositores brilhantes. Aposto que rolam algumas faíscas entre eles de vez em quando. Agora, quanto mais habilidades você tiver em uma banda, mais potencial existe ali para um grande sucesso. Trabalha com o Con. Não faz dele seu inimigo.

– Você tem certeza de que eu não devo sair, então?

– Absoluta.

– Merda – praguejou Todd, esfregando os olhos e reprimindo um bocejo. – Eu estou um pouco irritado.

– Eu sei – disse Lulu, levantando-se e indo se sentar ao lado dele. – Confia em mim, querido. Meus instintos me dizem que você deve ficar.

– Certo – concordou Todd com um suspiro e, depois de uma longa pausa, disse: – Mas eu nunca vou gostar do Con Daly.

– Você não precisa gostar dele, só *trabalhar* com ele. Vem, vou te colocar na cama.

Todd se levantou devagar. Ele pegou uma mecha dos cabelos de Lulu e a enrolou no dedo.

– Você me acha melhor do que o Con, não é?

Lulu pegou a mão dele e o conduziu até o quarto.

– Acho, querido.

Sem acender a luz, ela começou a desabotoar a camisa dele.

– Oi, Con, eu... eu estava passando e pensei em dar um pulo aqui para bater um papo.

Todd morava em Chelsea. Con achou improvável que ele estivesse "passando" pela Arkwright Road, em Hampstead, às nove e meia da manhã.

– Claro. Entra.

Atrás de Con, Todd subiu os três lances de escada até um quarto amplo e arejado.

– Agradável aqui – comentou Todd, com as mãos no bolso, depois olhou pela janela.

– Ah, é coisa da Sorcha. Ela dá um toque especial.

– É. Hum... Olha, Con, acho que a gente precisa conversar.

– Claro. Eu ia fazer um café. Você aceita?

– Ótimo. Estou com uma ressaca dos diabos esta manhã. Eu teria perdido a hora, mas Lulu levantou às cinco para ir ao estúdio e, para uma criatura tão delicada, ela anda pela casa como um bebê elefante. Depois disso, eu nunca consigo voltar a dormir – contou Todd, e sabia que estava divagando devido ao nervosismo. – Olha, Con, o que eu disse ontem... Eu estava irritado, com raiva do jeito que Freddy Martin falou comigo. Você sabe o que a gente sente em relação às nossas músicas. É difícil ouvir que elas são uma droga, principalmente quando você estudou por anos na universidade.

– Claro – disse Con, enchendo duas canecas com café instantâneo e água quente. – A gente está sem leite.

– Sem problema. Eu tomo café preto de qualquer forma.

– Ótimo. Aqui.

Con entregou uma das canecas para Todd, se empoleirou no braço do sofá e aguardou ansiosamente.

– A questão é que eu e você somos a força da banda, tanto como cantores quanto como compositores. Ian e Derek têm boa aparência e vão dar um bom suporte musical ao grupo, mas é a gente que vai fazer a mágica acontecer.

– É muito generoso da sua parte dizer isso – comentou Con, tomando um gole do café sem desgrudar seu olhar calmo do rosto de Todd.

– Por isso, ontem à noite eu estava pensando que talvez a gente devesse... – Todd parecia sofrer com a conversa – ... somar as nossas habilidades na composição. Sei que você prefere criar um som mais melódico e lento, enquanto eu curto o maior número de riffs barulhentos possível.

Con assentiu. Todd ergueu as mãos para o ar.

– E eu admito que algumas das minhas letras são meio autoindulgentes, enquanto que, desculpa dizer, as suas muitas vezes beiram um romantismo doentio. Talvez, juntos, a gente possa reduzir os excessos um do outro.

Con girou o café na caneca devagar.

– Faz sentido. Se a gente está falando do futuro, isso significa que você mudou de ideia sobre sair da banda?

– Sim, é claro. Eu fundei a maldita banda, não foi? Eu disse aquilo ontem no calor do momento, só isso. Depois me acalmei e percebi que exagerei.

Con estava bastante impressionado com a nova atitude de Todd.

– Ele foi duro com todos nós.

– Bom, tenho a sensação de que coisas piores vão vir do Sr. Martin. É melhor a gente se acostumar com o fato de que ele não guarda as opiniões para si mesmo.

– Então, você aceita fechar com ele?

– Como vocês mesmos disseram, é melhor do que passar fome.

Con aquiesceu e pegou a latinha de tabaco.

– E você quer que a gente tente compor algo junto?

– É. A gente deveria experimentar.

– Gosto dessa ideia.

– Ótimo. Eu acho muito importante que a gente trabalhe em equipe. Vocês já decidiram quando vão falar para Freddy Martin que aceitamos a oferta dele?

– Derek ia ligar para ele hoje à tarde. É melhor a gente avisar que você está de volta.

Todd assentiu, com uma pontinha de humildade.

– Claro.

14

– Oi, Derek! Que surpresa te ver aqui. Você está ótimo.

– Obrigado.

Embora estivesse tremendo por dentro, ele tentou irradiar uma confiança calma.

– Você, hã... parece ter crescido – comentou Peggy, examinando Derek.

– Pareço? – perguntou ele, rezando para não corar. – Dois hadoques com batata frita, por favor, querida, um com sal e o outro com vinagre.

A atendente anotou e preparou o pedido.

– Obrigado – disse Derek, estendendo a mão para o balcão e pegando o pacote quente de jornal com a mulher.

– Próximo!

– Ah, um bacalhau com batata frita e duas cebolas em conserva, por favor – pediu Peggy. – Então, Derek – comentou ela, voltando-se para encará-lo e abrindo um sorriso educado. – O que você tem feito?

Derek tentou se recostar na parede da lanchonete, mas julgou mal o ângulo e tropeçou para trás, desajeitado.

– Na verdade, eu estou em um grupo.

– Ah. Um grupo de quê? – indagou ela, inocente.

– Uma banda. Uma banda de rock.

– Sério? Ainda tocando aquela guitarra, então?

– É, ainda dedilhando aquela coisa maldita, rá, rá, rá!

A risada saiu agressiva demais e Peggy deu um passo para trás.

Pega leve, Derek.

– Na verdade, Freddy Martin acabou de assinar um contrato com a gente – contou ele, da maneira mais casual possível.

Peggy voltou a encará-lo.

– Você quer dizer *o* Freddy Martin?

Bingo. Ela estava impressionada.

– É. Ainda está muito no início, mas a coisa parece boa.

– Aqui está o seu pedido, senhorita.

– Obrigada.

Peggy pegou o embrulho com a mulher atrás do balcão, e os dois caminharam até a porta da lanchonete.

– E o que você anda fazendo? – perguntou Derek, ainda que soubesse muito bem.

– Ah, eu estou em uma faculdade em West End, fazendo um curso chato de administração de empresas. Divido o apartamento aqui de cima com uma amiga minha.

– Ah, certo. Você saiu de casa, então?

– Saí. Bom, você sabe como o meu pai sempre foi superprotetor. E você, ainda em casa?

Derek se remexeu, constrangido.

– É. Eu não poderia deixar a minha mãe. Ela depende de mim.

– Claro. Como ela está?

– Ah, a artrite está bem ruim. Ela só sai de cadeira de rodas. Mal consegue preparar uma xícara de chá.

– É uma pena ouvir isso, Derek. Mas parece que você está arrebentando. Vocês fazem muitos shows? Ah, hã, desculpa – disse Peggy, percebendo que havia uma fila esperando para sair da lanchonete. – Pelo jeito a gente está atrapalhando.

Derek abriu a porta, e os dois foram para a calçada.

– Ah, sim, em vários lugares. Mas agora devemos ficar no estúdio por um tempo. Freddy quer que a gente grave umas fitas demo.

– Caramba. Parece bem empolgante.

Derek manteve o sangue-frio.

– É, acho que sim.

– Olha, Derek, eu tenho que ir, senão as batatas vão esfriar – disse Peggy, olhando para ele.

Derek sempre fora muito doce com ela. Havia algo muito inocente em sua aparência de menino, e ela gostava disso. Claro que ele se tornara intenso e obcecado quando ela deixou claro que só o via como amigo... mas aquilo já fazia muito tempo. Ela arriscou.

– Me avisa quando você for tocar. Talvez eu possa ir te ver.

Derek aquiesceu.

– Pode deixar. – E como quem acaba de se lembrar de algo, ele acrescentou: – Na verdade, a gente vai tocar amanhã à noite no pub Queen Victoria, em Camden Town. Fica só a quinze minutos daqui.

– Talvez eu consiga ir. Bom te ver de novo.

– Bom te ver também, Peggy.

Ela pareceu surpresa.

– Meu Deus, faz anos que ninguém me chama *assim*. Desde a escola, na verdade. Enfim, tchau, Derek.

Ela acenou enquanto se afastava. De repente, Derek sentiu que ia desmaiar. Ele se empoleirou na beirada de um banco coberto de grafites para tentar fazer a cabeça parar de girar.

Aquilo tinha sido melhor do que poderia imaginar.

Ela parecia impressionada. Não. *Muito* impressionada. Também estava bem linda.

Talvez aparecesse na noite seguinte, para vê-lo tocar.

Derek se levantou, percebendo que as batatas fritas que comprara para ele e a mãe estavam congeladas. Ele as jogou no lixo ao lado do banco e voltou à fila da lanchonete para comprar duas porções frescas.

Estava certo o tempo todo. Ele e Peggy nasceram um para o outro.

O balcão de Sorcha estava bem movimentado no último mês. Ela imaginava que fosse por causa da primavera. Embora ficasse de pé desde o começo da manhã até a loja fechar às seis da tarde, gostava do trabalho. As outras garotas da loja eram legais, e ela se divertia com as conversas durante o almoço, cheias de fofocas sobre quem estava saindo com quem.

Embora Con tivesse dito recentemente que logo ganharia o suficiente para sustentar os dois, ela duvidava que fosse querer abrir mão do trabalho. Afinal, o que faria no quarto deles em Hampstead o dia todo? Sorcha sabia o que Con pensava sobre ela trabalhar. Mas estavam em 1965. Muitas garotas ganhavam a vida, principalmente ali em Londres. Poderia até haver uma discussão, mas ela seria firme. Além disso, qualquer dinheiro extra já ajudava naquele momento.

Sorcha cantarolou enquanto tirava o pó dos frascos em seu balcão com tampo de mármore. Se continuasse trabalhando, e com a renda de Con, talvez conseguissem alugar um apartamento com o quarto separado da sala...

e quem sabe até um banheiro próprio. Sabia muito bem que um lugar assim estaria disponível no prédio deles em algumas semanas.

Ela observou o segurança destrancar a entrada principal da loja. O barulho do tráfego que roncava em volta da Piccadilly Circus ecoou até ela.

– E lá vamos nós. Mais oito horas de vendas desta fragrância – resmungou Gladys, a garota que trabalhava com ela atrás do balcão. – E eu com essa ressaca horrível. Só de sentir esse cheiro já me dá vontade de vomitar.

– Respira pela boca, então – sugeriu Sorcha, sorrindo, já acostumada às constantes reclamações de Gladys.

– É, eu posso colocar um pregador no nariz – disse Gladys, com uma risadinha. – Mas talvez não seja a melhor propaganda para Elizabeth Arden.

– Desculpa interromper a piadinha de vocês, mas eu quero um frasco de 60 mililitros de Blue Grass.

– Claro, senhora – assentiu Sorcha, olhando de relance para a cliente e percebendo que já a vira na cantina da loja.

Ela pegou um frasco de Blue Grass na prateleira.

– A senhora quer que embrulhe?

– Não, obrigada. Só coloca em uma sacola. Estou com pressa.

– Claro, senhora.

Enquanto Sorcha pegava uma sacola e colocava o perfume, sentiu os olhos da mulher cravados nela.

– Qual é a sua altura, minha jovem?

Sorcha olhou em volta para ver se a mulher estava falando com outra pessoa. Mas, não, a pergunta definitivamente era para ela.

– A minha?

– É, claro que é a sua – respondeu a mulher, impaciente.

– Hum, mais ou menos 1,70 metro.

– Humm. E quanto você pesa?

Sorcha balançou a cabeça.

– Infelizmente não sei.

– Cintura? Busto?

Sorcha começou a corar. Deu de ombros.

– Não faço ideia. São 2 libras e 6 xelins.

– Obrigada – disse a mulher, entregando o dinheiro a ela. – A que horas é o seu almoço?

– Meio-dia, senhora.

– Ótimo. Então, venha me ver no terceiro andar às 12h05 em ponto. Quero tirar umas medidas. Mas você deve servir, com certeza. Às 12h05 em ponto, ouviu? Bom dia.

Sorcha ficou boquiaberta, olhando a mulher se afastar com passos largos. Ela se virou e viu que Gladys também a observava.

– Eeei! Você sabe quem era aquela, não?

Sorcha balançou a cabeça.

– É a gerente, ou *vendeuse*-chefe, como ela prefere ser chamada, do departamento de roupas de grife lá em cima. Se ela quer tirar as suas medidas, talvez esteja interessada em você para ser uma das modelos da casa.

– E o que é uma modelo da casa?

– Significa que você vai colocar os vestidos que as clientes quiserem ver. Não é como ser modelo de verdade, como Twiggy ou algo assim, mas é bem mais glamouroso do que ficar aqui borrifando o ar o dia todo.

– Entendi. Mas por que ela estaria interessada em mim?

– Bom, você não fica nada mal quando se arruma, não é, Sorcha? Você sabe que é bonita, então nem vou te dizer. É, parece que eu vou acabar com uma nova parceira de crime aqui atrás do balcão. Você ainda vai falar comigo quando estiver toda chique lá no terceiro andar?

Sorcha deu uma risadinha.

– Claro que vou.

Naquela noite, ela se sentou no Queen Victoria e contou a Lulu sobre seu encontro com Marie Elaine, *vendeuse*-chefe da Swan and Edgar's.

Como as duas garotas se encontravam com frequência por causa de seus companheiros, desenvolveram uma estranha amizade. Sorcha aprendeu a ignorar os comentários nada diplomáticos de Lulu. Sabia que aquele era só o jeito dela.

– Parece meio chato ficar à toa até que uma cliente queira ver um vestido. Mas a grana é bem melhor do que o que eu ganho no departamento de perfumaria.

– Querida, você passou de vendedora a modelo em um único dia. É claro que tem que aceitar.

– Acho que Con não vai aprovar.

Ela pareceu intrigada.

– E por que não?

– Ah, ele nunca gostou muito que eu trabalhasse.

Lulu revirou os olhos.

– Então o seu Con tem que sair do pântano irlandês onde ainda está metido e se tocar que as mulheres de hoje têm vontade própria. Ele deveria se orgulhar de ter uma namorada bonita o suficiente para virar modelo.

Sorcha pôs um dedo nos lábios quando Con e Todd se aproximaram da mesa.

Freddy Martin se sentou e admirou sua última contratação. A banda sabia que ele estava ali e se comportava da melhor forma possível. As brincadeiras descontraídas de sempre entre as músicas sumiram, e havia uma tensão na performance deles. Con Daly fora relegado à sua posição no baixo e nos *backing vocals*. Freddy se perguntou se teria ficado tão ansioso para contratá-los se houvesse aparecido naquela noite, e não alguns dias antes.

O grupo precisava de um trabalho considerável. Freddy fechou os olhos enquanto tentava construir uma imagem na cabeça. Aqueles rapazes não faziam o estilo agressivo, malvestido e barulhento. Todos eram jovens bonitos, definitivamente mais Beatles que Stones. Precisavam estar bem arrumados em ternos ajustados, o tipo de homem que você teria orgulho de levar para casa e apresentar aos pais.

Freddy observou os integrantes da banda, um de cada vez. Ian era o imprevisível, obviamente um usuário de drogas. Ele fechava os olhos ao golpear a bateria, murmurando a letra da música. Atrairia as adolescentes mais aventureiras, embora seu hábito precisasse ser controlado.

Derek era o lourinho com cara de anjo. Muito baixo – Freddy havia notado seus "ascensores" –, e não parecia ter mais de 15 anos. As garotas iriam querer cuidar dele. Daria certo.

Todd era o arrogante intelectual. Freddy apostava que suas feições aquilinas atrairiam as mulheres de classe média.

E finalmente havia Con, sem dúvida o astro do quarteto. Aquele moreno irlandês de físico forte com certeza faria qualquer mulher desmaiar. O rapaz exalava *sex appeal*. Além disso, como bônus, também tinha uma bela voz.

Freddy sabia que trazer Con para a frente e fazer com que ele compartilhasse os holofotes não agradaria ao atual vocalista do grupo, mas era algo que precisava ser feito. Se Todd não gostasse, conhecia o caminho da rua. Garantir a união dos rapazes era tão importante quanto qualquer outra coisa.

Uma onda de aplausos veio da plateia quando eles terminaram uma música. A banda ainda não sabia, mas era a última vez que se apresentariam em uma pocilga como aquela. Na semana seguinte, começaria o trabalho.

Quando Derek subiu no palco para começar o primeiro set, estava tremendo em suas botas com salto interno de 10 centímetros. Ele dissera a Todd, Con e Ian que uma garota iria assistir ao show naquela noite. Mas ela ainda não havia aparecido. Derek tinha um nó tão grande na garganta que era até difícil abrir a boca para cantar as harmonias. Na verdade, estava morrendo de medo de cair no choro na frente de todo mundo.

E então, pouco antes da última música do set, ela entrou no pub, com os belos cabelos louros brilhando ao redor do rosto. Estava absolutamente linda, exibindo boa parte das pernas magras e bem torneadas sob a minissaia. Ela fora até lá para ver *Derek*. Ela o amava, no fim das contas.

Nervosa, Peggy estava de pé no fundo do pub, suas mãos enfiadas com força nos bolsos da jaqueta. Ele encontrou seu olhar e sorriu. Ela sorriu de volta. Desejando que a música terminasse o mais rápido possível para que pudesse encontrá-la, Derek ergueu a guitarra sobre a cabeça assim que tocou o último acorde e quase pulou do palco.

– Oi, Peggy! – exclamou ele, quase derrubando-a de costas ao saltar em sua direção e abraçá-la.

– Meu Deus, oi, Derek... – disse ela, fazendo o possível para se desvencilhar dos braços dele.

– Pensei que você não ia vir – continuou ele, arfando com força e suando em bicas.

Ela deu um passo para trás.

– Só dei uma passadinha. Eu...

– Vem, deixa eu te apresentar para os outros integrantes do grupo.

Com um jeito protetor, Derek enlaçou as costas dela com um dos braços e a conduziu ao cantinho da banda.

Freddy estava ali, e os outros três se amontoavam ao redor do empresário enquanto ele falava.

– Aí está você, Derek. Estou marcando uma reunião na semana que vem com os meus advogados para assinar os contratos. Você pode na terça-feira, às dez da manhã? – perguntou Freddy.

– Claro, sem problema – respondeu ele. – Escuta, pessoal, posso apresentar Peggy para vocês? Este é Freddy Martin, nosso empresário. Con Daly, Todd, que você conhece, e Ian Hancock, nosso baterista.

– Prazer, querida. Será que eu posso pegar Derek emprestado por alguns minutos? Senta lá com as outras garotas – sugeriu Freddy, sorrindo para ela.

– Claro.

Parecendo desconfortável, ela se virou e foi até a mesa redonda onde duas jovens estavam sentadas.

– Oi, querida. Então você é a garota do Derek, certo? Meu nome é Lulu, e esta aqui é Sorcha. Quer uma Babycham?

– Obrigada – disse ela, sentando-se. – Eu não sou a garota do Derek, sou apenas uma amiga, na verdade.

– Bom, você não estaria nada mal com Derek. Ele é um rapaz bacana. E logo, logo, vai ter um monte de garotas se jogando em cima dele. Quer outro drinque, Sorcha? – perguntou Lulu, ficando de pé.

– Quero, obrigada.

– *Scusami un momento* – disse Lulu, com um sotaque italiano carregado, abrindo caminho até o bar.

– Com quem você está? – perguntou Peggy a Sorcha.

– Con, o moreno alto. A gente mora junto. Faz tempo que você conhece Derek?

Peggy assentiu.

– Sim, na verdade, anos. A gente era da mesma turma na escola. Fazia séculos que eu não via Derek... então esbarrei com ele em uma lanchonete – contou ela, sorrindo. – Ele me chamou para vir aqui, e eu vim. A banda parece muito boa.

– É, sim – concordou Sorcha, aquiescendo. – Freddy Martin vai assinar um contrato com eles. A banda está seguindo rumo ao estrelato.

– Sério? – perguntou Peggy, parecendo um pouco surpresa.

Ela voltou os olhos para Derek. Ele estava bonito naquela noite.

– Caramba, mal dá para acreditar.

Lulu voltou com três Babychams.

– Prontinho, garotas. Uma bebida para groupies cansadas. Então, o que você faz?

– Eu estou na faculdade, cursando administração de empresas.

– Que interessante. A Sorcha aqui é modelo da casa na Swan and Edgar's, e eu sou atriz.

– Sério? De filmes? – indagou ela, pensando que Derek parecia andar em boa companhia ultimamente.

– É. Eu fiz um filme de terror da Hammer e tenho um teste com câmera amanhã para um papel importante em um longa novo que estão rodando nos estúdios Elstree.

– Peggy, você está bem? – perguntou Derek, pousando a mão no ombro dela.

Ela assentiu, corando de leve.

– Ótimo, ótimo. A gente vai voltar ao palco. Eu te vejo depois e talvez a gente possa comer alguma coisa. Até mais – disse Derek, afastando-se depressa, quase saltitando de alegria.

Sorcha e Con chegaram em casa logo depois da meia-noite.

– Ah, como é cansativa toda essa preparação para a fama e a fortuna – declarou Con, atirando-se na cama ainda de casaco.

Sorcha foi preparar uma xícara de chá.

– Aquela garota do Derek parecia um pouco insegura.

– Parecia? Eu não percebi. Ele vive falando da Peggy. Está apaixonado por ela há anos, pelo que Todd me contou.

– Acho que pode ser só da parte dele, Con. Pobre Derek, espero que não se machuque.

– Ele vai superar, tenho certeza. Vem cá – disse Con, abrindo os braços, e Sorcha subiu em cima dele. – Ah, isso é gostoso.

Ele apertou a namorada contra si, depois a rolou para o lado, passando para cima dela.

– Sabe, Sorcha, todos os nossos sonhos estão começando a se realizar. Na semana que vem, vamos assinar o contrato com Freddy, e ele vai investir o dinheiro dele para nos tornar ricos e famosos. Vou ganhar um salário fixo, o que significa que você pode parar de trabalhar na perfumaria.

Sorcha se preparou para o que vinha.

– Mas eu gosto de trabalhar na perfumaria. E, falando nisso, eu fui promovida.

– Sério? Para fazer o quê?

– Eles me ofereceram um emprego de modelo da casa. Eu mostro as roupas para as clientes. Por semana, são 2 libras a mais do que eu ganho no momento. É uma grande oportunidade, Con, e eu quero muito aceitar.

– Mas não tem necessidade. Eu acabei de dizer. Freddy vai pagar um bom salário toda semana. Agora eu consigo te sustentar. Você pode se demitir quando quiser.

Sorcha se afastou dele e se sentou.

– Você parece o meu pai. Um monte de garotas trabalha hoje em dia, mesmo sem precisar.

– Você não é um monte de garotas.

– E o que eu vou fazer o dia todo enquanto você estiver fora, virando um astro do rock?

Con deu de ombros.

– O que as mulheres fazem enquanto o homem trabalha?

Sorcha bateu os punhos na cama, frustrada.

– Então era ótimo eu trabalhar enquanto te convinha. Agora que não convém mais, você está me mandando parar? Que direito você tem de me dizer o que fazer?

Ele a encarou.

– O que quer dizer com isso?

– Quero dizer que a gente não é casado e...

– Ah, então o problema é esse. Tudo bem. Eu me caso com você.

– Con Daly, eu não me casaria com você nem que você fosse o último homem da face da Terra! Pensei que você era diferente dos outros homens de Ballymore, mas não é. Você é tão tacanho quanto todos eles. Eu vou aceitar o trabalho de modelo e não estou nem aí para o que você pensa!

Sorcha foi até a porta, abriu e bateu com força, para causar o máximo de impacto. Então, ficou parada no corredor frio por algum tempo, tremendo de raiva e frustração. Só havia um lugar aonde ir. Sorcha se arrastou pelo corredor, se trancou no gelado banheiro compartilhado e caiu no choro.

15

– Ok, rapazes, vamos lá, mostrem do que são capazes!

Freddy deu um tapinha nas costas de Con, sorriu e o empurrou com delicadeza escada acima. Todos os garotos estavam pálidos, e uma energia nervosa crepitava em volta deles.

– E agora, senhoras e senhores, apresentamos a banda mais descolada a agitar o Soho: The Leopards!

A plateia da pequena boate enfumaçada gritou em alto e bom som. Freddy abriu caminho até sua mesa nos fundos. Não havia nenhum receio de que o público desaprovasse seus protegidos: oitenta por cento da plateia tinha recebido passe livre para o bar a noite toda em troca de aplaudir os garotos.

O nome da banda ainda não soava certo. Era agressivo demais. Todos haviam se esforçado para pensar em alguma coisa e aceitaram a sugestão de Todd como a menos pior.

– Oi, pessoal. Bem-vindos ao Basement. Eu sou Todd, este é Con, Ian na bateria e Derek na guitarra-base. Espero que vocês curtam esta noite com a gente. Mandem brasa, rapazes!

Freddy tomou um grande gole de uísque quando os garotos começaram a tocar. A música era leve e descontraída, escolhida a dedo para esquentar a plateia. Ele sorriu. Os garotos pareciam muito diferentes de algumas semanas antes. Seus cabelos estavam cortados em um chanel curto e brilhante (para grande desgosto de Con e Ian), e eles vestiam ternos verdes idênticos de lapelas pretas, abotoados até o fim. Freddy fechou os olhos e escutou as harmonias. O som também havia melhorado muito. Todos os garotos estavam frequentando aulas de canto. Embora ainda houvesse um longo caminho a trilhar, as vozes começavam a amadurecer em direção à importantíssima "identidade sonora" – a qualidade que os destacaria dos demais.

A primeira música terminou. Ouviu-se uma enorme onda de aplausos. Todd agradeceu ao público, e a banda começou a tocar os compassos de abertura de uma balada lenta, composta por ele e Con algumas semanas antes.

A canção "Can Someone Tell Me Where She's Gone?" causou um frisson de excitação no corpo de Freddy quando eles a tocaram no estúdio. A música era especial. Freddy iria colocá-la na primeira faixa da fita demo que os garotos gravariam na semana seguinte. A rivalidade implícita entre os dois vocalistas da banda estava trabalhando a favor deles. Um queria superar o outro.

Freddy fez sinal para a garçonete trazer outro uísque. Em poucas semanas, a fita demo estaria concluída, e seria hora de mostrar o produto a quem importava.

Lulu se sentou em um canto escuro da boate e observou Con Daly intensamente. Caramba, ele era bonito.

Ela olhou de relance para a esquerda. Sorcha encarava, nervosa, o fundo do copo vazio de Babycham. O que Con via nela?

– Algum problema? – indagou Lulu.

Sorcha deu de ombros.

– Não, não mesmo.

– Ah, vai, você pode me contar. Talvez eu possa ajudar.

– Acho que não.

– É o Con, não é? Ele anda pulando a cerca?

– Ah, não, nada assim – respondeu Sorcha, com um suspiro. – Ele ainda está irritado porque vou aceitar o trabalho de modelo da casa.

– Ele vai superar.

– Talvez, mas não é só isso.

– O quê? – perguntou Lulu, aplaudindo quando a música acabou.

– Ontem apareceu uma mulher na galeria. Eu mostrei dois vestidos e um casaco para ela. Depois, ela veio conversar e disse que é uma agente. Ela quer se encontrar comigo. Acha que o meu visual está na moda e que eu poderia conseguir muitos trabalhos em revistas e talvez até na TV.

– Isso é fantástico! – exclamou Lulu, erguendo a voz quando o grupo começou a tocar uma música meio agitada. – Que oportunidade incrível!

– Talvez, mas Con não vai gostar nada disso.

– Você contou para ele?

– Não. Con chegou tarde ontem à noite, e eu já sei o que ele vai dizer. O que acha que eu devo fazer, Lulu?

Lulu lançou um olhar duro a Sorcha.

– Vá se encontrar com essa mulher. Que mal tem isso? Eu sei que você ama Con, mas é inaceitável que um homem fique decidindo a sua vida – declarou ela, tomando um gole do White Russian. – Quer dizer, nem seu marido ele é.

Sorcha corou.

– Eu sei. Acho bem difícil entendê-lo, Lulu. Antes disso, eu jamais pensaria em chamar Con de chauvinista, mas talvez eu não conheça ele tão bem quanto pensei. Ele fica fora o tempo todo com a banda. É só o trabalho que me impede de enlouquecer. O que eu ia fazer sozinha o dia todo?

– Se ele fosse rico, você gastaria o dinheiro dele – respondeu Lulu, abrindo um largo sorriso. – Eu também mal vejo Todd, sabe? Este é um momento importante para eles, Sorcha. E, no seu lugar, eu continuaria tocando a minha própria vida, como eu faço – opinou Lulu, alongando os braços no encosto do banco.

– Você está certa, eu sei. É só que a gente não tem mais oportunidade de conversar como antes. Eu acho que me sinto meio distante dele.

– Os garotos estão sob uma baita pressão, sabe? Freddy espera muito deles.

Sorcha aquiesceu.

– Eu entendo. Tenho certeza de que, quando eles tiverem um contrato com uma gravadora, Con vai se acalmar. E, até lá, vou ter que tomar minhas próprias decisões.

– Boa garota, é isso aí – incentivou Lulu, com um brilho sutil de triunfo no olhar ao observar Sorcha voltar sua atenção para a banda.

– Então, Sorcha, a gente vai precisar de algumas fotos de rosto e de corpo inteiro. Depois, vamos arrumar alguns trabalhos para você. Sugiro que você vá ver John O'Hara. Ele fotografou Jean e Twiggy e vai ser ótimo para você. Acho que está indo muito bem – disse Audrey Bennington, assentindo em aprovação. – Sim, muito bem mesmo. Imagino que esse cabelo ruivo seja natural.

– É.

– Você fez dieta para ficar magra assim?

– Nunca.

– Ótimo, ótimo. Alguma pergunta, querida?

– Hum... – disse Sorcha, sentindo a língua presa. – Eu teria que deixar a Swan and Edgar's?

– Ainda não. Vamos ver como as coisas se desenrolam. A maioria das revistas fica perto de você, no Soho. Por enquanto, vou tentar marcar os seus compromissos para o meio-dia, para que você possa sair na hora do almoço. Agora deixa eu ligar para John e ver quando ele consegue te encaixar.

Enquanto Audrey discava um número, Sorcha observou as paredes elegantes do escritório em West End. Estavam cobertas por fotos de garotas belíssimas, muitas das quais ela reconhecia de capas de revistas e propagandas. Era difícil acreditar que aquela mulher a considerava atraente o suficiente para se juntar a elas.

– Certo, John. Seis da tarde na quinta. Vou falar para ela. Sim, te vejo no desfile amanhã à noite. Tchau, querido.

Audrey desligou o telefone e rabiscou alguma coisa em um pedaço de papel.

– Este é o endereço do John. Leve algumas mudas de roupa. Uma minissaia e um terninho com calça seria apropriado. Ele vai enviar as fotos para mim, e a gente continua daí. Ligue para mim às dez da manhã, ok, querida? Daí, vou poder te dizer se apareceu alguma coisa para você.

Sorcha se levantou.

– Pode deixar. Obrigada, Sra. Bennington.

– Me chama de Audrey, todo mundo me chama assim, querida. Tchau.

No caminho de volta para a Swan and Edgar's, Sorcha parou na feira da Berwick Street para comprar repolho e batatas, depois pegou um suculento pedaço de bacon no açougue. Naquela noite, prepararia o jantar preferido de Con e contaria a ele sobre a oportunidade que Audrey Bennington lhe havia oferecido. Se ele a amasse, pensou Sorcha ao passar pelo monumento de Eros, brilhando sob o sol de junho, ficaria feliz por ela. E se não ficasse... Bom, isso era problema dele, não dela.

Sorcha pôs a mesa com uma toalha recém-lavada e a decorou com um colorido buquê de peônias e frésias. Con dissera que chegaria às oito, e estava tudo preparado – até mesmo o cheiro de bacon que queria que ele sentisse ao abrir a porta de casa. Sorcha abriu a garrafa de vinho que havia comprado. Era uma extravagância, mas era uma noite importante.

Às oito e meia, o telefone tocou.

– Eu estou atrasado, Sorcha. Eu e Todd tivemos uma ideia para uma música. Preciso aproveitar o embalo.

– Ah. Eu fiz o jantar... – respondeu ela, murchando.

– Ah, desculpa. Não me espera acordada. Vou chegar tarde.

– Con, eu... – disse Sorcha, suspirando.

– O quê?

– Ah, nada. Tchau.

Sorcha pôs o fone no gancho. Estava decidida. Tinha tentado contar, mas era evidente que a prioridade na vida de Con já não era mais ela.

Lulu estava certa. Precisava construir o próprio futuro.

16

– Então, rapazes, os contratos estão assinados, e o estúdio foi reservado para a semana que vem. Eu só não estou satisfeito com uma coisa. A gente ainda não encontrou o nome certo para o grupo.

Os quatro integrantes da banda relaxavam na sala de estar de Freddy. Ele estava rasgando o alumínio dourado da rolha de uma garrafa de champanhe.

– Eu meio que gostei de The Leopards – comentou Todd, com desdém.

– Desculpa, Todd, mas não está bom. A única parte que deveríamos manter é o "The". "The" alguma coisa soa bem. Ideias?

– Que tal The Flies? Nomes de insetos parecem estar na moda – gracejou Derek.

– Não, muito clichê. Próximo! – instigou Freddy, sorrindo.

– Blue Heaven? É, eu curto – ofereceu Ian, sem gerar reação alguma.

Freddy o encarou sem expressão.

– Ok. Algo mais?

Os garotos balançaram a cabeça, até Con, por fim, se manifestar:

– Que tal The Fishermen? Eu sempre achei um nome ótimo para uma banda.

– Claro, você é um irlandês católico – retrucou Todd, com cinismo.

– The Fishermen – repetiu Freddy, refletindo sobre a ideia. – The... Fishermen... É, eu gosto bastante – disse ele, assentindo.

– Eu também – complementou Ian.

– É bom – concordou Derek.

Todd revirou os olhos.

– Bom, se alguém tiver uma ideia melhor, me avisem. Mas agora é hora do champanhe. À banda mais descolada que surgiu no cenário musical em anos!

– Assim a gente espera – comentou Todd, pegando uma taça com Freddy.

– Chega dessa conversa. Vocês precisam acreditar que vai acontecer. Caso contrário, ninguém mais vai. Um brinde. Aos Fishermen.

– Aos Fishermen! – repetiram eles, em coro.

– Então, na próxima quinta-feira a gente volta ao estúdio. Vamos apresentar uma mistura das músicas de vocês, Con e Todd, com alguns sucessos testados e aprovados. Eu já entrei em contato com algumas gravadoras para avisar que logo, logo uma fita demo vai estar a caminho.

– Na verdade, eu também tenho algumas músicas, Freddy – disse Derek.

– Então leva para lá.

– Está bem – assentiu Derek, e seu rosto se iluminou.

Freddy levou Ian para um canto para dar uma olhada em uma revista de bateria. Todd se aproximou de Con.

– Quer se reunir neste fim de semana para compor alguma coisa?

– Claro – respondeu Con, aquiescendo.

– Vai lá para a casa. O apartamento da Lulu é maior. Que tal sábado, às onze da manhã?

– Combinado – concordou Con, assentindo de novo.

Todd percebeu que seu parceiro de vocal parecia um pouco desanimado.

– Está tudo bem, Con?

Ele deu de ombros.

– Está.

– É que você parece um pouco abatido.

– Eu estou bem, Todd, sério – disse Con.

– Tenho que ir, pessoal – anunciou Derek. – Vou encontrar Peggy hoje à noite.

– Achei que a gente ia de pub em pub hoje para comemorar – argumentou Todd.

Derek entornou o resto da taça.

– Desculpa, tenho outros planos. Obrigado, Freddy. Vejo vocês na semana que vem.

Derek saiu do apartamento e foi até a estação de metrô mais próxima. Sentado no trem a caminho de West End, pegou furtivamente o envelope de papel pardo que Freddy entregara a cada um dos garotos depois que os contratos foram assinados. Sentiu as notas de libras esterlinas amassarem ao seu toque. Freddy pagara ao grupo com um mês de antecedência. Derek sabia exatamente o que queria fazer com o dinheiro.

A porta de entrada de Peggy ficava espremida entre a lanchonete e a lojinha de conveniência. A pintura estava descascando, e a campainha pendia torta no prego. Com o coração martelando no peito, Derek a tocou. Não houve resposta.

– Droga – praguejou baixinho, enquanto tocava a campainha pela segunda vez.

Quando estava prestes a ir embora, a porta se abriu alguns centímetros.

– É você, Peggy?

A porta se abriu mais um pouco.

– Hã, sim.

Derek viu que ela vestia um roupão. Seus cabelos geralmente imaculados estavam emaranhados, e havia uma mancha de rímel debaixo de um dos olhos.

– Peggy, você está doente?

– Sim, é isso. Estou gripada.

– Coitadinha. Tem alguma coisa que eu possa fazer por você?

– Não, não, só preciso ir para a cama e me recuperar.

– Que pena – disse Derek, suspirando. – Reservei uma mesa no indiano da rua principal para as sete e meia. Eu ia te levar para comemorar.

– Comemorar o quê?

– O novo contrato da banda! – contou Derek, abrindo um sorriso radiante. – A gente assinou os papéis hoje de manhã.

– Caramba. Parabéns.

– Obrigado. Eu... eu trouxe isto aqui – disse Derek, oferecendo a ela uma caixinha embrulhada para presente.

– Ah, Derek, por quê? Você não devia gastar o seu dinheiro comigo.

Ela sentiu um aperto no coração ao ver Derek – que ainda se parecia um pouco com um estudante – empurrando o presente em sua direção. Não deveria aceitar. Não poderia.

– Porque eu queria comprar um presente para você. Por favor, aceita. Vou ficar muito chateado se recusar.

Um sorriso atenuou a carranca de Peggy.

– Está bem – concordou ela, estendendo uma das mãos.

Derek entregou o embrulho.

– Obrigada – disse Peggy.

– De nada. Posso dar um pulo aqui amanhã para ver como você está?

Peggy olhou de um lado para o outro da rua.

– Hã, não, não precisa se incomodar. Eu devo voltar para a casa dos meus pais se continuar me sentindo assim. E é melhor você ficar longe do meu pai.

Derek correu a mão pelos cabelos e forçou uma risadinha.

– É, acho que você está certa. Bom, eu dou um pulo aqui na semana que vem, então, e quem sabe te levo para comer nesse indiano.

– Claro, Derek. Obrigada pelo presente. Eu realmente preciso ir. Estou meio trêmula. Tchau, tchau.

Ela começou a fechar a porta, mas Derek a deteve com a mão.

– Eu senti a sua falta, Peggy. Você sabe disso, não é? Eu nunca deixei de sentir, mesmo depois de todos esses anos – declarou ele, com olhos tristes que imploravam por uma resposta positiva.

– Eu... – respondeu Peggy, a insegurança cruzando seu rosto. – Tchau, Derek.

Ela fechou a porta, passou a corrente e subiu a escada. Já na cozinha de seu apartamento imundo e decrépito, foi até a janela da frente e afastou de leve a cortina fina. Lá, sentado no banco logo abaixo do prédio, estava Derek. Ela suspirou e soltou a cortina. Não devia mesmo ter aceitado o presente.

Ela se sentou na frente da mesa dobrável e abriu o pequeno embrulho. Era uma caixa de veludo, com o nome de um joalheiro de Hatton Garden. Acomodado ali, havia um medalhão de ouro em forma de coração, belamente gravado. Ela pegou a joia e abriu o pequeno fecho.

Peggy,
No meu coração, sempre.
Derek

Ela apoiou a cabeça nas mãos e se repreendeu. *O que foi que você fez?* Por que, depois daquele lamentável episódio que vivera com Derek anos antes, fora até aquele pub para vê-lo?

Tentou analisar sua decisão.

Ele sempre fora gentil com ela, sobre isso não havia dúvidas. O que diferenciara Derek dos outros inúmeros homens de sua vida fora o respeito que ele demonstrara por ela. Embora dezenas de adolescentes não perdessem tempo ao tentar levá-la para cama, ela sempre pressentira que Derek de fato amava sua companhia. O jeito que ele costumava "se encontrar por acaso" com ela ao caminhar para a escola fora muito doce, e ser completamente adorada daquele jeito era bastante lisonjeiro.

O problema era que ela nunca gostara dele de verdade.

Será que o iludira tantos anos antes? Talvez. De qualquer forma, isso não justificava atirar tijolos pela janela.

Quando o vira na lanchonete, ficara impressionada com o avanço extraordinário da carreira dele. Além disso, aquele sorriso radiante e o balanço dos cabelos grossos despertou seu interesse. Porém, o medalhão confirmava que ele ainda estava apaixonado. Se fosse sincera, sabia que jamais sentiria o mesmo. E por que diabos ele ainda insistia em chamá-la por aquele apelido bobo de escola?

Sabia que precisava cortá-lo de sua vida de novo. Dessa vez para sempre.

Ela guardou o medalhão, abriu uma gaveta na cozinha e escondeu a caixa bem no fundo. Depois, voltou à janela. O banco estava vazio.

Ela respirou aliviada.

– Amor, cadê você?

Saiu da cozinha e foi até o quartinho. As cortinas estavam fechadas.

– Você demorou séculos.

– Desculpa.

– Quem era?

Ela tirou o roupão.

– Ah, ninguém. Um velho amigo – respondeu, enquanto afundava na cama quente e no abraço dele.

17

Helen desceu do ônibus e caminhou pela Baker Street. Era o último dia de aula antes das férias de verão, e estava uma manhã bela e luminosa. Quando foi atravessar a rua, o assobio de dois jovens chamou sua atenção. Ela olhou para o andaime, e os olhos dos homens pareciam fixos nela. Ao examinar a região, confirmou que não havia outras jovens à vista. O "elogio", por mais ofensivo que outras pudessem achar, devia ter sido para ela. Helen sorriu com um prazer secreto e pensou em quanto havia conquistado desde que fizera pela primeira vez aquela curta caminhada do ponto de ônibus até a faculdade. Já não era mais a garota sem graça e desajeitada de Ballymore. Sentindo uma onda de confiança, Helen mandou um beijo para os homens, sob gritos de entusiasmo. Ela deu uma risadinha.

Claro que era ao mesmo tempo triste e ridículo que as pessoas julgassem outras pela aparência. A mudança marcante na imagem de Helen alguns meses antes despertara a amizade e a aceitação das outras garotas da turma, que até então não existia. Além disso, suas habilidades de leitura e escrita melhoravam a cada dia, o que só aumentava sua autoconfiança.

A transformação exigira dela uma dose cavalar de disciplina. Helen não fora abençoada com um metabolismo rápido. Além disso, a maioria das comidas gordurosas lhe causava espinhas no rosto e tornava sua pele um mar de óleo. Ela não tivera piedade de si mesma. Havia funcionado. Estava extremamente orgulhosa. Helen deu uma risadinha ao pensar em voltar para a Irlanda em duas semanas. Na verdade, perguntava-se quantos moradores a reconheceriam.

Ela subiu os degraus para a faculdade aos pulos. Cumprimentando as colegas com um aceno de cabeça, foi até a sala de aula no topo do prédio. Sempre se lembraria daquele lugar como o ponto de partida de sua metamorfose.

– Oi, Helen. Ansiosa para as férias? – perguntou Samantha White, uma loura que se sentava ao lado dela, sorrindo.

– Estou – respondeu Helen, colocando a bolsa no chão e tirando o blazer.

– Que terninho lindo. Essa cor combina muito com o seu tom de pele. Também é novo, não é?

– Comprei na Biba no sábado passado. Acha mesmo que fica bem em mim? – indagou Helen, corando de prazer.

– Acho, está lindo.

– Obrigada. Oi, Mags.

– Bom dia a todas – cumprimentou Mags, sentando-se na carteira do outro lado de Helen. Ela bocejou alto.

– A noite foi longa, é? – perguntou Samantha, erguendo as sobrancelhas.

– É – confirmou Mags.

– Bom, você vai poder descansar amanhã – disse Helen, para consolá-la.

– Ah, quem me dera. Tenho que levantar às seis para ir até Devon com os meus pais. São as nossas férias de verão. Um mês de chuva em uma casa úmida perto de uma praia onde venta pra caramba, cercada por primos que eu não suporto – contou Mags, balançando a cabeça, taciturna. – É a última vez que eu vou. Combinei com o meu pai. Em novembro, eu faço 18 anos, e aí chega de férias em família.

Helen olhou para Mags. Seu rosto bonito era uma máscara de desgosto, e pensou em como teria amado passar as férias com a própria família.

– Então você vai perder a minha festa de fim de período – lamentou Samantha. – É uma pena. Vai ser um arraso. Meu irmão convidou um monte de amigos bonitos, e até o nosso querido professor disse que vai dar o ar da graça. Falando no diabo... lá vem ele – sussurrou ela. – O Sr. Sexy em pessoa. Caramba, ele está pior que você, Mags – comentou ela, com uma risadinha.

Tony Bryant parou na frente da turma. Como era costume na presença dele, Helen sentiu o coração acelerar e as palmas das mãos ficarem úmidas.

– Bom dia a todos – disse Tony, depositando a pasta marrom gasta na mesa e apoiando-se na beirada. – Ora, ora – continuou ele, examinando a turma. – Não vi vocês animadinhos assim no ano passado.

Ele abriu a pasta e tirou um maço de papéis.

– Sam, querida, poderia poupar as minhas pernas cansadas e entregar isto aqui, por favor? Os nomes estão no canto superior esquerdo.

– Claro, Sr. Bryant.

Samantha se levantou, pegou os papéis e começou a distribuí-los pelas mesas.

– Estas, meus queridos alunos, são as provas do primeiro ano corrigidas e avaliadas. Se eu fosse a maioria de vocês, não estaria sorrindo esta manhã. Neste mesmo dia no ano que vem, essas notas vão ser pra valer. Com base no que vocês responderam, oitenta por cento da turma estaria reprovada. Sei que é o último dia do trimestre e não quero ser desmancha-prazeres, mas acho que alguns de vocês deveriam pensar seriamente se estão preparados para voltar em setembro e trabalhar em dobro para compensar o tempo perdido. Enfim – concluiu Tony, dando de ombros –, quem está desperdiçando dinheiro são vocês, não eu.

Ele bateu as mãos nas coxas e prosseguiu:

– Ok, fim do sermão. Agora vou dizer quem tirou as melhores notas do ano no geral. É a única pessoa que tem direito a boas férias de oito semanas, além de uma séria comemoração pelas conquistas dos últimos nove meses – anunciou Tony, apontando o dedo para alguém. – Helen, vem aqui pegar o seu prêmio incrível: uma caixa de chocolates Milk Tray, para celebrar a sua conquista!

Helen sabia que era a única aluna com aquele nome na turma, mas ficou tão chocada que não conseguiu se mexer.

– Vem cá, Helen! – chamou Tony, sorrindo para ela e oferecendo a caixa de chocolates.

Ela se levantou, e a turma explodiu em uma espontânea salva de palmas. Vermelha como um pimentão e sem conseguir olhar Tony nos olhos, ela pegou os chocolates.

– Bom trabalho! – elogiou ele, sorrindo para ela calorosamente.

– Obrigada – murmurou ela, depois voltou ao seu lugar.

O resto do dia passou como um borrão para Helen. Naquela noite, ela foi para casa e pôs a caixa de chocolates na mesa perto da janela. Sentou-se na cadeira e ficou olhando para ela. Helen se perguntou quanto tempo duravam os chocolates, porque jamais os comeria. Em vez disso, queria emoldurá-los.

Na manhã seguinte, Helen foi até a loja da estilista Mary Quant e comprou um minivestido verde-limão para usar na festa de Samantha. Depois, foi ao salão de sempre para aparar os cabelos e fazer uma escova. Passou a tarde pintando as unhas, banhando-se em água perfumada e experimentando maquiagens diferentes para ver qual combinava mais com seu novo vestido.

Às sete da noite, estava pronta. Chamou um táxi para que o vento não bagunçasse seus cabelos.

– Para onde, querida?

– Hã, Sydney Street. Fica bem perto da King's Road.

– Certo.

Helen apreciou a viagem por Londres. Era uma tarde quente e ensolarada, e o mundo estava rapidamente se tornando um lugar bastante agradável.

Ela desceu do táxi em frente a uma casa geminada branca e alta. A música retumbava por uma janela aberta em um dos andares superiores. A porta da frente estava entreaberta, e Helen subiu a escada segurando quatro garrafas de Babycham.

– Você veio! Você está incrível! – disse Sam, na porta, gritando sobre a música. – Se conseguir, entra – brincou ela, sorrindo. – Infelizmente está meio caótico.

O pequeno saguão da entrada tinha gente saindo pelo ladrão, e o interior abarrotado do apartamento não estava melhor. Helen abriu caminho em meio ao mar de corpos, sem saber ao certo aonde ia. Por fim, se viu na cozinha, perdendo-se completamente de Sam. Após depositar suas oferendas alcoólicas na bancada pegajosa e manchada de cerveja, Helen não soube o que fazer.

– Oi, broto, quem é você?

Helen se virou e viu um jovem bem alto olhando maliciosamente para ela, com um hálito fétido de cerveja.

– Helen – respondeu em voz baixa.

– Quem? – gritou ele.

– Helen!

– Ah – disse o jovem, arrotando. – Oi, Helen. Quer beber alguma coisa?

– Hã, eu já ia me servir.

Helen deu as costas para ele de propósito e abriu uma das Babychams. Bem na hora em que a garrafa tocou sua boca, ela sentiu uma mão marota beliscar sua bunda. Horrorizada, Helen engasgou, e a Babycham desceu pelo lado errado. Ela teve um acesso de tosse. O homem alto pôs uma das mãos grandes e peludas nas costas dela e começou a bater, fazendo com que a garrafa jorrasse na parte da frente de seu vestido novo.

– Para, para! Olha só o que você fez! – exclamou ela, virando-se para ele, seu rosto uma máscara de raiva.

O homem ergueu as mãos para o alto em um pedido bêbado de perdão.

– Desculpa, desculpa.

– Licença – pediu ela, fulminando o homem com os olhos ao passar por ele.

– Está bem, já te saquei – disse o homem, arrotando de novo. – Você tem a bunda mole mesmo, amor – murmurou ele enquanto ela saía da cozinha.

Quando Helen enfim encontrou o banheiro, abriu a porta e a trancou. Então se sentou na beirada da banheira, tentando controlar a respiração. Suas bochechas queimavam de vergonha e raiva. Não demorou muito para decidir que iria para casa. Aquele homem nojento arruinara sua confiança. Estava furiosa com ele. E também consigo mesma. Embora tivesse passado por toda aquela transformação, por baixo das roupas caras e da maquiagem, ainda era a mesma garota burra e sem graça.

Ela destrancou a porta e avançou até a saída, torcendo para ir embora de fininho. Helen chegou ao patamar da escada da porta sem ser parada. Começou a descer os degraus, mas sentiu um súbito toque em seu ombro.

– Aonde você pensa que vai? – perguntou uma voz conhecida.

Helen parou, se virou e viu Tony Bryant sorrindo para ela.

Fez o possível para se recompor.

– Eu... eu preciso de um pouco de ar fresco. Estava um pouco abafado lá dentro – murmurou ela.

Tony assentiu.

– Eu também. Vai na frente, então.

Helen se virou e continuou a descer a escada.

– Caramba, estava *muito* quente lá dentro – disse Tony, pegando um lenço e enxugando a testa. – Acho que estou ficando velho para esse tipo de festa.

Ele se sentou no primeiro degrau e deu um tapinha ao seu lado.

Helen se sentou, sua coxa tocando a dele de leve. Por um tempo, nenhum dos dois falou. Por fim, Tony rompeu o silêncio.

– Se me permite dizer, você está irresistível esta noite, Srta. McCarthy.

Helen não respondeu.

– Por que está tão chateada? Eu achei que, depois de ser considerada a melhor aluna da turma, você estaria eufórica. Deveria ter orgulho de si mesma, Helen. Só eu sei quanto você trabalhou. Você deve ter demorado três vezes mais do que os outros para escrever cada redação e, ainda assim, ficou na frente de todo mundo com folga.

Helen aquiesceu em silêncio. Estava à beira das lágrimas e não confiava em si mesma para falar.

– Você vai voltar lá para cima? – perguntou Tony, apontando para a porta aberta.

Helen balançou a cabeça.

– Certo, bom, nem eu. Curiosamente, também não estou muito em clima de festa, mas precisava dar as caras. Que tal a gente encontrar um pub e tomar um drinque para se refrescar?

– Eu... – respondeu Helen, olhando para ele um pouco surpresa. – Está bem.

– Ótimo.

Tony se levantou e ofereceu a mão a Helen, que aceitou. Ele a puxou, depois enfiou a mão dela na dobra do cotovelo e deu um tapinha.

– Vamos embora – disse ele.

Eles encontraram um pub a algumas centenas de metros, na King's Road. Tony foi buscar as bebidas enquanto Helen garantia um lugar.

– Aqui – disse Tony, colocando a cerveja e a Babycham na mesa. – Espero que você consiga pôr isso na boca, e não nos sapatos – brincou ele, sorrindo. – Não sei há quanto tempo todo mundo estava bebendo lá na festa, mas acho que começaram à tarde. Enfim, um brinde às férias de verão – anunciou Tony, a voz cheia de falsa alegria. – Você parece tão feliz quanto eu – comentou ele, com um sorriso malicioso, depois tomou um gole da cerveja.

– Você não gosta de férias? – rebateu Helen, sentindo-se ridícula por não saber o que dizer.

– Gosto. Mas a mulher dos meus sonhos vai passar grande parte delas a quilômetros de distância.

– Entendi – disse Helen, sentindo a tristeza se intensificar. – Você não pode ir com ela?

– Ah, Helen, se eu pudesse, se eu pudesse... – respondeu Tony, com um suspiro. – Infelizmente não é tão simples assim. Como a minha vida nunca parece ser.

– Nem a minha – concordou ela, tomando um gole do drinque.

– Somos uma dupla e tanto, não? – gracejou ele, sorrindo. – Bom, eu te contei o meu problema. Então... qual é o seu?

– Ah, nada sério, só um comentário ofensivo de um garoto da festa.

– Sério? Minha nossa, o que os garotos querem hoje em dia? Achei que você fosse a mulher ideal. Beleza e inteligência, tudo em uma só.

Helen corou.

– É gentileza sua dizer isso, Tony, mas...

– Não estou falando só por falar, Helen – interrompeu Tony, e Helen confirmou que seu olhar era sério e sincero. – Aprenda a aceitar um elogio quando recebe. Para falar a verdade, você sempre me fascinou. Não é todo dia que conheço alguém como você.

– E eu não sei? – disse Helen, erguendo as sobrancelhas.

Tony suspirou.

– Sinceramente, Helen, de onde você tirou esse enorme complexo de inferioridade? Você toma qualquer comentário como crítica.

– Bom, você está me criticando, não?

Tony riu.

– Meu Deus, não. Estou dizendo que você é única. Eu arriscaria dizer que é um elogio. Vou te falar uma coisa: se alguém me dissesse que sou comum, eu ficaria arrasado.

– Na verdade, isso é tudo que eu sempre quis ser – declarou Helen, depois esvaziou o copo.

Ele se levantou.

– Vou pegar outra rodada, aí você pode contar para o tio Tony o que diabos te levou a ter uma ambição tão absurda. Não vai embora.

Helen o observou caminhar até o bar. A garota que roubou o coração de Tony Bryant era com certeza a pessoa mais sortuda do mundo.

Seis Babychams depois, Helen já tinha falado pelos cotovelos. Tony agora sabia mais sobre ela do que qualquer outro ser humano que encontrara.

– Ora, ora, ora – comentou Tony. – Coitadinha de você. E eu aqui sentindo pena de mim mesmo.

– Eu não quero a sua pena – respondeu Helen, de maneira abrupta.

– Nem eu vou te dar isso. Escuta, Helen – disse Tony, tomando as mãos dela nas suas. – Vou te dizer uma coisa, e quero que você pense sobre isso depois. Você tem 19 anos. Sim, a vida foi dura com você, mas agora as coisas estão começando a melhorar. Você recebeu uma herança enorme para aproveitar ao máximo e tem mais condições que muita gente para fazer isso, porque tem um dom.

Helen soltou um pequeno soluço.

– Que dom?

– Em todos os meus anos de magistério, nunca encontrei um cérebro matemático melhor. Quando se trata de números, você deixa o resto de nós comendo poeira. Fora que, nos módulos de gestão de negócios, mostrou que pode ser bem analítica. Para ser direto, você é boa em tomar decisões lógicas.

– Em sala de aula – objetou Helen. – Não sei como me sairia no mundo dos negócios.

– Eu diria que brilhante. Encontre uma ideia, Helen, e abra o seu próprio negócio. Alguma coisa pequena para começar. Não arrisque cada centavo, e confie nos seus instintos. Eu acho que você vai se sair muito bem.

– Acha mesmo que eu poderia tocar o meu próprio negócio?

Tony assentiu.

– Claro, sem dúvida alguma. E você dispõe dos fundos para investir nisso. Se eu tivesse o seu dinheiro, não estaria dando aula em uma faculdade de administração de empresas, e sim lá fora, praticando o que eu prego – afirmou ele, depois esvaziou o copo.

– Que tipo de negócio te atrai? – perguntou Helen.

Tony deu uma risadinha.

– Ah, eu sempre tive o sonho de administrar uma gravadora e descobrir a próxima grande novidade. Quem não tem? – respondeu ele, dando de ombros. – Ou talvez abrisse uma agência de viagens. Férias no exterior vão se tornar um enorme mercado nos próximos anos, espera só para ver.

– Últimos pedidos do bar, pessoal! – gritou o proprietário.

– Quer um drinque para viagem, Helen?

– Não, obrigada. Já bebi demais.

– Certo. Quer comer alguma coisa?

Helen balançou a cabeça. Sentia-se muito mal, e a ideia de comer a deixou pior.

– Com licença, eu...

Dez minutos depois, Helen voltou do banheiro, pálida e murcha.

– Ai, meu Deus, Helen, desculpa. Eu te encorajei a beber demais.

– Tudo bem. Você pode... pode chamar um táxi para mim? Acho melhor eu ir para casa. Não estou me sentindo bem.

– Claro. Eu mesmo vou te levar.

– Desculpa, eu...

Helen correu para o banheiro de novo. Quando voltou, viu Tony esperando por ela na porta.

– Tem um táxi lá fora.

– Obrigada. Só espero conseguir chegar a tempo.

Tony pensou por um instante.

– Olha, minha casa fica a cinco minutos daqui de táxi. Vou te levar para lá, e você pode ir para a sua quando se sentir melhor.

Helen concordou, fraca demais para argumentar.

Dez minutos depois, ela encarava o vaso sanitário do banheiro de Tony. Não achava que ainda houvesse algo dentro de si para vomitar. Ela cambaleou até a sala de estar, onde Tony andava de um lado para outro, ansioso.

– Como você está?

– Bem. Talvez se eu deitar um pouco, me sinta melhor.

– Claro. Aqui, deixa eu te ajudar.

Tony conduziu Helen até um pequeno quarto.

Ela se deitou na cama, aliviada, e tentou impedir que sua cabeça girasse.

– Desculpa, Tony, desculpa mesmo – disse ela, e logo adormeceu.

Helen acordou desorientada. Olhou ao redor do quarto, a luz tênue do início da manhã infiltrando-se por detrás das cortinas de anarruga laranja.

Helen sentiu que seu cérebro tocava um gongo nas têmporas. Com cuidado, levantou-se da cama e caminhou devagar até a sala de estar. Tony estava estirado no sofá, roncando baixinho. Atordoada, tentou entrar no armário de vassouras e na cozinha antes de, finalmente, encontrar o banheiro. Jogou água no rosto e usou a escova de dentes de Tony para limpar a boca. Sentindo-se um pouco melhor, voltou pé ante pé para o quarto. Estava prestes a cair no sono quando sentiu a cama afundar do seu lado direito.

– Como você está?

Ela abriu os olhos e viu que Tony a encarava.

– Melhor, eu acho. Mas com uma dor de cabeça horrível.

– Quer tomar um analgésico?

– Não, é melhor eu deixar a minha barriga descansar um pouco.

– Está bem – disse Tony, afastando uma mecha de cabelo do rosto dela. – Eu fiquei preocupado com você.

O lábio inferior de Helen tremeu.

– Desculpa. Eu não faço nada certo, não é? Não consigo nem beber sem passar mal e estragar uma noite bacana.

– Vamos lá, Helen. Chega dessa bobagem autodepreciativa – disse ele, apertando o nariz dela de brincadeira. – Você só não está acostumada. Além disso – continuou ele, inclinando o rosto a poucos centímetros do dela –, eu te acho adorável.

Ele a beijou gentilmente nos lábios.

– Desculpa. Eu só queria... ah...

Tony pareceu tímido de repente, e Helen sentiu seu coração se expandir.

– Sabe, isso me fez sentir um pouquinho melhor – disse ela, abrindo um meio sorriso.

– Fez?

Helen assentiu.

– Tem certeza?

– Tenho.

Dessa vez, Helen ergueu os lábios até os de Tony, abraçou o pescoço dele e o puxou para si.

Mais tarde, ainda deitada e entrelaçada nos braços dele, vendo a mão de Tony acariciar sua barriga nua, Helen pensou que devia ter morrido e ido para o céu. Qualquer coisa que houvesse fantasiado durante suas furtivas tentativas de satisfação parecia insignificante perto da realidade. Ela conseguira responder naturalmente à persuasão gentil de Tony e relaxar o suficiente para aproveitar a experiência. O fato de seu corpo poder lhe proporcionar tamanho prazer foi uma revelação.

– Você é uma caixinha de surpresas, não é? – perguntou ele, sorrindo e descendo a mão até a coxa dela.

– Como assim?

– Bom, você é tão insegura... mas, agora mesmo, meu Deus, Helen. Você foi maravilhosa. Mal dá para acreditar que foi sua primeira vez.

– Foi, sim.

– Então eu fico orgulhoso de ter sido comigo – disse ele, apoiando-se em um dos cotovelos e olhando para ela. – Helen, você não se arrepende do que acabou de acontecer, não é?

– Não, nem um pouco.

– Ótimo. Eu odiaria que você pensasse que eu me aproveitei.

– Você não se aproveitou de mim. Não mais do que eu de você.

Eles ficaram deitados em silêncio, observando os raios de sol entrarem pelas cortinas alaranjadas.

– Helen?

– O quê?

– Você sabe da minha situação. Minha garota vai ficar longe por um tempo e... olha, eu odiaria te enganar, te fazer acreditar que isto é algo que não é. Vou entender se não quiser me ver de novo, mas...

– Mas o quê?

– Mas acho que a gente poderia se divertir juntos por um tempo, até ela voltar. Falando assim parece horrível, mas é justo colocar as cartas na mesa, para que você não tenha nenhuma ilusão. Eu te respeito demais e não quero ferir seus sentimentos.

– Eu entendo, Tony.

– Se não for possível, eu queria que pelo menos continuássemos amigos, embora eu vá sentir falta do que acabamos de fazer.

Helen virou o rosto. Ela estava ali, e a garota misteriosa não. Isso lhe conferia uma clara vantagem. Ele poderia se apaixonar loucamente por ela a ponto de não querer a outra mulher de volta. Era um risco que teria que correr. A dor viria depois e, além do mais, Helen era boa em lidar com ela.

– Tony?

– Sim?

Ela se virou para ele e sorriu.

– Você faria aquilo tudo comigo de novo?

18

– Então, o que você acha, Ben?

Ben deu de ombros.

– Eles são... ok, bicho, meio que ok.

– Só ok?

– Infelizmente sim.

– Entendi. Bom, não faz sentido continuar tomando o seu tempo. Você foi a primeira gravadora com quem eu falei. O Reg, da RCA, já até me ligou. Eu disse que ia esperar você responder primeiro – afirmou Freddy, ficando de pé.

– E infelizmente, amigo, é isso que eu vou ter que fazer: recusar – disse ele, contornando a longa mesa de vidro para apertar a mão de Freddy.

– Acho que você está cometendo um grande erro. Você deveria vê-los ao vivo. Os rapazes arrasam.

– Talvez, mas é nos pequenos círculos de vinil preto que a gente está mais interessado. Desculpa, Fred, é que tem bandas demais lutando por um lugar ao sol no momento. Boa sorte em outro lugar, tá?

– Claro. Até mais, Ben.

– Até mais, Freddy – respondeu ele, acenando para Freddy e voltando à cadeira atrás da mesa.

Freddy atravessou o corredor, saiu da recepção, pegou o elevador gradeado e desceu até o saguão. Depois, cruzou a Golden Square, abriu o portão preto de ferro forjado e encontrou um banco para se sentar.

Ele cerrou os punhos.

– Merda!

A senhora idosa sentada na outra ponta se apressou em ir embora.

Freddy estava ficando preocupado. Tinha abordado quatro das cinco principais gravadoras e, até então, não recebera nada além de um interesse morno. Se a RCA também recusasse na semana seguinte, restariam apenas os selos menores e independentes, sem grande poder financeiro para dar ao grupo o impulso necessário. Será que havia se enganado pela primeira vez? Será que os Fishermen não tinham nada de especial? Deveria esquecer o negócio todo para evitar mais perdas?

Freddy balançou a cabeça. Um instinto ainda ardia em algum lugar dentro dele. Sentira isso antes com os Tin Men. Estava certo de que havia algo nos Fishermen. O truque era fazer com que os outros reconhecessem isso e investissem dinheiro na banda, assim como ele tinha feito.

Freddy se levantou. Em alguns dias, iria ver a RCA. Se não desse em nada, teria que procurar as gravadoras independentes.

Derek já tinha voltado uma dúzia de vezes à portinha azul comprimida entre a lanchonete e a loja de conveniência. Após tocar a campainha sem parar, recorreu a pancadas fortes e intermitentes, todas sem sucesso. Estava confuso.

Era um domingo. Dez para as nove da manhã de um domingo, mais precisamente. Depois de uma sequência de toques na campainha e batidas à porta, a mulher que administrava a loja de conveniência apareceu na entrada.

– Você está fazendo uma barulheira danada. Ela foi embora.

Derek entrou em pânico.

– Quando? Para onde?

– Calma, amorzinho. Saiu de férias, eu acho. É aquela época do ano, lembra?

Ele suspirou de alívio.

– Lógico. Ela disse por quanto tempo?

– Não, só sei porque ela me pediu para regar as plantas enquanto estivesse fora.

– Então ela vai voltar?

A mulher deu uma risadinha.

– Claro. A maioria das pessoas volta das férias, não é?

Derek se virou rápido e saiu correndo pela rua.

– Não tem bicho mais estranho que gente – murmurou a mulher, enquanto entrava para separar os jornais de domingo.

Sorcha tinha acabado de entrar quando o telefone tocou.

– Alô?

– Oi, Sorcha – disse a voz de sua agente, Audrey. – Boa notícia, querida. Você conseguiu o seu primeiro trabalho como modelo.

– Consegui?

– Sim. São duas páginas de revista modelando tricôs. Vai ser só uma manhã de trabalho, mas com certeza é um começo.

Sorcha ouviu Audrey remexendo uns papéis.

– Deixa eu ver... você vai fotografar no St. James' Park na próxima quarta. Tem que estar lá às oito.

– Vou precisar tirar a manhã de folga?

– Vai. Fala que você tem que ir ao dentista ou qualquer coisa assim. Vamos ver no que vai dar. Se começarem a surgir trabalhos com frequência, como acho que vai acontecer, você pode sair. O pagamento é bom. São 20 libras.

– Vinte libras? – repetiu Sorcha, animada.

– Tudo bem?

– Claro, ótimo, ótimo.

– Que bom. Eu dei o número da sua casa para a revista. Eles vão ligar nos próximos dias. Bom trabalho, querida. Você está no caminho certo. Tchau, tchau.

– Tchau, e obrigada, Audrey.

Sorcha pôs o telefone no gancho e afundou na poltrona. Um sorriso triunfante surgiu em seu rosto. Nas quatro semanas anteriores, havia participado de duas dúzias de *castings*. Já começava a achar que Audrey talvez tivesse se enganado com ela.

O sorriso abandonou seu rosto quando pensou em contar a Con.

Alguns minutos depois, ouviu a chave girar na porta. Seu noivo entrou na sala com o jornal noturno enfiado debaixo do braço.

– Oi – disse ele, sorrindo. – Não está um fim de tarde lindo?

– Está. Con? – chamou ela, observando-o se sentar em uma cadeira.

– O quê?

– Eu acabei de receber uma notícia.

Ele ergueu os olhos para ela.

– Fala.

Ela atravessou a sala e se abaixou ao lado dele.

– Primeiro, você tem que jurar que não vai ficar bravo.

Con estreitou os olhos enquanto acariciava os cabelos dela.

– Bom, como posso fazer isso sem saber o que você vai me contar?

– Eu tentei falar antes, mas nunca parecia ser o momento certo.

Con ficou ainda mais preocupado.

– Sou todo ouvidos, Sorcha. Por favor, fala logo.

– Bom, uma agente de modelos me contratou. Hoje eu consegui o meu primeiro trabalho, modelando alguns tricôs para uma revista. E adivinha só quanto vão me pagar por uma manhã de trabalho? Vinte libras! *Por favor*, fala que você está feliz por mim. Minha agente disse que esse pode ser o primeiro de vários.

Con dobrou o jornal no colo e a encarou por um tempo antes de dar seu veredito.

– Eu posso até dizer, mas não vai ser verdade. Você sabe o que eu acho de você trabalhar. Isso nunca vai mudar. Mas a decisão é sua se você quiser exibir o seu corpo.

– Ah, vai, Con, não exagera! É uma revista feminina.

– E o que vai acontecer quando eles quiserem que você vista roupas de banho ou íntimas?

– Aí eu vou dizer não – respondeu Sorcha, depois balançou a cabeça. – Pelo menos pensa no dinheiro, Con. Vinte libras inteiras! E deve vir mais depois.

– Você acha que isso faz com que eu me sinta melhor? Saber que não consigo ganhar o suficiente para cuidar da minha mulher como qualquer homem decente deveria fazer?

– Não, Con, você está errado. Olha só para Lulu e Todd. Todd não parece se importar que ela o sustente.

– Lulu é diferente.

– E por quê, Con? Por quê?

– Porque... – respondeu ele, esforçando-se para encontrar uma resposta. – Porque ela é... inglesa.

– E que diferença isso faz?

Con franziu o nariz.

– Eu diria que toda.

– É uma resposta patética, e você sabe disso! – exclamou Sorcha, lutando contra as lágrimas. – Eu não sabia que você era assim, Con, sério, não sabia.

– Assim, como?

– Um chauvinista.

– E quem te ensinou essa palavra chique? Lulu?

– Não! Eu posso ter vindo de um pequeno vilarejo irlandês, mas fui alfabetizada – retrucou Sorcha, depois balançou a cabeça. – Isso não está levando a gente a lugar nenhum, Con.

– Você está certa.

Ela ergueu os olhos para ele.

– Você não me ama mais?

Con soltou o ar com força.

– Claro que eu te amo, Sorcha. É por isso que não quero ver você se rebaixando.

– Mas eu *não* estou! – gritou ela, batendo na lateral da cadeira, frustrada. – Trabalhar não é se rebaixar, Con. O trabalho dá respeito próprio e independência. E até que o seu grande momento chegue, a gente precisa do dinheiro. Você não pode negar!

– Ah, dinheiro. Tudo sempre se resume a isso, não é? Não vou mais discutir com você. Já estou atrasado para me encontrar com Todd – concluiu ele, ficando de pé.

– Não vai embora, Con. Precisamos conversar sobre isso – disse Sorcha, observando o noivo enfiar o jornal no bolso da jaqueta e se dirigir à porta. – Por favor, Con, não...

A porta bateu com força.

– Oi, Con. Todd não está aqui.

– Ah.

Con ficou parado na soleira da porta, remexendo-se, constrangido, diante da visão de Lulu em um curto roupão de banho.

– Ele disse que voltaria às sete – explicou Con.

– Pois é, foi o que ele me disse também. Com certeza, ele já vai chegar. Entra, antes que metade da rua me veja *deshabillé*.

– Obrigado.

Con seguiu Lulu porta adentro, pelo corredor e até a sala de estar.

– Quer beber alguma coisa?

– Não, obrigado.

– Ok, mas eu vou querer. Acabei de receber uma ligação do meu agente. Eu consegui o papel principal no próximo filme da Hammer.

– Que notícia boa, Lulu. Parabéns.

– Obrigada. Tenho que admitir que estou bem feliz.

Lulu se abaixou para pegar uma garrafa no armário, oferecendo a Con uma visão perfeita de suas nádegas redondas.

– Tem certeza de que não quer me acompanhar?

– Não, obrigado – disse Con, afastando-se e olhando para a janela.

– Um irlandês recusando um drinque – debochou Lulu, servindo uma boa dose de uísque em um copo. – O que vem depois? Saúde.

– Saúde para você também.

– Então, nenhuma notícia do Freddy ainda?

– Não – respondeu Con, suspirando. – Ele não fala muita coisa, mas eu me pergunto se está com dificuldade de conseguir um contrato.

– Freddy vai conseguir um contrato, Con. Eu tenho confiança total nele e na banda.

Lulu se sentou no sofá e enfiou as pernas debaixo do corpo. Depois, deu um tapinha no assento ao seu lado.

– Vem cá, senta.

Relutante, Con obedeceu.

– Desculpa me intrometer, Con, mas tem alguma coisa errada? Você parece bem desanimado. Todd também comentou que você anda estranho já faz um tempo.

– Eu estou bem, Lulu, sério.

– Tem certeza?

– Tenho.

Lulu estendeu uma das mãos e deu um tapinha no joelho de Con.

– Olha, Con, eu te considero um amigo e espero que você me veja da mesma forma. Se quiser conversar sobre qualquer coisa, você sabe onde estou.

Con examinou a mão em seu joelho.

– É muita gentileza sua, mas eu estou bem, sério.

Con ouviu o som de uma chave girando na fechadura. Ele deu um salto, lançando a mão de Lulu para longe e fazendo com que o uísque dela derramasse na perna nua.

– Calma, Con. Você está agitado que nem um gatinho.

– Desculpa, desculpa – disse Con, voltando ao seu lugar perto da janela enquanto Todd entrava.

– Boa noite a todos. Desculpem, eu me atrasei. O metrô ficou horas parado em Earl's Court.

– Querido, adivinha só?

Lulu se levantou, pôs o copo no chão e se atirou no pescoço de Todd, cobrindo seu rosto de beijos.

– O quê?

– Eu consegui o papel da Veronica! Vou ser uma estrela de cinema de verdade.

– Que maravilha, querida. Eu estou muito animado por você – disse Todd, retribuindo o abraço e depois a afastando de seu pescoço. – Você não acha que deveria ir lá dentro botar uma roupa?

– Desculpa. Con me pegou no meio do banho, e a gente estava tendo uma conversa tão boa, não foi, Con, querido?

Con grunhiu algo em resposta.

Todd deu um tapinha na bunda de Lulu.

– Vai, vai lá. Eu e Con temos trabalho para fazer.

– Vocês não vão demorar, vão? – perguntou ela, fazendo beicinho. – Eu quero sair hoje à noite para comemorar.

– Quanto mais cedo você for, mais cedo a gente termina.

– Ok. Tchau, Con – disse Lulu, mandando um beijo para ele e saindo da sala.

Todd ergueu as sobrancelhas.

– Mulheres.

– Um brinde a isso – comentou Con, suspirando.

– Quer uma bebida?

– Ah, vai em frente – disse ele, cedendo.

– Algum problema com Sorcha, me parece – adivinhou Todd, servindo dois uísques para eles da garrafa aberta.

– Ela assinou um contrato com uma agência de modelos sem falar comigo e agora parece que conseguiu um trabalho. Obrigado – disse Con, pegando o copo da mão estendida de Todd.

– E? Que bom para ela. Qual é o problema?

Con balançou a cabeça.

– Eu não espero que você entenda, Todd. A gente veio de mundos diferentes.

– E você está vivendo neste aqui, Con. Não acha que está sendo um pouco antiquado?

– Na Irlanda, as mulheres ficam em casa e tomam conta das crianças. Cozinham, limpam a casa e cuidam da família.

– Hã, me desculpa, Con, mas não acredito que estou ouvindo isso – comentou Todd, colocando a mão livre no quadril. – Para início de conversa, você e Sorcha não são casados. Vocês moram juntos, o que eu diria que é uma coisa bastante moderna. Em segundo lugar, vocês não têm uma família para Sorcha cuidar. E, por último, a gente está em 1965, não em 1865.

Con balançou a cabeça.

– Olha, esquece o que eu disse, ok? Não devia ter falado nada. Eu não espero que você entenda.

– Ah, eu entendo muito bem. Isso se resume a um simples caso de ego masculino e nada mais. Você já pensou no que Sorcha quer?

– Vamos deixar isso para lá, está bem?! – pediu Con, lançando a Todd um olhar severo.

Todd deu de ombros.

– Tudo bem. A gente precisa começar a trabalhar mesmo. Você pode colocar toda a sua angústia nas letras. Só vou te dar um conselho, Con, e espero que você entenda o que vou dizer: Sorcha é uma garota adorável. É bastante evidente que ela te idolatra, e com certeza te deu todo o apoio necessário desde que vocês vieram para a Inglaterra. Se você continuar assim, vai acabar perdendo ela. Aí, vai se arrepender. Pronto, fim do sermão.

Todd foi até o piano, abriu a tampa e se sentou no banquinho.

– Como você se saiu com aquela ponte?

Já passava das onze quando Con chegou em casa. Ele tinha saído do apartamento de Todd às nove, depois deu uma longa caminhada pelo Chelsea Embankment. A vista e o barulho da água o acalmaram, e suas ideias começaram a clarear.

Quando entrou no quarto, pressentiu que Sorcha não dormia. Tirou as roupas e se enfiou debaixo das cobertas, pousando uma mão gentil no ombro dela.

– A gente pode conversar?

– Claro – respondeu ela, virando-se para encará-lo.

– Eu queria te pedir desculpas, Sorcha. Fui um estúpido. Você me perdoa?

– Perdoo.

– Ótimo. Vem cá – disse ele, abraçando-a quando ela se aninhou em seus braços. – Talvez se eu tentar te explicar, você entenda.

– Tenta, por favor.

– Você sabe de onde eu vim, o tipo de infância que tive.

– Sei.

– Eu vi a minha mãe lutar para botar comida na mesa e manter um teto sobre a nossa cabeça enquanto o meu pai enchia a cara toda noite no bar. Depois, quando ele voltava para casa, eu via o jeito como ele descontava o desespero e a infelicidade nela. Eu estava lá quando a minha mãe entrou em trabalho de parto e, 36 horas depois, morreu junto com o bebê sem que o meu pai tivesse mostrado a cara.

Sorcha o observou em silêncio.

– Enfim, eu *prometi* a mim mesmo que sustentaria a mulher que escolhesse para mim, daria a ela uma vida boa e garantiria que ela nunca tivesse um único dia de preocupação. Quando a gente estava morando naquele lugar horrível em Swiss Cottage, eu só via a história se repetindo.

– Con, isso é ridículo! Você não é bêbado nem violento. E as coisas estão melhorando. Você tem um futuro que quase consegue tocar de tão perto. Além disso, eu fico *feliz* de sair de casa e ganhar uns trocados.

– Agora eu sei disso. Hoje à noite, eu dei uma volta e percebi como estava sendo idiota. Só estou explicando para você por que me senti assim. Eu quero te dar o mundo, Sorcha, só isso.

Ele estendeu os dedos e os entrelaçou nos dela.

– Se te faz feliz sair de casa para modelar, então, por mim, tudo bem.

– Obrigada. Faz, sim.

– Tem outra coisa, Sorcha, algo em que Todd me fez pensar. Eu sei que queria te dar um casamento incrível, mas acho que o que importa é o pedaço de papel. Se você não se importar, a gente pode se casar discretamente o mais rápido possível.

– Con, eu me casaria com você no bueiro ali da rua se fosse preciso. Nunca me importei com isso. Você é que sempre quis "o grande dia".

– Tem certeza de que não está dizendo isso só para eu me sentir melhor?

– Não! – respondeu ela, enfática. – Eu tenho as minhas próprias opiniões. Não respiro e vivo só para te agradar – disse ela, meio rindo.

– Então combinado. Vamos organizar tudo o mais rápido possível.

– Ótimo.

Con esticou o braço e apagou a luz.

Eles dormiram com os dedos ainda entrelaçados.

19

Helen assinou a carta com um floreio (afinal, concluir uma carta ainda era um triunfo) e leu a página para si mesma.

Querida tia Betty,

Sinto muito, mas não vou poder voltar para Ballymore neste verão como havia pensado. Tenho muito trabalho da faculdade para fazer e não vai dar tempo. Espero que a senhora entenda. Vou tentar voltar para casa em outubro, no intervalo entre os trimestres. Espero que esta carta te encontre tão bem quanto me deixa.

Da sua sobrinha, Helen

Ela dobrou a carta em três e pôs no envelope. Não era uma obra-prima da caligrafia, mas bastava. Não precisava explicar seus atos para ninguém, como Tony lhe ensinara.

Tony... Tony... Helen olhou pela janela, sonhadora. Desde o fim das aulas na faculdade, dez dias antes, eles tinham passado um bom tempo juntos, principalmente na cama. Não conseguia nem pensar na possibilidade de deixá-lo na semana seguinte para ir visitar tia Betty em Ballymore. Além disso, *ela* logo estaria de volta. Restavam apenas duas semanas e meia para fazer Tony esquecer por completo da mulher, se é que isso ainda não havia acontecido...

Helen consultou o relógio. Tony chegaria em uma hora. Tempo suficiente para ir até a caixa de correio, depois voltar e vestir algo mais confortável. Helen deu uma risadinha ao pensar na nova lingerie de seda preta com cinta-liga que havia comprado naquela manhã.

Ao sair do apartamento e caminhar pela rua, pensou em quanto aprendera sobre os homens nos dez dias anteriores. O caminho para o coração deles não era pelo estômago, como tia Betty lhe dissera. Ah, não, era por uma parte bem diferente da anatomia deles. Ela comparou seus sentimentos por Tony Bryant com os que um dia nutrira por Con Daly. Sua conexão com Tony era profunda, significativa. E talvez o mais importante fosse o fato de ser recíproca. Helen entendia agora que Con não passara de uma paixonite adolescente. Como tinha sido boba.

Helen enfiou a carta na caixa de correio e voltou por onde viera. Com certeza, *com certeza*, embora Tony houvesse dito no início que aquilo era só um pouco de diversão entre dois adultos, ele já devia ter mudado de ideia. Ora, se ainda naquela outra noite ela havia se sentado em cima dele, recusando-se a sair até que ele pronunciasse as três palavras mágicas.

– Eu te amo – dissera ele.

Então, ela o fizera dizê-las cada vez mais alto, até que ele gritasse de prazer.

De volta ao apartamento, Helen pôs o champanhe no congelador. Também havia comprado morangos e creme para comer na cama como lanche depois do sexo.

Helen analisou sua imagem no espelho. O amor e uma quantidade considerável de exercícios físicos a fizeram perder 4,5 quilos em dez dias. Embora ainda fosse bem torneada, pela primeira vez conseguia ver os ossos dos quadris. O novo sutiã preto sustentava bem os seios, de modo que se projetavam para fora da borda de renda. Helen pôs um minivestido preto, se serviu de uma taça de champanhe e se sentou para esperar pelo amante.

– Você é realmente incrível.

– Obrigada. Quer uma bebida?

– Quero. Isso tudo me deu sede.

Helen estendeu a mão para a mesinha de cabeceira, serviu o champanhe nas taças e entregou uma a Tony.

– Um brinde.

– Sim, um brinde – disse ele, erguendo a taça e tomando um gole. – Bom, quem iria imaginar que eu e você acabaríamos passando grande parte das férias na cama?

– Eu sei. É inacreditável.

– E acho que ficou ainda mais especial por sabermos que tem hora para acabar.

– Como assim?

– Com o retorno da minha namorada, só isso – respondeu Tony, um pouco constrangido.

– Ah. Entendi.

– Não fica assim, Helen. Você está me fazendo sentir culpado, e prometeu que não ia fazer isso.

– Desculpa. Que tal a gente falar de outra coisa?

– Claro. Outro dia eu estava pensando, e acho que você precisa ter experiência de trabalho no mundo lá fora.

Helen franziu a testa.

– Você quer dizer um emprego de férias?

– É, acho que sim. Na verdade, eu tenho um amigo que está procurando uma recepcionista temporária.

– Uma recepcionista? O que diabos eu iria aprender atendendo o telefone? – perguntou ela, um tanto ofendida.

– Mais sobre uma empresa do que a maioria dos diretores sabe – respondeu ele, sorrindo.

– Estou gostando de não fazer nada. Fora ficar com você.

– Ah, mas esse é um lugar divertido para se trabalhar – comentou Tony, abrindo um sorriso largo. – É uma pequena gravadora na Carnaby Street, bem onde a ação acontece. Além disso, é só durante o mês de agosto. A recepcionista deles vai para a Austrália para um casamento da família.

– Você sabe que eu não preciso do dinheiro.

– Sim, eu sei que não, Helen. Só pensei que isso poderia te dar experiência enquanto você se diverte um pouco e amplia seu círculo de amigos em Londres. Olha, esquece isso por enquanto – disse ele, dando de ombros.

– Está bem. Quer mais alguns morangos?

Tony pôs a taça vazia na mesinha de cabeceira e a puxou com força em sua direção.

– Mais tarde.

Três dias depois, Helen estava sentada na pequena recepção da Metropolitan Records. Só tinha ido até lá porque Tony parecia realmente entusiasmado com a ideia.

Ela analisou a recepcionista deles, que parecia uma Barbie, e se consolou com o fato de que, se queriam alguém com longos cabelos louros e coxas finas como agulhas, não conseguiria o emprego de jeito nenhum.

– Brad vai te receber. Suba as escadas até o primeiro andar. O escritório dele é o primeiro à direita.

– Obrigada.

Helen se levantou e seguiu as instruções da garota. Bateu à porta cinco vezes antes de ser atendida. Brad estava ao telefone. Ele fez sinal para que ela se sentasse e indicou dois minutos com os dedos.

Helen o examinou enquanto ele falava. Brad era baixo, com cabelos escuros, e atraente em seu estilo mediterrâneo.

– Está bom, Freddy, meu rapaz. Eu te vejo na sexta à uma da tarde, no lugar de sempre. Tchauzinho.

Brad pôs o fone no gancho e se sentou na beirada da mesa, com os braços cruzados.

– Helen, prazer em te conhecer, minha jovem. Tony falou muito bem de você. Você está transando com ele ou o quê?

Ele soltou um risinho sarcástico, então notou que Helen ficou completamente vermelha. Brad pigarreou e foi se sentar atrás da mesa entulhada.

– Tony deve ter te contado que o cargo é só por um mês. A Jilly lá embaixo vai para a terra dos coalas, para o casamento do irmão. Na verdade, o trabalho não tem nenhum mistério, é só cuidar de uma linha telefônica bastante ocupada. Você pega o fone, atende a ligação, aperta um botão para transferir a chamada a um de nós quatro aqui de cima e pronto. Uma chatice, na verdade, tirando o fato de que você acaba conhecendo uma ou duas estrelas do rock.

Brad tagarelava que nem uma matraca. Helen conseguiu dizer um "Entendi" antes que ele continuasse.

– O salário também não é grande coisa. Somos uma empresa pequena e estamos no mercado só há uns dois anos, ainda começando a disputar espaço com os peixes grandes. Isso significa que temos um orçamento apertado. Mas você vai conhecer muita gente. Nós estamos expandindo o tempo todo e, se você fizer um bom trabalho, talvez consiga uma vaga fixa no futuro – explicou Brad, depois abriu os braços. – E então, o que me diz? Vai pegar ou largar?

– Eu...

– Escuta, me liga amanhã de manhã. Você foi a única garota que eu entrevistei até agora. Você tem boa aparência, e Tony falou que é um gênio por trás desse jeitinho quieto.

O telefone tocou.

– Desculpa, querida, mas você consegue sair sozinha? Esta ligação é dos Estados Unidos. Eu falo com você amanhã, ok? – concluiu ele, apontando para a porta.

Helen assentiu, se levantou e foi até a travessa estreita perto da Carnaby Street. A tarde estava quente, o sol ainda alto em um céu azul-violeta. Quando alcançou a rua principal, a energia do lugar estava incrível. Todos ao seu redor pareciam sorrir, exalando juventude e vitalidade.

De repente, Helen sentiu uma onda de felicidade diferente de tudo o que vivera antes. Tinha acabado de receber uma oferta de trabalho no coração da cidade mais empolgante do mundo. Novas experiências, novos amigos. Seria louca se recusasse.

Virando-se abruptamente, refez o caminho e abriu a porta da Metropolitan Records. A Barbie ergueu os olhos para ela com ar de interrogação.

– Você esqueceu alguma coisa?

– Não. Eu... Você poderia deixar uma mensagem para Brad? Diga para ele que aceito o trabalho. Eu volto em uma semana, na segunda-feira.

A Barbie sorriu.

– Certo, eu falo para ele.

– Obrigada.

Helen retribuiu o sorriso e saiu do prédio.

20

Con, Sorcha, Lulu e os outros três integrantes dos Fishermen se sentaram do lado de fora do cartório, esperando ser chamados. Sorcha usava um minivestido da Biba, comprado com as 20 libras que havia recebido pelo trabalho de modelo. Uma coroa de madrepérola fixava um pequeno véu, e seus marcantes cabelos ruivos estavam presos no topo da cabeça.

Con segurava com firmeza a mão de Sorcha. Quando o juiz de paz apareceu, o grupo se levantou. Con ficou parado e deixou que os outros entrassem primeiro. Então, se virou para Sorcha e a beijou gentilmente na testa.

– Eu nunca vou esquecer como você está linda hoje e o homem de sorte que sou. Você é o amor da minha vida. Eu te venero. Só queria que você soubesse.

Os olhos de Sorcha se encheram de lágrimas.

– Eu também te amo.

– E, um dia, eu juro que vou ter dinheiro o suficiente para te dar o melhor de tudo.

– Con, não faz diferença. Eu vou me tornar a sua esposa hoje, e é isso que importa.

– Vamos lá, então. Chegou a hora, Sorcha O'Donovan. Esta é a última vez que te chamo assim.

Eles sorriram um para o outro e entraram no cartório de mãos dadas.

A cerimônia foi curta e informal. Todd e Lulu serviram de testemunhas e, quando Sorcha e Con desceram os degraus do cartório, os outros jogaram confetes.

Os seis foram a um pub na esquina para tomar alguns drinques, depois voltaram ao apartamento de Todd e Lulu. Ela ofereceu um almoço com rosbife e todos os acompanhamentos possíveis, e o champanhe rolou solto.

– Eu não fazia ideia de que você cozinhava assim – comentou Todd, baixando com cuidado os talheres no prato vazio.

– Eu não cozinho – contou Lulu, com um sorriso malicioso –, mas o chef do restaurante da esquina faz uns pãezinhos bárbaros e é fã dos meus filmes – disse ela, piscando para Todd. – Alguém quer mais champanhe?

– Sim, pode encher o copo de todo mundo. É hora de o padrinho fazer um discurso. E, como eu sou o mais próximo disso, vou tomar a dianteira – brincou Todd, com uma risadinha.

Lulu encheu os copos de todos, e Todd se levantou.

– Bom, Sr. e Sra. Daly, sinto muito por não ter histórias constrangedoras para contar sobre a juventude do Con. Tudo o que posso dizer é que, desde que conheci vocês dois, a sorte irlandesa parece ter se estendido a nós. Tenho certeza de que não vai demorar muito para que Freddy consiga o contrato que nós merecemos.

– É verdade – murmurou Lulu.

– Sorcha, você é uma mulher corajosa por aceitar Con. Você é bonita, gentil, doce e leal, enquanto ele é um sujeito difícil, teimoso e determinado... – disse Todd, depois fez uma pausa e encarou Con. – Todas as qualidades necessárias para ajudar os Fishermen a decolarem. E embora eu deteste admitir isso, você também é talentoso pra caramba. Com isso e uma mulher como Sorcha, eu deveria te odiar.

Ele sorriu e ergueu a taça. Então, continuou:

– Mas estou muito feliz que o seu caminho tenha se cruzado com o nosso. Parabéns para vocês dois. Ao casal feliz, Con e Sorcha.

Todos ergueram as taças e beberam.

– Ok, ok. Agora, eu tenho um presente para vocês.

Todd tirou um envelope do bolso do paletó.

– Este é o presente de casamento da banda. Todos nós contribuímos. Você abre, Sorcha – disse ele, entregando o envelope a ela.

– Obrigada.

Sorcha o abriu com cuidado. Ali dentro, encontrou passagens de trem de Londres a Brighton, além de uma carta confirmando um quarto para duas noites com pensão completa no Grand Hotel.

– O trem de vocês sai hoje às seis da tarde. Todos nós achamos que vocês deveriam ir a algum lugar para passar a lua de mel – comentou Lulu.

– Eu...

Sorcha estava tão chocada que mal conseguia falar.

– Olha, Con – disse ela, mostrando o conteúdo do envelope.

– Não fica irritado, Con. Sei que você é um camarada orgulhoso, mas pode nos pagar em dobro quando a banda chegar ao topo – brincou Todd, olhando para a cara amarrada de Con.

– Discurso, discurso! – gritou Lulu. – Sua vez, Con.

Ele encarou o grupo reunido em volta da mesa.

– Obrigado. Foi um grande dia – disse ele, erguendo a taça. – Aos nossos amigos e à minha linda esposa.

– Ao sucesso dos Fishermen – acrescentou Ian.

– Isso aí! – concordou Todd.

Derek não disse nada. Passara o dia todo de mau humor, como que consumido por alguma coisa. Embora fisicamente presente, sua cabeça estava em outro lugar. Ele abaixou a taça e depois alcançou a garrafa para se servir de mais uma generosa dose de champanhe.

Uma hora depois, Con e Sorcha foram embora para pegar o trem até Brighton. Lulu começou a tirar a mesa, e Ian foi para a cozinha ajudá-la a lavar a louça.

– O que você tem, Del? – perguntou Todd enquanto Derek se sentava, taciturno, na sala de estar, bebendo seu terceiro uísque.

– Nada.

– Problemas com mulheres?

Derek deu de ombros.

– Não é Peggy que ainda está te incomodando, é?

Derek franziu a testa.

– Não, claro que não – respondeu ele, arisco.

– Que bom, porque as mulheres estão prestes a cair aos seus pés.

– Você acha mesmo?

– Claro que sim. A gente vai ter fãs e groupies gritando do lado de fora dos hotéis e sexo incrível rolando 24 horas por dia.

– Está bem, Todd – disse Derek, depois consultou o relógio. – Eu tenho que ir andando, infelizmente. Prometi para a minha mãe que voltaria para o jantar.

– Desmancha-prazeres. Ok, amigo, como você quiser – comentou Todd, dando um tapinha nas costas dele. – Com sorte, a gente vai ter outra coisa para comemorar em breve. Ontem Freddy me disse que tem um produtor interessado. Eu te vejo na sexta, no show.

Derek assentiu e se levantou, bem na hora em que Lulu voltava para a sala de estar.

– Obrigado, Lulu. Foi uma boa festa.

– De nada, Derek.

– Não precisa me acompanhar.

Lulu e Todd observaram Derek sair da sala.

Lulu balançou a cabeça.

– O que ele tem? Nas últimas semanas esteve com uma cara tão dura que parece de pedra.

– Amor, Lulu – respondeu Todd, com um suspiro. – Nosso Derek está perdidamente apaixonado.

Derek caminhou os primeiros 5 quilômetros, depois pegou um ônibus até em casa. Como gastara quase todo o seu dinheiro no colar para Peggy, precisava economizar cada centavo até o adiantamento seguinte de Freddy.

Ele desceu do ônibus no ponto em frente à lanchonete. *Com certeza*, ela já devia ter voltado agora, não? Fazia quase um mês.

Enquanto estava parado do outro lado da rua, esperando o tráfego amainar para atravessar, viu um homem tocar a campainha à esquerda da porta azul. Poucos segundos depois, a porta se abriu e lá estava Peggy, tão linda como na foto que Derek carregava na memória.

O coração de Derek se encheu de alívio e felicidade ao vê-la, depois de horror quando Peggy se atirou nos braços do homem na soleira da porta.

Um velho amigo, um parente... Palavras tranquilizadoras surgiram no cérebro de Derek.

Seus pensamentos foram interrompidos de repente, quando Peggy ficou na ponta dos pés e beijou o homem.

Derek observou a cena com uma repulsa dolorosa por um longo minuto. Até que o estranho envolveu o ombro de Peggy com um braço e os dois entraram. A porta azul se fechou atrás deles.

Derek ficou imóvel, seus membros paralisados pelo choque. Sentiu que estava tonto e ia desmaiar. Seu estômago se revirou, e ele vomitou, a golfada cobrindo suas preciosas botas.

Helen atendeu o telefone que tocava.

– Metropolitan Records, em que posso ajudar?

– Oi, meu amor, você é nova?

– Sim. Sou a recepcionista temporária – respondeu Helen, com educação.

– Onde é que está a suculenta da Jilly? Fugiu com algum astro do rock?

– Não, está na Austrália.

– Entendi, entendi. Bom, posso falar com Brad?

– Claro. O senhor é...?

– Só diz para ele que é o Freddy.

– Sem problemas – disse Helen, transferindo a ligação para Brad.

– Sim?

– Estou com Freddy na linha.

Brad grunhiu.

– Eu ligo para ele mais tarde. Estou no meio de uma coisa importante.

– Certo – respondeu Helen, depois se reconectou a Freddy. – Brad pede desculpas, mas não pode falar agora. Ele está preso em uma reunião.

– Coitado, tomara que consiga se soltar – gracejou Freddy.

– Ele disse que liga para o senhor mais tarde.

– Ok, mas pode falar que, se ele não me ligar até as três e meia, vai ter perdido a chance dele. Tchauzinho, querida.

Helen desligou o telefone, que tocou de novo. Ela atendeu, torcendo para que fosse Tony. Não era. Sentiu um aperto no peito. Se ele não tinha ligado até ali, era pouco provável que ligasse.

Fazia pouco mais de uma semana que Helen ocupara seu novo cargo. Levara algum tempo para dominar a central telefônica e aprender a não entrar em pânico quando todas as linhas tocavam juntas. Mas agora estava no controle, e começava a se divertir. O trabalho era legal, e todo tipo de gente interessante passava por sua recepção.

Estava claro que Brad era bastante desorganizado: marcava compromissos que depois cancelava no último segundo, deixando que ela enfrentasse gerentes irados e estrelas do pop novatas e temperamentais. Mesmo em seu curto período com a Metropolitan, Helen percebeu que a empresa precisava se reorganizar e contratar mais funcionários.

É claro que ela não expressou sua opinião. Não passava de uma humilde temporária, mas era interessante pensar, nos momentos mais calmos, o que faria se administrasse a empresa.

Tony estava certo. Aquela experiência de trabalho era útil. Ela podia imaginar como o serviço pareceria monótono depois de alguns meses, mas, por ora, era algo novo e empolgante. Já recebera três convites para ver as mais diversas bandas tocarem em lugares badalados do Soho. Tinha perguntado a Tony se ele gostaria de acompanhá-la, mas ele não conseguiu aparecer na semana anterior, e ela não queria ir sozinha.

– Por favor, toca – disse Helen, encarando a central telefônica, torcendo para que Tony ligasse.

A mágica deve ter funcionado. A central telefônica se acendeu.

– Metropolitan Records, como posso ajudar?

– Oi, querida, sou eu.

– Oi. Você vai conseguir almoçar comigo?

– Hã, não.

– E hoje à noite?

– Sim, eu liguei para sugerir que a gente se encontrasse hoje à noite. Eu te pego no trabalho, então vamos para a cidade, passar uma noite bem gostosa.

– Está bem.

A despedida, pensou Helen, com tristeza.

– Eu tenho que ir. Te vejo às seis – disse Tony, e desligou.

Helen olhou para o nada. Embora Tony não tivesse dito, Helen sabia que *ela* estava de volta. Calculava que já fazia alguns dias, mais ou menos desde a época em que Tony começara a desligar rápido quando telefonava para o apartamento dele. Conseguir aquele emprego fora uma bênção. Se estivesse em casa o dia todo, teria enlouquecido.

Helen suspirou. Naquela noite saberia com certeza.

Pouco depois das seis, Tony entrou na Metropolitan com um andar despreocupado.

Ele se inclinou sobre a mesa e a beijou na bochecha.

– Você está maravilhosa. Parece que o trabalho te fez bem.

– Fez, sim. Obrigada, Tony.

– Vamos lá, então. Hora de ir.

Estava quente. Era uma noite de agosto abafada, e Londres fervilhava, mas Helen não conseguiu se desvencilhar da tristeza. Os dois entraram em um bar próximo para tomar um drinque e conversar sobre a Metropolitan Records. Ou melhor, Tony fez perguntas, e Helen respondeu com monossílabos.

Por fim, a conversa cessou, e os dois ficaram ali sentados, encarando o nada.

– Ah, meu Deus – disse Tony. – Você já sabe, não é?

Ela aquiesceu.

– O que posso dizer? Se faz alguma diferença, eu não imaginava quanto ia me apegar a você.

– Não faz nenhuma diferença.

– É, imaginei que não fizesse.

– Você voltou com ela, então?

– Voltei – afirmou Tony, solenemente.

– E está tudo acabado entre a gente?

– Por favor, Helen, não fala assim. Algumas partes do nosso relacionamento acabaram, mas eu detestaria pensar que te perdi por inteiro – argumentou ele, pegando a mão dela, bastante fria para uma noite tão quente. – Você é tão especial, Helen. Estou falando sério.

– Pare antes que eu vomite – resmungou ela.

– Desculpa, não queria parecer mentiroso. Estou falando sério mesmo. Você é uma das mulheres mais incríveis que eu já conheci.

Ela ergueu os olhos para ele.

– Se sou tão especial e incrível, então por que você vai voltar para *ela*?

Tony deu de ombros.

– Porque eu acho que a amo. Além disso, ela precisa que eu cuide dela. Ela é... frágil.

– E eu não preciso de você?

– Não. Você consegue se cuidar. Ela não é forte como você.

Fez-se outro longo silêncio. Tony soltou um suspiro.

– Olha, Helen, eu odiaria que nos separássemos brigados. Nós dois sabíamos desde o início que isso era uma coisa temporária. Agora estamos correndo o risco de perder uma amizade, o que seria muito triste. Você não concorda?

– É, acho que concordo – respondeu ela, devagar.

– Gosto de pensar que, se algum dia você precisar de um conselho ou de ajuda, pode recorrer a mim. Vou entender se você não quiser me ver por um tempo, mas talvez, quando tiver a chance de pensar no assunto, vai ver que tenho razão.

– Eu vou superar. E é claro que ainda quero que continuemos amigos. Todos nós precisamos de amigos, não é, Tony?

Ela abriu um sorriso frio para ele, depois esvaziou o copo.

– Eu tenho que ir – concluiu Helen.

– Já? E o jantar?

– Eu disse que talvez aparecesse em um show para o qual me convidaram.

– Ah, entendi. Parece que você está mesmo se adaptando à Metropolitan.

– Estou.

– Não se acomoda demais. Daqui a um mês, eu quero ver o seu rosto na minha turma.

– Vou estar lá – disse ela, beijando-o de leve na bochecha. – Tchau, Tony.

– Tchau, Helen.

Ela desceu do banco. Sem olhar para trás, saiu do bar.

Naquela noite, Helen não dormiu. Mas, em vez de se entregar à desolação, tentou analisar os aspectos positivos do verão. De um ponto de vista puramente objetivo, Tony fizera muito por ela no último ano. Helen já não se sentia um zero à esquerda e, graças a ele, sabia que era capaz de agradar aos homens. Ele também a fizera confiar em sua própria inteligência, e Helen agora acreditava que seu futuro seria brilhante. Em resumo, seu curto relacionamento com Tony lhe dera uma confiança que ela não sabia que existia dentro de si.

Mesmo assim, todos esses pensamentos corajosos não eliminaram a dor da rejeição.

Como alguém poderia endurecer o coração, lacrá-lo para que não houvesse mais sofrimento? Helen ainda não sabia, mas aquela era uma pergunta para a qual estava decidida a encontrar a resposta.

21

Com as pernas trêmulas, Derek tocou a campainha ao lado da porta azul. Como não recebeu nenhuma resposta, apertou o botão até ouvir o som de passos na escada. Precisava vê-la. Se pudesse fazer Peggy entender que nenhum homem a amaria como ele... Aquele era o gesto certo.

A porta se abriu. Ela sorriu para ele, hesitante.

– Oi, Derek, como você está?

– Bem, bem.

– Que bom.

Fez-se um silêncio desconfortável.

– Eu não...

– Onde você esteve? – cortou Derek.

– Fora, de férias.

Ele fungou, chateado.

– Bom, você podia ter me contado, Peggy. Fiquei doido de preocupação.

– Eu... Desculpa, Derek – pediu ela, achando melhor apaziguá-lo.

– Deixa pra lá. Você está de volta, e é isso que importa. Isto é para você, para te dar as boas-vindas – disse Derek, entregando um grande buquê de rosas a ela.

– Hã, obrigada. É muito gentil da sua parte.

– Imagina. Posso entrar?

– Olha, Derek, não é uma boa hora. Eu tenho que sair em meia hora...

– Só por alguns minutos – insistiu ele.

– Está bem – cedeu, após pensar por um instante.

Ela abriu mais a porta para que ele pudesse passar, depois a fechou. Eles subiram a escada até o apartamento, e ela o conduziu à sala de estar.

– São lindas – comentou Peggy, cheirando as flores e colocando o buquê em uma mesa lateral. – Então, como vai a banda?

– Tudo indica que a gente vai assinar um contrato em breve.

Ela abriu um sorriso largo e caloroso.

– Isso é fantástico. Você deve estar muito feliz.

– Estou, sim.

Ela não havia sugerido que ele se sentasse, mas Derek o fez mesmo assim.

– Eu vim te perguntar uma coisa.

– O quê?

Ele respirou fundo algumas vezes.

– Bom, eu... Você sabe o que eu sempre senti por você. Eu te amo, Peggy. Sempre te amei e sempre vou te amar. Nunca existiu outra garota para mim. E agora parece que posso te dar o que você merece. Quer dizer, uma vida boa, bastante dinheiro, uma casa. Então...

Derek tateou o bolso e tirou uma caixinha de couro, entregando-a a Peggy.

– Eu queria te perguntar se você quer se casar comigo.

Ela pegou a caixa e abriu a tampa. Aninhado no veludo, estava um delicado solitário de diamante. Ela o encarou por um instante, depois suspirou e balançou a cabeça de leve.

– Ah, Derek, é mesmo muita gentileza sua... – disse ela, depois se aproximou da mesa de centro, pôs a caixinha em cima dela e pegou um maço de cigarros. – Quer um?

– Não, obrigado. Eu não fumo. Faz mal para a minha voz.

– Claro.

Ela pegou um cigarro do maço e o acendeu, dando uma tragada profunda. Depois, se sentou de frente para Derek e o encarou atentamente por alguns segundos antes de voltar a falar:

– Derek, não tenho palavras para dizer como estou lisonjeada. Ninguém nunca me pediu em casamento.

Derek torceu as mãos.

– Então?

– Bem, eu tenho quase vergonha de ter recebido essa honra. Não sinto que mereço.

– Você merece, sim. Você é a mulher mais linda do mundo, Peggy – respondeu ele, de todo o coração.

A culpa a consumiu. Ela deu outra forte tragada no cigarro.

– Derek, em algum momento você sentiu que eu te induzi a isso? Que te dei a impressão de que aceitaria um pedido de casamento seu?

– Não, não deu – respondeu ele, dando de ombros.

– Que bom. Porque eu gosto muito de você. Sempre gostei. E vai saber? Se a situação fosse diferente...

Ela se interrompeu e olhou para o nada.

– De que "situação" você está falando, Peggy? – perguntou Derek, a voz rouca pela boca seca.

Ela deu a última tragada, depois amassou o cigarro no cinzeiro.

– Derek, não tem um jeito fácil de dizer isso, pode acreditar, mas infelizmente não posso aceitar o seu pedido porque estou apaixonada por outra pessoa. Em algumas semanas, eu vou morar com ele. Quero passar o resto da minha vida com ele, Derek.

Ele ficou calado. Não tinha como reagir. Seu coração martelava com tanta força no peito que chegava a ouvi-lo.

– Você está bem, Derek?

Ele não respondeu, só olhou para ela com o horror estampado no rosto.

– Desculpa. Eu não queria te chatear ou magoar. Me sinto péssima por talvez ter te passado a impressão errada, mas, de verdade, não vejo como. Afinal de contas, eu só fui a um dos seus shows. A gente nem teve um encontro de verdade, não é, Derek?

Ele continuou olhando para Peggy.

– Derek – insistiu ela, afastando os cabelos da testa em um gesto agitado. – Fala alguma coisa, por favor.

Finalmente, ele balançou a cabeça.

– Não consigo.

Ele se levantou, seu corpo visivelmente trêmulo.

– Eu tenho que ir.

– Derek, por favor, não vai embora assim! Será que a gente pode conversar? Talvez eu consiga te fazer entender. Ainda quero ser sua amiga. Eu...

Ela o seguiu enquanto Derek cambaleava escada abaixo.

– Derek, o anel! Você esqueceu o anel!

A porta bateu com força.

Devagar, ela voltou para a sala de estar, afundou no sofá e acendeu outro cigarro. Pegou o anel de diamante de seu ninho de veludo e o experimentou no dedo. Encaixou perfeitamente. Ela suspirou e o tirou, devolvendo a joia à caixa. Quando terminou o cigarro, levou a caixa para a cozinha e a escondeu no fundo da gaveta, ao lado do colar.

22

Brad apareceu na frente de Helen e jogou sua bandeja de correspondências na mesa dela.

– Você pode tomar conta da gravadora por meia hora, amor? Sei que é hora do seu almoço, mas todo mundo está fora. Você faz uma pausa quando eu voltar. Não devo demorar muito.

– Claro.

– Boa garota. Ah, e você pode organizar a minha correspondência quando tiver um tempinho? Tem coisas de meses atrás que eu não tive tempo de ler. Guarda o que precisa ser resolvido e joga o resto no lixo.

– Mas eu...

– Usa o seu bom senso. Você parece ter bastante. Te vejo mais tarde – disse Brad, correndo até a porta.

O horário entre uma e duas da tarde era sempre tranquilo. Helen aguardava ansiosamente por seu sanduíche de salada na cafeteria da esquina. Suspirando, puxou a bandeja à sua frente e começou a analisar o conteúdo.

Trinta minutos depois, a mesa da recepção estava coberta de papéis. Helen ficou horrorizada com o que encontrou. Doze contas não pagas, que datavam de até quatro meses antes, e sete notificações de cobrança abertas só agora, por seus próprios dedos. Várias ameaçavam a gravadora com medidas legais. Porém, a pior de todas, enviada pela Receita Federal, anunciava a data de uma audiência marcada para dali a duas semanas. O valor exigido pela Receita chegava a milhares de libras.

Helen não conseguia entender como Brad ignorara cartas tão agressivas e ameaçadoras. Se ele não respondesse logo, com certeza a Metropolitan acabaria em maus lençóis. Helen balançou a cabeça e começou a separar as cartas em três pilhas: urgentes, imprescindíveis e inadiáveis. Teria que dar as más notícias a Brad quando ele voltasse do almoço.

– Eu gosto do som da banda, da aparência dos rapazes e acho que eles têm algo a oferecer – afirmou Brad, tomando um gole da cerveja.

– Ótimo. Então você vai fazer uma oferta para a gente ou o quê?

Brad deu de ombros.

– Não sei. Somos uma empresa pequena, Freddy. Temos quatro bandas bem-sucedidas e uma campeã de vendas no nosso selo. Você está pedindo que muito tempo e dinheiro sejam gastos no seu grupo. Nossos recursos já estão no limite. Se fosse um ano atrás, eu arrebataria essa banda na hora, mas agora a nossa receita já está toda comprometida com os grupos da casa.

– Vai dar uma olhada neles, Brad. Eles são incríveis ao vivo. Confia em mim – implorou Freddy ao velho amigo.

– Claro, estou disposto a fazer isso. O problema é que eu sei o tipo de acordo financeiro que você vai querer, e não acho que a Metropolitan Records pode oferecer isso no momento.

– Olha, você sabe quanto eu te admiro como produtor, Brad. Você é um dos melhores, e realmente acho que a Metropolitan vai decolar nos próximos anos. Então, se estiver disposto a dar uma chance aos meus rapazes, nós estaríamos preparados para chegar a algum acordo financeiro. Poderíamos, por exemplo, receber menos dinheiro adiantado em troca de uma porcentagem de royalty maior.

Brad esvaziou o copo e sorriu para Freddy. Era um bom acordo.

– Ok, você venceu. Eu vou ver o próximo show da banda.

– Quinta à noite no Civic. Acho que vai ter um bom público. Eles já angariaram um número razoável de seguidores.

– Está bem. Tenho que ir, amigo, desculpa. Já estou atrasado para o meu próximo compromisso.

– Sem problemas. Eu te vejo no Civic na quinta, às sete e meia. Tenta chegar o mais cedo possível.

– Claro. Tchau, Freddy.

Freddy observou Brad sair do pub. Ele fez sinal para que George, o barman, lhe servisse mais uma cerveja. Torcia para não ter soado desesperado demais, mas a Metropolitan Records era sua última cartada antes de ter que admitir a derrota.

Eram seis e meia, e ainda nem sinal de Brad. Todos os outros já tinham ido para casa. Helen vagava pela recepção, perguntando-se se deveria deixar as contas na mesa do chefe com um bilhete anexado.

Bem na hora em que vestia o casaco e apagava as luzes, Brad abriu a porta da frente.

– Oi, menina. Você ainda está aqui?

– Estou.

– Fazendo hora extra mesmo sendo temporária, é? Jilly vai ter que tomar cuidado para não perder o emprego. Ela sempre desaparece às cinco e meia em ponto. Vai para casa, querida. Eu te vejo amanhã – disse ele, passando por ela e indo em direção à escada.

– Brad, na verdade, eu estava te esperando.

Ele deu meia-volta.

– É? Por quê?

– Por causa disto – respondeu Helen, pegando a pilha de contas de sua mesa e entregando tudo a ele.

– E do que "isto" se trata?

– Do conteúdo da sua bandeja. Eu acho melhor você dar uma lida.

– Eu vou, amanhã.

– Não, na verdade, eu acho que você deveria ler agora – insistiu Helen.

Brad deu de ombros.

– Está bem.

Ele se sentou no sofá laranja e folheou a pilha. Suas mãos desaceleraram e sua testa se franziu à medida que absorvia o conteúdo das cartas. Helen afundou na cadeira atrás da mesa.

Brad assoviou.

– Cacetada.

Helen não disse nada. Ele ergueu os olhos para ela.

– Que bela encrenca, não?

– Não se você tiver o dinheiro para pagar agora.

Fez-se um silêncio enquanto Brad olhava para além dela.

– Não acho que a gente tenha, amor. Não acho que a gente tenha.

Ele baixou as contas e assentiu, aparentemente para si mesmo.

– Aceita uma bebida?

Ele parecia tão desolado que Helen sentiu que não podia recusar.

Meia hora mais tarde, em um bar da esquina, Brad já estava no quarto uísque.

– O problema, Helen, é que sou produtor musical, não contador. Antes eu trabalhava para uma das grandes gravadoras. Lá, o que eu fazia era descobrir talentos e produzir os LPs deles. Eu era bom! – contou ele, depois deu um trago na bebida. – Abri minha empresa alguns anos atrás porque parecia bem fácil... Fiz um empréstimo bancário, investi todas as minhas economias para dar o pontapé inicial na Metropolitan, e as coisas de fato correram muito bem. Quer dizer, os Trojans podem nos render centenas de milhares se conquistarem a América, e tudo indica que a banda vai mesmo fazer isso.

– Já que esse é o caso, se me permite perguntar, por que pagar essas contas é um problema?

Brad soltou o ar com força e esvaziou o copo.

– Fluxo de caixa, amor, fluxo de caixa. As lojas de discos nos devem milhares de libras. Como somos uma empresa pequena, precisamos vender em regime de consignação. Claro que queremos colocar o máximo de LPs possível nas lojas, então temos que arcar com os custos iniciais até receber o pagamento.

Brad apoiou a cabeça nas mãos, esfregou as têmporas e prosseguiu:

– Além disso, a indústria fonográfica é toda baseada em risco. Nós oferecemos adiantamentos às bandas e depois pagamos pela gravação, fabricação e divulgação do disco. Tudo o que podemos fazer é sentar e esperar até começar a ver o retorno. A questão é saber se vai ser a tempo de impedir a falência da empresa.

Helen aquiesceu. Brad a encarou.

– Alguma ideia? É você que está estudando administração de empresas. Estamos ferrados?

– Eu não sou nenhuma especialista. Teria que dar uma olhada nos seus extratos bancários para ver o que entra e sai antes de dar minha opinião. Para ser sincera, acho que você deveria contratar um contador, alguém qualificado para fazer uma boa análise.

– É, mas eu pago ele com o quê? Botões?

Helen coçou a cabeça.

– Você não tem mesmo nenhum dinheiro na conta da empresa?

Brad se recostou no banco puído e cruzou os braços.

– Talvez algumas centenas de libras.

– Ai, meu Deus.

Helen gostava de Brad e queria ajudar.

– Por que não dá um pulo na gravadora e pega os livros-caixa enquanto eu peço outra bebida para você?

– Você sabe que a coisa está feia quando a sua recepcionista temporária tem que cuidar das suas finanças e pagar a conta do bar. Sim, por favor – disse ele, com um sorriso agradecido.

Quarenta e cinco minutos depois, os dois estavam debruçados sobre os livros.

Helen balançou a cabeça.

– Ah, Brad, a situação é bem catastrófica. Parece que as cartas que eu descobri hoje são só a ponta do iceberg.

– Eu sei. A gente tinha um contador de meio período, mas ele foi embora há seis meses, e eu não coloquei ninguém no lugar. Achei que ia dar conta sozinho, mas estou superocupado com outras coisas. E, para ser sincero, esperava que o problema fosse desaparecer se eu não o encarasse. Mas não vai, certo?

– Não, Brad, não vai.

Em seu habitat natural, com o cérebro ágil destrinchando as colunas de números, Helen sentiu mais segurança nas próprias opiniões.

– É difícil estudar aqui, com todo esse barulho. Eu posso levar os livros para casa hoje à noite e tentar examiná-los direito. Não estou dizendo que vou ter alguma resposta para oferecer, mas posso, pelo menos, te dar uma indicação mais clara do problema.

– Helen, você é de ouro – declarou Brad, olhando para Helen como se ela, sozinha, pudesse salvá-lo. – Você sabe que eu não tenho como te pagar.

– Eu sei, Brad – disse ela, sorrindo. – Essa parte eu já entendi. Vamos chamar isso de experiência profissional. Vai ser bom para mim – afirmou Helen, depois fechou os dois livros e os enfiou debaixo do braço. – É melhor eu ir. Você vai estar na gravadora amanhã cedo?

– Acho melhor eu estar.

Eles se levantaram e foram até a porta do pub.

– Tenta não se preocupar. Tenho certeza de que existe uma saída.

– Existem túneis de fuga na prisão dos devedores? Boa noite, Helen.

– Boa noite, Brad.

Na manhã seguinte, Helen entrou no escritório de Brad. Ele ainda estava com as roupas da noite anterior e não havia se barbeado.

Ela pôs os livros na mesa e se sentou.

– Você quer as más notícias ou as más notícias?

Brad deixou a cabeça pender sobre a mesa.

– A empresa tem uma dívida de mais de 20 mil libras. Ainda que você cobrasse cada centavo pendente dos seus devedores na semana que vem, ainda faltariam 5 mil libras.

Brad assentiu em silêncio.

– No entanto, eu fiz uma previsão de médio prazo para você ontem à noite, pensando em um crescimento de quinze por cento ao ano nas vendas, sem considerar as grandes quantias que os Trojans podem ganhar para a Metropolitan se deslancharem nos Estados Unidos, como você acredita que farão. Desde que a empresa seja administrada de um jeito mais prudente e sensato, os números para os próximos dois anos serão bem melhores.

– Está tudo muito bem, mas como eu chego lá? – perguntou Brad, com um suspiro.

– Bom, é só a minha opinião, e como eu disse, você deveria procurar a orientação de um profissional... mas acho que você tem três alternativas.

– Sou todo ouvidos, Helen. Pode falar.

– Alternativa um, você declara falência agora e lava as suas mãos quanto à empresa. Isso vai tirar todo mundo das suas costas. Alternativa dois, você tenta encontrar um comprador para a Metropolitan Records que leve em consideração a previsão a médio prazo e cubra as suas dívidas, mesmo que não pague muito pela empresa. Ou alternativa três, você encontra um investidor particular para aplicar uma quantia considerável na empresa neste momento.

– Entendi – disse Brad, depois balançou a cabeça. – Nenhuma dessas opções parece muito agradável. De qualquer forma, eu vou perder o controle do meu pequeno império. Foi por isso que deixei os peixes grandes, para ter autonomia.

Helen deu de ombros.

– Mas ontem à noite você disse que não é contador, Brad. Se você vai gerir uma empresa, no mínimo, deveria ter alguém competente para cuidar do lado financeiro da coisa.

– Eu sei, eu sei. Entendi tudo errado, Helen. Bom, não faz sentido arrastar isso por mais tempo. Vou ter que declarar falência. Afinal, é pouco provável que alguém queira comprar uma pilha de dívidas.

Helen respirou fundo.

– Na verdade, Brad... talvez eu queira.

A ideia havia ocorrido a Helen nas primeiras horas da manhã. Seu cérebro ainda estava desperto, embora ela já tivesse fechado os livros, ido para a cama e apagado a luz, em uma tentativa vã de dormir um pouco.

Com um investimento em dinheiro e uma administração sensata, Helen sentia que a empresa poderia ser um grande sucesso. O principal atributo da Metropolitan era o próprio Brad. Em pouquíssimo tempo, ele descobrira várias bandas que caminhavam para o sucesso e as contratara. A indústria musical o respeitava bastante. Tudo de que ele precisava era fazer uma descoberta bem-sucedida a cada dois anos. O lucro potencial seria enorme.

Mas como alguém convenceria um banco de que esse era o caso? Nenhuma instituição financeira respeitável se arriscaria. Teria que ser um investidor particular, alguém que visse o potencial da gravadora e estivesse preparado para fazer a aposta.

Helen se sentara de repente. A resposta estava diante de seus olhos.

Ela acendeu a luz, pegou os livros e um grande bloco de papel e começou a esboçar quanto estava preparada para oferecer e, da mesma forma, o que esperaria da Metropolitan em troca.

Helen sabia que Brad estava desesperado e que era péssimo lidando com dinheiro. Isso a colocava em uma posição forte, mas ela não queria se aproveitar da situação. Se fosse investir na Metropolitan Records e se tornar sócia da empresa, então as coisas precisavam ser justas desde o início.

Ela arriscaria quase 25 mil libras só para manter a gravadora funcionando. Depois, teria que oferecer alguma liquidez para sustentar a empresa durante os doze meses seguintes, até que o dinheiro começasse a entrar.

– Você? – perguntou Brad, assombrado.

– Sim, eu.

– Sem querer ser grosseiro, Helen, mas de onde você tiraria a grana de que a Metropolitan precisa?

– Meus pais morreram quando eu era pequena, e o dinheiro deles foi investido para mim. Ele se transformou em uma quantia substancial. Eu herdei tudo no meu aniversário de 18 anos.

– Caramba, amor, você é uma caixinha de surpresas, não? – indagou Brad. – E por que quer me ajudar?

– Porque quero fazer alguma coisa com o meu dinheiro e vejo o potencial da Metropolitan.

O telefone tocou na mesa de Brad. Helen o atendeu e passou para ele.

– É Billy Friar, o empresário dos Trojans, dos Estados Unidos.

– A ligação vai ser longa. Eles andaram destruindo quartos de hotel de novo. Olha, a gente se encontra à uma para almoçar e discutir melhor as coisas.

– Está bem.

Helen foi até o andar de baixo e se sentou atrás da mesa da recepção. Estava cheia de adrenalina e bastante distraída quando atendeu o telefone.

– Alô, Metropolitan Records. Posso ajudar?

– Sim, Brad, por favor. É Freddy Martin.

– Infelizmente ele está em uma reunião. Quer deixar recado?

– Diga para ele não esquecer o show no Civic hoje à noite. Eu o encontro lá pelas sete e meia.

– Vou dizer, Freddy.

– Boa garota. Quer vir junto hoje para o show e ver a banda mais quente do momento?

– Infelizmente estou ocupada. Talvez na próxima.

– Claro. Não se esquece de falar para ele estar lá hoje à noite.

– Pode deixar. Tchau, Freddy.

– Tchau, amor.

Uma hora depois, Helen e Brad estavam comendo sanduíches no pub.

– Então, simplificando, isso significa que você estaria disposta a pagar as dívidas da Metropolitan e também investir o dinheiro suficiente para sustentar a empresa pelos próximos doze meses?

– Isso.

– E o que quer em troca é cinquenta por cento da empresa?

– Correto.

Brad suspirou e balançou a cabeça.

– Não sei, amor. Estou tão acostumado a ser autônomo. Eu teria que correr até você todas as vezes que precisasse tomar uma decisão?

– Uma decisão financeira, sim. No que diz respeito à parte musical, eu vou ser totalmente orientada por você. Estou ciente de que não sei nada sobre bandas e o que vende. Se você identificar um grupo com potencial, desde que os números estejam bons, por mim tudo bem.

– Ok, ok, então vamos fazer um teste – sugeriu Brad, dando uma mordida no sanduíche e mastigando a comida, reflexivo. – Eu vou ver uma banda hoje à noite. Ouvi a fita demo deles e, se forem bons ao vivo, gostaria de contratar o grupo. Eu teria autonomia para fazer isso?

– Bom, a gente iria se sentar para trabalhar em um pacote financeiro adequado e sensato. Mas, sim, se você achasse que eles têm potencial, eu ficaria feliz em acatar a sua decisão.

– Então você deixaria esse lado da coisa a meu cargo?

– Com certeza.

Brand aquiesceu.

– Certo. Agora, convenhamos, amor, você é só uma assistente temporária com uma herança e um ano de curso de administração de empresas. Acha que conseguiria gerir a parte financeira da Metropolitan?

– Não, agora não. Eu pensei em contratar um contador por um tempo, alguém com experiência na indústria musical. Essa pessoa colocaria ordem na empresa e, ao mesmo tempo, me treinaria para manter as finanças nos trilhos. Só quando eu estivesse completamente confiante de que posso fazer o trabalho sozinha é que tomaria as rédeas. Não se esqueça de que é o meu dinheiro que vai sustentar a empresa, e eu não quero colocar tudo em risco ao dar um passo maior do que a perna.

– Parece razoável. Eu conheço um bom contador que saiu da Parlophone há um tempo. Mas ele não vai ser barato.

– Então vou ter que aprender rápido, não é? – retrucou ela, sorrindo.

Brad esfregou o rosto com as palmas das mãos, depois bocejou.

– Eu estou um trapo, Helen, um trapo mesmo.

– Eu imagino. Olha, Brad, por que você não descansa e pensa no assunto? Mas toma uma decisão até o fim da semana. Quanto mais cedo você se resolver, mais cedo a gente vai poder lidar com a Receita Federal e começar a saldar algumas dívidas. Caso contrário, daqui a pouco não vai existir mais Metropolitan Records.

– É, você está certa. Caramba, Helen, deve ter sido o destino que te pôs para trabalhar para a gente. Pelo menos agora eu tenho uma opção. E, qualquer que seja a minha decisão, sou muito grato pela sua ajuda – disse Brad, ficando de pé. – Vou passar a tarde em casa. Preciso colocar a cabeça em ordem, o que não vou conseguir até dormir um pouco.

– Está bem, Brad. Se alguém ligar, vou dizer que você está em uma reunião.

Ela o observou sair do pub devagar, com as mãos enfiadas no fundo dos bolsos.

Helen sabia que ele iria concordar. Que escolha ele tinha?

Ela sorriu, pensando que um pouquinho de poder era bem mais agradável do que a dor.

Brad acordou às seis em ponto, desorientado e de ressaca. Tomou uma chuveirada, preparou uma xícara de café forte, depois pegou o telefone e discou o número de Tony Bryant.

– Pois é, tudo o que ela falou é verdade. Ela é uma jovem muito rica, com uma cabeça e tanto para os números. Mas ainda é ingênua emocionalmente. Não se atreva a manipular Helen, Brad.

– Oi? Acho que é ela quem está me manipulando. Helen tem todas as cartas e está me pedindo metade da empresa.

Tony deu uma risadinha.

– Essa é a minha garota. Ela teve um excelente professor, não se esqueça disso, Brad – debochou ele.

– Então você acha que ela é confiável?

– Ah, sim, com certeza. Ela é honesta. Se eu fosse você, agarraria Helen e a grana dela antes que outra pessoa faça isso.

– Acha que eu deveria dar metade da empresa para ela?

– Bom, pelo que você me falou, não vai ter empresa por muito mais tempo. Lembra que metade de alguma coisa é melhor do que nada.

– É, acho que você está certo. De qualquer forma, obrigado pelo conselho.

– Disponha. Depois me conta o que aconteceu.

– Conto, sim. Tchau, Tony.

Brad saiu do apartamento às dez para as oito e se dirigiu ao Civic, uma boate da moda próxima à Brewer Street. Assistir a uma potencial contratação era a última coisa que queria fazer quando não sabia se teria uma gravadora, mas a bronca que receberia de Freddy se não aparecesse não valia a pena.

Ele abriu caminho por entre a multidão, foi até o bar, pediu uma cerveja e depois tentou encontrar um canto escuro para que Freddy não o visse.

A banda subiu ao palco sob uma forte onda de aplausos e vários assovios. Não havia dúvida de que eram um grupo atraente de rapazes.

Eles começaram a tocar uma das músicas da fita demo. Eles cantaram bem, e a reação do público foi positiva. Então o baixista se aproximou e pegou o microfone.

– Eu tenho uma música nova para vocês. Ela se chama "Can Someone Tell Me Where She's Gone?". Bem, vamos lá.

O baixista cantou o primeiro verso sozinho, acompanhado apenas pela guitarra principal. Ele tinha uma bela voz, grave e melodiosa. No refrão, a banda o apoiou com harmonias afinadas e um arranjo bem-construído. A ponte precisava ser trabalhada, mas a música era, sem dúvida, cativante. Brad sentiu os pelos da nuca se arrepiarem. O público tinha se calado, mas depois da última nota uma imensa onda de aplausos ecoou pela boate inteira.

A música era especial. Brad ainda podia ouvir a linha melódica marcante na cabeça. Seria um *single* de estreia perfeito para o Natal. Já estavam em agosto... teriam menos de quatro meses para gravar a música, organizar a divulgação e lançar o grupo no mundo da música. Se eles fossem capazes de compor canções como aquela regularmente, Brad tinha uma aposta certeira.

Ele se conteve. Era inútil se animar até saber o destino da Metropolitan. Por outro lado, se enfrentasse a situação e decidisse vender metade da empresa a Helen McCarthy, aquela banda poderia ser dele.

Brad já tinha escutado o suficiente. Ele saiu do Civic e caminhou de volta para o escritório. Destrancou a porta da frente, subiu a escada correndo e procurou a agenda telefônica na mesa abarrotada. Ao encontrar o contato de Helen, trancou o escritório e chamou um táxi.

– Oi.

Ela estava de roupão, o rosto brilhando com algum tipo de creme que tentara remover às pressas antes de abrir a porta.

– Desculpa, está muito tarde, Helen, querida. Posso entrar?

– Claro – respondeu ela, deixando Brad passar.

– Que apartamento legal – comentou ele, de pé no meio da sala e meio desconfortável.

– Obrigada. Sente-se, por favor, Brad.

Ele obedeceu. Helen pegou a poltrona em frente e aguardou, ansiosa.

– Olha, Helen, só vim dizer que, se a sua oferta ainda estiver de pé, eu aceito. Eu trabalhei muito pela Metropolitan, e não suportaria perder a minha empresa. Assim, pelo menos só vou perder metade dela.

Helen assentiu, satisfeita.

– Que notícia maravilhosa! Então a gente só precisa finalizar alguns detalhes e providenciar a documentação com um advogado.

– Assim que possível – concordou Brad. – Imagino que você vá interromper o seu curso de administração de empresas.

– Bom, ele parece um pouco inútil agora que tenho algo real para me manter ocupada – confirmou ela, sorrindo.

– Não estou duvidando da sua evidente habilidade com os números, mas você vai ter muito o que aprender.

– Eu sei. E é por isso que a gente vai contratar um contador assim que possível.

– Ótimo. Desde que você não se importe com isso e realmente esteja preparada para me deixar tocar o lado criativo do negócio, vamos em frente.

Brad sorriu para ela e estendeu a mão.

– Aperta aqui – disse ele, e Helen a agarrou com firmeza. – Olá, sócia – brincou ele, depois riu. – Bem-vinda à Metropolitan Records.

– Obrigada, sócio.

– Olha, eu vou te deixar dormir o seu sono de beleza. A gente pode conversar amanhã de manhã.

– Claro.

– Ah, só mais uma coisa.

– O quê?

– Eu vi uma banda que pode ter algo a oferecer. Sei que o momento não é bom, mas se eu não agarrar esse grupo, alguém com certeza vai fazer isso. Queria ligar para o empresário deles e fazer uma oferta amanhã. Significaria dar algum tipo de adiantamento, mas eu acho que eles valem mesmo a pena.

Helen se perguntou se Brad a estava testando. Ela apenas deu de ombros.

– Se você acha que a Metropolitan Records precisa desse grupo, então não vou me opor. Não faço ideia de quanto custa uma banda.

– Depende de quanto eles estão desesperados – respondeu ele, rindo. – Acho que a gente pode conseguir esse grupo por uma quantia relativamente baixa.

– Parece um ótimo começo.

– É, bom, vou te deixar em paz – disse Brad, depois se levantou e foi até a porta. – Boa noite, Helen, e obrigado por salvar a minha pele.

– De nada. Só tem uma última coisa que precisa ser resolvida.

– O quê? – perguntou Brad, dando meia-volta.

Os olhos de Helen brilharam.

– A gente deveria encontrar uma nova recepcionista temporária, não acha?

23

– Bom, ele apareceu?

Seis pares de olhos cheios de expectativa encararam Freddy.

O empresário deu de ombros.

– Não sei, Todd, não sei mesmo. Se apareceu, não veio falar comigo, mas eles fazem isso às vezes. Vou ligar para ele amanhã de manhã.

Os integrantes da banda praguejaram em coro.

Lulu e Sorcha apertaram as mãos de seus namorados em demonstração de apoio.

– Não desanimem, rapazes. Mesmo que ele não tenha vindo, pode muito bem aparecer no próximo show. Vamos lá, o que vocês querem beber?

– Cerveja para todo mundo, eu acho – respondeu Todd.

– E gim para as garotas, Freddy – completou Lulu.

Freddy se levantou e foi até o bar.

– Não sei, não – comentou Todd, acendendo um cigarro. – Eu sempre disse que não estava certo sobre Freddy. Talvez a gente deva procurar outro empresário. Ele vive falando que vai conseguir um contrato, mas a maioria dos peixes grandes recusou.

– Dá um tempo para o homem, Todd – retrucou Con. – Ele está fazendo o melhor que pode. E talvez o problema seja a gente, a nossa música. Talvez não sejamos tão bons quanto pensamos.

– Que bobagem, Con! Algumas semanas atrás, talvez ainda tivéssemos umas arestas para aparar, mas agora estamos com tudo!

– E quem ajudou a gente a se ajustar? Nosso amigo Freddy, isso sim – murmurou Con.

– Rapazes, rapazes, chega. Não faz sentido ficar brigando por causa disso – repreendeu Lulu.

– É, paz, bicho. Está tudo bem. Alguém quer um trago? – perguntou Ian, sorrindo com toda a calma e balançando o baseado no ar.

– Não, obrigado. Cadê o Derek? – questionou Todd.

– A última vez que o vi, ele estava indo para o banheiro. Está bem na fossa hoje à noite – respondeu Ian.

Era verdade. Derek passara a noite toda taciturno.

– Sem dúvida, problemas com mulheres – comentou Todd, enquanto Freddy voltava com os drinques. – Ele sempre foi um pouco... sensível nesse departamento. Enfim...

– Saúde – brindou Freddy, alegremente, levando o copo aos lábios.

Ninguém mais respondeu.

– Vamos lá, pessoal. Ninguém disse que o caminho para a fama e a fortuna seria fácil. Eu avisei que poderia levar um tempo.

– Freddy está certo – opinou Lulu. – Vocês precisam continuar acreditando em si mesmos. Senão, quem mais vai acreditar?

Derek se esgueirou de volta para a mesa. Ele tinha grandes olheiras cinzentas e seus olhos estavam vermelhos e irritados. Quando se sentou, o humor da mesa, que já estava péssimo, azedou ainda mais. Lulu fez uma careta para Todd, apontando para Derek com o olhar. Todd assentiu.

– Vem, Derek, vamos sair para tomar um ar.

Derek não respondeu. Todd passou o braço pelos ombros dele e teve que erguê-lo do banco do bar.

Lá fora, Todd acendeu um cigarro.

– Então – murmurou ele, dando uma tragada –, o que está rolando com você?

Derek não respondeu.

– Não tem a ver com aquela Peggy, tem?

As bochechas pálidas de Derek ficaram vermelhas.

– Tem, não tem? Ela te mandou pastar?

Derek continuou em silêncio.

– Sinceramente, Derek, você é um idiota! Você tem uma queda por ela desde os 13 anos. Ainda não entendeu o recado? Quer dizer, ela é uma garota atraente, mas nada espetacular. Acredita em mim, tem muito mais de onde ela veio.

– O que você sabe sobre ela? Peggy é a garota mais linda, legal e gentil do mundo. Nunca vai existir outra como ela, nunca!

Todd sempre achara o primo um sujeito doce, mas, naquela noite, Derek estava doido.

– A gente teve os nossos problemas no passado, mas ela veio ver a banda tocar. Por que faria isso se não me amasse? – esbravejou Derek, dando um tapa na parede de tijolos do pub. – Ela aceitou o colar que eu comprei. Peggy não teria feito isso, a menos que me quisesse. Não faz sentido!

– Será que ela não estava sendo educada? – sugeriu Todd.

– Cala a boca, Todd. Eu conheço a Peggy! – exclamou Derek com os dentes cerrados, encarando o rosto perplexo do primo.

– Ok, ok, desculpa. Calma – disse Todd, dando uma longa tragada no cigarro. – Mesmo que ela seja uma espécie de deusa, Derek, com certeza não vale esse poço sem fundo terrível em que você se meteu.

– Eu não espero que você entenda. Só esquece, tá?

– Está bem, desculpa.

Eles ficaram em silêncio por um tempo, absorvendo o ar da noite.

– Não é ela, sabe?

Todd se voltou para Derek.

– Como assim?

– É ele.

– Quem é "ele"?

– O homem com quem ela está saindo. Peggy teria dito sim se não fosse por ele. Ele virou a cabeça dela. Ele não é bom para ela.

– Você está dizendo que pediu Peggy em casamento e ela recusou?

Derek aquiesceu.

– Ah, agora ficou tudo claro. Ela te dispensou porque tem um namorado?

– É, mas ela não ama ele, eu sei que não ama – argumentou Derek, balançando a cabeça de maneira inflexível.

Todd percebeu que resolver aquilo estava fora de sua alçada.

– Eu já te disse, parceiro, quando a gente decolar, o que vai acontecer logo, as mulheres vão fazer fila para sair com você. Você vai esquecer essa Peggy!

– Você não entende. Ninguém entende. Esse lance todo de fazer parte da banda é para impressionar a *Peggy* – explicou Derek, e encarou Todd intensamente. – Sem ela, eu não sou nada.

Todd se remexeu, desconfortável.

– Bom, eu não diria isso, Del. Para início de conversa, você é um baita de um guitarrista! – disse ele, depois riu com vontade, mas Derek continuou com a cara fechada, sua cabeça a quilômetros de distância. – Mas vamos deixar isso de lado. Quer entrar para tomar uma cerveja?

Derek balançou a cabeça.

– Não. Vou para casa.

Ele se virou de repente e afundou as mãos nos bolsos. Enquanto se afastava, Todd podia ouvi-lo murmurar consigo mesmo.

– Não faz sentido. Nenhum sentido...

Todd observou o primo ir embora, apagou o cigarro na parede e voltou para o bar.

Brad pegou o telefone na mesa e discou o número de Freddy Martin. Aquele era o tipo de ligação que gostava de fazer. A linha tocou duas vezes antes de ser atendida.

– Freddy, é o Brad.

– E onde você esteve ontem à noite?

– Na verdade, eu estava lá. Mil desculpas por não ter falado com você, mas precisei sair mais cedo.

– Sem problema. O que achou?

– Dos Fishermen?

– É.

– Achei que têm muito potencial. E é por isso que quero oferecer um contrato para eles.

– Entendi.

Embora ele estivesse tentando parecer blasé, Brad detectou alívio e alegria na voz de Freddy.

– Eles precisam de trabalho, Freddy, e de tempo. E de uma boa grana – declarou Brad, balançando-se na cadeira de rodinhas ao se lembrar do show. – O que vendeu o grupo para mim foi aquela segunda música, "Can Someone Tell Me Where She's Gone?".

– É boa, não é? – respondeu Freddy.

– Tem "Número um do Natal" escrito nela, Freddy.

– Que bom que você acha isso.

Freddy não revelou nada, como Brad já esperava.

– E vou te dizer uma coisa, aquele baixista é especial. Que voz.

– Con Daly. Ele escreveu essa música com Todd Bradley.

– É, bom, essa é outra razão para eu estar interessado. A Metropolitan vai querer todos os direitos autorais sobre as músicas deles.

– Espera um minuto, Brad. Se você quer oferecer algum acordo para os meus rapazes, por que não nos encontramos na semana que vem? Podemos discutir as coisas em um almoço?

– Está bem. É só dizer o dia.

– Pode ser quarta-feira?

– Por mim tudo bem. Passa no escritório à uma. Vou reservar uma mesa em algum lugar por perto.

– Ótimo. Até lá.

– Perfeito. Tchau, Freddy.

Brad pôs o telefone no gancho no instante em que Helen apareceu à porta. Ele fez um gesto para que ela se aproximasse.

– Eu liguei para um advogado e marquei uma reunião para a próxima terça – avisou ela. – Dei uma ideia do que a gente pensou junto, e ele vai redigir um contrato básico para ser ajustado.

– Ótimo – disse Brad, batendo a caneta esferográfica no tampo da mesa.

– Quanto mais cedo resolvermos os detalhes legais, mais cedo vamos poder pagar essas contas pendentes – comentou Helen, baixando os olhos para a bagunça na mesa de Brad. – E começar a colocar alguma ordem na casa.

Ela pegou uma foto em preto e branco do topo de uma pilha instável.

– Quem são?

– A banda que eu quero contratar. Eles se chamam The Fishermen. O que acha?

Helen analisou a foto.

– Parecem bacanas.

Ela estava prestes a largar a foto quando, por trás de um dos reluzentes cortes chanel, um rosto familiar chamou sua atenção. Olhando rápido para a legenda, ela leu: "Todd, Con, Ian e Derek são The Fishermen."

Brad viu que ela oscilou de leve.

– Você está bem, Helen?

– Estou, estou, sim – respondeu ela, devolvendo a foto à mesa. – Você... você já ligou para o empresário deles?

– Já. A gente vai se encontrar na próxima quarta. Desde que você esteja satisfeita com os números em que estou pensando, vou fazer a proposta durante o almoço.

Helen havia recuperado a compostura.

– Tenho certeza de que vamos pensar em alguma coisa. Como a gente sabe, é você quem tem faro para o talento. Te vejo mais tarde – disse ela, oferecendo a ele um sorrisinho estranho ao sair da sala.

Na quarta-feira seguinte, em um tormento de tensão, Helen esperou Brad voltar do almoço com Freddy Martin, o empresário dos Fishermen. Mal se atrevia a parecer entusiasmada, depois de tudo o que dissera sobre manter os custos baixos naquele momento. Porém, verdade fosse dita, se a banda quisesse quatro vezes mais do que ela e Brad concordaram em oferecer, Helen teria cedido.

E tudo para ver a expressão no rosto de Con Daly quando Brad a apresentasse como diretora da Metropolitan Records... Era ele quem detinha todo o poder em sua vida anterior. Ela teria feito qualquer coisa por ele. Porém, agora o jogo tinha virado. Seu valor já não era determinado pelo olhar de Con Daly. Isso lhe agradava, talvez mais do que previra.

Para evitar pensar no que Brad e Freddy estavam conversando, Helen pegou o telefone e discou o número de Tony. Não conseguira falar com ele nos últimos dias, e Tony ainda não sabia das boas-novas.

– Alô?

– Tony, sou eu, Helen.

– Oi, Helen – respondeu ele, com uma voz estressada.

– Como você está?

– Bem, bem. E você?

– Muito bem. Tenho novidades, Tony. Você está falando com a quase sócia de cinquenta por cento da Metropolitan Records.

– O quê?

Helen contou rapidamente os eventos da semana anterior.

– Uau, Helen, que incrível! Parabéns.

– Obrigada. O contrato só vai ser oficializado na semana que vem, mas acho que não vai dar nada errado.

– Eu acho que você fez um investimento muito inteligente. Brad entende bastante de música. Caramba, Helen, nesse ritmo você vai ser uma magnata antes de completar 21 anos!

– Espero que sim, Tony – disse ela, séria.

– Imagino que não vou mais te ver na minha sala de aula quando o novo período começar.

– Exatamente.

– Vou sentir sua falta. Perdi a minha melhor aluna.

– Bom, foi graças a você que essa oportunidade surgiu. Então, eu queria te levar para jantar e comemorar na semana que vem, depois de assinar os contratos. Eu te devo muito, Tony, de verdade.

– Você não me deve nada, querida. Tudo o que eu fiz foi te dar um pouquinho de confiança.

– Seja como for, ainda quero te fazer um agrado. Por que a gente não se encontra no Kettner's na quinta-feira, às oito?

– Estou vendo que você já conhece todos os restaurantes da moda – provocou ele. – A próxima quinta seria perfeita, porque minha namorada vai passar uns dias fora.

– Então eu vou esperar ansiosamente.

– Eu também. Tchau, querida.

– Tchau, Tony.

24

Freddy ligou para os quatro integrantes da banda e pediu que o encontrassem em seu apartamento às seis e meia daquela tarde. Então, foi até a loja de bebidas local e comprou quatro garrafas do melhor champanhe em estoque.

Ao caminhar para casa pela Belsize Park Road, Freddy percebeu seu alívio. Após semanas perguntando-se se havia arriscado sua reputação a troco de nada, a persistência dera frutos. Tudo bem que não era a RCA ou a EMI, mas, após uma intensa negociação com Brad, Freddy achava que conseguira um bom acordo para si mesmo e seus rapazes.

Às 18h25, Todd chegou com um emburrado Derek a tiracolo.

– Entrem, entrem – convidou Freddy, em tom jovial, conduzindo-os até a sala de estar. – Como você está, Derek?

– Bem, obrigado – respondeu o músico, sentando-se com as mãos enfiadas nos bolsos.

Freddy olhou de soslaio para Todd, que deu de ombros.

– Bom, Derek, talvez eu tenha uma boa notícia para te tirar dessa fossa.

– Sério? – perguntou Derek, com zero entusiasmo.

A campainha voltou a tocar.

– Todd, abra a porta para os outros enquanto eu arrumo as bebidas.

À espera na sala de estar, os quatro integrantes da banda ouviram o estouro de rolhas de champanhe.

– Vocês acham...? – começou a dizer Todd.

– Se tem champanhe, eu imagino...

– A notícia de um contrato não seria incrível, Derek? – perguntou Con.

– É, seria – respondeu Derek, melancólico.

– Certo, prontinho – disse Freddy, trazendo duas garrafas abertas e cinco taças em uma bandeja. Ele a colocou na mesa de centro no meio da sala.

– Bom, antes de começar a servir, queria contar a novidade e fazer um resumo do que foi acordado entre mim e Brad Owen, da Metropolitan Records.

– Metropolitan? Eles têm os Trojans, não? – murmurou Todd.

– Com certeza, e Brad quer acrescentar os Fishermen ao selo. A gente tem um contrato com a Metropolitan na mesa, rapazes.

Freddy examinou o rosto de cada um deles. Todd sorria de orelha a orelha, Con parecia perplexo, Derek erguia uma sobrancelha e Ian estava com a mesma expressão serena de sempre.

– Metropolitan, hein?

– Bom, caramba, parece que a gente conseguiu, pessoal!

– Ah, pensa só nas groupies, bicho.

– A gente vai ficar rico.

Freddy deixou os garotos conversarem entre si por alguns minutos enquanto servia o champanhe.

– Bom – disse ele, entregando uma taça para cada um –, vocês têm muitas coisas para analisar, mas vou resumir. A Metropolitan quer contratar vocês para fazer dois álbuns e cinco *singles*, sendo que o primeiro já vai ser lançado no Natal. Brad Owen acha que "Can Someone Tell Me Where She's Gone?" tem potencial para ser o hit da estação.

Freddy fez uma pausa para que a notícia fosse assimilada.

– No que diz respeito a dinheiro, o adiantamento não vai tornar vocês milionários da noite para o dia, mas a taxa dos royalties está um por cento acima do padrão para compensar esse adiantamento menor. Esse jogo vai virar a favor de vocês quando os Fishermen fizerem sucesso de verdade. Todo mundo entendeu até aqui?

Houve um aceno geral de cabeças.

– Ótimo. Sobre a Metropolitan, estou impressionado com o histórico deles. A gravadora está no mercado há bem pouco tempo e, como você mencionou antes, Todd, já fizeram um grande sucesso com os Trojans. Isso mostra que ela consegue competir com os gigantes da indústria. Não é a RCA, mas tudo indica que vai estar entre as cinco maiores gravadoras nos próximos anos. E a vantagem de assinar com um selo menor é que você vai ser um peixe grande em um lago pequeno. A Metropolitan *precisa* investir em vocês se também quiser ter sucesso. Eles vão se esforçar bastante.

Freddy repassou mentalmente a ordem dos tópicos.

– E, por último, mas não menos importante, vocês vão ter um produtor que eu considero um dos melhores do mercado. Brad Owen trabalhou com várias das principais bandas quando estava na RCA. Contar com ele para a gravação é um grande bônus. Então isso é o principal! Eu recomendo que vocês aceitem a oferta.

Os garotos se entreolharam, hesitantes com a realidade diante deles.

– Não consigo acreditar – disse Todd. – Eu tinha certeza de que isso não ia acontecer, e agora a gente está sentado aqui falando sobre álbuns e *singles* e... – Então parou, dando de ombros. – É incrível.

Os outros concordaram.

– Vocês diriam que existe a chance de aceitarem a oferta da Metropolitan? – quis saber Freddy, sorrindo.

– O que acham, pessoal? – indagou Todd.

– Quanto de grana a gente pode esperar no começo? – questionou Derek, que tinha se animado um pouco.

– Quase o dobro do que estou dando para vocês toda semana.

– Uau! – comentou Ian.

– E, é claro, quando os discos começarem a vender, talvez dez, vinte vezes mais, e daí para cima.

– E os direitos das músicas que a gente compuser? – perguntou Con.

– A Metropolitan fica com os direitos autorais. Infelizmente essa é uma prática bastante difundida. Mas o compositor ganha royalties extras sobre as vendas das próprias músicas.

Con assentiu.

– Alguma outra pergunta, ou podemos tomar esse champanhe antes que fique quente?

– Acho que a gente seria bem idiota de recusar – opinou Todd.

– Concordo – disse Derek. – Pensem só na grana. Vamos poder comprar o que quiser... Eu poderia... bom, a gente poderia conseguir... qualquer coisa. Ninguém poderia nos deter – comentou ele, olhando para o nada.

Con interrompeu o silêncio incômodo.

– Se o produtor é tão bom quanto você diz, então eu topo – afirmou ele, abrindo um sorriso radiante.

– Bicho, estou dentro – disse Ian, sorrindo também.

– Então estamos todos de acordo.

Os quatro garotos assentiram.

– Maravilha. Aos Fishermen! – exclamou Freddy, erguendo a taça.

Todd, Con, Ian e Derek também ergueram as suas.

– Aos Fishermen!

25

Helen assinou o documento final com um floreio. Ela ergueu os olhos para Brad e o jovem advogado, seu rosto iluminado pela empolgação.

– Bom, prontinho, Srta. McCarthy. É só transferir o dinheiro do seu banco, o que eu posso providenciar hoje à tarde, e cinquenta por cento do capital social emitido da Metropolitan Records são seus. Parabéns.

Helen sorriu para o advogado.

– Obrigada, Sr. Brierley.

– É, parabéns, Helen – acrescentou Brad, de um jeito superficial.

Helen entendia como ele devia estar se sentindo. Ela se levantou e estendeu a mão para Richard Brierley.

– Obrigada por toda a sua ajuda.

– Disponha, Srta. McCarthy.

– Tchau – despediu-se Brad, depois se levantou e desceu a escada do escritório com Helen, saindo para o sol forte de Holborn.

– Um drinque para comemorar? – sugeriu ela.

– Hã, você se importa se eu não for? Vou me encontrar com Freddy às cinco para discutir o novo contrato. Já são quatro horas, e eu tenho algumas ligações para fazer no escritório.

– Eu entendo. Então acho que vou tomar a minha primeira decisão executiva e tirar o resto da tarde de folga.

– Você merece, Helen – disse Brad, chamando um táxi.

O carro parou, e ele abriu a porta. Quando estava prestes a entrar, Brad se virou.

– Obrigado. Por tudo.

Helen assentiu. Brad abriu um pequeno sorriso, e o táxi avançou por Holborn.

Pouco antes das oito da noite, Helen entrou no restaurante Kettner's. Seus cabelos estavam recém-lavados e arrumados, e ela vestia um novo mini-vestido verde da Biba. Enquanto esperava Tony chegar, pediu champanhe, depois pegou um bloco de notas da pasta e começou a escrever uma lista de tarefas para o dia seguinte. Nick Rogers, o contador que Brad recomendara, estava começando na Metropolitan. Às onze, os dois tinham uma reunião com a Receita Federal para discutir a dívida fiscal pendente. Depois, almoçariam com Brad para analisar a situação do fluxo de caixa dos seis meses seguintes. Agora que ela era responsável pelo negócio, manteria tudo sob controle.

– Obrigada – disse Helen, sorrindo para o garçom quando ele pôs o champanhe em um balde de gelo ao lado da mesa.

– De nada, senhora. Posso servir?

Helen consultou o relógio. Tony estava quinze minutos atrasado.

– Por que não?

Quando o garçom deixou a mesa, Helen levou a taça com o espumante aos lábios.

– Um brinde a você, Helen, e ao seu futuro – murmurou para si mesma.

Ela abaixou a taça e começou a fazer outras anotações.

ENTENDER MELHOR O CENÁRIO MUSICAL

Esse título era de suma importância. Até compreender melhor a indústria e seus meandros, Helen sabia que estava em desvantagem. Seria impossível ter uma opinião financeira fundamentada se não compreendesse o básico sobre o que vendia ou não. Brad sempre teria a primazia.

Dar uma olhada nas bandas emergentes. Comprar os vinte singles mais vendidos e uma vitrola, rabiscou debaixo do título.

Ler os exemplares dos últimos doze meses da revista Melody Maker...

Quarenta e cinco minutos, seis páginas de bloco e meia garrafa de champanhe depois, ainda não havia nem sinal de Tony.

Helen se levantou e pediu para usar um telefone público. Ela discou o número de Tony. O telefone tocou, mas não houve resposta. Talvez ele só estivesse atrasado.

Meia hora depois, ficou óbvio que Tony não iria. Helen pediu uma salada grande e a devorou com vontade, sem saber ao certo o que fazer. Tentou ligar para o apartamento dele outras quatro vezes, ainda sem resposta.

Por fim, pagou a conta e saiu. Ela se perguntou se ele havia esquecido, mas achou improvável. Desalentada, irritada e bastante preocupada, chamou um táxi. O carro preto a conduziu pela avenida The Mall e por Chelsea em seu caminho até Wimbledon.

– O senhor pode parar aqui por um instante? – pediu ela, e o taxista obedeceu. – Espere aqui, ok? Só vou demorar um segundo.

– Certo, senhorita – respondeu o homem.

Helen saltou na calçada e voltou três casas até o apartamento de Tony, no subsolo. Nervosa, desceu as escadas pé ante pé, temendo que a outra estivesse ali e que por isso tivesse levado um bolo.

Bateu três vezes. Na terceira batida, ouviu um clique baixo, e a porta se abriu sozinha. Não havia ninguém atrás dela. Não devia ter sido bem fechada.

Com cuidado, ela a empurrou. O apartamento estava às escuras.

– Olá? Tony, sou eu, Helen!

Não houve resposta.

– Tony?

Ela procurou o interruptor na parede do corredor e o apertou.

– Droga – disse ela, ao ver que a lâmpada tinha queimado.

Helen tateou a parede até chegar à porta da sala de estar.

– Tony? Você está aí?

Felizmente, a luz estava funcionando, e a sala de estar se iluminou quando ela a acendeu.

Também estava vazia.

Helen atravessou a sala até a cozinha. O cômodo minúsculo estava uma zona completa, e um cheiro azedo vinha do fogão. Ela espiou dentro da panela e deu um pulo para trás, cobrindo a boca com a mão para reprimir a ânsia de vômito. A carne que havia na panela tinha se transformado em uma maçaroca de vermes se retorcendo. Ela ficou parada na sala de estar, ofegando.

– Tony?

Ela sentiu um arrepio. Era óbvio que ele não estava em casa. Pelo estado da cozinha, suspeitava que fazia alguns dias que Tony não aparecia ali. Rapidamente, ela verificou o quarto. A cama estava feita, e o quarto, arrumado. Voltou à sala de estar e procurou um papel e uma caneta na gaveta da escrivaninha de Tony.

Quinta-feira à noite

Tony,

Aonde você foi parar? Eu vim aqui te procurar. Vê se dá uma ligada para a nova diretora da Metropolitan Records.

Com amor,

Helen

Ela pôs o bilhete na mesa de centro e, deixando a porta da frente exatamente como encontrara, subiu correndo as escadas até o táxi que a esperava.

O apartamento voltou a ficar em silêncio, exceto pelo banheiro, onde a torneira pingava. O tom vermelho brilhante da água da banheira já havia desaparecido, transformando-se em um cobre escuro. Mergulhado na água, com uma das mãos ainda segurando o sabonete, estava Tony Bryant. Com olhos vítreos, ele encarava o teto.

26

– Oi, Sorcha. Entra e senta. Você está maravilhosa. Mudou o cabelo?

Sorcha avançou por entre as pilhas de fotos, envelopes e a bagunça geral espalhada pelo carpete do escritório de Audrey. Ela tirou a pilha de revistas da cadeira em frente à mesa e se sentou.

– Mudei. Eles cortaram para as fotos dos feijões em lata na semana passada.

– É mesmo? E você pediu uma taxa extra?

– Não. Eu não sabia que devia.

– Não se preocupa. Vou ligar para eles. Eles sabem que precisam combinar qualquer mudança no cabelo antes do trabalho e pagar por isso. Mas ficou tão bonito que acabaram te fazendo um favor.

– Obrigada. Con também gostou.

– Ótimo, ótimo.

Audrey tirou os óculos de leitura, exibindo os enormes olhos castanhos que a tornaram a modelo mais bem paga dos anos 1940. Ela juntou as pontas de seus longos e elegantes dedos e encarou Sorcha do outro lado da mesa.

– Você viu a *Woman's Own* da semana passada?

– Vi.

– Ficou muito, muito boa. Aliás, eu recebi cinco ligações desde ontem perguntando sobre a sua disponibilidade – contou Audrey, abrindo um largo sorriso. – Acho que está na hora de você deixar o seu emprego fixo.

– Você quer dizer sair da Swan and Edgar's?

– Acho que já é seguro fazer isso. Aqui – disse Audrey, entregando um envelope a Sorcha. – Talvez isto te faça se sentir mais confortável. O cheque tem um valor bem alto.

– Obrigada – agradeceu Sorcha, ao pegar o envelope e guardá-lo na bolsa.

– Quanto mais cedo você sair de lá, melhor. Quanto tempo você precisa dar de aviso prévio?

– Uma semana.

– Perfeito. Eu tenho dois trabalhos confirmados para daqui a dez dias e três em potencial para a semana seguinte. Todos bons. Também recebi a ligação de uma agência de publicidade que viu a sua matéria na *Woman's Own*. Eles estão atrás de uma garota para promover a nova bebida noturna deles. Vai competir no mesmo mercado do Horlicks e do Ovomaltine. Eles querem uma garota bonita e natural, em vez de uma beldade superglamourosa.

Sorcha estava atordoada.

– Entendi.

– Se você conseguir o contrato, vai ficar famosa, Sorcha. A empresa quer veicular uma série de anúncios na TV, além de outdoors e propagandas em revistas. Seria um ano de trabalho exclusivo. Como contratada deles, você não poderia aceitar mais nada. A gente ainda não discutiu o valor, mas seria um grande negócio. O homem com quem conversei estava bastante interessado em te ver. O que você acha?

Sorcha correu as mãos pelos cabelos.

– Parece incrível, Audrey. Mas imagino que ele vá ver todas as modelos de Londres.

– Eles com certeza estão procurando, sim. Posso marcar um horário para o fim dessa semana? Vai ter uma reunião preliminar com a agência de publicidade e, depois, se te aprovarem, uma entrevista com os chefões da empresa.

– Legal, mas essa semana vai ter que ser durante o meu almoço ou depois do trabalho. Não posso deixar a minha chefe na mão de novo, mesmo se estiver de aviso prévio. Ela foi muito boa comigo.

– Entendo. Eu te aviso quando e onde – disse Audrey, depois deu uma risada calorosa quando Sorcha se levantou. – Você devia se dar um presente especial com parte deste cheque. Está se saindo bem demais, querida.

– Obrigada.

O telefone na mesa de Audrey tocou.

– Você se importa de sair sozinha?

– Imagina.

Audrey acenou para ela ao pegar o fone.

Já fora do escritório, Sorcha enfiou a mão na bolsa e pegou o envelope que recebeu. Ela o rasgou e leu o valor escrito no cheque. Levaria quatro meses para ganhar aquela quantia na Swan and Edgar's. Um sentimento de incredulidade a dominou enquanto devolvia o cheque com cuidado ao envelope e o guardava em um compartimento interno da bolsa.

Uma brisa forte soprou, arrancando Sorcha de seu devaneio. Ela consultou o relógio. Eram 18h10, e se encontraria com Con às 19h no bar preferido deles. Sorcha estremeceu e puxou o cardigã sobre os ombros antes de descer a rua com pressa.

As lojas da Carnaby Street ainda estavam abertas. Sorcha procurou o calor de uma butique. Examinou as araras de vestidos e puxou dois que chamaram sua atenção. Cinco minutos depois, após se despir no provador, pôs um vestido curto de lã. Quando abriu a cortina para se ver no grande espelho compartilhado, parou de repente.

De pé, ao lado do caixa, conversando com a vendedora, estava alguém tão familiar que a primeira reação de Sorcha foi se esconder antes de ser vista.

Não podia ser.

Com cuidado, Sorcha puxou a cortina alguns centímetros e espiou pela fresta. A jovem estava de costas para ela. Os cabelos eram diferentes e parecia bem mais magra... Até ver o rosto dela de novo, Sorcha não tinha como ter certeza.

Ela observou a mulher pegar o troco e a sacola plástica e sair da loja.

– Certo, rapazes, escutem só isso.

Brad apertou o botão no painel, e o estúdio se encheu de música.

Os quatro integrantes do grupo escutaram em silêncio até a canção terminar.

– O que acham?

Brad os encarou.

– Está boa pra cacete, Brad, isso sim – afirmou Con.

Os outros assentiram.

– Vocês estão felizes com as novas instrumentações da ponte?

– Muito feliz – declarou Con. – Melhorou demais.

– Ótimo. A gente vai gravar o *single*. Daqui a algumas semanas, vou poder mostrar para vocês o seu primeiro vinil. Acho que vai ser um sucesso, rapazes! – exclamou Brad, girando na cadeira de rodinhas como uma criança. – Vou conversar com Freddy, mas acho que a gente pode inscrever a música para tocar no *Juke Box Jury* no fim de novembro. Esse programa de TV é uma excelente publicidade.

Todd pareceu nervoso.

– Mesmo se o júri detonar a música?

Brad deu de ombros.

– A gente tem que cruzar os dedos para isso não acontecer. Enfim, preciso voltar correndo para o escritório. Por favor, será que podem estar aqui amanhã às dez, para a gente trabalhar umas boas horas na faixa sete? Eu queria gravar essa música de tarde. A gente só tem seis semanas até o lançamento – disse ele, levantando-se com um salto.

– Claro. Tchau, Brad.

– Até mais, rapazes. Vocês foram muito bem hoje, muito bem mesmo.

Com um aceno, ele saiu da sala de controle.

Con avistou Sorcha sentada em um banco em meio à multidão barulhenta do bar Hades.

– Oi, meu amor – cumprimentou ele, abraçando e beijando a esposa.

– Oi, querido. Pedi uma cerveja para você.

Sorcha apontou para um copo no balcão, depois tomou um gole do gim. Con se espremeu ao lado dela.

– Esse vestido é novo?

– É. Audrey me deu um cheque polpudo, e eu decidi me presentear.

– Fez muito bem – opinou Con, depois tomou um gole da cerveja. – A gente finalmente terminou "Can Someone Tell Me Where She's Gone?".

– E?

– Ficou incrível. Simplesmente maravilhosa – contou ele, sorrindo de orelha a orelha.

– Eu fico muito feliz por você.

Con examinou Sorcha. Embora estivesse linda como sempre e o verde-claro do novo vestido de lã combinasse com seus olhos, ela tinha o rosto pálido e parecia distraída.

– Você está bem, amor?

– Sim, sim, estou bem, por quê?

– Você parece... meio estranha, só isso.

– Pareço? É só que... não... – disse Sorcha, balançando a cabeça. – Estou sendo idiota, na verdade.

– Vai, conta para mim. O que foi? – perguntou ele, estendendo a mão sobre a mesa e pegando a dela.

Sorcha suspirou.

– Você vai dizer que é bobagem, mas eu estava em uma loja no fim da rua experimentando este vestido e pensei ter visto Helen.

Con franziu a testa.

– Que Helen?

– Helen McCarthy, de Ballymore.

Sorcha observou o rosto de Con ir da perplexidade à inquietação.

– Certo. Bom... Era ela?

– Não sei. Quando olhei de novo, ela tinha se virado, e não consegui mais ver o rosto dela – contou Sorcha, então deu de ombros e balançou a cabeça. – Provavelmente não era Helen. Quer dizer, essa mulher era bem mais magra e tinha o cabelo diferente, mas...

– Bom, o que Helen McCarthy estaria fazendo em uma loja da Carnaby Street? Você só viu alguém parecida com ela.

– Parecia muito, Con, eu juro.

Con soltou a mão de Sorcha, um pouco agitado.

– Bom, ainda que fosse ela, qual é o problema? Helen e Ballymore já ficaram no passado.

– Eu sei – disse Sorcha, com um suspiro. – Foi tão estranho... Quando vi aquela mulher, fiquei toda arrepiada. Não sei por que isso me perturbou tanto.

Con voltou a relaxar e envolveu os ombros de Sorcha com força. Ela se aninhou nos braços dele.

– Pronto, pronto, Sorcha – acalmou ele, afagando os cabelos dela. – Você aí preocupada porque pode ter visto Helen McCarthy, quando a gente tem tanta coisa à nossa frente. Tudo está começando a dar certo. Acho que você está arranjando sarna para se coçar.

– Você está certo.

Sorcha endireitou a postura e balançou a cabeça, em uma tentativa de espantar a tensão que pairava sobre ela.

– Audrey tinha boas notícias para mim. Ela quer que eu saia da Swan and Edgar's. Tenho cinco trabalhos nas próximas três semanas e uma entrevista muito importante para um contrato incrível no fim dessa semana. É para promover uma nova bebida à base de malte. Audrey disse que, se eu conseguir, vou ficar famosa.

– Que bela trabalhadora você está me saindo, hein? – provocou Con.

Ela o encarou, ansiosa.

– Você está feliz por mim, não está?

– Claro que sim, Sorcha. Não vou dizer que tem sido fácil te ver aí toda independente, mas estou aprendendo a conviver com isso, ainda que preferisse você descalça, grávida e na cozinha...

– Você está falando sério?

– Parece que eu estou? – retrucou Con, dando uma risadinha e beijando a testa dela. – Estou morrendo de fome. Que tal convidar o seu marido para jantar naquele restaurante da esquina? A gente pode sentar lá e sonhar com fama, fortuna e um *single* no topo das paradas.

Sorcha pegou o gim e engoliu tudo de uma só vez. Quando abaixou o copo, Con viu que a cor voltara às suas bochechas e que seus olhos brilhavam. Sentiu que havia se saído bem, apesar do medo que se apoderou dele. Se Helen *estava* em Londres e ela e Sorcha se encontrassem sem a presença dele para controlar a situação... as consequências seriam inimagináveis.

– Con Daly, negócio fechado.

27

– Alô?

– Oi, Helen. Tem um inspetor Garratt na recepção para você.

Helen franziu a testa.

– É?

– Sim. Ele pediu que te chamasse com urgência.

– Certo. Melhor mandar ele subir.

Helen pôs o fone no gancho e, ao arrumar os papéis na mesa, se perguntou por que diabos um policial queria falar com ela.

Três minutos depois, ouviu uma batida autoritária na porta de seu escritório.

– Entra.

Helen observou a porta se abrir. Um homem extremamente alto e magro de cabeleira grisalha entrou no escritório.

– Helen McCarthy?

– Sim.

– Inspetor Garratt, da Scotland Yard – apresentou-se ele, estendendo a mão sobre a mesa dela.

Helen ofereceu a sua e sentiu a força do policial quando ele a apertou.

– Desculpe incomodar, mas estou conduzindo uma investigação e acho que a senhorita pode me ajudar no inquérito.

Helen estava confusa e inquieta.

– Não sei como, mas... Sente-se, por favor.

O inspetor Garratt se sentou na cadeira, não muito adequada às suas longas pernas.

– Srta. McCarthy, acredito que conheça um homem chamado Tony Bryant.

– Sim, sim, conheço.

– Ótimo, ótimo.

Os olhos de Garratt se moveram devagar ao redor do escritório, absorvendo o entorno, depois se fixaram nos de Helen.

– O Sr. Bryant foi encontrado morto na banheira do apartamento dele há uma semana. Ele foi esfaqueado diversas vezes. Um ataque brutal.

Helen encarou o inspetor, chocada demais para reagir.

Garratt a examinou por um instante antes de continuar.

– Sinto muito lhe dar uma notícia tão ruim. O Sr. Bryant era muito amigo seu?

Helen sentiu que lágrimas lhe ardiam os olhos. Ela assentiu.

O inspetor tirou um bloquinho do bolso e começou a folheá-lo.

– A senhorita esteve no apartamento dele na última quinta?

Helen assentiu de novo.

– Ótimo. Encontramos o bilhete que a senhorita escreveu. Posso perguntar como entrou lá? Tinha uma chave?

Helen balançou a cabeça.

– Não... não... a porta estava aberta. Desculpa, eu...

A respiração dela estava ofegante, e Helen apoiou a cabeça nas mãos para controlar a tontura.

– Eu entendo, Srta. McCarthy. Fique à vontade.

Garratt não ajustou a postura. Ainda estava inclinado na direção de Helen, esperando uma resposta.

– A porta estava aberta.

– Aberta, é? Com algum sinal de arrombamento?

– Eu... Não – respondeu Helen, soluçando.

– Desculpe por causar um choque tão grande. Presumo que a senhorita e o Sr. Bryant fossem próximos.

– Éramos. Quer dizer, não... nós... nós éramos muito amigos. Ele foi meu professor na faculdade e... e...

Helen baixou a mão e vasculhou a bolsa atrás de um lenço. Depois, assoou o nariz com força.

– Desculpe, eu... não consigo acreditar no que o senhor está me dizendo. Tem certeza de que é Tony?

– Infelizmente, sim. O pai dele identificou o corpo.

O inspetor Garratt observou e esperou Helen enxugar os olhos, assoar o nariz de novo e passar a mão nos cabelos em uma tentativa de se recompor.

– Quando foi até o apartamento do Sr. Bryant na última quinta, entrou no banheiro?

– Não. Eu chamei por ele algumas vezes. Se ele estivesse na banheira, acho que teria me ouvido.

– Claro, Srta. McCarthy. Sabe de alguém que possa ter algum ressentimento contra o Sr. Bryant? Um segredo que ele possa ter te contado ou algum problema em que estivesse envolvido?

Helen foi resoluta.

– Não, de jeito nenhum. Tony estava sempre tão... *feliz*. Como eu disse, ele era muito bom para mim. Ele me ajudou muito.

O inspetor Garratt pigarreou.

– Peço desculpas à senhorita, mas preciso perguntar a natureza do seu relacionamento com o Sr. Bryant.

– Como assim?

– O que eu quero saber, sem rodeios, é se a senhorita e o Sr. Bryant eram amantes.

Helen não hesitou em responder:

– A gente foi por um tempo, durante o verão, mas já tinha acabado.

Garratt aquiesceu devagar.

– Entendi. E posso perguntar por que o caso terminou?

– Porque a namorada do Tony voltou. Foi o que a gente combinou: iríamos acabar quando ela voltasse.

– E a senhorita faz alguma ideia de quem era essa namorada?

– Não. Eu nunca a vi. É óbvio, não? – acrescentou Helen.

– Mas acha que eles voltaram a se encontrar recentemente?

– Ah, sim, eu tenho certeza.

– Estou surpreso de ela não ter entrado em contato ainda. Mas acabamos de divulgar a história para a imprensa. Talvez tenhamos alguma notícia dela agora.

– Não sei se isso ajuda, mas Tony mencionou que ela ia ficar fora alguns dias. Talvez ela não tenha voltado ainda.

– Talvez – repetiu o inspetor Garratt, voltando a pousar o olhar penetrante em Helen. – Então não houve nenhuma animosidade entre a senhorita e o Sr. Bryant no fim do romance?

– Não. Eu sabia como as coisas seriam desde o início. E aceitei a situação. Eu não tive escolha.

Garratt passou a língua pelos lábios, contemplativo.

– A senhorita estava apaixonada pelo Sr. Bryant?

Helen baixou os olhos para as mãos apoiadas na mesa.

– Sim... acho que sim. Ele foi tão gentil comigo quando precisei de um amigo... – contou ela, depois olhou diretamente para Garratt. – Ele foi a primeira pessoa que fez com que eu me sentisse especial.

– Hum. Então, na quinta à noite, quando visitou o apartamento dele, vocês deviam ter se encontrado em algum lugar?

– Sim. A gente tinha combinado de jantar. Seria uma comemoração no Kettner's. Tony não apareceu, então fui procurar por ele. Ainda não acredito nisso. Quem diabos ia querer matar Tony?

– É o que estamos tentando descobrir – concluiu Garratt. – Bom, obrigado por responder às minhas perguntas. Vou deixar meu telefone e, se a senhorita se lembrar de algo relevante, por favor, entre em contato.

Helen engoliu em seco.

– Claro.

Garratt se levantou, a cabeça quase batendo no teto baixo. Helen tentou ficar de pé, mas suas pernas estavam trêmulas.

– Não precisa se levantar. Tchau, Srta. McCarthy.

– Tchau, inspetor Garratt.

Ele assentiu e saiu do escritório. Helen ficou ali sentada, olhando para o nada, seu corpo todo dormente.

– Tony, Tony, por quê? – perguntou ela, para ninguém em particular.

Por fim, Helen pegou a bolsa e se levantou, cambaleando. Avançou devagar pelo carpete até a porta de seu escritório, depois desceu a escada até a recepção.

– Eu... eu vou passar a tarde fora – avisou à recepcionista. – Não vou voltar.

– Ok, Helen. Você está bem? Está com uma cor muito estranha.

– Não, eu estou bem, obrigada, Jilly.

Helen abriu a porta e caminhou pela rua. Entrou no bar mais próximo e pediu um uísque duplo. Depois que entornou a bebida e sua mente clareou um pouco, saiu do bar e foi depressa até a loja de conveniência mais próxima. Cinco minutos depois, abraçando uma garrafa de uísque junto ao peito, chamou um táxi e foi para casa.

28

– Então, jurados do *Juke Box*, escutem só isso. É o *single* de estreia da banda The Fishermen. O título é "Can Someone Tell Me Where She's Gone?" e vai ser lançado no Natal. Vamos ouvir.

Sete pares de olhos encaravam, nervosos, a tela da TV, enquanto o som do novo *single* inundava a sala através do pequeno alto-falante.

– Lembrem-se, rapazes, se eles detonarem o álbum, não importa. Vários sucessos que atingiram o topo das paradas foram rejeitados pelo painel.

As palavras de Freddy não tranquilizaram ninguém na sala. Con segurava a mão de Sorcha com força. Lulu estava sentada no joelho de Todd, enroscada no pescoço dele. A mão de Derek tremeu ao pegar a cerveja, e até mesmo no rosto de Ian havia um traço de tensão. Todos permaneceram em silêncio enquanto o disco tocava.

– Não há dúvida, rapazes, digam o que disserem, é uma canção e tanto – murmurou Freddy, enquanto os últimos acordes desapareciam e a câmera se voltava para David Jacobs.

– Certo. Aqui está, painel. "Can Someone Tell Me Where She's Gone?", o *single* de estreia da banda The Fishermen. Então, Jody, o que você tem a dizer?

– Bom... – disse a estrela do pop veterana, girando a caneta sobre a mesa.

– Fala logo – murmurou Todd.

– Eu adorei.

– *Isso!*

– Caramba, bicho!

– Shh, fiquem quietos, vamos ouvir o que ela tem a dizer – pediu Freddy, abanando o braço para silenciar a sala.

– Eu gostei da melodia, da letra e, pela foto dos rapazes, acho que vou gostar da aparência deles também – comentou a estrela do pop, com uma risadinha.

– Certo, agora vamos a você, Jimmy.

– Lá vem – murmurou Freddy.

O produtor musical tinha reputação de arrasar setenta por cento do que era tocado.

– Nada mau, eu acho, para quem gosta desse tipo de coisa. Um pouco comum. Pode ser que fique entre as trinta mais tocadas, já que todo mundo curte um disco meloso no Natal, mas... – avaliou Jimmy, balançando a cabeça. – Se essa música estourar, acho que vai ser um daqueles casos de um sucesso só. Nada de especial.

O clima da sala ficou melancólico. Almofadas foram arremessadas contra a tela.

– E agora você, John. O que achou da música?

O DJ assentiu.

– Como sempre, eu gosto de tudo o que Jimmy não gosta. É uma música fantástica. Com certeza vou tocar nas próximas semanas. Acho que os Fishermen vão longe. São a minha aposta para o topo das paradas da semana.

Gritos de alegria ecoaram pela sala.

– Paul? E você?

– Eu amei a banda.

– Bom trabalho, rapazes – murmurou Freddy.

– Então, vamos votar. Sucesso ou fracasso?

O painel levantou as cartas. David Jacobs tocou o sino que indicava um sucesso.

– Três sucessos e um fracasso para a banda The Fishermen. Bom, agora vamos passar para o novo *single* da banda...

Freddy se levantou, desligou a TV e se virou para encarar os outros.

– Bom, eu e Brad estávamos na dúvida se seria uma boa lançar o *single* no *Juke Box Jury*. É sempre uma aposta, mas, quando dá certo, pode ser um começo e tanto – disse ele, depois abriu um sorriso benevolente para o grupo. – Vocês estão no caminho certo, rapazes.

O telefone tocou bem na hora em que Sorcha passava xampu nos cabelos.

– Ah, pelo amor de Deus – murmurou ela, tirando a cabeça da pia da cozinha e procurando a toalha que acreditava ter pendurado no escorredor de pratos.

Havia caído no chão. Sorcha se abaixou, pegou a toalha, enrolou-a como um turbante na cabeça e atravessou a sala até o telefone.

– Alô? – disse ela, bruscamente.

– Alô, querida, o que foi?

– Oi, Audrey. Desculpa. É que o nosso telefone não para de tocar ultimamente.

– Isso é que dá ser popular.

– Bom, não é comigo que eles querem falar. É com o Con. Não faço ideia de como metade desses jornalistas consegue esse número.

– É o preço da fama, minha querida. Falando nisso, tenho uma boa notícia para você. Pode dar uma passada no meu escritório hoje à tarde para conversar?

– Teria que ser rápido, Audrey. A gravadora do Con vai dar uma superfesta para os garotos hoje, para comemorar o segundo lugar nas paradas de sucesso. Mais tarde, a gente vai saber se eles chegaram ao primeiro lugar.

– Seu rapaz está *realmente* indo bem, não? Apesar de eu ser uma devota inveterada de Beethoven, os Fishermen conseguiram me ganhar. Casada com o seu próprio astro pop, hein? Nada mau.

– Isso se eu conseguir ver o Con de novo – murmurou Sorcha. – Com a fama, ele fica fora de manhã até a noite.

– Bom, eu não me preocuparia com isso. Tenho bastante trabalho para te manter ocupada. Eu te vejo mais tarde.

– Está bem, tchau, Audrey.

– Tchau, querida.

Sorcha desligou o telefone e voltou para a pia da cozinha. Era um dia gelado de dezembro, e sua pele, coberta apenas pela calcinha e pelo sutiã, estava toda arrepiada. Ela lavou os cabelos depressa, vestiu o grosso roupão atoalhado de Con e pôs a chaleira para ferver. Preparou uma xícara de café, depois se sentou na poltrona perto da lareira a gás para se aquecer.

Os dois meses anteriores passaram voando. Sorcha mal podia acreditar que em três dias seria Natal. Desde o início da campanha de marketing de Brad e do lançamento de "Can Someone Tell Me Where She's Gone?", Sorcha mal tinha visto Con. A banda passara três semanas na estrada, fazendo uma turnê pelo país e apresentando o novo *single* em todas as boates que Freddy conseguira reservar. Após voltarem para Londres, e com a música subindo nas paradas de sucesso, parecia que todas as revistas musicais, estações de rádio e programas de entrevistas na TV queriam falar com os Fishermen.

Embora Con estivesse exausto, Sorcha nunca o vira mais feliz. Estava superanimada por ele e pelo resto da banda, mas ficaria contente quando aquela noite terminasse. Assim, logo poderiam relaxar e ter o Natal tranquilo que planejaram.

– Sem festas, sem gente, só eu e você, meu amor – sussurrara Con para ela na noite anterior, depois que fizeram amor.

– Mal posso esperar. Estou com saudades – sussurrara ela de volta.

Se Audrey tinha uma boa notícia para ela, então talvez houvesse muito que comemorar.

Sorcha se virou e viu a condensação escorrer pela janela. Com o dedo, desenhou um pequeno coração com sua inicial na ponta de uma flecha e a de Con na outra.

– Como a gente chegou longe, Con, como a gente chegou longe...

Helen chegou em casa às quatro e meia. Aquela era uma noite importante, e queria ter bastante tempo para se arrumar.

Encheu a banheira e pôs uma touca plástica para proteger os cabelos recém-escovados. Mergulhada na água quente, ficou olhando para o teto, tentando relaxar. Só de pensar naquela noite, sua pulsação acelerava.

Ela havia se certificado de que sua presença na festa fosse uma surpresa total para Con. Nas duas ocasiões em que ele e a banda estiveram no escritório da Metropolitan, ela evitara aparecer. Só na semana anterior encomendara o novo papel timbrado com seu nome no canto inferior direito: *Helen McCarthy, diretora*.

Ela bocejou quando a água começou a acalmá-la. Por trás daquela energia nervosa, Helen sabia que estava física e mentalmente esgotada. Nas últimas doze semanas, vinha trabalhando dezesseis horas por dia. O trabalho era um bálsamo. Fazia com que parasse de pensar em Tony e na coisa terrível que havia acontecido com ele.

O assassinato dele foi noticiado em todos os jornais. O inspetor Garratt apareceu na TV, pedindo que qualquer pessoa que tivesse informações sobre o assassinato entrasse em contato. Helen ligara para Samantha, sua amiga da faculdade, para saber quando seria o enterro. Samantha disse que seria uma cerimônia discreta, só para a família. Mesmo assim, Helen enviou flores à igreja e depois visitou o túmulo dele para se despedir em particular.

Até onde sabia, o crime ainda não fora solucionado. Ela passara noites e noites acordada, pensando em quem poderia ter feito uma coisa daquelas. Helen se perguntou como a outra mulher da vida de Tony estaria se sentindo. A ideia de que havia alguém com tanta saudade dele quanto ela quase a reconfortou.

– Ah, Tony, Tony – murmurou ela, ao começar a se ensaboar.

Se não estivesse tão ocupada na Metropolitan, achava mesmo que teria enlouquecido.

Durante o dia, trabalhava tranquilamente no cubículo que, com orgulho, chamava de seu "escritório". Nick Rogers, o amigo contador de Brad, fora de grande valia ao apresentá-la ao mundo das finanças. Juntos, eles pagaram as dívidas pendentes, atualizaram a contabilidade e colocaram a empresa de volta nos trilhos.

À noite, Helen se concentrava em conhecer melhor a indústria musical. Quando não estava assistindo a shows, ficava em casa, ouvindo discos e lendo todas as revistas que conseguia encontrar.

Helen se secou com a toalha. Ainda com a touca, sentou-se em frente ao espelho da penteadeira e começou a se maquiar. Tinha gastado um bocado de tempo pensando no que deveria vestir na festa dos Fishermen. No fim das contas, encontrara um maravilhoso terninho com calça em lurex azul, que combinava com seu tom de pele e exibia seu colo em um decote.

Quarenta e cinco minutos depois, estava pronta para sair. Verificou seu reflexo no espelho e abriu um sorriso satisfeito.

Parecia uma potência da indústria musical, alguém que impunha respeito. Era isso que queria. Se não podia ter amor, o poder parecia um belo substituto.

29

Sorcha saiu do escritório de Audrey e chamou um táxi.

– Para o Waldorf Hotel, por favor.

– É para já, senhorita.

O táxi partiu, e Sorcha se acomodou no banco de trás, com a cabeça girando. Audrey acabara de lhe contar que haviam lhe oferecido um contrato de um ano como a garota do Mighty Malt. Eles pagariam uma fortuna a Sorcha, e Audrey dissera que não demoraria muito para que seu rosto ficasse tão famoso quanto o de Con.

Ela já havia decidido guardar a notícia para o dia de Natal. Aquela era a noite de Con, e eles poderiam comemorar o sucesso dela depois.

O táxi parou no Waldorf. Sorcha pagou ao taxista e entrou no hotel.

– Sorcha Daly, você está radiante! – exclamou Con, envolvendo os ombros dela e guiando a esposa até o salão de festas alugado para a ocasião.

– Obrigada. Você está... bom, você está exausto, Con.

– É, estou acabado, mas feliz que nem pinto no lixo. Está todo mundo aqui. A gente está em uma mesa do canto.

Flashes fotográficos estouraram em seus rostos quando abriram caminho para se juntar ao resto do grupo, já na quarta garrafa de champanhe.

Ian estava com uma garota de cada lado, e os três compartilhavam um baseado. Derek parecia desconfortável com uma mulher corpulenta no joelho, quase asfixiando seu rosto com os seios fartos. Todd conversava animadamente com uma mulher bonita, enquanto Lulu permanecia em silêncio ao lado do namorado, com ar taciturno. O rosto dela se iluminou ao ver Sorcha e Con.

– Venham se juntar à banda feliz. Sentem-se aqui perto de mim e conversem comigo – disse ela, dando um tapinha no assento ao seu lado. – Ele está tão entretido com a nova amiga da *Melody Maker* que nem sequer me deu oi ainda – contou Lulu, revirando os olhos. – Champanhe para vocês dois?

– Obrigado, Lulu.

Ela dividiu o restante da garrafa em três taças e entregou uma para cada um.

– Saúde.

– Saúde. Você já viu Freddy por aí? – indagou Con.

– Não. Ele e Brad não chegaram ainda. Você conhece metade desse povo, Con?

– Alguns deles – respondeu ele, analisando a multidão na sala. – É bizarro como, de repente, a gente ganha um monte de amigos quando fica famoso.

– Com certeza – disse Lulu, arrastando as palavras.

– Oi, pessoal. Todos presentes e arrumados? – perguntou Freddy, aparecendo com Brad atrás de Con e Sorcha.

– A gente achou que você tinha esquecido a nossa pequena comemoração de hoje à noite, Freddy.

– Imagina, Lulu. Eu e Brad tivemos que discutir um assunto importante. Derek está vivo debaixo daquele colosso de feminilidade? – perguntou Freddy, franzindo a testa ao ver a mulher corpulenta que esmagava Derek e parecia ressuscitá-lo com uma respiração boca a boca. – Escutem, rapazes. Preciso dar uma palavrinha com vocês. Podem se afastar das suas acompanhantes só por cinco minutos? É melhor a gente conversar antes que todo mundo esteja alegre demais para ouvir.

Com certa relutância, as duas garotas de Ian deixaram a mesa, seguidas pela mulher de seios fartos e, por último, a jornalista da *Melody Maker*.

– Você conseguiu de novo, Freddy – disse a jornalista ao passar por ele. – Ótimos rapazes – acrescentou, correndo o dedo pelo colarinho de Brad. – A gente precisa marcar de se encontrar logo. Para botar a conversa em dia.

Ela mandou um beijo para Todd.

– Tchau, querido.

Lulu resmungou algo entre dentes.

Freddy pegou duas cadeiras das mesas vizinhas, e ele e Brad se sentaram.

– Certo, atenção, por favor. Trago boas-novas – declarou Freddy. – Os Trojans vão voltar para os Estados Unidos depois do Natal, e a gente acabou de fechar um acordo entre a gravadora deles lá e os Fishermen.

Os garotos encararam Freddy em silêncio.

– Não só isso, mas eles querem que vocês participem da turnê dos Trojans como banda de abertura. Vocês vão para Nova York no fim de janeiro e voltam no fim de abril para o lançamento do álbum. E aí? – indagou Freddy, olhando para as quatro caras de paisagem. – Alguém fala alguma coisa, por favor.

– É uma notícia incrível, Freddy, de verdade. Não é, pessoal? – disse Con.

– É. Os bons e velhos Estados Unidos, com milhões de pessoas loucas para comprar nossos discos – comentou Todd, com ar sonhador.

– E abrir nossas calças – acrescentou Ian, um tanto grosseiro.

– Então, estão felizes? – perguntou Brad. – Acho que é uma grande oportunidade. Se vocês conseguirem estourar nos Estados Unidos, aí sim vão ter chegado lá.

– É muita coisa para processar – murmurou Derek.

– Eu sei. Bom, depois desta noite, vocês vão ter uma semana de folga para o Natal. Todos parecem exaustos. Sugiro que desapareçam em algum lugar e façam uma pausa. Tirem um tempo para aproveitar o sucesso. Acreditem, o primeiro gostinho é sempre o mais doce – disse Freddy, depois olhou para as garrafas vazias sobre a mesa. – Parece que o nosso champanhe acabou.

– Eu vou lá procurar mais – ofereceu-se Brad, saindo da mesa.

Um homem terrivelmente magro, com o rosto arrasado por anos de consumo de drogas, deu um tapinha no ombro de Freddy.

– Oi, Freddy, quanto tempo! Mais um sucesso para o seu currículo, hein.

– Mick, que diabos você está fazendo aqui? – perguntou Freddy, virando-se e logo mergulhando na conversa.

– Ai, Sorcha, que notícia incrível essa dos Estados Unidos! Acho que vou pedir para o meu agente me arranjar algumas reuniões de trabalho em Los Angeles enquanto a gente estiver lá. E parece que fazer compras em Nova York é fantástico. Enquanto os garotos trabalham, a gente pode gastar todo o dinheiro suado deles na Bloomingdale's e na Macy's. Mal posso esperar – comentou Lulu, com uma risadinha.

– Licença – pediu Sorcha, e se levantou. – Preciso retocar a maquiagem.

– Você está bem? – perguntou Con, ao ver o rosto pálido de Sorcha.

– Claro, vou ficar bem.

Quando ela saiu da mesa, a jornalista da *Melody Maker* apareceu de novo e se sentou ao lado de Todd.

– Eu vou esganar aquela piranhazinha em um segundo – murmurou Lulu para Con.

Con ainda olhava para o outro lado do salão, na direção de Sorcha.

Lulu pôs a mão no joelho dele.

– Aposto que você mal consegue acreditar que isso está acontecendo.

– Você está certa, não consigo mesmo.

– Você merece, Con. Tem tanto talento. Você deu à banda o que faltava.

– Nós quatro contribuímos para o sucesso, Lulu – respondeu Con, de maneira abrupta.

– Champanhe para todo mundo!

Brad estava de volta com uma bandeja, taças e duas garrafas de espumante. Lulu tirou rapidamente a mão da perna de Con.

Sorcha retocou o batom e abriu um sorriso falso para o espelho.

Aquela não era a noite para pensar se ficaria três meses longe de Con ou se recusaria o contrato da Mighty Malt. Deveria haver uma forma de contornar a situação. Não precisava estragar a noite para nenhum deles.

Enquanto penteava os cabelos, ouviu um barulho de descarga. Estava prestes a se dirigir à porta quando escutou uma voz familiar.

– Caramba, que mundo pequeno.

O coração de Sorcha quase parou.

Helen McCarthy estava de pé atrás dela, sorrindo. Sorcha encarou o reflexo dela no espelho.

– Helen... o que está fazendo aqui?

– Ah, uma coisa de trabalho, sabe?

– Sério? Você trabalha em Londres?

– Sim, sim, trabalho.

Sorcha aquiesceu, tentando imitar a calma de Helen. Ela estava tão diferente, tão... confiante.

– Há quanto tempo você está na Inglaterra?

– Ah, quase o mesmo tempo que você. Eu saí de Ballymore alguns meses depois.

– Entendi.

O silêncio se instaurou entre elas, interrompido de repente por gritos e uma onda de aplausos vindos do salão. Por fim, Sorcha se encaminhou para a porta.

– Bom, tenho que voltar.

– Claro. Foi um prazer te ver de novo.

– É. Você está ótima, Helen – elogiou Sorcha, tentando disfarçar seu incômodo.

– Obrigada. Você também. Acho que todos nós mudamos muito desde Ballymore.

– É. Eu e Con nos casamos.

– Eu ouvi dizer. Parabéns para vocês.

– Ouviu? – perguntou Sorcha, sem conseguir esconder a surpresa.

– É incrível como Londres às vezes parece uma cidade pequena. E a vida é cheia de coincidências, não?

– É. Bom, tchau, Helen.

– Tchau, Sorcha. Tenho certeza de que eu ainda vou te ver de novo.

O sorriso que Helen ofereceu a ela parecia exalar um calor genuíno. Considerando que, na última vez em que se viram, Sorcha estava pronta para estrangular Helen, ela ficou bastante surpresa.

Devolvendo um sorriso hesitante, Sorcha se apressou em sair do banheiro.

Ela chegou à mesa desesperada para falar com o marido, mas ele estava cercado por uma equipe de TV.

– Ótimas notícias, Sorcha – anunciou Freddy, pegando-a pelo braço. – A gente acabou de descobrir que o *single* alcançou o primeiro lugar, embora isso só vá ser confirmado amanhã.

Sorcha tentou se recompor.

– Que incrível, Freddy.

– E não é? – disse ele, presunçoso. – Con e Todd ficam com boa parte do crédito por terem escrito uma balada tão boa. Daqui a pouco eu vou reunir os rapazes para cantar. Depois, a noite é de vocês.

– Sorcha, Sorcha, não é maravilhoso?

Con estava ao lado dela. A equipe de TV agora falava com Todd.

– É, sim, Con. Maravilhoso.

Em meio à multidão, a atenção de Sorcha foi atraída pela visão de Helen McCarthy sendo guiada por Brad até a mesa deles.

– Con, olha. Olha quem está aqui! Acabei de encontrar com ela no banheiro. Eu te falei que pensei ter visto Helen na Carnaby Street.

Con seguiu o olhar de Sorcha. Sua euforia foi substituída pela apreensão.

– Jesus, Maria e José – murmurou ele.

Petrificados, eles observaram quando Brad e Helen chegaram à mesa.

– Con, Sorcha, posso apresentar vocês a Helen McCarthy?

– Na verdade, Brad, nós três nos conhecemos. Bom te ver de novo, Con, e parabéns – interveio Helen.

– Obrigado, Helen – murmurou Con. – E, hã, como exatamente você se encaixa neste cenário?

– Ah, você não sabia? Helen é a outra diretora da Metropolitan – contou Brad.

Os olhos de Con quase saltaram das órbitas.

– Ela cuida da parte financeira. A gente não deixa Helen sair do cubículo dela lá em cima com muita frequência, então deve ser por isso que vocês nunca se encontraram! Podemos dizer que ela é o poder por trás do trono. Trata ela bem – advertiu Brad, meio de brincadeira. – É ela quem abre e fecha a carteira.

– É. Vê se me trata bem, Con.

As palavras foram proferidas com um sorriso, mas Helen tinha os olhos fixos nele.

– Você já conhece o resto da banda? – perguntou Brad.

Helen balançou a cabeça.

– Não, acredito que não.

– Vem cá, então, vamos resolver isso.

Helen estendeu a mão para Con.

– Parece que vamos nos esbarrar bastante no futuro, Con. Mal posso esperar.

A mão de Helen ficou suspensa no ar. Constrangido, Con não conseguiu apertá-la.

– É.

– Tchau, e feliz Natal.

– Sorcha, minha garota – disse Con, enquanto observava Helen ser apresentada ao restante da banda –, seu marido precisa de um drinque.

Helen observou as árvores do outro lado da janela, iluminadas pelo brilho dos postes. Estava agitada demais para dormir. Aquela noite fora, sem sombra de dúvida, a melhor de sua vida. O choque no rosto de Con e Sorcha Daly quando souberam de seu cargo na Metropolitan a deixara eufórica. Claro que eles não esperavam que ela se tornasse alguém influente. Nunca poderiam imaginar que, um dia, Helen teria todo o poder. Aquilo fora particularmente prazeroso para ela, depois do jeito que as coisas tinham terminado em Ballymore. Agora, era constrangedor pensar naquela situação toda. A *nova* Helen jamais teria deixado aquilo acontecer.

Sorcha encostou a cabeça no ombro de Con enquanto o táxi os levava para casa, em Hampstead.

– Você se divertiu hoje, Sorcha?

– Ah, sim. E você?

– Eu achei a noite maravilhosa. Mas você estava meio estranha. Está acontecendo alguma coisa?

– Eu... – começou Sorcha, olhando pela janela. – Não.

– Tem certeza?

– Tenho.

Os dois fizeram amor quando chegaram em casa. Depois, ela ficou deitada nos braços dele, enquanto ele acariciava seus cabelos.

– Está tudo começando a virar realidade.

– Seu sonho?

Ele assentiu.

– Você merece, Con.

– E você merece a vida que a fama traz. Eu posso te dar tudo agora, Sorcha. Acabou o sofrimento, você não precisa mais se rebaixar por uns trocados.

Sorcha engoliu em seco.

– É.

– E imagina a gente nos Estados Unidos! Mal posso esperar.

Sorcha ficou em silêncio. Con se ajeitou para poder ver o rosto dela.

– Você não está animada com a viagem? Freddy disse que vamos de primeira classe. Teremos carros e hotéis de luxo... todas as despesas pagas.

– Vai ser maravilhoso, Con. É só que...

– O quê?

Ela pretendia guardar a boa notícia para o dia de Natal. Porém, aquilo já não parecia uma boa notícia.

– Me ofereceram um trabalho hoje. Seria um ano de contrato por um dinheiro muito, muito bom. Audrey disse que eu ficaria famosa. O problema é que eu começaria a trabalhar assim que você fosse para os Estados Unidos.

Con examinou o rosto dela em silêncio.

– Eu não sei o que fazer – confessou ela, com um suspiro. – Queria muito aceitar o trabalho, mas a gente ficaria separado por mais de três meses.

– Então era por isso que você estava tão desanimada hoje à noite.

– Era. Ah, Con, o que você acha?

– Eu acho triste que algo estrague a nossa felicidade. É bobagem perguntar para mim, Sorcha. Você sabe o que eu quero – respondeu Con, soltando a esposa e recostando-se no travesseiro. – É um desastre para um casamento o casal ficar tanto tempo separado.

– Então eu não poderia confiar em você sozinho por lá?

Con abanou a mão, como se ela tivesse dito uma bobagem.

– Não estou falando disso. Você sabe que não é esse o problema. A escolha é sua, Sorcha. Eu não posso te impedir – disse ele, suspirando. – Acho que é uma questão de prioridades.

– Claro que você é a minha prioridade, Con. Mas parece uma pena ter que recusar uma oportunidade como essa.

Con se virou para ela.

– E a oportunidade de conhecer os Estados Unidos?

– Eu sei, eu sei. E não consigo suportar a ideia de ficar longe de você por três meses. Mas eu trabalhei duro pelo meu sucesso. Sei que ele não é tão grandioso ou importante quanto o seu, mas é meu.

– Certo, mas aonde isso vai nos levar? Quer dizer, hoje à noite eu estava pensando que a gente está no caminho de ter segurança financeira para, quem sabe, começar uma família. Você vai deixar os nossos bebês com uma estranha para ir modelar?

– Claro que não! Mas isso vai ser no futuro, não agora.

Ele balançou a cabeça.

– Ah, Sorcha, eu aqui pensando que tinha conseguido te proporcionar o nosso sonho, mas parece que você tem um sonho totalmente diferente.

– Não tenho, não, Con.

– Olha, vamos deixar isso para lá. Eu não vou te impedir, Sorcha. Tudo o que eu posso dizer é que te amo e sempre vou te querer junto comigo.

Con rolou para o lado e fechou os olhos. Esperava que sua chantagem emocional tivesse funcionado. Precisava ter certeza de que Sorcha ficaria o mais longe possível de Helen McCarthy.

Depois de um tempo, Sorcha saiu da cama e foi se sentar na cadeira perto da janela. Estava começando a amanhecer. Ela observou o marido dormir por um longo tempo.

Já era dia quando voltou a se deitar ao lado dele, com a decisão tomada.

Parte Dois

Separação

30

Londres, julho de 1969

Foi anunciado ontem à tarde que a gravadora Evergreen aceitou a oferta de compra da Metropolitan Records. O acordo inclui todos os artistas contratados pelo selo. A Evergreen vinha enfrentando dificuldades havia um bom tempo, e a oferta da Metropolitan chegou na hora certa para resgatar a empresa em crise, fundada no início da década e responsável por lançar nomes como Simon Morrison, Peggy Valance e Richie Davis.

Há apenas quatro anos, a Metropolitan era uma gravadora independente lutando por uma fatia do mercado. Desde então, a empresa vem ganhando espaço, com bandas como The Trojans e The Rattlers.

Mas foi, é claro, o sucesso fenomenal da banda The Fishermen que catapultou as finanças da empresa. Com oito músicas no topo das paradas em quinze países nos últimos três anos, e três discos de platina tanto aqui quanto nos Estados Unidos, a Metropolitan se firmou como uma grande empresa na indústria fonográfica. A aquisição da Evergreen deve dar ao selo o impulso necessário para figurar entre as cinco maiores gravadoras britânicas.

Helen McCarthy, a jovem diretora financeira da Metropolitan (e uma das poucas mulheres seniores em um mercado dominado pelos homens), não estava disponível para comentar o assunto ontem. A misteriosa Srta. McCarthy, que raramente concede entrevistas, mas teve papel decisivo na sólida posição econômica da Metropolitan, estaria fora do país para um curto período de férias. Brad Owen, diretor criativo da Metropolitan, afirmou que a aquisição da Evergreen só tende a aprimorar e fortalecer a lista atual de artistas do selo.

– Estou ansioso para começar a trabalhar com os artistas envolvidos – disse ele aos repórteres, em uma breve declaração.

Ainda não se sabe o que a Srta. McCarthy vai fazer com sua varinha de condão financeira para mudar a sorte da Evergreen, que hoje deve centenas de milhares de libras.

No momento, a Metropolitan está reformando um prédio na Bedford Square para abrigar tanto a própria empresa quanto a nova aquisição.

Helen dobrou com cuidado a edição de dois dias antes do *The Times* e o guardou em um bolso da pasta.

– Senhoras e senhores, por favor, voltem aos seus lugares, apaguem os cigarros e coloquem os cintos de segurança. Vamos aterrissar no aeroporto de Heathrow em cerca de dez minutos.

Helen olhou pela janela enquanto o avião se inclinava sobre Londres e se preparava para pousar. Ela se permitiu um pequeno sorriso. Aqueles cinco dias em Nice tinham sido exatamente o que precisava. Eram as primeiras férias que tirava em três anos. As duras negociações com a Evergreen tomaram grande parte de seus últimos dois meses. Fora uma batalha difícil, que exauriu até mesmo suas fibras de titã e a deixara precisando de um descanso.

A viagem não tinha sido só de lazer. No dia anterior, ela se reunira com John Hale, um jovem produtor americano, então na EMI dos Estados Unidos. Em poucos meses, John se juntaria à Metropolitan para cuidar da Evergreen e de sua reconstrução. Se fosse bem-sucedido, Helen torcia para que ele substituísse Brad.

Brad estava se tornando um problema. Nos últimos anos, havia se transformado em um alcoólatra gordo de olhar embaçado. Mesmo assim, nos bons momentos ainda era imbatível como produtor. Os Fishermen o amavam. Helen sabia que seria difícil persuadi-los a dar uma chance a outro produtor no álbum seguinte.

Brad tinha uma última chance. Ela o enviaria de volta à clínica em algumas semanas, o deixaria sóbrio e o colocaria no estúdio com os Fishermen em setembro. Se ele não resistisse ao álcool dessa vez, então seria mesmo a hora de afastá-lo da empresa. Brad se achava intocável, mas Helen tinha meios, por mais sujos que fossem, de se livrar dele de uma vez por todas.

Brad podia até ter fundado a Metropolitan, mas a gravadora agora era dela. Fora ela quem a transformara em uma empresa com um faturamento de aproximadamente 15 milhões de libras por ano.

E ela não deixaria que ninguém, *ninguém*, estragasse seu trabalho duro.

O avião pousou na pista. Helen decidiu que iria para sua casa em estilo *mews* em Holland Park tomar um banho e trocar de roupa. Depois, daria uma passada no novo escritório para ver como ia a reforma. Ela se debruçara sobre as plantas junto com o arquiteto e, após seis meses de limpeza, troca de fiação e encanamento e aplicação de reboco, a Metropolitan teria uma sede impressionante. Seu maior orgulho e alegria eram as três suítes de gravação no porão. De última geração, tinham custado mais que a reforma da construção inteira. A longo prazo, fora um investimento inteligente.

Em poucas semanas, a Metropolitan seria totalmente independente. Todos os artistas da empresa poderiam gravar seus discos debaixo de um único teto, o que eliminaria o alto custo com aluguéis de estúdios.

Ao descer a rampa da primeira classe e entrar no edifício do terminal, Helen se sentiu entusiasmada. As coisas estavam indo melhor do que sonhara. Ela era uma jovem rica e bem-sucedida.

O trabalho era mais do que suficiente para suprir a solidão de sua vida pessoal.

Ainda não tinha amor, mas tinha poder o bastante para compensar isso.

31

Sorcha mordiscou um pedaço de torrada e releu a manchete que ocupava a primeira página do *The Daily Telegraph*.

AMERICANOS PISAM NA LUA

Ela ergueu a cabeça e olhou pela janela, fitando o céu azul escaldante. Neil Armstrong e a missão Apollo 11 estavam em algum lugar lá em cima, numa minúscula nave em meio à vastidão do espaço. Sorcha balançou a cabeça. Era impossível compreender. O jornal previa que as imagens gravadas dos primeiros passos na Lua seriam transmitidas na hora do almoço. Ela assistiria na nova TV em cores que tinham acabado de instalar na sala de estar.

Sorcha se levantou e pôs o prato, a xícara e a faca na pia. Olhou pela janela da cozinha para os gramados imaculados e suspirou.

Tinha uma bela casa em Hampstead com vista para as charnecas, um marido rico e bem-sucedido com quem milhares de mulheres do mundo sonhavam à noite e mais dinheiro do que jamais imaginaria gastar.

No entanto, estava infeliz e insatisfeita.

Por que, ah, POR QUE eu rejeitei aquele contrato?

Ela soltou um suspiro.

Con ficara louco de felicidade quando ela dissera que iria para os Estados Unidos com ele. À medida que o frisson pelos Fishermen crescia e Con se via cercado por garotas histéricas aonde quer que fosse, Sorcha tinha cada vez mais certeza de que fizera a escolha certa. Ela sabia que podia confiar em Con. O problema eram as mulheres.

Certa madrugada, os dois voltaram para seu apartamento em Hampstead e encontraram uma jovem na cama deles. Completamente nua. Con a convenceu a ir embora com uma foto autografada e uma camiseta sua velha e suja.

Depois disso, eles se mudaram para um lugar mais seguro. Após voltar dos Estados Unidos, alugaram um apartamento em Chelsea com porteiro 24 horas, bem perto de Todd e Lulu.

O sucesso dos Fishermen só aumentava. Outras duas músicas alcançaram o topo das paradas naquele ano. O tempo parecia voar enquanto ela e Con eram paparicados com jantares, vinhos e todas as honrarias por onde passavam. No começo, fora uma grande farra: viajar de avião pelo mundo todo, ficar nos melhores hotéis, conhecer o tipo de gente sobre a qual Sorcha só lera nas revistas ou vira na TV.

Con era sempre muito atencioso e carinhoso, desculpando-se quando precisava deixá-la no quarto do hotel para dar uma entrevista ou ensaiar. Ele lhe dava dinheiro para fazer compras. Sorcha estava cheia de roupas caras, adquiridas no mundo todo.

Então, aos poucos, as onipresentes viagens e fãs histéricas começaram a pesar. Sorcha jamais imaginou que poderia se cansar de fazer compras, mas essa era a verdade. No início, havia Lulu para lhe fazer companhia. Porém, à medida que sua carreira de atriz deslanchava, ela passava cada vez menos tempo na estrada com Todd. Sorcha começou a sonhar com estabilidade e uma pausa naquele ciclo interminável de arrumar e desarrumar malas. Então, dois anos antes, eles encontraram uma linda casa vitoriana na orla de Hampstead Heath. O imóvel precisava de grandes reparos, e Sorcha decidiu ficar mais tempo em casa para supervisioná-los. Reformar a construção fora um desafio que ela saboreara. Só queria que Con estivesse ali com mais frequência para aproveitar o espaço.

Suas ausências, no entanto, não detinham as fãs. Havia sempre três ou quatro garotas em vigília do lado de fora do portão da frente, desesperadas por um vislumbre de seu herói. O muro alto que cercava a casa agora ostentava um arame farpado horroroso para afastar as indesejadas admiradoras. Em mais de uma ocasião, garotas cuspiram em Sorcha quando ela atravessara os portões no pequeno Austin que Con lhe dera de aniversário.

Ela odiava a animosidade, o desconforto de ser malquista não por quem era, mas por ter se casado com um astro do rock. Passar por aquele corredor polonês de fãs do lado de fora fazia Sorcha pensar duas vezes antes de sair. Assim, ficava mais tempo em casa do que seria aconselhável.

Nos últimos tempos, começara a se sentir uma prisioneira.

Sorcha conversou com o marido sobre isso, e tudo o que Con sugeriu foi que ela começasse a viajar mais com ele. Contudo, a ideia de passar o tempo em uma sequência infinita de quartos de hotel era ainda menos atraente do que ficar em casa, onde pelo menos tinha seus confortos.

Então, nos últimos meses, via Con cada vez menos.

Ele é feliz?, perguntava-se ela, horrorizada por não saber a resposta. Con era seu marido. Eles moravam na mesma casa, compartilhavam a mesma cama e, no entanto, nos últimos tempos, ela sentia que estavam afastados.

– Se pelo menos o bebê viesse... – murmurou ela.

Apesar daqueles dois anos sem tomar nenhuma precaução, Sorcha ainda não havia engravidado. Ela pensava em como era irônico que, quando conhecera Con, a ideia de conceber uma criança a aterrorizasse tanto. E agora, quando era exatamente o que queria, Deus não a atendia.

Talvez aquele fosse seu castigo.

Por alguma razão, vinha pensando muito em seu passado em Ballymore. A mãe ainda escrevia todos os meses, anexando recortes de jornal sobre Con que achava que a filha poderia não ter visto. Sorcha agradecia muito sempre que respondia, sem coragem de dizer que a banda tinha a própria assessoria, que reunia notícias sobre o grupo vindas dos quatro cantos do mundo.

A mãe incluía notícias do pai nas cartas: como seus negócios prosperavam, como agora ele era o chefe da Junta Comercial de Ballymore. Era óbvio, pelas cartas, que Seamus ainda não suavizara sua atitude em relação à filha. Sorcha já aceitara o fato de que nunca mais veria o pai.

Agora, ela se ocupava com a cozinha, embora soubesse que Miriam, a faxineira, iria trabalhar no dia seguinte, o que tornava inúteis seus esforços domésticos.

Sentou-se de repente à mesa, com o lustra-móveis em uma das mãos e o espanador na outra. Tratava-se exatamente disso.

Ninguém precisava dela para nada.

Se decidisse ir para a cama naquele dia e ficar lá por uma semana, a única pessoa que talvez notasse ou se importasse de verdade seria Con. E nem isso era garantido.

Ao abandonar sua carreira incipiente, Sorcha sabia que dedicaria a vida ao casamento. Ela decidira ser positiva quanto a isso, abraçando aquele estilo de vida e tentando apoiar o marido de todas as formas possíveis.

Mas agora Con tinha uma equipe de profissionais para cuidar de cada necessidade sua. O único território de Sorcha era o quarto. E ela não estava oferecendo o que eles queriam ali.

Porém, para ser franca, o cerne do problema não era nada disso. Essas coisas poderiam ser superadas. Só que Con estava começando a mudar.

Ela mal admitia isso para si mesma.

No início, culpara a pressão que ele sofria. Não havia cursos ou livros que explicassem como alguém deveria agir quando o mundo todo queria um pedaço seu. A princípio, ele parecera lidar muito bem com a situação. Eles riam juntos das roupas íntimas e das fotos de mulheres nuas oferecendo seus corpos, do interesse da imprensa nas minúcias da vida dele.

Então, alguns meses antes, quando a fama atingira proporções sísmicas, aquilo começou a afetá-lo. Quando Con estava em casa, ficava taciturno e mal-humorado. Ele se sentava em frente ao noticiário da TV, praguejando sobre a situação na Irlanda do Norte ou esquentando a cabeça com a Guerra do Vietnã. Tinha começado a expor suas opiniões em público e até mesmo a participar de manifestações e passeatas pela paz.

No início, Sorcha não se importou. Se aquelas causas eram uma válvula de escape para as frustrações dele, tudo bem. Porém, nos últimos tempos, a coisa começara a sair do controle. Recentemente, Sorcha dissera que era muito fácil defender ideias de esquerda sentado em um casarão em Hampstead, com carros de luxo e mais dinheiro do que dava para gastar. Será que ele não estava sendo um pouco hipócrita?

Con passara três dias sem falar com ela.

Sorcha consultou o relógio. Quase onze da manhã. Hora de acordá-lo. Ela o ouvira chegar em casa de madrugada na noite anterior, vindo de algum protesto contra a guerra no centro de Londres.

Ela se levantou e pôs a chaleira no fogo. Naquele fim de semana, não havia nada agendado. A ideia a animou bastante. Um pequeno oásis de tempo para os dois ficarem juntos.

Dez minutos depois, entrou no quarto, ainda envolto na escuridão apesar do sol forte lá fora. Olhou para Con, com um braço jogado acima da cabeça e uma expressão, para variar, tranquila. Ela pôs a bandeja sobre a mesa de cabeceira e o beijou.

– Bom dia, amor.

Con se remexeu, depois sorriu, seus olhos ainda fechados. Ele a abraçou, a puxou para a cama e a beijou.

– Bom dia, Sorcha-porcha. Esta é uma excelente forma de acordar – disse ele, enfiando a mão por baixo da blusa dela.

Ela olhou para ele.

– Eu te amo.

– Eu também te amo.

Ele tentou puxá-la de volta para si, mas ela resistiu.

– Con, eu estava pensando em ir com você para Nova York no seu próximo show. Estou precisando dar um tempo dessa casa.

– É uma ótima ideia, Sorcha. Nova York vai te dar uma animada.

– E você não tem nada marcado neste fim de semana, não é?

– Hã, bom...

– Eu sei que você não tem. Olhei na sua agenda. Eu estava pensando que a gente podia pernoitar em algum lugar. Parece que faz séculos que não ficamos a sós.

– Talvez. Tenho certeza de que você vai me convencer.

– Com certeza vou tentar – respondeu ela, sorrindo.

Con a puxou para baixo de si.

– Bom dia, pessoal! Achei que tinha ouvido uma movimentação.

Sorcha se sentou com um pulo quando Lulu, com os olhos ainda pesados de sono e vestindo uma camiseta que mal preservava a modéstia, entrou no quarto e pulou na cama ao lado deles.

Sorcha teve vontade de chorar.

– Eu não sabia que você estava aqui – disse ela, baixinho.

– A gente chegou tão tarde do protesto que eu acabei dormindo no quarto de hóspedes. Foi ótimo ontem à noite, não foi, Con? Deveria estar na primeira página dos jornais hoje.

– Você deveria, pelo menos – gracejou Con. – "*Atriz famosa ataca policial em manifestação*". Faz ideia de como teve sorte de não ser presa?

– Eu queria ter sido. Só não fui porque o merdinha estava espancando um estudante pobre e indefeso quando eu pulei nas costas dele para impedir. Isso cairia muito bem na primeira página do *The Express*. Tem cigarro aí?

– Tenta o meu bolso – disse Con, apontando para a pilha de roupas no chão perto da janela.

Lulu pulou do colchão, vasculhou os bolsos de Con e puxou um pacote de Embassy. Ela acendeu um cigarro e voltou a subir na cama.

– Todd sabe que você está aqui? – perguntou Sorcha.

– Não. E não pretendo contar. A gente teve um pequeno arranca-rabo antes de eu sair para o protesto. Ele acha que não é bom para a imagem dele ter a mulher retratada como militante.

– Mesmo que você seja – acrescentou Con, sorrindo.

– Eu não tenho culpa de me importar com o que acontece nesse velho mundo nojento. Leu os jornais hoje de manhã, Sorcha?

– Li.

– Tinha alguma coisa sobre ontem à noite?

– Não que eu tenha visto. Acho que eles deram prioridade ao fato de Neil Armstrong ter chegado à Lua.

– Droga! Por que tinha que ser ontem à noite? Agora os jornais só vão falar disso pelos próximos dias. A gente não devia nem ter se dado ao trabalho de ir.

Sorcha saiu da cama.

– Bom, eu estou interessada nisso, se ninguém mais estiver. Vou descer para ver as imagens na TV. Você vem, Con?

– Deixa eu acordar direito, tá, Sorcha?

– Está bem. Tento reservar algum lugar para hoje à noite?

– Hoje à noite? Vocês não estão pensando em viajar, estão? – perguntou Lulu.

– A gente estava, sim – respondeu Sorcha, a raiva queimando em seus olhos.

– Mas, Con, eles vão fazer uma vigília à luz de velas na embaixada dos Estados Unidos... Ajudaria muito se você aparecesse e...

Sorcha saiu do quarto e bateu a porta com força.

32

– Con, que merda é essa?

Con ergueu os olhos da partitura e viu que Todd o encarava, irritado, no banquinho do piano.

– Essa "merda", como você disse, é uma música que eu compus na semana passada, em apoio aos veteranos americanos.

Todd continuou olhando para ele.

– E você quer mesmo que os Fishermen gravem e a incluam no novo álbum?

– Quero. Por que não? Ela tem um propósito, uma mensagem. Pode fazer as pessoas prestarem atenção no que está acontecendo no mundo.

– Puta merda! – exclamou Todd, passando a mão nos cabelos. – Eu não tenho nenhum descanso com você e Lulu!

Todd tocou os primeiros compassos da música, depois largou as mãos sobre o piano, liberando uma cacofonia de sons dissonantes.

– Desisto. Isso está cheio de palavrões, o que significa que a letra vai ser banida de todas as estações de rádio e lojas de disco do mundo, e também não tem uma maldita melodia, parceiro. Nós somos um grupo popular, Con!

Todd se levantou e voltou a correr as mãos pelos cabelos.

– A gente lança discos para a garotada dançar. E não acho que os versos "Os jovens morrem aos milhares, seu sangue vermelho corroendo os campos, um enxame de insetos na poeira" vão animar uma discoteca.

Con pegou o maço de Embassy e acendeu um cigarro.

– Todd, quantas vezes já tivemos essa conversa? Qual é o sentido de fazer música e ter fama se não usamos isso para uma coisa boa? Essas canções de amor melosas e vazias enchem o nosso bolso, mas não dão nada em troca. A gente tem o poder de mudar o mundo.

Todd suspirou e balançou a cabeça devagar.

– Rapaz, como você mudou. Eu aqui feliz de seguir cantando as nossas baladinhas agradáveis, grato pela minha casa confortável e pela conta bancária recheada... e você aí, cuspindo nisso tudo.

Con continuou fumando o cigarro em silêncio. Todd soltou outro suspiro.

– Eu não sei, Con. Acho uma pena você sentir tão pouco prazer com as suas conquistas. Só de vez em quando, pensa no passado e lembra quanto você queria fama e fortuna.

Ainda assim, Con não respondeu.

– E existe algo chamado abuso de poder. Você pode até ser um astro famoso, mas não é um político. Vai acabar incomodando muita gente, principalmente se continuar fazendo esse barulho todo por causa do Úlster.

– Eu...

Todd estendeu as mãos.

– Por favor, Con, me poupa do discurso político. Eu já ouvi isso tudo.

Ele atravessou a sala e se sentou no sofá de veludo verde, ao lado do parceiro musical.

– Olha, eu entendo a sua veemência com a situação na Irlanda. Isso faz parte de quem você é. Mas e essas outras causas que você defende? Por exemplo, a Guerra do Vietnã. Quer dizer... você nem é americano. Ou vietnamita! Isso está acontecendo a quilômetros de distância e...

– Sim, e não é exatamente essa atitude que faz com que nada mude? A filosofia do "Bom, já que não me afeta, vou ignorar"? – perguntou Con, levantando-se. – Olha, acho que já ouvi o suficiente por hoje. Vou para casa.

– Isso mesmo, Con. Vai embora de novo. Meu Deus! Pelo menos uma vez na vida, tenta lembrar quais são as suas prioridades. A gente vai gravar um álbum daqui a dois meses. Até agora só temos duas músicas e meia. Três e meia se a gente contar o monte de merda que você trouxe hoje de manhã. Nesse ritmo, não vamos lançar álbum nenhum, porque, francamente, eu já estou de saco cheio! Estou tentando manter essa banda unida enquanto você sai por aí, bancando o bolchevique *e* instigando a minha mulher a fazer o mesmo. Caso você tenha esquecido, temos um show no Central Park em poucas semanas. Duzentas e cinquenta mil pessoas vão aparecer lá para ver a banda, e a gente nem definiu o setlist ainda. Bom, é isso que *eu* chamo de decepcionar as pessoas, seu...

A porta da sala de ensaios bateu com força quando Con saiu.

– ... filho da puta – murmurou Todd para ninguém. – Droga – disse ele, depois voltou para o banquinho do piano e balançou a cabeça.

Deus do céu, ele estava furioso. Con vinha agindo como um completo idiota havia meses. Ele nem se lembrava da última vez que os dois tinham se sentado ali e inspirado um ao outro, como fora o caso no início.

Con e ele foram rotulados de "a dupla de compositores da década". Nos primeiros tempos de sucesso, eles se entrosavam muito bem. Todd, com seu olho para melodias comerciais cativantes, era contrabalançado pela abordagem lírica mais séria de Con. Eles escreveram canções magníficas, que Con agora detonava como "merda vazia". Trabalharam duro noites adentro, estimulados e animados pelas palavras e a música que produziam.

Só que agora não conseguiam trabalhar juntos por mais de duas horas. A sintonia parecia ter desaparecido. Os dois navegavam em direções opostas. Todd se perguntava se algum dia eles se encontrariam no meio do caminho de novo.

Será que a relação estava começando a azedar, como aconteceu com tantas bandas ao longo dos anos? Todo mundo sabia que a parceria de Con Daly e Todd Bradley era a força vital do grupo. Se ela continuasse se dissipando naquele ritmo, que futuro teriam os Fishermen?

E ainda havia o problema com Lulu.

Eles tinham se casado havia quatro anos, pouco antes de irem para os Estados Unidos tocar com os Trojans. Os dois deram uma grande festa de casamento, convidaram novos e antigos amigos e foram assediados ao sair do cartório de Chelsea.

Nos anos seguintes, a carreira de atriz de Lulu começou a florescer. Ela atuou em uma nova peça do West End, pela qual recebeu um prêmio e foi muito aclamada pela crítica. O que tinha acontecido desde então?

Lulu seguiu o exemplo de Con e abraçou a cena política, envolvendo-se cada vez mais no que Todd via como causas sem esperança ou sentido. Em vez de aproveitar o duplo sucesso deles, estava sempre correndo para tentar salvar o mundo, e de vez em quando levava seus desleixados e malcheirosos colegas ativistas para a linda casa deles em Chelsea.

Nos últimos meses, Todd a via cada vez menos. Ela parecia passar mais tempo com Sorcha e Con em Hampstead do que em casa.

Fazia mais de um mês que não transavam.

No dia anterior, ele tentara e ela o recusara. Tiveram uma grande discussão, e ela saiu batendo a porta. Ele não sabia onde ela estava agora, mas isso não era raro naqueles dias.

Será que ela estava tendo um caso com o Con?

Era uma hipótese que merecia ser contemplada, pelo tempo que passavam juntos e por seus interesses em comum.

Meu Deus, como a amava. Por mais difícil, mimada e egoísta que fosse Lulu, ele beijava o chão que ela pisava.

Todd ficou se perguntando o que Sorcha achava do relacionamento do marido com Lulu. Nas últimas vezes em que a tinha visto, ela parecera bastante infeliz.

Talvez devesse ligar para ela e sugerir um encontro para conversar sobre seus respectivos parceiros. De qualquer forma, a situação não podia continuar assim. Todd estava vendo seu casamento desmoronar. Precisava fazer alguma coisa, e rápido.

A porta do estúdio de gravação se abriu silenciosamente. Todd se virou ao ouvir passos atrás de si.

– Oi, Derek, o que te traz aqui?

Derek ainda parecia um adolescente fingindo ser adulto, mesmo em seu elegante terno de grife.

– Oi, eu estava de passagem a caminho do almoço. Pensei em dar um pulo aqui. Cadê o Con? Achei que fossem trabalhar juntos hoje.

– A gente estava trabalhando, mas... – disse Todd, dando de ombros – ... almoçou mais cedo.

– Ah – murmurou Derek, meio agitado.

– O que foi?

– É só que... eu escrevi uma música. Quero que vocês escutem. Eu... eu gostaria que ela entrasse no novo álbum. Já está na hora de as minhas composições chegarem ao vinil.

– Você está com a música aí? No momento, mesmo se uma criança de 6 anos compusesse alguma coisa para o álbum, eu já ficaria grato – gracejou Todd. Então, vendo a expressão no rosto de Derek, se corrigiu: – Desculpa, parceiro, eu só estava brincando. Vamos dar uma olhada.

Derek tirou algumas partituras do bolso do paletó e as entregou a Todd. Ele as desdobrou e as colocou no piano.

– Sei que você pensa que sou incapaz de compor uma música. Mas mostrei umas coisas minhas para um produtor na semana passada, e ele disse que gostou. Estou de saco cheio de você e Con tirarem sarro de mim. Se não quiserem essa música, vou dar para alguém que queira.

Derek ficou ali parado como um garotinho petulante, com o lábio inferior tremendo.

Todd não tinha ânimo para mais uma discussão, então ergueu as mãos.

– Ok. Desculpa, Derek. Vamos ver o que temos aqui. Eu toco e você canta.

A música era uma balada suave, nada especial, mas definitivamente melhor se comparada ao que Derek compusera antes.

– Bom – disse Todd –, acho que ela tem potencial.

– E eu acho que está muito boa como está – teimou Derek. – O que precisa mudar?

– Bom, nada de mais. A gente precisa dar uma levantada no refrão, escrever algumas orquestrações para ele, etc.

– Eu acho que ela é tão boa quanto "Can Someone Tell Me Where She's Gone?". Você está sendo arrogante só porque a música é minha.

– Olha, parceiro, eu não estou sendo arrogante coisa nenhuma. Realmente acredito que a música tem potencial. Deixa eu mostrar para Con e ver o que ele diz.

– Não ligo para o que Con pensa. Eu quero essa música no álbum.

– Ok, ok. A propósito, qual é o título?

– "Peggy". O nome é só "Peggy".

Todd ergueu uma sobrancelha e sorriu.

– Claro.

Era a cereja do bolo.

– Olha, vou encerrar o dia. Você está com pressa? Ou me acompanha em um drinque no Dog and Gun, ali na esquina?

Derek consultou o relógio.

– Tenho vinte minutos antes de me encontrar com ela.

– Bom garoto – disse Todd, ficando de pé. – Quem é "ela"? – perguntou ao apagar a luz.

Os dois saíram do estúdio e subiram as escadas para o centro do Soho.

– Ah, uma modelo que conheci em uma boate outro dia – contou Derek, enquanto caminhavam juntos pela rua agitada.

– Você acha que algum dia vai se apaixonar e sossegar? Todas essas mulheres lindas que passam pela sua cama... Nunca pensou em se casar?

Derek se virou para encarar Todd.

– Já, uma vez. Mas nunca mais.

33

O telefone tocou. Sorcha abriu os olhos e absorveu a luz fraca do início da manhã. O aparelho ficava na mesinha de cabeceira de Con. Ela continuou deitada por mais alguns instantes, torcendo para que o marido acordasse e atendesse a ligação. Ele não fez isso, então ela afastou as cobertas e contornou a cama com passos silenciosos para pegar o fone.

– Alô?

– Posso falar com Sorcha Daly?

– Mãe? Sou eu.

– Sorcha, como você está?

– Estou bem. E você, mãe? Como está?

– Bom, Sorcha... Tenho uma má notícia para dar.

– O que foi?

– Seu pai faleceu ontem. Teve um infarto. Eu queria saber se você poderia vir ao funeral.

– Ah, mãe, você está bem?

– Eu estou levando. Os vizinhos têm sido muito gentis. O choque é que foi ruim. Ele estava voltando para casa depois de uma reunião no salão comunitário e caiu duro ali mesmo, no meio da Connolly Street.

– Eu sinto muito, mãe, sinto mesmo.

Embora Sorcha achasse difícil sentir tristeza em seu coração pelo pai falecido, havia muita compaixão pela mãe.

– A senhora disse que o funeral é amanhã?

– É.

– Então vou ter que ir hoje.

– Você faria isso, Sorcha? Ah, faria?

Havia desespero na voz da mãe.

– Claro.

– Obrigada. Apesar de tudo, seria muito bom te ver. E o Con, se ele quiser vir. Eu... – disse Mary, com uma voz embargada que traía sua coragem. – Tem muita coisa para organizar.

– Mãe, não posso prometer, mas vou fazer o possível. Eu te ligo de volta assim que souber.

– Você tem o número do escritório?

– Em algum lugar, mas me passa de novo.

Sorcha vasculhou a gaveta da mesinha de cabeceira de Con e encontrou uma hidrográfica e um maço de cigarros vazio.

– Certo – disse ela, anotando o número. – Eu te ligo de volta assim que puder.

– Tchau, Sorcha.

Ela desligou o telefone e ficou ali sentada, olhando para o nada. Uma mão em suas costas nuas a fez pular de susto.

– Calma, sou eu. Quem era?

– Minha mãe.

– Sua mãe? O que ela queria?

– Ela ligou para falar que meu pai morreu ontem.

– Ah – disse Con, depois recaiu no silêncio, tentando avaliar a reação da esposa. – Você quer pêsames, Sorcha?

Ela se virou devagar e o encarou.

– Não. Mas ele era meu pai. Sinto muito que ele esteja morto. Ele nem tinha 60 anos.

– Como a sua mãe está?

– Parece que ainda não assimilou a notícia. Con, o funeral é amanhã. Eu tenho que ir até lá para a cerimônia e devo ficar mais alguns dias depois.

– Claro que você tem que ir. Jenny chega às nove. A gente pede para ela organizar os voos.

Jenny era a secretária de meio período de Con, que vinha para resolver as sacolas de correspondências dos fãs e qualquer questão administrativa.

– E você? – perguntou ela baixinho.

– O que tem eu?

– Não acha que seria apropriado vir comigo, pelo menos para o funeral?

Con olhou para ela, surpreso.

– Eu? Voltar a Ballymore para o funeral do homem que queria me jogar na cadeia? – indagou Con, depois balançou a cabeça. – Não, Sorcha, acho que não.

Ela mordeu o lábio.

– Mas, Con, lembra que nós dissemos que um dia voltaríamos a Ballymore e todo mundo ia querer nos conhecer? Com certeza este é o momento.

– Eu não sou hipócrita, Sorcha. Seria errado da minha parte comparecer ao funeral de um homem que eu detestava e que me detestava também.

– E eu? Talvez *eu* precise de você ao meu lado.

– Seja sincera, Sorcha, você não lamenta a morte dele. Você odiava o seu pai.

Sorcha sentiu um aperto no coração.

– A questão não é essa.

Con estendeu o braço para pegar os cigarros.

– Não é?

– Não! E se você não entende por que eu quero você do meu lado ao voltar para casa depois de todos esses anos, então esquece – reclamou ela, estremecendo, depois se levantou e pegou o roupão. – Eu tenho muito que fazer se vou viajar esta tarde.

– Ah, Sorcha, por favor. Não vamos ter outra discussão. Se você lamenta, então eu também lamento que o seu pai tenha morrido. Mas, mesmo que eu quisesse, não poderia ir a Ballymore hoje. Você sabe que a banda está ensaiando direto para o show do Central Park na semana que vem.

– Você não estava se importando com os ensaios quando tinha uma manifestação ou um protesto para ir, estava? Bom, é melhor eu aceitar que eu e os meus sentimentos vêm por último na sua lista de prioridades. Afinal, eu sou só a sua esposa! Você não dá a mínima para como eu me sinto, certo?

– Sorcha, Sorcha, por favor!

Ela já havia deixado o quarto, batendo a porta com força.

Com um suspiro, Con voltou a afundar nos travesseiros.

Sorcha ouviu Con cantar pneus ao passar pela entrada da casa a caminho do estúdio no centro de Londres. Então, foi até o escritório de Jenny organizar os voos.

– Con estava te procurando.

– Eu saí para tomar um pouco de ar fresco.

– Ah. Bom, ele me pediu para te dizer que vai tentar chegar em casa antes da sua partida, mas que, se não conseguir, é para você deixar um telefone para contato. Eu já liguei para a Aer Lingus. O voo direto para Cork está lotado. Você vai ter que fazer uma escala em Dublin. O avião sai do Heathrow às duas e meia, chegando em Dublin às quatro e meia. Tem um voo às 17h50 para Cork, que chega às 18h50. Eu reservei a viagem de hoje à tarde, mas a companhia aérea precisa saber quando você vai voltar.

Talvez nunca, pensou Sorcha encarando o quadro de cortiça atrás da escrivaninha de Jenny. Nele estavam pregadas cartas de fãs bem divertidas, junto com fotos promocionais de Con e da banda. Ela deu de ombros.

– Não faço ideia.

– Então vou pedir uma passagem com o retorno em aberto.

– Isso. Obrigada, Jenny. Tenho que fazer as malas.

– Claro. Vou pedir um carro para meio-dia e meia. Isso vai te dar bastante tempo. E... Sorcha?

– Sim?

– Eu sinto muito pelo seu pai.

– Obrigada. Te vejo mais tarde.

O táxi de Sorcha chegou a Ballymore pouco depois das oito e meia daquela noite. Ela estava exausta após o longo dia de viagem.

Não queria ficar remoendo a situação que deixara para trás nem a que estava diante dela, então passou a jornada com a cabeça enfiada na pilha de revistas reluzentes que comprou no aeroporto.

A escuridão acabara de cair sobre o vilarejo. Ela se lembrava de ir para a cama às nove quando criança, com o sol acabando de se pôr. Havia apenas seis horas de breu no auge do verão.

Sorcha olhou pela janela do táxi para os familiares pontos de referência. Pouco parecia ter mudado, exceto uma ou outra loja fechada porque o dono devia ter morrido, e uma nova casa de chá na esquina.

Quando morava ali, mal podia esperar para sair e começar sua nova e excitante vida ao lado de Con em Londres. Achava Ballymore monótona, e as pessoas, isoladas. Naquela época, Sorcha não entendia por que alguém gostaria de viver ali.

Agora, porém, via algo reconfortante e seguro na natureza imóvel e singular do vilarejo.

– São 5 libras. Obrigado, Sorcha.

O táxi parou na praça em frente à casa dos pais dela.

Havia um abismo entre aquela intimidade do estranho ao chamá-la pelo nome e a atitude impessoal de Londres.

O motorista do táxi saiu, abriu o porta-malas e pôs a bagagem dela na calçada.

– Aqui, e 1 libra de gorjeta.

– Maravilha. Obrigado. Aproveita a estadia.

Sorcha abriu um sorriso irônico.

– Obrigada. Boa noite.

Quando o táxi foi embora, Sorcha pegou a mala e foi até a porta da frente de sua casa. Depois, tocou a grande campainha de latão.

Alguns segundos depois, a porta se abriu.

– Sorcha! Sorcha! Ah, nem consigo acreditar que é você!

A mãe a puxou para si. Sorcha largou a mala e retribuiu o abraço. Quando elas se separaram, seus olhos estavam cheios de lágrimas.

– Entra, entra – disse Mary, pegando a mala e subindo as escadas.

O cheiro era tão familiar: polimento para latão e desinfetante, aplicados generosamente na maçaneta da porta e no piso de ladrilhos, dia sim, dia não. Por um instante, tudo girou ao redor dela, e Sorcha se agarrou ao corrimão para se firmar.

Mary parou e se virou.

– Você está bem?

Sorcha assentiu.

– Estou, sim, mãe.

– Seu pai está ali dentro, mas a gente vai tomar um copinho de uísque antes de entrar e vê-lo – disse Mary, chegando ao topo da escada e apontando para a sala de jantar.

Ela deixou a mala de Sorcha do lado de fora da cozinha, levou-a para dentro e fechou a porta com firmeza.

– Agora deixa eu dar uma olhada em você – pediu ela, sorrindo ao correr os olhos pela filha. – Eu acho, Sorcha O'Donovan, que você se tornou uma verdadeira belezura.

– E a senhora também não parece nem um dia mais velha – mentiu Sorcha.

– Não? Bom, é gentil da sua parte dizer isso, mas acho que os anos não foram gentis comigo – comentou Mary, alisando o vestido sobre os quadris salientes. – Senta, senta. Vou servir um drinque para a gente.

A garrafa estava na mesa, um terço vazia. Mary encheu dois copos e passou um deles para Sorcha.

– Enfim, como dizem, tudo tem seu lado bom. Eu perco o marido, mas minha preciosa filha volta. *Sláinte* – disse Mary, erguendo o copo e tomando um gole grande. – Ah, sem dúvida isso ajuda a acalmar os nervos, mas vou acabar bêbada se tomar mais.

– A senhora tem todo o direito de ficar um pouco alta, mãe. O choque deve ter sido terrível.

– Foi, sim, foi, sim. Sean Moloney, o jovem guarda, apareceu na minha porta ontem à noite para me contar o que tinha acontecido. O médico foi chamado, mas já não tinha nada que ele pudesse fazer.

Mary soltou um pequeno soluço e corou.

– Perdão. Não estou acostumada com bebida. Então, eles trouxeram o seu pai de volta para cá. John, o agente funerário, veio hoje cedo para tirar as medidas. Eu vesti o seu pai com o melhor terno de domingo que ele tinha, um risca de giz, e escolhi um caixão de cedro. Passei o dia todo abrindo e fechando a porta. Você sabe como é aqui. O vilarejo inteiro apareceu para prestar condolências. Ainda na hora do almoço, o xerez acabou, e eu tive que correr até a loja da Nora Connolly para comprar mais.

– A senhora parece estar enfrentando a situação muito bem, mãe.

– Graças a Deus aconteceu rápido. Foi o que as pessoas me disseram. Acho que ele não deve ter sentido nada.

– Imagino que sim.

Mary tomou outro trago de uísque, e o copo ficou vazio.

– Quer outro?

Sorcha balançou a cabeça.

– O último, para me dar coragem para encarar o seu pai. Pensando bem, eu sempre precisei de uma dose para fazer isso – comentou ela, com um sorriso fraco.

– A que horas é o funeral?

– Duas da tarde, mas eles vêm buscar o seu pai às nove da manhã. Vai ter uma missa às onze só para a família. O padre Moynihan queria levar Seamus hoje à noite para que ele passasse a noite lá, mas eu achei que você ia querer se despedir em particular.

Sorcha fez uma careta e esvaziou o copo.

– Vem, mãe, vamos acabar logo com isso.

– É, acho melhor a gente ir.

As duas se levantaram. Sorcha foi na frente, saindo da cozinha e atravessando o patamar até a porta fechada da sala de jantar. Ela engoliu em seco. Então, girou a maçaneta e abriu a porta.

O caixão estava em cima da mesa de jantar bem polida. Sorcha se benzeu, assim como a mãe. Depois, pegou a mão de Mary e, juntas, elas avançaram devagar e espiaram dentro do caixão.

Fora o fato de ter perdido bastante cabelo nos últimos cinco anos, o pai parecia exatamente o mesmo. Ele havia envelhecido melhor que a esposa. Na morte, seus lábios estavam tingidos de cinza e sua pele parecia feita de alabastro.

– Quer que eu te deixe por alguns minutos?

– Não, fica, mãe, por favor.

Sorcha segurou a mão de Mary, sentindo a presença do falecido pai tão intimidante quanto fora em vida. Ambas as mulheres encararam o corpo em silêncio.

– Ele fez um ótimo trabalho, não?

– Quem?

– John, o agente funerário – sussurrou Mary, como se pudesse perturbar Seamus em seu sono eterno se erguesse a voz.

– Fez.

– E você acha que o terno ficou bom?

– Perfeito.

– Bom, você quer ficar mais um pouco?

Sorcha balançou a cabeça, e as duas saíram da sala de jantar, uma atrás da outra.

– Pronto, você já viu o seu pai, e acho que a gente não precisa mais se preocupar com isso – disse Mary, o alívio evidente em seu rosto enquanto voltavam para a cozinha. – Quer comer alguma coisa, Sorcha? Você deve estar com fome depois da viagem.

– Não, obrigada, mãe. Já passou da hora de jantar.

– Bom, que tal um grande café da manhã irlandês amanhã?

– Isso seria ótimo, mas talvez a gente não tenha tempo.

– Ah, não vai demorar nada. Quer tomar um banho de banheira? Eu ouvi dizer que esses aviões são imundos.

– Não – respondeu Sorcha, sorrindo –, mas eu adoraria uma xícara de chá.

Mary foi até o fogão e pôs a grande chaleira de aço inoxidável sobre uma das bocas. A visita à sala de jantar parecia tê-la deixado um pouco sóbria.

– Pena que Con não conseguiu vir.

– É. Infelizmente ele viaja para os Estados Unidos na semana que vem. A banda vai fazer um show imenso em Nova York, e eles estão ensaiando.

– Como ele ficou famoso, Sorcha! Quem podia imaginar! E ele vivia como um vagabundo em uma cabana no meio da praia. As pessoas para quem eu contei vão ficar decepcionadas por ele não ter vindo com você.

– Sério?

Sorcha observou a mãe despejar a água fervente no bule azul esmaltado, que ainda prestava um excelente serviço mesmo após tantos anos.

– Achei que Con era a última pessoa que o povo daqui ia querer ver – continuou ela. – Eles estavam loucos para livrar a cidade da presença dele.

– Só que agora todo mundo é o melhor amigo dele – contou Mary, remexendo o bule de chá. – No ano passado, um jornalista apareceu fazendo perguntas sobre Con pela cidade toda. Você não vai acreditar, mas muitos homens juraram ser como um irmão para ele, e muitas mulheres alegaram que ele as namorou. O jornalista veio aqui em casa também.

– Veio? E o que a senhora falou?

– Eu não tive chance de falar nada. Seu pai bateu a porta na cara do homem.

Aquela foi uma das únicas atitudes de Seamus que deixou a filha grata.

– Prontinho, um bom chá quente – disse Mary, pondo a xícara na frente da filha.

– Obrigada – respondeu Sorcha, depois tomou um gole. – Ah, não existe ninguém no mundo que faça um chá como a senhora, mãe.

– Obrigada, tenho certeza disso – comentou Mary, sorrindo e sentando-se à mesa. – Sorcha, tem tantas coisas que eu quero te perguntar sobre os últimos anos. É difícil saber por onde começar.

– Eu sei.

– Talvez depois de amanhã a gente possa se sentar para colocar a conversa em dia. Ou você está com pressa para voltar?

– Eu... Eu ainda não pensei sobre isso, mãe. Vamos viver um dia de cada vez, tá?

– Claro.

Sorcha reprimiu um bocejo.

– Coitadinha. Você aí exausta, e eu aqui tagarelando que nem uma velha fofoqueira. Vamos te colocar na cama. Você vai precisar descansar para amanhã. Vai ser o centro das atenções, Sorcha, disso eu não tenho a menor dúvida. Aposto que vai ser um dos funerais mais cheios que Ballymore já viu, com todo mundo esticando o pescoço para dar uma espiada no famoso genro de Seamus O'Donovan.

– Bom, lamento decepcionar o povo – disse Sorcha com amargura.

– Que bom que ele não veio. Assim a gente vai poder se reconectar de verdade. Vamos, já para a cama. É quase meia-noite.

Sorcha seguiu a mãe escada acima, até seu quarto. Ela prendeu a respiração ao ver que o espaço permanecia intocado desde o dia em que fora embora, quase seis anos antes.

– Está tudo do jeitinho que você deixou. Eu passava o aspirador e tirava o pó toda semana, para manter o quarto limpo.

Sorcha correu os dedos pela coleção de animais de porcelana na penteadeira. Aquilo era seu tesouro quando criança.

– Estou surpresa que meu pai não tenha mandado jogar tudo fora e desinfetar o quarto – comentou ela, rindo.

– Ele chegou a sugerir que a gente redecorasse o espaço e se livrasse das suas coisas, mas eu bati o pé quanto a isso. Este quarto era tudo o que eu tinha de você, e não dava para abrir mão dele.

– Ele realmente me odiava, não é? – perguntou Sorcha, sentando-se na cama e abraçando um ursinho de pelúcia.

Mary olhou para o chão e balançou a cabeça.

– Não, Sorcha. Você entendeu tudo errado. Ele te amava demais. Te idolatrava, na verdade. Você levou dez anos para chegar, foi um presente de Deus. Quando se apaixonou pelo Con, ele não conseguiu lidar com isso. Então, fez a única coisa que podia e te cortou completamente da vida dele. Seu pai tinha grandes planos para você, Sorcha.

Mary suspirou e prosseguiu:

– Em parte, a culpa é minha. Se eu tivesse lhe dado mais filhos como as outras mulheres daqui fizeram pelos maridos, então talvez a carga não tivesse sido tão pesada nos seus ombros. Falando nisso, estou bastante surpresa que você e Con ainda não tenham filhos.

– Ah, mãe, não é por falta de vontade... – contou Sorcha, suspirando.

– Vai acontecer, tenho certeza. O truque é não esquentar a cabeça com isso. Bom, você está com as suas coisas de dormir aqui?

Mary pôs a mala no pé da cama e a abriu. Sorcha se recostou no colchão e observou enquanto Mary pendurava as roupas e organizava o conteúdo de sua nécessaire na penteadeira.

– Prontinho, suas coisas estão arrumadas. Vou deixar você trocar de roupa – disse Mary, depois ficou parada no batente da porta, sem vontade de ir embora.

Sorcha entendeu. Ela se levantou, foi até a mãe e a abraçou.

– Se você se sentir sozinha de noite, vem aqui e me acorda.

– Ah, eu vou ficar bem, não se preocupa comigo.

– Mãe, é ótimo estar em casa.

– Sério?

– Sério.

– Boa noite, Sorcha.

– Boa noite, mãe.

Sorcha afundou na cama, os ossos de seu corpo ansiando pela paz e pelo sono. No entanto, todas as vezes que começava a cochilar, pensava no cadáver rígido, de lábios cinzentos e vestido em seu terno de domingo deitado na mesa da sala de jantar. Por fim, acendeu a luz, pegou um velho livro infantil da prateleira e começou a ler.

Após alguns minutos, ouviu os soluços.

Ela saiu da cama e caminhou silenciosamente até o quarto da mãe. Quando criança, fora proibida de entrar sem bater. Naquela noite, abriu a porta e mergulhou na escuridão.

– Mãe? Mãe? – chamou Sorcha, procurando a cama e enfiando-se debaixo das cobertas.

– Desculpa, Sorcha, desculpa mesmo. Eu não queria te perturbar. Você está tão cansada.

– Eu também não consegui dormir. Talvez a gente se sinta melhor quando meu pai estiver fora da casa.

– É, é, tenho certeza de que sim. Ah, Sorcha, eu... eu estou tentando ser corajosa, mas simplesmente não consigo acreditar que ele se foi. E sabe o que é pior?

– O quê, mãe?

– Eu nem sei se já amei o seu pai um dia. Às vezes, posso jurar que até o odiava. Mas ele era tudo o que eu tinha. E, do jeito dele, foi um bom marido. Ele cuidava de mim.

Sorcha se aconchegou mais na mãe.

– Abre um espacinho para eu ficar confortável. Vou dormir aqui hoje.

Ela se ajeitou sobre os travesseiros que havia apenas dois dias tinham acomodado a cabeça de Seamus. Depois, pegou a mão da mãe debaixo das cobertas.

– Senti a sua falta, mãe, muito mesmo.

– Sentiu? – perguntou Mary, parecendo mais calma.

– Ah, senti. Agora, antes que os pássaros comecem a cantoria da aurora, vamos tentar dormir um pouco. Boa noite, mãe.

– Boa noite, querida.

34

Excepcionalmente, Con acordou cedo. Ficou deitado de olhos fechados, desejando que o sono voltasse. Tinha um dia cheio ensaiando no estúdio, depois discursaria em um comício em favor da paz na Trafalgar Square.

Após meia hora de tentativas, desistiu de dormir e pegou o maço de cigarros. Acendeu um, depois voltou a se deitar nos travesseiros e deu uma tragada profunda.

Fazia algum tempo que se sentia inquieto e infeliz.

– Por quê? – murmurou para o quarto vazio.

Con Daly, o garoto vindo do nada, com chances estatisticamente minúsculas de ser alguém na vida, conquistara fama e fortuna para além de seus sonhos mais loucos.

Então por que nada mais lhe dava prazer? Ele sabia quanto estava sendo difícil com Sorcha, Todd e o resto da banda, mas não conseguia evitar.

Não tinha nem chegado aos 30. Com certeza ainda era jovem demais para uma crise de meia-idade, não?

Nem mesmo a música, que sempre fora a grande paixão de sua vida, o empolgava mais como antes. Ele pensou na semana seguinte e no enorme show ao ar livre no Central Park. Con já não sentia ansiedade ou entusiasmo. Só conseguia pensar na multidão de corpos que aguardaria sua limusine, no empurra-empurra que o faria ser escoltado por seguranças até os bastidores.

Para completar, os ensaios não estavam indo bem. Ele e Todd apenas discutiram sobre o que iriam tocar. Con queria experimentar algumas das novas canções que havia composto, mas Todd argumentava que, com quase 250 mil pessoas presentes, deveriam se ater às músicas testadas e confiáveis que os transformaram naquele sucesso imenso.

– É para isso que os fãs vão até lá – argumentara ele.

E estava certo.

Con sentiu o peso de uma claustrofobia. Era como se sua fama, que deveria lhe dar mais poder, tivesse tirado sua liberdade pessoal e profissional.

Já não podia ir aonde queria, nem escrever o que achava que devia. Criativamente, se sentia reprimido. Sabia que Todd desaprovava suas músicas de protesto, mas seu parceiro de banda era um garoto de classe média, que nunca passara pela experiência de ir para a cama com uma fome de doer o estômago.

Con apagou o cigarro no vaso de planta que ficava no chão ao lado da cama.

Era bem-sucedido demais para ser tão amargo. Que diabos estava se tornando?

Mal-humorado, acendeu outro cigarro. Havia até começado a beber a ponto de perder a consciência, mesmo depois de conviver todos aqueles anos com seu pai e jurar que jamais faria o mesmo.

Às vezes, flagrava Sorcha olhando para ele, seu rosto uma máscara de tristeza.

Ele a havia afastado, e sabia disso. E, no dia anterior, quando Sorcha estava tão desesperada por seu amor e apoio, fora incapaz de lhe dedicar isso. Havia uma chance real de perdê-la... mas a insensibilidade em seu coração o impedia de fazer algo a respeito.

Con saiu da cama e tomou uma ducha, então desceu as escadas para preparar um grande bule de café. Colocou-o em uma bandeja com uma caneca e um pacote de biscoitos, depois pegou o violão e começou a dedilhar uma música que ocupara sua cabeça nos últimos dias.

– Merda!

Simplesmente não vinha mais.

– Jesus, Maria e José! O que está acontecendo comigo?

Con pegou a caneca de café, se levantou e olhou pela janela. Era uma bela manhã de agosto. Ele viu os portões elétricos se abrirem e o carro de Jenny parar no caminho da entrada. Quando os portões se fecharam, viu uma de suas fãs mais fiéis tentar se espremer entre eles. Como quase sempre acontecia, os portões extrafortes e feitos sob medida venceram.

Ele balançou a cabeça, desesperado. Será que um dia a garota olharia para trás e se perguntaria por que desperdiçara os melhores anos de sua vida sentada do lado de fora da casa de um astro do rock?

Con tomou um gole do café e ouviu Jenny abrir a porta da frente. Decidiu ir até lá bater papo. Qualquer coisa para se afastar dos pensamentos piegas que ocupavam sua cabeça. Ele refletiu sobre as horas que passava sozinho em sua cabana na praia, às vezes sem ver outro ser humano por uma semana. Agora, temia sua própria companhia.

Pelo menos naquela noite sairia com Lulu. Ela era a única pessoa que o tirava de sua concha. Con admirava o foco e a determinação dela. Lulu não dava a mínima para o que os outros pensavam a seu respeito e fazia qualquer coisa para divulgar sua causa.

Ele abriu a porta do estúdio e atravessou o corredor. A voz de Jenny vinha do escritório dela. Con parou para escutar.

– Ele recebeu outra, inspetor... Sim, é a sexta... Ah, basicamente a mesma coisa: letras recortadas de um jornal, a ameaça de assassinato de sempre. É, dessa vez o selo é de Southampton. Esse anormal circula bastante por aí! Não, ainda não, mas acho que já está na hora. O senhor faria isso? Ok, então, eu ligo de volta quando falar com a Metropolitan. Tchau, inspetor.

Con ouviu o clique do fone. Ele abriu a porta.

– Bom dia, Jenny.

Ela se virou.

– Oi, Con. Acordou cedo.

– É.

Con encarou o papel na mão de Jenny e o arrancou dela.

JÁ, JÁ EU TE PEGO, SEU CANALHA IRLANDÊS IMUNDO.

Con estremeceu involuntariamente e largou a carta na mesa de Jenny.

– Você disse que é a sexta carta desse tipo que eu recebo?

– Sim. Olha, Con, não entra em pânico nem nada assim. Está tudo sob controle. A gente não queria te preocupar sem necessidade.

– Eu recebo ameaças de morte e ninguém se dá ao trabalho de me contar... – disse Con, com uma risadinha forçada. – Quantos anos você acha que eu tenho, Jenny? Dez?

– Desculpa, Con, de verdade. Mas você está perfeitamente seguro. Tem um carro de polícia não identificado do lado de fora da casa todos os dias. Ele tem te seguido por toda parte no último mês.

Con ficou perplexo.

– Tem? Meu Deus, a polícia deve estar bem desocupada para ceder alguém para bancar a babá. Eu já recebi esse tipo de carta. São só uns malucos que não têm nada melhor para fazer além de me assustar.

– Bom, eu falei com Helen McCarthy quando essas coisas começaram a acontecer, e ela decidiu que era assunto de polícia. É por causa dos Conflitos na Irlanda do Norte e da sua, hã, atitude bem pública em relação a isso. As cartas anteriores não destacavam a sua nacionalidade. Enfim, eu falei com o inspetor, e ele quer vir aqui dar uma palavrinha com você.

– A gente vai passar o dia no estúdio ensaiando, mas... fala que ele pode me encontrar lá na hora do almoço. Eu pago uma cerveja e um sanduíche pelo incômodo.

– Ok, pode deixar.

Con se levantou.

– Eu preciso de um pouco de ar. Vou dar uma volta nas charnecas antes de sair para o estúdio.

– Está bem. Tenta não se preocupar, Con. Você está sendo muito bem protegido.

Con esboçou um sorriso e saiu do escritório. Ele abriu a porta da frente e foi ao encontro do ar fresco e ameno, dirigindo-se ao portão escondido nos fundos do jardim, que dava direto nas charnecas. Seu coração batia forte quando abriu o cadeado. De repente, Con sentiu um calor asfixiante e um aperto no peito. Depois de trancar o portão, partiu em alta velocidade para as charnecas, com a respiração curta e ofegante.

Não demorou muito para que se cansasse, sem fôlego para ir mais longe. Con se agachou debaixo de uma árvore com a cabeça entre as mãos.

– Ai, meu Deus – disse ele, arquejando enquanto se apoiava nos quadris.

Sorcha... Nova York... o álbum novo... e agora aquelas ameaças. A pressão era intolerável. Con tinha um desejo ardente de desaparecer em algum lugar onde ninguém o encontrasse.

Ele enxugou a testa e se levantou, respirando fundo algumas vezes.

A opção estava bem ali, se quisesse. Ficou pasmo ao notar como aquela ideia o reconfortava. Talvez só estivesse esgotado e fatigado devido à agenda exaustiva dos últimos quatro anos.

Con olhou para o relógio. Já estava atrasado para o ensaio.

Sentindo-se um pouco mais calmo, atravessou as charnecas devagar de volta para casa.

35

Sorcha estava ao lado da mãe, junto ao túmulo, enquanto observavam o caixão de Seamus ser baixado dentro da terra. Ela olhou de soslaio para o rosto de Mary. A mãe estava pálida, mas com os olhos secos. A irmã de Seamus soluçava, mas Sorcha lembrou que Orla também chorava baldes em casamentos e batizados.

– Muito bem, Mary – disse o padre Moynihan em voz baixa. – Você já pode ir até lá.

Mary deu alguns passos, se ajoelhou e pegou um pouco de terra da pilha que acabaria cobrindo seu marido para sempre. Ela jogou um punhado no buraco, que salpicou a tampa do caixão de cedro altamente polido. Sorcha se pegou pensando no desperdício que fora gastar aquelas 100 libras e que uma mortalha era bem mais prática.

Para, para! Uma voz em sua cabeça informou que ela deveria sentir remorso – *ou alguma coisa* –, mas, na verdade, Sorcha não sentia nada. Ela apertou os olhos com força.

Me perdoa, Deus. Não posso fingir que amava meu pai, porque não é verdade.

Ela abriu os olhos e observou o restante dos parentes de Seamus passar pelo túmulo em fila indiana, cada um atirando um pouco de terra.

– Você vai jogar? – sussurrou Mary.

Sorcha aquiesceu para agradar à mãe.

– Certo. Agora acabou, Mary – avisou o padre Moynihan. – Vou acompanhar você e Sorcha de volta até o carro.

– Obrigada, padre. Espero que o senhor volte lá em casa para tomar uma taça de xerez.

– Seria ótimo, Mary.

Sorcha seguiu a mãe e o padre Moynihan em meio à multidão de enlutados. Havia vários rostos familiares ali. Ela manteve a cabeça baixa, ainda evitando fazer contato visual. Afinal, a maioria deles iria até a casa da família para a ceia.

Na entrada do cemitério, havia um fotógrafo do jornal local. Ele estava por perto quando o cortejo parara em frente à igreja e observou, esperançoso, Sorcha e Mary saírem do carro.

– Seu marido não veio, Sra. Daly? – perguntara ele a Sorcha quando o motorista fechou a porta do carro.

– Não.

Sorcha passara por ele apressada em direção à igreja.

Agora, ele se aproximou, apontou a câmera e fotografou os três caminhando em direção ao carro.

Sorcha se virou para ele, irada.

– O senhor não tem escrúpulos?

– Perdão, Sra. Daly, mas não são muitas as esposas de cantores famosos na vizinhança.

Sorcha não respondeu, só seguiu Mary e o padre Moynihan até o banco de trás do carro fúnebre, que deu início à curta viagem em direção à praça. Mary pegou a mão de Sorcha e a apertou.

– Você está bem?

– Estou. A senhora?

– Também. Está quase acabando, Sorcha.

Ela ouviu o alívio na voz da mãe.

Quando chegaram em casa, Sorcha acomodou Mary e o padre Moynihan na sala de estar com uma restauradora taça de xerez, depois foi para a cozinha supervisionar a preparação da comida. Duas amigas de Mary trabalhavam desde o início da manhã em uma ceia para os enlutados.

A Sra. Hurley, que Sorcha conhecia desde bebê, falou timidamente com ela.

– Sorcha, será que você poderia servir o xerez? Eu e Eileen vamos oferecer as taças quando as pessoas começarem a chegar.

– Claro que sim. E já que vocês estão fazendo um trabalho tão bom aqui, por que eu não distribuo as taças também?

– Claro, Sorcha. Como você quiser.

Durante a hora seguinte, Sorcha cumpriu seu dever, oferecendo ao grupo reunido uma taça de xerez ou um copo de suco de laranja, conforme a preferência. Pessoas que conhecia desde a infância – que a tinham repreendido por esbarrar nelas na rua ou fazer barulho demais ao brincar com as amigas – agora falavam timidamente com ela, como se Sorcha fosse uma criatura estranha. A atitude delas a chateava mais que a morte do pai. Isso enfatizava sua completa falta de identidade e o fato de que não parecia pertencer a lugar algum.

Enquanto o sol implacável queimava, janelas foram abertas, sanduíches, devorados, e mais xerez veio da loja da Sra. Connolly. Com Seamus devidamente enterrado, os homens tiraram os paletós e as gravatas pretas, e as mulheres, os chapéus. Todo mundo começou a relaxar. Sorcha queria que eles fossem embora, mas sabia que a última pessoa só sairia à noitinha. E provavelmente só depois de ser carregada para fora.

A sala estava abafada. A cabeça de Sorcha começou a girar. Precisava de um pouco de ar fresco. A mãe estava no meio de uma conversa profunda com Georgie O'Hea, um dos lojistas da cidade, seu rosto corado devido ao calor e ao xerez. Sorcha decidiu que era seguro sair por um tempo. Desceu as escadas correndo até a porta da frente.

O ar ali fora estava mais fresco, e Sorcha inspirou um pouco dele antes de atravessar a rua até a praça. Não tinha nem alcançado o portão quando ouviu alguém chamá-la.

– Sorcha Mary O'Donovan! É você *mesmo*?

Ela se virou. Ali, correndo pela rua em sua direção, estava Maureen.

– Sorcha!

Ao alcançá-la, Maureen abriu os braços agora roliços e lhe deu um abraço.

– Ah, Sorcha! Eu estava com tanto medo de a gente se desencontrar! Não consegui vir mais cedo porque não tinha ninguém para ficar com as crianças, mas... – disse Maureen, depois tentou recuperar o fôlego. – Ah, Sorcha, é muito bom te ver de novo.

– Também é muito bom te ver, Maureen. Você está incrível!

– Estou? Três pequeninos e uns bons quilos a mais, mas meu destino nunca foi ser a Twiggy, certo? – contou ela, sorrindo. – Aonde você vai?

– Sentar na praça e tomar um pouco de ar fresco – respondeu Sorcha, apontando para a janela aberta no primeiro andar da casa. – Está quente e apinhado de gente lá dentro.

– Legal. Assim a gente vai ter a chance de conversar.

Maureen passou o braço pelo de Sorcha, e elas caminharam juntas até um banco no meio da praça deserta.

– Então – disse Maureen, desabando no banco e dando um tapinha ao seu lado –, me conta tudo, desde o início. Estou louca para saber como você decidiu abandonar a escola no convento e fugir para a Inglaterra com o Con

Daly! – exclamou Maureen, cutucando Sorcha com força nas costelas. – Eu fiquei tão magoada por você não ter me contado o seu segredo. Eu me considerava a sua melhor amiga.

– Desculpa, Maureen, de verdade. As coisas aconteceram muito rápido. Só não escrevi porque Con achou melhor cortar os laços.

– Bom, eu sempre fiquei tentada a usar o vapor da chaleira e abrir as cartas que você enviava para a sua mãe pela nossa casa. Para descobrir o que aconteceu de fato, sabe? Mas consegui me controlar. Ela nunca me contava nada quando eu deixava as cartas lá, principalmente porque o seu pai estava sempre à espreita nos fundos.

Maureen deu de ombros, depois continuou:

– Acho que eu posso te perdoar. Pelo menos isso rendeu uma boa fofoca para nós, garotas. Passamos meses especulando – contou ela, com uma risadinha. – A história era que você estava grávida do Con. Foi isso mesmo?

– Não – respondeu Sorcha, com um sorriso melancólico. – Não foi. Meu pai descobriu que eu e Con estávamos nos encontrando. Ele me baniu de casa, então nós decidimos fugir.

– Então vocês se casaram, e ele ficou rico e famoso e... ah! – disse Maureen, com um suspiro sonhador. – Parece uma história saída de um romance. Con veio com você, Sorcha? O vilarejo inteiro está vibrando de animação. O boato era que talvez a banda toda aparecesse. Eu estava torcendo. Acho aquele Todd Bradley um pão.

– Não, não veio. A banda está muito ocupada em Londres. Em poucos dias, eles vão voar para os Estados Unidos.

– Para o show do Central Park, eu sei. Sou membro do fã-clube deles – confessou Maureen, com uma risadinha.

– Então – interveio Sorcha, louca para desviar o assunto de seu marido errante –, me conta de você.

– Ah, não tem nada muito excitante ou extraordinário para contar. Nada como a sua vida, Sorcha. Sua mãe te contou que eu me casei com Tommy Dalton alguns meses depois que você foi embora?

Sorcha sorriu.

– Sim, contou.

– A gente mora no apartamento em cima da loja com os nossos três bebês: Tommy Júnior, Sean e Teresa, minha filhinha adorada. Tommy trabalha no andar de baixo sempre que pode, e eu ajudo em algumas horas – disse

Maureen, com um suspiro. – Tem sido uma luta competir com aquele novo supermercado enorme que abriu no fim do vilarejo, mas as coisas estão melhorando. A gente economizou dinheiro suficiente para comprar um lote. Vamos começar a construir o nosso bangalô na próxima primavera. Vai ter uma cozinha com uma sala de jantar separada, uma sala de estar e três quartos, dá para acreditar? Agora a gente só tem um. Um quarto, quer dizer. As crianças ficam com ele, e eu e Tommy dormimos em um sofá-cama na sala de estar. Ah, Sorcha, mal posso esperar para me mudar. Pensa só nesse espaço todo! Vai ser incrível.

– Parece incrível mesmo, Maureen. Você está feliz?

– Seja lá o que isso significa – respondeu ela, dando de ombros. – Todas nós sonhamos com vidas glamourosas quando crescêssemos, diferentes das dos nossos pais, mas eram só sonhos. Eu fiquei em Ballymore, sou casada com o dono de uma mercearia e tenho três filhos. Minha vida é quase idêntica à da minha mãe... A única diferença é que penso em parar com quatro ou cinco filhos, e fazer Tommy dar um nó ali – brincou Maureen, sorrindo. – Agora eu entendo por que minha mãe parecia sempre tão cansada. Nós éramos dez! – exclamou Maureen, erguendo uma sobrancelha para a velha amiga. – Eu li em uma revista que você e Con ainda não têm filhos.

– Não, mas esperamos ter um dia.

– Ah, vocês deveriam ter alguns. São a força vital de um casamento. Às vezes, quando eu estou um pouco chateada à noite, vou até o quarto deles para ver seus rostinhos angelicais. Eles fazem as coisas valerem a pena.

As duas garotas ficaram sentadas em silêncio por alguns segundos.

– E quanto a Katherine? E Mairead?

– Mairead se casou com aquele John Donohue medonho. Lembra? O que cheirava a estrume e tinha uma acne terrível?

Sorcha deu uma risadinha.

– Eu lembro. Como Mairead pôde se apaixonar por *ele*?

– É que ele começou a tomar banho de vez em quando, e as espinhas desapareceram da noite para o dia. Ele está bem bonito agora, Sorcha. Os dois moram na fazenda dos pais dele, fora da cidade. A gente se encontra de vez em quando, mas ela está com dois pequenos com menos de 3 anos e não tem carro próprio, então é difícil. E quanto à bela Katherine... – começou Maureen, baixando a voz. – Bom, essa é uma história interessante.

– O que aconteceu?

– Katherine passou para a Trinity College, como todo mundo esperava. Estava pronta para se mudar no outono, mas deu meia-volta e anunciou que ia se casar com Angus Hurley.

– Angus Hurley? A gente foi ao cinema uma vez. Eu nunca soube que Katherine gostava dele!

– Nem Johnny, o irmão da Mairead. Ela estava saindo com ele quando anunciou o noivado com Angus.

– Ai, meu Deus. O que Johnny disse?

– Ele ficou desesperado. A mãe dele o mandou para a casa dos tios em Dublin. Ele nunca mais voltou. Conseguiu um trabalho como vendedor e tem um apartamento próprio em Ballsbridge, além de um carro novinho em folha. Agora ele é sócio da empresa. Tudo tem seu lado bom, como dizem. Mas, veja bem, nunca se casou. Acho que Katherine partiu o coração dele.

– E você não perguntou para Katherine por que ela se casou com Angus?

– Eu só a vejo na missa. Você sabe como são os Hurleys: arrogantes, se acham importantes porque o papai Hurley é dono da fábrica e eles nadam em dinheiro. Katherine se tornou um deles. A família mora no antigo presbitério com vista para o mar – contou Maureen, depois soltou um muxoxo. – Vive vestida como se tivesse saído de uma revista de moda, mas o rosto é tão comprido quanto o sermão do padre Moynihan. Bom, essas são as novidades sobre nós três. Quanto tempo você vai ficar em Ballymore, Sorcha?

Sorcha tinha começado a devanear com o passado.

– O quê?

– Eu perguntei quanto tempo você vai ficar.

– Ah, eu não sei. Tenho que estar de volta a Londres no fim de semana. Eu e Con vamos para Nova York na terça.

– Vocês e os ricaços. Aposto que você mora em um casarão maravilhoso, não é?

– É, a nossa casa é grande.

– E tem dinheiro para comprar o que quiser?

– Acho que sim.

– Então por que você não está radiante de felicidade, Sorcha? – perguntou Maureen, examinando a amiga.

– Eu...

– Ah, é a morte do seu pai, imagino – refletiu ela. – Bom, acontece com todos nós. Escuta, se você estiver livre amanhã, por que não aparece para tomar chá com a gente? Você pode conhecer os bebês e Tommy, se eu conseguir arrastá-lo para fora da loja.

– Eu adoraria, Maureen, de verdade, contanto que a minha mãe se sinta bem sozinha. Estava pensando em ficar em casa pelo menos amanhã.

– Claro. Bom, eu tenho que ir dar uma olhada nos bebês. Prometi para Deirdre que só ficaria uns minutinhos, mas eu queria *tanto* te ver. Se acontecer algum problema, dá uma passada na loja. Senão, eu te vejo amanhã às seis e meia – disse Maureen, ficando de pé. – Eu sinto muito mesmo pelo seu pai, mas pelo menos nós nos vimos de novo, Sorcha. Tchau.

– Tchau, Maureen.

Sorcha observou a antiga amiga atravessar a praça depressa em direção à High Street. Vista de costas, ela era a imagem perfeita da própria mãe.

Sorcha ficou ali sentada mais alguns minutos, ouvindo o canto pungente de um enlutado que entoava uma antiga balada irlandesa. Depois se levantou, voltou para casa e abriu a porta da frente.

Passou pelo escritório do pai e parou, perguntando-se se deveria entrar e ligar para Con. Ficou dividida. Uma parte sua estava louca para falar com ele, mas seu orgulho a impedia. Depois de alguns instantes, continuou subindo as escadas.

36

Lulu ficou desconsolada ao ouvir a chave girar na fechadura. Esperava já ter saído de casa quando Todd voltasse dos ensaios. Infelizmente, ele havia chegado cedo, e ela, como sempre, estava atrasada.

– Você voltou cedo.

– É, bom, a gente acabou de fazer um ensaio de merda. Eu e Con tivemos mais uma discussão homérica sobre a ordem da apresentação no Central Park.

– Puxa vida – disse ela, sem um pingo de sinceridade, passando por ele e pegando sua fiel jaqueta militar no armário de casacos.

– Ian chegou duas horas atrasado, completamente chapado. Veio com uma hippie no encalço e insistiu para ela assistir ao ensaio.

– Humm – murmurou Lulu, procurando a chave do carro em seus inúmeros bolsos.

– E Derek... Derek não parava de choramingar sobre a preciosa música dele. Ele não só acha que a gente deveria incluir a música no álbum, como também quer que a banda a apresente na frente de 250 mil pessoas no Central Park!

– Entendi.

– Con soltou os cachorros em cima do Derek e disse que a música era, nas palavras dele, "um lixo total" e que não tinha a menor chance de ela ver a luz do dia. Derek saiu batendo a porta e não voltou. Então a gente só ficou sentado ali, um olhando para a cara do outro, enquanto Ian e aquela estranha se agachavam no chão e recitavam um mantra.

– Sério? Que legal. Se você não for usar o seu carro hoje, posso pegar emprestado? Não achei a chave do meu em lugar nenhum.

Todd olhou para ela.

– Você não ouviu uma palavra do que eu acabei de dizer, não é?

– Perdão?

– É exatamente disso que eu estou falando.

– Desculpa. Posso?

– Pode o quê?

– Pegar o carro emprestado.

– Claro – respondeu Todd, entregando a chave a ela. – Aonde você vai?

– Eu tenho que encontrar o Gus no escritório dele para falar sobre um papel que me ofereceram.

Todd a observou dar de ombros em sua jaqueta militar.

– E que papel é esse?

– Aquele que eu te falei.

– Aquele em que você tem que ficar completamente nua para o imbecil vanguardista que se considera um diretor sério? Os filmes dele não passam de uma imundície pornográfica – comentou Todd, sarcástico.

– Todd, às vezes você parece um moralista de classe média, careta, do subúrbio.

Ele pôs as mãos nos quadris.

– Porque é isso que eu sou.

– Mas você nasceu para ser um astro do rock descolado, querido.

– Ok, está bem. Eu vou lá cheirar umas carreiras, depois pular na cama com algumas groupies.

– Acho que te faria bem – murmurou Lulu, entre os dentes.

– O que foi que você disse?

– Ah, nada – respondeu Lulu, com um suspiro. – É que às vezes você é tão chato!

– Muito obrigado. Ok...

Todd a agarrou, a prendeu contra a parede e beijou seus lábios com força. Uma mão se esgueirou por baixo da blusa dela.

– Para, para! – exclamou Lulu, desvencilhando-se.

Todd a observou limpar os lábios com as costas da mão.

– Meu Deus, você devia ver a sua cara. Você sente tanto nojo assim?

– Não. Desculpa, é aquela época do mês e tudo mais.

Todd desabou na cadeira do vestíbulo, ao lado da mesa do telefone, e suspirou.

– O que está acontecendo, Lulu? A gente não transa há semanas. Você parece me evitar de propósito. Quase todas as noites, quando eu chego, você está fora. Eu nem me lembro quando foi a última vez que a gente terminou o dia junto.

– Desculpa. É como as coisas são – disse ela, dando de ombros.

– Ocupada demais com a sua carreira, com as suas causas e com o Con Daly para ter tempo para mim?

– O que não te faltam são festas e lugares para ir, Todd.

– É, é mesmo. Mas prefiro passar o tempo de folga em casa com a minha mulher.

– Meu Deus, você está *mesmo* ficando chato.

Todd balançou a cabeça.

– Eu desisto. Vai lá, Lulu, vai mostrar os peitos para o seu amigo diretor. Deve estar fazendo a mesma coisa para o Con, até onde sei.

– Deixa de ser infantil, Todd. Olha, eu vou chegar tarde hoje.

– Que surpresa.

– Tchau.

A porta bateu, e Todd acenou de leve na direção dela.

– Tchau, tchau, Lulu.

Con encarou o telefone. Sabia que devia ligar para Sorcha, mas o som de sua voz magoada e tensa não era algo que podia enfrentar naquela noite. Ele saiu do escritório e foi até a cozinha pegar uma cerveja na geladeira.

Um ensaio terrível, uma briga com Derek e, depois, aquele inspetor Cross havia enfiado o nariz aquilino na vidraça do estúdio.

Eles tinham ido até o pub, onde Cross fora categórico. Aparentemente, uma lista de alvos dos lealistas havia sido descoberta, na qual constava o nome de Con, ao lado dos principais políticos e ativistas republicanos. O inspetor sugeriu que Con fosse discreto e reduzisse as atividades políticas caso prezasse pela sua segurança. Além disso, Helen McCarthy ia contratar dois guarda-costas particulares para reforçar a cobertura policial. Ele considerava improvável que acontecesse qualquer problema em Nova York, mas recomendou uma escolta policial local só por precaução.

– O senhor acha mesmo que essa carta ameaçadora pode ter vindo de um grupo lealista?

– A possibilidade precisa ser considerada. Pode ser só coincidência termos descoberto a lista de alvos na mesma semana que o senhor recebeu a carta, mas é melhor prevenir do que remediar. Só toma cuidado, Sr. Daly, até que a situação se acalme.

Quando o inspetor saíra do pub, Con pediu dois uísques duplos. Depois, dirigiu até a casa vazia, onde tentou afastar os problemas da cabeça concentrando-se em uma música nova. Às quatro e meia, desistiu e encontrou consolo na geladeira.

Con tomou um gole da garrafa de cerveja. Lulu chegaria em breve. Isso o faria parar de pensar. Ela viria para discutir a ideia de Con se encontrar com John Lennon em Nova York, e quem sabe participar de seus "*bed-ins*" pela paz por algumas horas na frente das câmeras.

O telefone tocou. Con atravessou o corredor até o escritório e atendeu.

– Sim?

– Con, é Helen.

– Ah, oi.

– Como você está?

– Hoje o dia não foi dos melhores, Helen.

– Não. Não duvido. Posso passar aí amanhã às nove? Eu sei que é cedo, mas, como você sabe, a Metropolitan está mudando de escritório, e tudo está um caos. E eu realmente queria falar com você antes de Nova York.

– Acho que sim.

– Desculpa, mas a gente precisa conversar. Sobre um monte de coisa. Ok?

– Ok. Tchau, Helen.

Ele pôs o telefone no gancho. Con e Helen mantiveram uma relação distante, mas profissional, ao longo dos anos. Claro que, na primeira noite em que a vira em Londres, ele se enchera de medo. A última coisa de que precisava era que seu passado o alcançasse. Porém, conforme os dias viravam semanas, e as semanas, meses, Helen continuou de boca fechada e fora do caminho.

Mas agora ela queria conversar.

Con suspirou. A conduta de Helen não era muito calorosa, mas ela compensava isso com sua eficiência fria. E, com Brad bebendo tanto, ele dava graças a Deus por haver alguém na Metropolitan que sabia o dia do mês – porque Brad com certeza não sabia. Esse era outro problema. O homem não estava apto a produzir o novo álbum deles. Isso se o álbum saísse.

– Merda!

A frustração de Con diante das complicações de sua existência o impeliram a atirar a garrafa de cerveja do outro lado do escritório. Ela bateu na porta, mas não quebrou. Quicou com estrondo, depois rolou para a frente e para trás no piso de ladrilhos.

A porta se abriu.

– Está bem, eu me rendo, por favor, abaixa as armas.

Lulu se materializou no escritório, com as mãos para o alto e o medo fingido estampado no rosto.

– Não era para você, Lulu. Eu tive um dia difícil e, para piorar, *Führer* Helen ligou e... – contou Con, depois deu de ombros, envergonhado. – É, desculpa.

– Puxa vida – comentou Lulu, recostando-se na porta. – Eu encontrei com Todd antes de sair. Ele parecia tão feliz quanto você. O que está acontecendo?

– Você tem a noite toda?

– Talvez eu tenha – respondeu Lulu, com os olhos brilhando.

– Então eu vou te contar. Antes disso, preciso comer alguma coisa. Eu só tomei o café da manhã e mais nada.

– Sério? Cadê a Sorcha? Achei que ela ia servir um daqueles ensopados que enchem a barriga às sete em ponto, como sempre.

– Ô, pega leve, Lulu. Na verdade, ela está na Irlanda. O pai dela morreu, e ela foi até lá para o funeral.

– Entendi. Quando ela volta?

– Não sei – respondeu ele, dando de ombros.

– Está assim, é?

– É.

– Eu também preciso comer. O problema é que, ao contrário da sua adorável esposa, eu não sei nem fritar um ovo. A gente vai ter que sair.

– Tem o restaurante francês do Hampstead Village. Vamos lá.

– Ótimo. Você acha que escargots contam como carne? Eu adoro caracóis mergulhados em manteiga e alho – disse Lulu, seguindo Con até a porta.

– Você faria um favor aos jardineiros locais. Teve uma praga desses bichos este ano – respondeu Con, sorrindo, enquanto caminhavam a passos largos em direção ao carro dele.

Eles atravessaram os portões e, excepcionalmente, Con não acenou para as fãs fiéis sentadas na calçada do lado de fora. Olhou pelo retrovisor e viu um Rover deixar a vaga em frente à casa. O veículo os seguiu colina abaixo, em direção a Hampstead Village.

– Está vendo aquele carro? – perguntou Con, meneando a cabeça para o retrovisor.

– Sim?

– Aposto 5 libras como ele vai estacionar atrás da gente – disse Con, parando o carro diante do restaurante.

Lulu olhou para ele, estupefata, quando o Rover estacionou alguns metros atrás dele.

– Como você sabia?

Con tirou as longas pernas do carro.

– Eu te conto no jantar.

O maître encontrou uma mesa em uma alcova para eles. Con se sentou de costas para a janela e para os outros clientes, na esperança de não ser reconhecido.

Em meio a um excelente jantar de escargots, um bife enorme para Con e um suflê de queijo para Lulu, eles beberam algumas garrafas de um bom vinho tinto. Lulu tagarelou sobre a audição que fizera no dia anterior para um filme.

– Eles querem que eu apareça de topless. Claro que Todd não aprova. Mas o que tem de errado na nudez, pelo amor de Deus? Se me oferecerem o papel, eu vou aceitar. O diretor é maravilhoso, bem jovem, bem mente aberta e, a propósito, muito lindo. A gente se deu às mil maravilhas.

Con esvaziou a taça de vinho, e o garçom logo a encheu. Ele observou Lulu do outro lado da mesa enquanto ela falava sobre o romance vitoriano em que o filme se baseava.

– Café para *monsieur* e *madame*?

– Por favor – respondeu Lulu. – Então, quando Sorcha volta?

– Como eu falei, não sei. Em algum momento do fim de semana – comentou Con, pegando o maço de cigarros.

– Ela vai para Nova York com a gente na terça, certo?

– Teoricamente, sim. Enfim, vamos mudar de assunto.

– Está bem. Fala sobre aquele carro parado do lado de fora do restaurante. Você está sendo seguido?

– Na verdade, sim. Estou sob a proteção da Scotland Yard. Eu recebi várias ameaças de morte pelo correio. A polícia não sabe se são de algum fã maluco ou de um grupo lealista militante. De qualquer forma, me deixou desconfortável.

– Ah, Con. Sinto muito. Que horror.

– Eles me disseram para manter a cabeça baixa e me comportar. Nada de protestos pela paz, manifestações ou marchas por enquanto. Desculpa te decepcionar, Lulu, mas é isso.

– É uma pena, mas você não deve colocar a sua vida em risco.

Con tomou um bom gole de vinho.

– Então você não acha que eu deveria dizer "que se dane" e continuar agindo do mesmo jeito? Imaginei que ia achar.

– Não, de jeito nenhum. Sua morte não vai promover nenhuma causa. Além disso, eu não suportaria a ideia de te perder.

– Ótimo, porque não tenho nenhuma intenção de desaparecer por enquanto.

Ela o encarou.

– A vida sem você seria horrível.

Con apagou a guimba de cigarro e fitou os olhos verde-claros de Lulu.

– Vamos para casa?

Ela sorriu para ele.

– Sim, por favor.

Na manhã seguinte, Con acordou com o zumbido insistente da campainha. Inclinando-se sobre Lulu, ele conferiu as horas: 8h55.

– Merda! Merda! Cacete!

Lulu rolou para o lado e abriu os olhos.

– O que foi? O que houve?

– É Helen McCarthy. Ela ligou ontem e disse que queria me ver hoje de manhã. Eu esqueci completamente.

Con pulou da cama e vestiu uma calça jeans e uma camiseta.

– Meu Deus, eu estou péssimo. Eu fiquei bêbado ontem à noite, não é?

– Nós dois ficamos – respondeu Lulu, esfregando as têmporas.

Um silêncio constrangedor pairou no ar.

– A gente... se comportou, não foi? – perguntou Con.

Lulu ergueu uma sobrancelha.

– Por quê, você não lembra?

Con balançou a cabeça.

– Nada além do restaurante.

Lulu ofereceu a ele um sorriso maroto.

– Bom, Con Daly, me sinto ofendida.

Con pôs a cabeça entre as mãos.

– Meu Deus, por favor, diz que a gente não...

Lulu deu de ombros e soltou uma risadinha.

A campainha voltou a tocar.

– Merda. Por favor, *por favor*, fica aqui. Eu venho te buscar quando Helen tiver ido embora.

Lulu assentiu, se virou e fechou os olhos. Con abriu a porta do quarto e correu escada abaixo até a entrada.

– Bom dia, Helen.

Ela estava impecável como sempre, com um vestido midi de algodão cor de creme, um blazer combinando e a maquiagem perfeita. Helen o examinou dos pés à cabeça.

– A noite foi boa, é? Você está péssimo.

– Estou mesmo. Entra.

– Obrigada. Eu te acordei?

– Acordou. Meu despertador está em Ballymore.

– Você quer dizer Sorcha? – perguntou Helen, franzindo a testa enquanto seguia Con até a cozinha. – Por que ela foi para lá?

– O pai dela morreu há uns dois dias. Ela foi para o funeral.

Helen parou por um instante.

– Entendi. É uma pena.

– É? – indagou Con, abrindo a geladeira e pegando uma garrafa de leite.

– É. Seamus O'Donovan cuidava da minha propriedade em Ballymore. Ele fez um bom trabalho. Agora eu vou ter que arrumar outra pessoa. Ou talvez tenha chegado a hora de vender a casa – refletiu ela. – Enfim, será que a gente pode fazer um café?

– Com certeza.

Con tomou uma golada de leite direto da garrafa, avançou em silêncio até a chaleira e a ligou. Helen pôs a pasta na mesa e puxou uma cadeira.

– Cadê o Todd?

– Como assim? Em casa, eu acho.

– Bom, o carro dele está estacionado na entrada para carros. Imagino que você esteja acabado assim porque vocês ensaiaram ontem à noite.

Con continuou colocando café e açúcar nas duas canecas.

– A gente ensaiou – mentiu Con. – Ele estava bêbado demais para dirigir, aí chamou um táxi para casa.

– Ah.

Helen olhou para a jaqueta pendurada no encosto da cadeira ao lado dela.

– Esta é a jaqueta militar da Lulu, não?

– Ela veio com Todd ontem e esqueceu aqui. Fez calor ontem à noite.

Con levou as duas xícaras de café até a mesa e se sentou diante de Helen.

– Então, o que te traz aqui tão cedo, em uma sexta de manhã?

– Bom... – começou Helen, bebericando o café. – Eu queria te contar que a Metropolitan vai contratar dois seguranças particulares a partir de amanhã. Foi o inspetor Cross que sugeriu. Eles vão te acompanhar 24 horas por dia.

– Também vão dormir em um tapetinho na porta do meu quarto?

– Con, não tem graça. A Scotland Yard está levando isso muito a sério. Embora eu deteste admitir que o culpado é você. Todas aquelas declarações e opiniões para a imprensa sobre determinadas situações políticas não ajudaram. Eu sugiro que você feche essa boca de agora em diante.

– Meu Deus, estou me sentindo um maldito colegial! Esse é o terceiro sermão que eu recebo nas últimas 24 horas – reclamou Con, depois tomou um gole do café. – Não no meio de uma ressaca, Helen, por favor.

– Desculpa, Con. É só porque a gente se preocupa com você.

– Com certeza. Se eu morresse, isso não seria uma boa notícia para o futuro dos Fishermen, seria?

– Se você morresse, a publicidade seria fenomenal, e a gente venderia milhões de cópias dos maiores sucessos da banda – respondeu Helen com frieza. – Deixa de ser bobo e autoindulgente, Con.

– Está bem.

Con estendeu a mão sobre a mesa e pegou seus cigarros. Depois, tirou um do maço e o acendeu.

– Não foi uma boa semana.

– Eu ouvi dizer. Ontem, na hora do almoço, Derek invadiu o meu escritório dizendo que você o ofendeu e nem considerou colocar a música dele no novo álbum.

– Ele está certo. Não considerei mesmo.

– Por que não?

Con olhou de soslaio para Helen ao exalar.

– Você ouviu a música?

– Não.

– Eu diria que, se você ouvisse, entenderia por que eu disse não.

– Certo, Con. Você sabe que eu jamais questionaria a sua opinião criativa, mas, tendo em vista que Freddy foi para os Estados Unidos e Brad está fora...

– Está? Onde?

– Ele está tirando uma... pequena folga no campo.

– Você quer dizer ficando sóbrio. De novo.

– Quem tem telhado de vidro não deveria atirar pedras, Con. Se eu estivesse nesse seu estado, não me sentiria inclinada a julgar. Enfim, como eu estava dizendo, já que Brad vai ficar afastado por um mês ou mais, alguém tem que discutir essas coisas.

– É justo.

– Derek também me falou que os ensaios para as próximas semanas têm sido uma zona. Parece que você e Todd passam a maior parte do tempo discutindo.

– Derek correu até a professora para fazer fofoca, foi?

– Não. Fora essa reclamação sobre a música dele ter sido recusada, Derek está preocupado com o aparente colapso da banda, e com toda a razão.

– Escuta, Helen, está tudo bem, tudo ótimo. Toda banda tem seus altos e baixos. Faz anos que a gente está junto, e esse tipo de desentendimento acontece de vez em quando. Não interfira nisso, por favor. Eu e Todd vamos resolver as coisas.

Uma porta bateu no andar de cima.

– O que foi isso?

– Eu deixei a janela do quarto aberta. A porta sempre bate com o vento.

Helen olhou para fora, para o dia perfeitamente parado e úmido.

– Ah.

– A gente vai se reunir no estúdio hoje e fazer um bom ensaio. Na hora do show, sempre dá certo, embora...

– O quê?

– Bom, a banda está com um problema sério no momento. Eu e Todd íamos esperar para falar com Freddy em Nova York, mas...

– Continua.

– Ian. Ele está se tornando um risco. Sempre chega tarde e chapado e insiste em levar o harém dele para o estúdio. O trabalho dele na bateria está se deteriorando. Ele se perde no meio da música e começa a tocar algo totalmente diferente.

Helen assentiu.

– Ok, como você disse, não tem muita coisa que eu possa fazer até Freddy voltar, mas, quando isso acontecer, a gente vai marcar uma reunião.

– Eu ia lamentar ver o camarada sair, mas, se ele não tiver melhorado até a gravação em setembro, vamos ter que pensar em uma substituição.

Helen olhou para Con.

– Talvez você devesse estar mais preocupado em *ter alguma coisa* para gravar. Quantas faixas você já compôs?

– Três, talvez quatro – respondeu Con, dando de ombros.

– Então faltam pelo menos seis. E quanto a Todd?

– Eu diria que ele tem algumas também. Olha, Helen, eu te disse, vai dar tudo certo.

– Ótimo. Eu odiaria ver os Fishermen desmoronarem. Isso acontece com muitas bandas, e quero que o mal seja cortado pela raiz antes que as coisas piorem. Acho que você e Todd deviam acertar os ponteiros, chegar a um acordo musical e seguir em frente. Vocês têm muito a perder por causa de uma briguinha idiota.

Helen olhou para o relógio.

– Olha, é melhor eu ir embora – disse ela, pondo-se de pé. – Ah, sim, eu já ia esquecendo. A gente vai te mandar para Nova York dois dias antes do previsto, só por precaução. Sua passagem foi reservada no nome de Dylan Moore, mas a British Airways sabe de tudo. Os seus novos seguranças vão te acompanhar.

– Quer dizer que o meu voo é no domingo?

– É.

Con deu de ombros.

– Se isso te deixa feliz, Helen...

– Se isso te deixa vivo, Con... – retrucou Helen, depois soltou um muxoxo. – Por acaso você teria uma arma?

– Não, e espero nunca precisar de uma.

Ela aquiesceu devagar.

– Hum. Eu tenho uma. É um revólver pequeno que guardo em uma gaveta trancada do meu escritório. Todo cuidado é pouco hoje em dia.

– Meu Deus, Helen.

– É que eu tinha um... amigo que foi assassinado. Aparentemente, do nada. A gente precisa se proteger. Por que você não pensa em comprar uma, só por precaução?

– Ah, Helen, eu vou deixar os tiroteios a cargo da polícia.

– Como quiser – pontuou ela, recompondo-se. – Eu quero que você se esforce, Con. Preciso que os Fishermen continuem juntos. Acho que você me deve isso.

– Devo, é?

– Francamente, deve, sim – respondeu ela, retraindo-se um pouco. – Na verdade, eu me sinto péssima pelo que fiz por você tantos anos atrás – disse ela, permitindo que seu olhar vagasse até a janela. – Eu era uma mulher diferente naquela época.

Con assentiu.

– Nesse ponto eu concordo com você.

– Então, temos um acordo? Você vai resolver tudo com a banda?

Con estreitou os olhos.

– Você tem muita certeza de que eu te devo um favor, Helen.

Ela cruzou os braços.

– Por acaso eu preciso te lembrar?

37

West Cork, Irlanda, julho de 1964

Helen acordou em uma bela manhã ensolarada. Sabia como o tempo podia mudar rápido, então, sem querer perder um único minuto, vestiu as roupas, disse um ligeiro "bom dia" à tia ao passar pela cozinha e selou Davy. Amava cavalgar nas manhãs ensolaradas de domingo no verão: as praias ficavam desertas, já que o restante da cidade estava na missa.

Uma boa cavalgada a meio-galope ao longo da costa deixou Helen revigorada e pronta para o café da manhã. Ao trotar para casa, viu uma figura à distância, afastando-se depressa da praia. Ela observou a pessoa pegar a bicicleta em um buraco na duna e a arrastar até a estrada.

– Sorcha O'Donovan – sussurrou ela, perguntando-se o que a garota estava fazendo ali quando todos os outros cidadãos piedosos de Ballymore tinham ido para a igreja.

Sorcha acenou para alguém atrás de Helen, depois saiu pedalando em alta velocidade em direção ao vilarejo.

Helen se virou e viu Con Daly empoleirado no topo de uma duna. Ele estava a apenas alguns metros dela.

– Bom dia, Helen. Que manhã linda, não? – disse ele, sorrindo para ela.

Sufocando um soluço na garganta, ela só conseguiu assentir para ele.

Helen bateu os calcanhares e saiu cavalgando pela praia.

Após uma boa corrida por algumas centenas de metros, sentiu-se muito melhor. Ela tentou entender por que ver Con e Sorcha juntos a perturbara tanto. Já tinha aceitado que, embora tivesse uma queda por Con, não havia a menor chance de ele algum dia vê-la com outros olhos.

Talvez fosse porque Sorcha O'Donovan tinha tudo o que lhe faltava: uma família amorosa, popularidade e beleza natural. Bom, agora ela também tinha Con Daly.

Helen puxou as rédeas de Davy e o fez parar, pausando um instante para apreciar a imensidão do oceano Atlântico. A vastidão de água verde-acinzentada se estendia até onde a vista alcançava. Às vezes, era tão calma e vítrea quanto o lago de um moinho. Outras vezes, as ondas estouravam e rugiam como uma terrível criatura mítica. Naquele dia, as águas lambiam gentilmente a areia, e a vista poderia muito bem estampar um cartão-postal enviado de uma costa do Mediterrâneo. Helen encarou o mar por um bom tempo. Ele era atraente, sedutor... Ela balançou a cabeça. Então, fez Davy dar meia-volta e trotou com calma em direção à sua casa.

Ao se aproximar das dunas, viu uma figura acenar para ela. Seria...? Sim, Con Daly.

Quando Helen acenou de volta, Con começou a instigá-la a se aproximar.

– Helen McCarthy! – chamou ele. – Eu quero falar com você!

Uma pequena onda de adrenalina a percorreu, e ela conduziu Davy à duna de Con. Ele desceu até a praia e fez um carinho no focinho do cavalo.

– Ah, você tem um belo parceiro aqui, Helen.

– Obrigada, Con.

– Como ele se comporta quando é amarrado?

– Bem.

– Ótimo, então por que você não desce? Podemos amarrá-lo na minha cabana. Eu estava pensando que poderíamos tomar um chá.

Chá com o Con? Não era uma oportunidade que Helen pudesse recusar.

– Está bem.

Ela desmontou do garanhão e o conduziu pelas rédeas em meio às dunas até a choça que Con chamava de lar.

– Ah, isto aqui é bem diferente do seu palácio, Helen, mas é meu. Pronto.

Ele pegou as rédeas de Davy e as prendeu a uma corda de náilon, que, por sua vez, estava amarrada a um poste de madeira saindo da areia.

– Ele vai ficar bem aqui, Helen? – perguntou ele, no que ela assentiu. – Ótimo. Vamos entrar.

Helen seguiu Con para dentro daquela casinha úmida e fria. Não havia muita coisa entre as quatro paredes, exceto por um velho sofá surrado, com uma depressão onde Con dormia. Ela também viu um fogão com uma pequena chama ardendo.

– Senta, Helen. Seu chá vai estar pronto em menos de um minuto.

– Obrigada.

Con tirou um par de canecas de aparência suja de um armário gasto e pôs a chaleira em cima do fogão.

– Às vezes eu olho para a mansão e penso em você, Helen McCarthy.

As bochechas de Helen logo ficaram vermelhas.

– Ah, é?

Con aquiesceu.

– Você deve se sentir sozinha lá em cima, sem ninguém.

– Você também deve se sentir sozinho.

Ele deu de ombros.

– Ah, não é tão ruim aqui embaixo. Eu só tenho um cômodo! Mas, se vagasse sozinho por aquele casarão o dia todo, sei que ia acabar ficando doido.

Helen tentou forçar o riso, mas engasgou com um pouco de saliva e acabou tossindo alto.

– Eu tenho uma tia – murmurou ela, recuperando-se.

– Ah, é.

Con despejou a água fervente nas canecas, depois infundiu algumas folhas já usadas.

– Prontinho – disse ele, entregando o chá a Helen e sentando-se perto dela no sofá, de modo que sua perna tocou a dela de leve.

Helen sentiu um frio na barriga.

– A gente é muito parecido, não é, Helen?

– Como assim, Con?

– Nós dois somos diferentes dos outros. Não temos medo de seguir nosso próprio caminho.

Seguir o mesmo caminho que todo mundo era basicamente o que Helen sempre quis, mas ela entendeu o ponto de vista de Con.

– Acho que sim.

– Você não sente vontade de abrir as asas e ir embora?

– Sair de Ballymore?

– Mais longe. Sair da Irlanda.

– Ah. Talvez. Eu lembro que você disse que queria ir para Londres.

Con parou por um instante e olhou bem no fundo dos olhos de Helen.

– Ah, sim. Eu diria que quero isso mais do que qualquer outra coisa.

Uma pausa sugestiva pairou no ar, como se Con esperasse que Helen falasse. Ela o atendeu.

– Bom... por que você não faz isso?

– Por que eu não faço o quê?

– Ir para Londres.

Con suspirou e se levantou, atravessando a cabana devagar para olhar pela janela solitária.

– Se eu pudesse, Helen... – disse ele, balançando a cabeça com tristeza. – Mas é impossível.

– Por quê?

– Eu ficaria de coração partido se fosse.

Helen não sabia ao certo o que dizer e levou um instante para formular a resposta.

– Bom... Ballymore com certeza é um lugar lindo.

Con deu uma risadinha.

– Ah, não seria de Ballymore que eu sentiria falta.

Ela entendeu.

– Ah. Você está falando de Sorcha O'Donovan.

Con assentiu, melancólico.

– É. Só que ela não quer vir comigo.

Helen não estava nem um pouco interessada em aconselhar Con sobre o assunto.

– Tenho certeza de que você é capaz de convencer Sorcha – murmurou ela.

Ele balançou a cabeça.

– Quem dera eu fosse, Helen. Ela conversou com o pai uma noite dessas para sondá-lo. Sorcha disse que ele não aceitaria. Então, vai ficar quieta – explicou Con, tomando uma golada da caneca. – Você não tem negócios com Seamus?

Helen assentiu.

– Tenho, ele gerencia o meu fundo fiduciário.

– Como ele é?

Ela inalou o ar com força enquanto refletia sobre a resposta.

– Eficiente.

– Não, quero dizer como homem, sabe? Ele é mesmo um velho dragão feroz como Sorcha diz?

– Eu... não sei direito. Seamus é meu advogado, então eu pago a ele. Ele tem que ser legal comigo.

Con pareceu um pouco decepcionado com a resposta.

– Mas dá para ver que não seria uma boa ideia tê-lo como adversário – acrescentou Helen.

Con engoliu o restante do chá e voltou ao sofá. Ele se sentou de pernas cruzadas e encarou Helen, seu rosto um pouco mais intenso agora.

– Sorcha disse que, se contasse ao pai sobre mim e Londres, ele iria expulsá-la de casa. Você acha que é isso mesmo?

Helen pensou no assunto. Verdade fosse dita, sempre que era chamada para jantar, Sorcha e Mary pareciam apreensivas perto do patriarca da família.

– Acho que sim.

Con inclinou a cabeça.

– É terrível isso. O único crime de Sorcha foi se apaixonar por mim.

Mesmo que Con estivesse discutindo abertamente seus sentimentos por Sorcha, o coração de Helen ainda ficou apertado com a tristeza que notou em seus olhos.

– Ah, Helen... A gente passou a vida inteira sozinho, não foi?

– Foi – murmurou ela.

– E agora descubro que a única pessoa que me faz sentir melhor não pode vir comigo quando eu for embora de Ballymore. Só você entende como isso me deixa triste. Imagina ter alguém na sua vida que afasta toda a dor? Só de pensar em perder essa pessoa...

Helen não precisava imaginar.

– Você já pensou em ficar?

Con deu um tapa na lateral do sofá.

– Não tem como. Sorcha não percebe, mas jamais poderíamos ficar juntos aqui. Não de verdade. O pai dela não ia permitir. Você sabe que a cidade toda me acha um vagabundo.

– Sei. E me acha estranha.

Con ficou de pé em um salto.

– É exatamente disso que eu estou falando! Ninguém nos entende como nós nos entendemos.

– Acho que é verdade, sim.

– Nós somos inteligentes. Mas ninguém enxerga isso, porque o povo tem ideias preconcebidas antes mesmo de nos conhecer.

Ele começou a andar de um lado para outro. Helen não sabia ao certo que rumo aquela conversa estava tomando.

– Sorcha O'Donovan só precisa ser corajosa e confiar em mim. Você confia em mim, não é, Helen?

Helen engoliu em seco.

– Confio.

– Eu e você temos que cuidar um do outro. Precisamos nos unir e nos proteger. Você sabe que eu sempre vou te apoiar, certo?

Helen continuou calada.

– Eu vou, Helen McCarthy – disse Con, parando de andar e segurando a mão dela. – Você vai me apoiar, Helen? – perguntou ele, com os olhos arregalados e suplicantes. – Eu jamais esqueceria.

Ela estava segura quanto à resposta.

– Vou, Con, é claro.

Ele abriu o sorriso largo e radiante que era sua marca registrada.

– Eu sabia que você ia ajudar.

Helen tinha começado a entender o que ele estava pedindo. Sim, aquilo seria doloroso, mas ela agradaria a ele. Não havia discussão.

– Pode deixar que vou falar muito bem de você na próxima vez em que estiver com Seamus.

Con largou a mão dela.

– Se fosse simples assim...

Helen ficou desanimada ao ver que sua sugestão não agradara.

– Seamus é um homem inteligente – continuou Con. – Se você começar a falar bem de mim do nada, ele vai juntar as peças e impedir que Sorcha venha me encontrar.

– Ah. O que você quer que eu faça?

Con fez uma pausa.

– Eu quero que Sorcha seja livre.

– Não sei se isso responde a minha pergunta – replicou Helen.

– Seamus precisa de um choque. Se ele vir eu e Sorcha juntos, vai renegar a filha, e a gente vai poder ir para Londres.

Helen ficou perplexa.

– Meu Deus, Con. Você realmente acha que isso seria...

– Você e eu sabemos – interrompeu ele – que Sorcha O'Donovan estaria bem melhor sem o pai mandando na vida dela. Lembra, nós somos mais observadores que os outros. *Sabemos* que isso é o melhor para ela.

– E para você – lembrou Helen.

Con deu de ombros.

– Talvez.

Helen tomou coragem e perguntou:

– O que você quer que eu faça?

– Quero que você mande Seamus para a praia quando eu e Sorcha estivermos juntos.

O coração de Helen quase parou.

– Ah, Con, eu... – começou ela, balançando a cabeça. – Ele vai ficar uma fera.

– Eu sei – disse Con, cruzando os braços. – Essa é a ideia. Se eu tiver que levar um ou dois tapas, que seja.

Helen esfregou as mãos, agoniada diante do pedido de Con.

– Não sei se consigo fazer isso, Con. Parece um pouco injusto com todo mundo. Comigo, inclusive.

Con pareceu magoado e levou um instante para responder.

– Está bem, Helen. Eu entendo. Só pensei... – falou ele, depois abanou a mão. – Bobagem minha.

– O quê?

– Eu realmente pensei que a gente se entendia. Que a gente era igual. Acho que me enganei. Desculpa ter interrompido a sua cavalgada para casa.

Helen se levantou, constrangida. Pôs a caneca meio cheia no fogão e começou a se dirigir até a porta. Antes que pudesse girar a maçaneta, Con pegou a mão dela e a puxou para perto dele.

– Você iria me libertar, Helen.

Com a mão livre, ele virou gentilmente o rosto de Helen e deu um beijo suave na bochecha dela.

Ela se derreteu.

– Você faria o mesmo por mim?

Con assentiu devagar.

– Claro que faria.

Helen engoliu em seco. Con Daly a tinha na palma da mão.

– Está bem. Vou te ajudar – murmurou ela.

Con afastou uma mecha de cabelo do rosto de Helen.

– Eu sabia que podia contar com você.

38

– Na verdade, eu nunca me perdoei – contou Helen, balançando a cabeça. – Eu destruí uma família por você. Sorcha não merecia isso.

Con esfregou o queixo com a barba por fazer.

– Por que você nunca contou nada para ela durante todos esses anos? Estou esperando por esse momento desde que te encontrei de novo.

Helen deu de ombros.

– De que serviria isso? Eu só magoaria a sua esposa – explicou ela, cruzando os braços. – E, para ser sincera, tenho vergonha de ter sido tão facilmente manipulada por você. Eu era uma garotinha perdida e insegura – afirmou ela, encontrando os olhos dele. – E você sabia disso.

Ele baixou os olhos.

– Enfim – prosseguiu Helen –, sugiro que você resolva as coisas com a banda. Caso contrário, talvez eu mude de ideia quanto a contar tudo para Sorcha.

Con ergueu as mãos.

– Tudo bem.

– Ótimo.

Helen foi até a porta da cozinha, abriu-a e passou para o vestíbulo. Tanto ela quanto Con olharam para cima quando degraus rangeram. Lulu estava parada no meio da escada, hesitante.

– Ah, hã, oi, Helen. Tudo bem?

– Tudo ótimo, Lulu. E com você? – perguntou ela com frieza.

– Tudo bem. Eu estava indo embora. Você viu a chave do meu carro, Con?

Con correu a mão pelos cabelos escuros e espessos e bufou com força.

– Deve estar no bolso da sua jaqueta, Lulu. Pendurada na cadeira da cozinha.

– Obrigada, eu tenho que ir. Vou encontrar o meu agente às dez e meia.

Ela cambaleou escada abaixo e entrou na cozinha.

Helen foi até a porta da frente.

– Tchau, Con.

– Tchau, Helen.

Ela saiu e se virou para ele.

– Transar com a mulher de Todd não é a melhor forma de resolver os seus problemas com ele – afirmou Helen, com os olhos frios. – Você está pisando em gelo fino. Eu tomaria cuidado se fosse você.

Con observou Helen ir até o Porsche e entrar. Ele bateu a porta da frente e deu um murro nela quando ouviu o carro roncar pelo caminho da entrada.

– Desculpa, Con, desculpa mesmo. Eu estava tentando sair de fininho, mas não consegui encontrar a minha chave.

Lulu estava de pé atrás dele, com uma expressão arrependida.

– Ela não vai falar nada, vai?

Con não respondeu, só deu de ombros.

– Eu... – disse Lulu, pondo uma das mãos no ombro dele. – Essa situação com Sorcha parece difícil.

Con virou a cabeça devagar e fitou os olhos dela.

– É. Foi.

Ela deu de ombros de leve.

– Bom, seu segredo está seguro comigo.

Con ergueu uma sobrancelha.

– Está mesmo?

– Claro, seu bobo – respondeu Lulu, depois pegou a jaqueta, lançou um beijo para ele e foi até a porta.

Con se recostou na parede, escorregou até o chão e pôs a cabeça entre as mãos.

39

Sorcha estava passando pelo escritório fechado do pai quando ouviu o telefone tocar lá dentro. Entrou e foi até a mesa atender.

– Alô?

– Sorcha? É o Con. Como você está?

– Oi, Con. Eu estou... bem.

– O funeral já acabou?

– Sim.

– E a sua mãe está bem?

– Considerando tudo, está muito bem. E você? Como está?

– Estou ótimo, Sorcha, ótimo mesmo. Você vem para casa amanhã?

– Eu estava planejando viajar no domingo, mas, quando liguei para a companhia aérea, disseram que o avião estava lotado. Então vou pegar o voo de segunda, e chego em casa a tempo de ir para Nova York com você na terça.

– Ah, bom, foi por isso que liguei. Teve uma mudança de planos. Vou viajar no domingo.

Sorcha mordeu o lábio.

– Por quê?

– Eu juro que existe um bom motivo, Sorcha. Mas não tem problema nenhum. Você vem para casa, viaja na terça, como já ia fazer, e eu te encontro em Nova York. Pode ser?

– Pode, sim.

– Ótimo. Bom, a gente se vê na semana que vem em Nova York.

– É. Tchau, Con.

Sorcha desligou o telefone. Estava à beira das lágrimas. Con fora civilizado, mas não havia calor em sua voz nem aquele indício da intimidade que um dia compartilharam.

Será que o amor havia acabado? Ela simplesmente não sabia dizer.

Sorcha suspirou, saiu do escritório e atravessou o vestíbulo. Ao abrir a porta da frente, ouviu o ronco de um trovão. Ela estremeceu e pensou em voltar ao andar de cima e pegar a capa de chuva, mas já estava atrasada. Se precisasse, poderia pegar algo emprestado com Maureen na volta.

Sorcha decidiu afastar todos os pensamentos sobre Con, já que estava louca para aproveitar a noite com sua antiga amiga. Ela atravessou a praça e desceu a High Street em direção à loja de Maureen e Tommy. Após uma caminhada de dez minutos, seus braços já estavam completamente arrepiados. Sorcha empurrou a porta. Tommy estava atrás do balcão, sorrindo para ela, o rosto ainda repleto das sardas vermelhas infantis.

– Ah, Sorcha! Que bom te ver. Você está muito bem.

– Você também, Tommy.

– Maureen está lá em cima, se esfalfando na cozinha como se a Virgem Santíssima em pessoa fosse aparecer para o jantar. Por aqui, eu te mostro como chegar.

Tommy fez sinal para que ela desse a volta no balcão e abriu a porta dos fundos da loja. No estreito corredor, havia todo tipo de caixas empilhadas de forma aleatória. Sorcha se esgueirou entre elas e subiu as escadas de madeira atrás de Tommy.

– A gente recebeu uma entrega esta tarde. Talvez eu me junte a vocês depois, mas tenho que organizar isso tudo. E, de todo modo, acho que Maureen te quer só para ela por um tempo. É aqui – disse Tommy, empurrando uma porta que dava em uma cozinha pequena e fumegante. – Sua convidada chegou, amor.

Com o rosto vermelho pelo esforço, Maureen secou as mãos no avental e foi dar um beijo em Sorcha.

– Como você está?

– Bem, muito bem.

Antes que Sorcha tivesse tempo de se mover, três cabecinhas ruivas apareceram no cômodo ao lado e se agarraram às pernas de Maureen. Seus olhos travessos espiaram Sorcha por trás da saia da mãe.

– É ela, mamãe? A que é casada com o cantor famoso? – perguntou o garoto mais alto.

– Sim, é ela – respondeu Maureen, sorrindo.

– Vou ficar um tempinho lá embaixo, amor. Me chama quando o jantar estiver pronto.

Maureen assentiu, e Tommy fechou a porta.

– Andem, vocês três, soltem a mamãe. Quero levar Sorcha até a sala.

Maureen revirou os olhos, depois se virou e atravessou a cozinha, com três pares de mãozinhas ainda agarradas às suas pernas.

– Entra aqui e senta, se você conseguir encontrar espaço.

Sorcha seguiu Maureen até uma sala minúscula, mobiliada com um sofá surrado, uma mesa de centro e uma velha TV em preto e branco empoleirada de maneira instável em uma pequena prateleira. O piso estava inundado de brinquedos e livros infantis.

– Ah, vocês três! Olha só o que fizeram. Vocês prometeram manter tudo arrumadinho para mim – repreendeu Maureen, se abaixando para pegar uma boneca de pano e um carrinho.

Ela foi até a janela e suspirou.

– Eu ia mandar eles brincarem no quintal, mas o céu desabou. Senta, Sorcha. Tem um pouco de uísque, se quiser.

– Não, um copo de suco de laranja já seria ótimo.

Sorcha se sentou. Quando fez isso, a criança menor, com o rostinho coberto de sardas e uma massa de cachos ruivos e grossos, se aproximou timidamente, subiu no joelho dela e enfiou o polegar na boca.

– Meu Deus, Teresa, você é incorrigível. Ela senta no colo de qualquer um – disse Maureen, orgulhosa. – Completamente extrovertida. Tenho até medo de pensar em como vai ser com os garotos aos 16 anos.

– Me apresenta para os seus dois meninos – incentivou Sorcha.

– Este aqui é Tommy Jr.

– Oi, Tommy. Quantos anos você tem?

– Quatro, moça.

– Uau, você já é um garotão. E o seu irmão, quantos anos ele tem?

– Sean tem 3. Ainda é bebê.

Os dois garotos se aproximaram devagar de Sorcha.

– Vou pegar o seu suco – avisou Maureen. – Cuidem da tia Sorcha – acrescentou ela, e foi para a cozinha.

Uma hora depois de Sorcha ter lido vários livros ilustrados, brincado de carrinho e admirado desenhos feitos em sua homenagem, Maureen a chamou para jantar. Sorcha pegou Teresa e foi até a cozinha. A mesa redonda do canto estava coberta com uma toalha de renda e, no centro, Maureen havia posto um vaso antigo com uma linda decoração floral.

– A mesa está linda – elogiou Sorcha, entusiasmada.

– Obrigada. Senta onde for mais confortável. Vou chamar Tommy.

Como os dois garotos já estavam à mesa, Sorcha se espremeu entre eles e, com Teresa ainda nos braços, se acomodou na cadeira.

– Pronto. Tommy já está vindo. Eu vou servir. Fiz bacon com repolho, para te lembrar da sua vida antiga – contou Maureen com um sorriso.

Tommy entrou na cozinha com uma garrafa enfiada debaixo do braço.

– Olha só! Vinho, Tommy? Meu Deus, Sorcha, isso é que é prestígio! – debochou Maureen, enquanto o marido vasculhava a gaveta atrás de um saca-rolhas.

Por fim, todos acabaram sentados. Teresa foi arrancada do colo de Sorcha e acomodada em sua cadeirinha de madeira. Sorcha olhou para a montanha de bacon, repolho e batatas à sua frente.

– Está com um cheiro delicioso, Maureen.

– E eu quero este prato limpo. Você está magra demais para o meu gosto.

– Não dá bola. Maureen só está com inveja por causa das curvas generosas dela – comentou Tommy com um sorriso.

– E quem me deu essas curvas, Tommy Dalton? Três bebês em quatro anos?

– E eu amo cada grama delas, como você bem sabe. Sean, tira a mão da batata e come com a colher!

Enquanto jantava, Sorcha ouviu as brincadeiras divertidas entre marido e mulher e observou o jeito carinhoso como eles repreendiam os filhos. Ela se pegou invejando o calor daquele lar minúsculo e abarrotado.

Mais tarde, quando as três crianças já estavam enfiadas debaixo das cobertas no quarto – que mais parecia um armário de vassouras –, Tommy abriu a planta do novo bangalô sobre a mesa da cozinha. Maureen explicou cada detalhe a Sorcha.

– É claro que eu e Tommy vamos fazer grande parte do trabalho para economizar dinheiro. Vai demorar um pouco mais, mas vai valer a pena quando a casa estiver pronta. Principalmente com mais um a caminho.

Sorcha olhou para Maureen, surpresa. Maureen revirou os olhos e aquiesceu.

– Eu já suspeitava, mas só confirmei hoje de manhã, quando fui ao médico. Pelo menos isso dá um objetivo para a gente. E queríamos mais um, não é, Tommy?

– Se você diz, amor – respondeu ele, envolvendo a cintura dela e beijando-a na bochecha.

Sorcha se juntou a Tommy e tomou um golinho de uísque para comemorar.

– Meu Deus, já passa das dez. Tenho que ir. Minha mãe tem passado bem o dia, mas, quando chega essa hora da noite, ela começa a ficar emotiva.

Maureen abriu a cortina e olhou para a rua.

– Você vai ficar encharcada, Sorcha. Vou pegar um guarda-chuva e uma jaqueta para você.

– Obrigada. O jantar estava maravilhoso. Estou com a barriga cheia.

– Não tão cheia quanto a minha vai ficar em alguns meses – brincou Maureen, rindo e desaparecendo para pegar o guarda-chuva e a jaqueta.

– Tchau, Tommy. Quem sabe da próxima vez que eu vier, minha visita já seja no bangalô.

– Vamos torcer, com a ajuda de Deus.

– Desce aqui, que eu te acompanho até a porta! – gritou Maureen, no pé da escada.

Sorcha foi até lá e seguiu Maureen pela loja até a porta da frente. Maureen a abriu, e Sorcha viu que a High Street estava cheia de poças d'água.

– Isso é só para te lembrar que você voltou para a Irlanda – disse Maureen, rindo.

Ela abraçou a amiga e a apertou com força.

– Vê se não some, Sorcha. Me escreve, ok?

– Escrevo, sim, prometo. Eu não tenho palavras para dizer quanto foi bom te encontrar. E estou muito contente de te ver feliz, Maureen. Sua família é linda.

– É, eu não tenho do que reclamar. Não tenho uma vida ruim – concordou ela. – Cuide-se, Sorcha – disse Maureen, fitando os olhos da velha amiga. – Sabe, parece que tem algo te preocupando. Eu estou certa?

– Eu...

Sorcha hesitou por alguns segundos, depois balançou a cabeça, impedida pelo orgulho de desabafar com Maureen sobre seus problemas conjugais.

– Eu estou preocupada com a minha mãe. Espero que ela fique bem quando eu voltar para casa.

– Você sabe como é aqui em Ballymore. O vilarejo vai apoiar a sua mãe. Companhia não vai faltar, isso é certo.

– É claro. Ela tem muitos amigos. Eu só me sinto culpada de ir embora.

– Tenho certeza de que a sua mãe entende que você precisa estar com o seu marido. Se a minha cara-metade fosse um roqueiro bonito e famoso, eu não ficaria longe dele nem por um segundo.

Sorcha abriu o guarda-chuva.

– Lá vou eu. Tchau, Maureen.

– Tchau, Sorcha.

Ela se meteu debaixo do aguaceiro. Enquanto avançava às pressas pela High Street, a chuva golpeava suas costas. Quando chegou em casa, Sorcha já estava encharcada.

– Jesus, Maria e José! Você está parecendo um rato afogado! Vem cá, deixa eu pegar as roupas molhadas. Vou preparar a banheira antes que você pegue uma gripe! – exclamou Mary, toda agitada, enquanto a filha tirava as roupas empapadas.

Já na banheira, Sorcha refletiu sobre a noite na casa de Maureen e Tommy. Ela se perguntou como o casal conseguia sobreviver naquele pequeno apartamento abarrotado de coisas com três lindas crianças bastante agitadas.

– Amor – murmurou Sorcha, ao cobrir o rosto com uma toalha.

Era disso que se tratava. Tommy e Maureen adoravam um ao outro e aos filhos. Não importava que tivessem muito pouco e que precisassem trabalhar o tempo todo para conquistar o que tinham.

Talvez ela e Con tivessem coisas demais.

Mas será que contavam com amor o suficiente?

Costumavam contar, isso era certo.

Sorcha se recusava a acreditar que o amor havia acabado. Era verdade que já fazia algum tempo que as coisas não iam bem, mas com certeza existia uma saída, não?

Ela sabia que seu casamento se encontrava em uma encruzilhada. Se deixasse as coisas como estavam, não haveria esperança. Porém, se estivesse disposta a virar a página, recomeçar e esquecer todos os problemas mesquinhos que os separavam... *Além disso*, o que era mais importante, se convencesse Con a fazer o mesmo, talvez tivessem uma chance.

Sim, ela *iria* conseguir.

Sorcha afastou a toalha do rosto.

– Eu te amo, Con Daly – informou ao teto.

E estava pronta para lutar por aquele amor.

– Bom, tem certeza de que não quer ir comigo?

– Tenho. Quero ficar aqui e seguir com a minha vida. Tem tantas coisas que eu preciso organizar... Seu pai me deixou bem financeiramente, e uma pessoa já demonstrou interesse em assumir o escritório dele. Acho melhor vender a casa com tudo dentro. Vou encontrar um lugar menor na cidade.

– Eu estava pensando mais em um descanso mesmo. Alguns dias. Eu adoraria que a senhora conhecesse a nossa casa em Londres.

– E eu vou te visitar, Sorcha. Talvez no outono. Mas, por ora, me deixa aqui quieta.

Sorcha examinou Mary, procurando sinais de uma depressão iminente, e decidiu que a mãe parecia muito melhor.

– Se a senhora se sentir sozinha, me liga. A qualquer hora do dia ou da noite.

– Ligo, sim, claro. Mas eu tenho muitos amigos que já me convidaram para ir à casa deles. Aliás, eu nunca fui tão popular – contou Mary, sorrindo. – Agora veste o seu casaco e já para fora. O táxi deve chegar a qualquer momento.

Dez minutos depois, Mary abraçava Sorcha enquanto o motorista colocava a bagagem dela no porta-malas. Ainda chovia a cântaros, e Sorcha estremeceu involuntariamente.

– Espero que você não esteja ficando gripada. Trata de se agasalhar bem.

– Pode deixar – disse Sorcha, dando um último abraço na mãe. – Sei que não devia dizer isso, porque os últimos dias foram terríveis para a senhora, mas eu gostei muito.

A mãe abriu um sorriso caloroso.

– Eu também. E agora você pode voltar para casa sempre que quiser. Traz aquele seu marido da próxima vez.

– Trago, sim, prometo.

Sorcha correu até o carro e entrou. Mary seguiu a filha debaixo do guarda-chuva.

– Deus te acompanhe, Sorcha – despediu-se ela, reprimindo as lágrimas.

– Te vejo em breve, mãe.

O motorista deu a partida.

– Eu te ligo para avisar que cheguei bem em casa. Tchau.

A mãe de Sorcha ficou parada na calçada, observando o táxi desaparecer na esquina da praça.

Por alguma razão terrível, Mary O'Donovan teve a estranha sensação de que nunca mais veria a filha de novo.

Sorcha disse um silencioso adeus a Ballymore. Ela engoliu em seco e sentiu que a garganta arranhava. A mãe tinha razão: estava mesmo ficando gripada.

Lavadas pela chuva, as ruas brilhavam enquanto o táxi atravessava as poças, lançando respingos no ar. Fora ali que tudo começara para ela e Con.

E Sorcha estava determinada a não deixar que acabasse.

40

– Bom dia, Katie.

– Bom dia, Srta. McCarthy.

– Que manhã linda! Acho que vou tomar o café lá fora.

– Claro, Srta. McCarthy. O de sempre?

– Isso. Obrigada.

Helen pegou a correspondência e atravessou devagar as portas francesas que davam na pequena varanda. Pôs as cartas na mesa e se sentou em uma cadeira de ferro forjado. Então, fechou os olhos e voltou o rosto para o céu.

Graças a Deus, era sábado. E graças a Deus, às dez horas da noite anterior, a última caixa havia sido transferida das antigas instalações da Metropolitan para sua nova sede.

O prédio ficaria fantástico quando tudo estivesse organizado. Helen pensou em seu amplo escritório no último andar. Ele fora todo decorado a seu gosto, com móveis de antiguidade, um grosso carpete verde e pesadas cortinas de damasco cobrindo a grande janela. Ela até mandara instalar um pequeno banheiro particular para quando fosse impossível voltar para casa antes de sair à noite.

Helen se inclinou para a frente e rasgou a borda do grosso envelope de papel pardo no topo da pilha de correspondência. Dentro dele estavam as informações sobre uma enorme casa de campo perto de Cobham, em Surrey, com uma academia no porão e uma piscina coberta. Ela leu todos os detalhes.

O imóvel parecia promissor e um tanto familiar. Helen olhou o endereço de novo e viu que era a casa de um cantor famoso que caíra em desgraça devido ao uso contínuo de drogas. Tinha ido a uma festa lá uns dois anos antes. A mansão era magnífica e sairia a preço de banana pelo que oferecia. O pobre coitado devia estar desesperado.

Helen balançou a cabeça. Não conseguia entender aquela necessidade singular de substâncias nefastas que parecia dominar o mundo da música.

Ela raramente bebia e, quando o fazia, se limitava a duas tacinhas de champanhe. A verdade era que desprezava a sensação de não estar completamente no controle de suas ações.

– Aqui está o seu café da manhã, Srta. McCarthy.

Katie, a empregada, pôs a bandeja com suco, chá e croissants quentes na mesa à frente dela.

– Obrigada, Katie.

Helen tomou um gole do suco e decidiu que valia a pena ver a casa em Cobham. Dobrou o papel com as informações em um quadrado perfeito e o guardou no envelope, então pegou um croissant e o cortou ao meio.

Depois de comer, se recostou na cadeira para aproveitar mais alguns minutinhos ao sol. Não dormira nada na noite anterior. Sua cabeça fervilhara com pensamentos sobre o novo prédio, mas também com a descoberta de que Con estava tendo um caso com Lulu Bradley.

Passara a noite pensando em como poderia dar um fim nisso antes que Sorcha ou Todd descobrissem. Com os problemas que a banda vinha enfrentando no estúdio, aquilo seria a gota d'água. Poderia significar o fim definitivo dos Fishermen. Se isso acontecesse, ela perderia seu ativo empresarial mais precioso em um momento em que o valor da gravadora era de suma importância.

Helen decidira abrir o capital da Metropolitan o mais rápido possível. Isso traria muito dinheiro, o que ajudaria a expandir o império. Com esse plano já em andamento, não era uma boa hora para rumores na Bolsa sobre problemas com o produto mais lucrativo do selo.

Ela suspirou. Podia até controlar o aspecto financeiro das coisas, mas não tinha nenhum poder sobre a vida particular de seus astros.

Helen pensou em como era irônico que já tivesse desejado tudo de ruim para o casamento de Con e Sorcha e que teria adorado vê-lo fracassar.

E agora ali estava ela, rezando para que ficassem juntos.

Sorcha chegou em casa às dez da noite da segunda-feira, sentindo-se péssima. Passara o voo inteiro para Dublin tremendo, depois descobrira que haveria um atraso de duas horas devido ao mau tempo. Exausta, destrancou a porta, largou a mala no vestíbulo e subiu as escadas até o quarto. Sem tirar as roupas, caiu na cama e fechou os olhos.

O sol nasceu, e a luz inundou o quarto sem cortinas. Sorcha gemeu, mas não se mexeu. O suor escorria de seu rosto, manchando os travesseiros.

O telefone tocou, mas o barulho não a acordou.

O dia passou, e o crepúsculo começou a cair. Estrondos de trovões eram ouvidos no céu, e brilhantes lampejos de raios iluminavam as charnecas. Então veio a chuva, dissipando o ar pesado.

Sorcha começou a tremer descontroladamente. Tinha sonhos confusos. Estava em seu quarto em Ballymore. A porta se abriu e seu pai entrou, com os lábios tingidos de cinza e seu melhor terno de domingo. *Ele está morto, ele está morto*, dizia uma voz.

Um grito ensurdecedor rasgou o ar do quarto.

– Sorcha, Sorcha! O que foi?

Mãos a sacudiram com delicadeza... Era o pai, tentando levá-la com ele...

– Sorcha, é Helen, acorda. Você está sonhando. Está tudo bem, de verdade.

Ela abriu os olhos. As sombras do entardecer engoliam o quarto. Helen McCarthy estava inclinada sobre ela. Sorcha tentou se apoiar nos cotovelos, mas não conseguiu e voltou a afundar nos travesseiros com um gemido.

Helen pôs a mão na testa dela.

– Sorcha, você está com um febrão. Acho que estava delirando. Vou chamar o médico, ok?

Sorcha assentiu. Seus olhos doíam quando os mantinha abertos, então fechou-os e adormeceu.

Foi acordada por uma mão em sua testa.

– É o Dr. Deane, Sorcha. Eu só vou te examinar.

– Ai, meus olhos estão ardendo – comentou ela, com a voz fraca.

– Você consegue abrir bem a boca?

Sorcha obedeceu e ficou ali deitada. O médico inspecionou sua garganta, checou o pescoço, auscultou o coração e, por fim, enfiou um termômetro debaixo de sua língua.

– Bom – disse o Dr. Deane, guardando os instrumentos na maleta médica –, parece ser um caso grave de gripe. Aspirina e repouso são a minha prescrição.

Sorcha estava começando a recuperar a consciência. Havia algo incomodando lá no fundo de sua mente, algo importante. De repente, ela lembrou o que era.

– Que horas são? – perguntou, com a garganta tão dolorida que até falar era difícil.

– Sete e meia da noite.

– Que... dia é hoje?

– Terça, 19 de agosto. Você está em casa, na sua cama em Hampstead – disse o médico.

– Ah, não! – lamentou Sorcha, esforçando-se para se sentar. – Eu tinha que pegar um avião hoje de manhã para Nova York! Con! Eu...

– Sem pânico – acalmou-a Helen, aparecendo atrás do Dr. Deane. – Con ligou para a Metropolitan porque não conseguiu falar com você ontem à noite. Ele telefonou para a sua mãe em Ballymore, e ela contou que você pegou o avião para Londres como programado. Como você não fez o check-in no Heathrow hoje de manhã, eu vim aqui para ver se estava tudo bem. Pelo visto, foi bom ter feito isso. O que você aprontou enquanto estava fora?

– Choveu muito. Eu devo ter pegado uma friagem. Helen, você pode reservar um voo para mim amanhã de manhã? Preciso ir para Nova York. Eu...

– Não seja boba, querida – interveio o Dr. Deane. – Você não vai conseguir pegar um avião amanhã, nem criar asas e voar até lá por conta própria. Você está doente, Sorcha, e precisa ficar de repouso até melhorar. Ordens médicas. Tem algum amigo ou parente que possa passar alguns dias aqui, ajudar no que for preciso e ficar de olho em você?

– Eu...

Sorcha mordeu o lábio e sentiu lágrimas surgirem em seus olhos.

– Não se preocupa, doutor, eu vou dar um jeito – respondeu Helen.

– Tudo bem, mas eu imploro: nada de travessuras, a menos que você queira acabar em um hospital com pneumonia – avisou o médico, e se levantou.

– Eu acompanho o senhor até a porta – disse Helen.

– Obrigado. Tchau, Sorcha. Comporte-se.

Sorcha ficou ali deitada, sentindo uma pena terrível de si mesma. Estava presa na cama, com o marido em Nova York e, para completar... tinha *Helen McCarthy* de enfermeira.

Helen voltou ao quarto, com um copo efervescente de aspirina na mão.

– Certo, toma isso aqui.

Ela ajudou Sorcha a ficar ereta e se sentou ao pé da cama, observando-a fazer uma careta ao beber tudo.

– Ótimo. Eu vou ficar aqui até você melhorar. Amanhã, eu posso usar o escritório da Jenny e redirecionar as chamadas urgentes da Metropolitan para cá. Falando em telefone, preciso ligar para a sua mãe. Parece que ela estava imaginando todo tipo de tragédia. Depois, vou ligar para o Con. Ele não vai estar no hotel agora, mas pelo menos eu deixo um recado para ele saber que você está bem.

– Usa este telefone – sugeriu Sorcha, apontando um dedo trêmulo para o aparelho ao lado da cama.

– Está bem.

Helen pegou o fone.

– Talvez você possa dar uma palavrinha com a sua mãe, já que ela não vai acreditar que está tudo bem até ouvir a sua voz. Certo, me passa o número.

Depois que Sorcha disse algumas palavras tranquilizadoras a Mary e a ligação para o hotel de Con foi feita, Helen se levantou.

– Vou fazer uma sopa para mim. Eu vi umas latas no armário. Você acha que consegue tomar uma?

Sorcha balançou a cabeça.

– Está bem, mas amanhã você vai ter que comer.

– Ok, eu prometo.

– Posso te trazer mais alguma coisa?

– Não. Obrigada, Helen.

– Está bem.

Helen saiu do quarto e desceu até a cozinha. Ela abriu uma lata de sopa, despejou o conteúdo em uma panela e a colocou no fogão para aquecer. Quando terminou o jantar, foi até a sala de estar assistir ao noticiário. Um pouco mais tarde, subiu as escadas até o quarto e empurrou a porta. Sorcha dormia. Helen checou a testa dela e percebeu que estava muito mais fria.

Ela tomou uma chuveirada e, depois de dar uma última olhada em Sorcha, subiu na cama do quarto de hóspedes, se recostou nos travesseiros e abriu a pasta. Os documentos preparados pelos operadores da Bolsa, responsáveis pela abertura de capital, haviam chegado naquela manhã.

As colunas de números permaneceram intocadas no colo de Helen enquanto ela olhava para o nada, sem sua habitual concentração implacável.

Quando Helen soubera que Sorcha não havia embarcado no avião para Nova York, logo deduziu que ela tinha descoberto o caso de Con e Lulu. A ideia a levara correndo até Hampstead. Helen esperava amenizar as coisas (afinal, também sentira na pele a manipulação de Con).

Porém, agora tinha certeza de que Sorcha não sabia de nada. Ela deixara Helen ligar para o hotel de Con sem problemas. Fora apenas uma coincidência ela estar doente demais para pegar o voo até Nova York.

No entanto, Helen estava inquieta. Ela conseguia controlar colunas de números. Mas os sentimentos das pessoas eram totalmente imprevisíveis.

A suíte de Con no Sherry Netherland estava cheia de gente que ele mal conhecia. Representantes da gravadora americana, profissionais de relações públicas, jornalistas e fotógrafos relaxavam no espaço, fumando, bebendo e conversando. Era uma festa improvisada, e Con, o anfitrião esquecido.

Aquele era o cenário de sempre quando a banda chegava à cidade. Porém, naquela noite, Con não estava interessado. Queria dormir mais cedo e tentar se concentrar no show do dia seguinte. A banda tinha feito um ensaio técnico naquela tarde, no Central Park. Considerando a falta de preparo do grupo, eles não se saíram nada mal. Mas havia uma tensão entre os quatro: Derek mal o cumprimentava – ainda irritado por causa da rejeição de sua música –, Ian estava em outro planeta como sempre, mas pelo menos Todd tinha profissionalismo o suficiente para deixar as diferenças de lado e tocar o trabalho.

Con sentiu uma mão correr suas costas.

– Oi, Con.

– Lulu.

Ele se virou e forçou um sorriso. Desde que acordara com Lulu em sua cama, não se sentia confortável na presença dela. Ainda não se lembrava de nada da ocasião e, sempre que tentava saber o que havia acontecido, ela só dava uma risadinha.

– Cadê o Todd? – perguntou ele.

– Foi para a nossa suíte – respondeu ela, deslizando a mão por baixo da camisa dele. – Livre-se de todo mundo.

– Meu Deus, Lulu! A sala está cheia de jornalistas e paparazzi.

– Como eu disse, se livra deles. Você parece tenso. Vou te ajudar a relaxar.

– Shh, por favor!

– Desde que você prometa.

– Está bem – disse ele, pigarreando. – Senhoras e senhores, a festa acabou. Eu quero um pouco de paz.

Por alguns segundos, um silêncio frustrado preencheu o espaço. Depois, a conversa voltou ao volume anterior.

– São umas sanguessugas essas pessoas – comentou Con, com um suspiro. – Elas grudam na gente e não soltam por nada.

– Manda os seus seguranças começarem a tirar todo mundo. É para isso que eles são pagos – sugeriu Lulu, olhando de relance para os dois homens musculosos parados ao lado da porta.

– Ivan! – gritou Con.

O homem ouviu o chamado e abriu caminho por entre a multidão.

– Sim, Sr. Daly, como posso ajudar?

– Esvazia esta sala, por favor. Eu quero ir para a cama.

Ele aquiesceu.

– Deixa comigo.

Dez minutos depois, o último retardatário foi expulso, deixando apenas Lulu, Con e Freddy na sala de estar.

– Um pouco cedo para você, não? – observou Freddy.

– Eu estou exausto.

– Bom, vá dormir seu sono da beleza. Vou te deixar em paz. Vem, Lulu, eu te acompanho até a sua suíte.

– Acho que consigo encontrar o caminho sozinha, obrigada, Freddy – respondeu ela, ácida.

– Ok – disse ele, dando de ombros. – Eu te vejo amanhã, Con.

Freddy saiu e fechou a porta. Sem perder tempo, Lulu enlaçou o pescoço de Con e o beijou com força nos lábios. Ele se desvencilhou depressa do abraço dela.

– Por favor, Lulu. Nós dois somos casados, pelo amor de Deus.

– Deixa de ser bobo. Ninguém precisa saber...

– A questão não é essa, Lulu.

Ela franziu a testa para ele.

– Ah, vai, Con. Nós dois sabemos quanto você está infeliz. Você não passa tempo nenhum com Sorcha. Está sempre na rua comigo.

– Não, eu estou na rua para participar das manifestações, que, por acaso, você também frequenta. E posso estar infeliz, mas não é culpa da Sorcha. Ela nunca fez nada além de tentar me amar muito.

Con correu a mão pelos cabelos, atravessou a sala e foi até o quarto, sentando-se na beirada da cama king-size.

– A culpa é dos Fishermen, que têm o poder de fazer algo de bom neste mundo de merda, mas só produzem baladinhas melosas para os adolescentes se beijarem.

Lulu saltitou até a cama e se sentou ao lado dele.

– Ah, não seja tão duro consigo mesmo. Não é *só* para os adolescentes... – argumentou ela, tomando o rosto de Con e dando outro beijo intenso nele.

Ele a empurrou com um pouco de força.

– Não, Lulu. Estou falando sério.

Ele se levantou e foi até o minibar, onde se serviu de um copo de uísque.

Lulu ficou perturbada.

– Eu não te entendo, Con Daly. Você tem quase tudo o que um ser humano poderia querer, mas é tão mal-humorado... *Claro* que é o seu casamento que está te deixando deprimido assim.

Con tomou o drinque.

– Você está errada. Isso não tem nada a ver com o meu casamento – retrucou ele, balançando a cabeça. – Na verdade, não. Tem *tudo* a ver com o meu casamento. Eu fiquei tão preocupado em resolver os problemas do mundo que não dediquei tempo suficiente a Sorcha – afirmou ele, voltando a encher o copo. – Minhas prioridades estavam completamente invertidas.

Lulu abriu as pernas.

– Ah, com certeza. Vem cá. Vou te fazer se sentir melhor.

Con suspirou.

– Por favor, me deixa em paz, Lulu. Estar aqui sem Sorcha me fez enxergar as coisas com clareza. Meu Deus. Eu devia ter ficado com ela nesse último fim de semana.

Lulu endireitou a postura.

– Sorcha é uma chata. Ela não entende o seu mundo. Ao contrário de mim.

– Ela pode não entender o meu mundo, mas me entende – rebateu Con. – Eu amo Sorcha mais que tudo na vida. E tenho muito trabalho a fazer para consertar as coisas.

Lulu estreitou os olhos.

– Você a ama mais que tudo na vida, é?

– É.

– Então, por que roubou Sorcha da família dela anos atrás?

Con baixou a cabeça, envergonhado.

– Eu não suportava a ideia de viver sem ela – murmurou ele.

– Mas não respeitava Sorcha o suficiente para ficar e não tinha coragem o bastante para resolver as coisas sozinho. Usou Helen McCarthy para fazer o seu trabalhinho sujo.

– Não me faz lembrar disso.

– Ah, faço, sim – disse ela. – Você foi muito egoísta, Con.

Ela se levantou e começou a caminhar devagar até ele, como uma leoa aproximando-se de uma gazela ferida.

– Agora você tem uma chance de ser altruísta. A gente foi feito um para o outro, Con. Não luta contra.

Con ficou parado enquanto Lulu colocava as mãos em seu peito e o encarava. Ele escolheu as palavras com cuidado.

– Lulu. Eu sinto muito se te dei uma ideia errada. Sim, nós passamos muito tempo juntos, mas estamos usando a nossa fama para promover a paz no mundo. E é isso – explicou ele, tirando as mãos dela do peito. – Sobre aquela noite... – continuou ele, balançando a cabeça. – Eu só posso atribuir à bebida. Não vai acontecer de novo.

O rosto de Lulu se contorceu em um sorriso sarcástico.

– Não aconteceu nem da primeira vez.

Con franziu a testa.

– O quê?

– A gente voltou para a sua casa e, depois de dois minutos de beijos, que, aliás, foram bem fracos, você só ficou falando da Sorcha. Então eu te deixei desmaiar na cama.

Con se encheu de ódio.

– Você me fez acreditar que a gente tinha transado!

Lulu deu de ombros.

– Você não sabe o que está perdendo. Eu sou muito boa nisso.

Con agarrou o braço dela.

– Sai.

– Ai! Deixa eu pelo menos pegar a minha bolsa!

Con a conduziu até a porta e a atirou no corredor. Alguns segundos depois, a bolsa de mão cor-de-rosa da Chanel foi lançada sobre Lulu, e a porta, fechada na cara dela.

Que diabos ele tinha visto em Sorcha, afinal?, pensou Lulu. Ela não passava de uma garota simples dos cafundós da Irlanda. Já ela era *a* Lulu Bradley: uma estrela de cinema por quem os homens faziam filas de dobrar quarteirões só para passar cinco minutos a seu lado. Con poderia ter tido tudo isso. Quem ele achava que era para tratá-la assim?

Lulu decidiu que, se não podia ter Con Daly, então Sorcha também não teria.

E, se fizesse tudo direitinho, também conseguiria uma boa cobertura da imprensa.

Embora detestasse admitir, Sorcha precisava reconhecer que Helen fora muito boa para ela nas últimas 48 horas. Sem a ajuda dela, não queria nem pensar no que teria feito.

No fim da semana, Sorcha já estava se sentando e sentindo que talvez vivesse para ver seu vigésimo segundo aniversário.

Ela ouviu uma breve batida à porta, e Helen apareceu com uma bandeja de café da manhã. Como sempre, estava perfeitamente maquiada e vestida com um caro terninho de calça e blazer.

– Como você acordou hoje? – perguntou Helen, analisando Sorcha enquanto colocava a bandeja no colo dela. – Parece melhor. Que bom.

Ela foi até a janela e abriu as cortinas.

– Mais um dia lindo. Toma o seu café da manhã, que eu vou encher a banheira para você. Ficar um pouco de molho vai te deixar cem por cento.

Sorcha anuiu, e Helen saiu do quarto. Ela se perguntou se a diretora da Metropolitan Records não havia errado de vocação. Helen teria dado uma excelente enfermeira. Sorcha tomou o suco de laranja, depois mexeu os flocos de milho na tigela. Continuava sem apetite. Na verdade, a visão da comida ainda embrulhava seu estômago.

– Bom, isso foi um esforço patético, Sorcha – declarou Helen ao voltar. – Como você vai recuperar as forças se não comer?

– Desculpa. Eu não consigo, Helen. Dá vontade de vomitar.

– Ah, deixa disso – disse ela, sorrindo. – Eu vou te dar um desconto. Toma o seu banho e talvez depois você possa descer e sentar ao sol.

Sorcha caminhou lenta e silenciosamente até o banheiro, onde Helen havia enchido a banheira com bolhas perfumadas. Ela encarou o rosto no espelho e arquejou. Estava pálida e emaciada, com grandes olheiras. Não era bem a aparência ideal para tentar salvar seu casamento.

Ela entrou na água e mergulhou o corpo todo na espuma.

Em poucas horas, Con acordaria e seguiria sua rotina pré-show, um ritual do qual um dia ela fizera parte. Sorcha se lembrou com carinho da época em que ficava ao lado do palco enquanto ele tocava para milhares de fãs. Sempre sorria quando Con saía correndo para se secar, a abraçava e dizia quanto a amava...

Meia hora depois, Sorcha estava sentada na varanda, com o sol quente lhe acalmando os nervos. Helen fora até Hampstead Village para fazer compras, insistindo em colocar uma manta sobre os joelhos dela antes de sair. Sorcha fechou os olhos e cochilou.

Acordou com sons vindos da cozinha. Então, se levantou e entrou. Helen estava desempacotando as compras.

– Descansou bem?

– Descansei, obrigada.

– Ótimo. Você parece bem melhor hoje. Como eu não sei o que você gosta de comer, comprei um monte de coisas para despertar o seu apetite.

– Helen, eu queria lhe agradecer por cuidar de mim. Você tem sido muito gentil, e eu não sei o que faria sem você.

– Ah, não foi nada – respondeu ela bruscamente, guardando latas de sopa na despensa. – Tenho certeza de que você teria feito a mesma coisa por mim.

– Na verdade, Helen, eu não sei se teria feito. Olha, o que estou tentando dizer é que você era a última pessoa que eu esperava que se importasse comigo. Será que a gente pode deixar o passado para trás e começar de novo?

Helen parou com uma lata de feijões cozidos na mão. Ela se virou e olhou para Sorcha com uma leve expressão de surpresa no rosto.

– Ah, Sorcha, o que eu fiz com você... Eu...

Sorcha ficou surpresa ao ver que Helen parecia um pouco emotiva.

– Aquilo foi há muito tempo – continuou ela. – O que aconteceu antes... bom, a gente era criança. Foi em outra vida. Eu não consigo nem conciliar a pessoa que sou agora com a garota que era naquela época.

– Eu concordo, você mudou bastante – disse Sorcha, abrindo um sorriso largo e relaxando um pouco.

– Eu fico bem chateada por você pensar que eu guardava algum tipo de rancor infantil daquela época. Somos adultas agora. Isso já estava no passado e completamente esquecido.

– Que bom. E eu sinto muito pela maneira como me comportei com você.

– Sorcha, falando sério, você não precisa se desculpar – disse Helen, depois assentiu de leve. – Bom, então está tudo bem.

Ela continuou a guardar a comida.

– Eu já posso ficar sozinha, sabe? Estou me sentindo muito melhor. Por que você não vai para casa? Você deve estar cheia de coisas para fazer.

– Tem certeza, Sorcha?

– Absoluta.

– Está bem. Talvez eu dê uma passada no escritório por algumas horas hoje à tarde. Detesto pensar que a Metropolitan ficou bem sem mim. Eu posso voltar e preparar um jantar para você.

– Não precisa mesmo.

– Bom, eu te ligo antes de sair do escritório, aí a gente decide.

Helen insistiu em preparar uma torrada com feijões para Sorcha antes de sair. Sorcha foi obediente e comeu tudo, pensando que, caso contrário, Helen jamais iria embora. Helen foi buscar suas coisas no quarto de hóspedes, e Sorcha a acompanhou até a porta.

– Você sabe onde me encontrar se precisar de mim.

– Sei, mas tenho certeza de que não vou precisar.

– Ok, então. Tchau, Sorcha.

– Tchau, Helen.

Sorcha se inclinou e deu um beijinho na bochecha dela.

Um rubor se espalhou pelo rosto de Helen. Ela pegou a pasta e foi até o Porsche. Depois, jogou as coisas no banco do passageiro, ligou o motor e, com um toque de buzina, foi embora.

Sorcha passou a tarde na varanda lendo um livro. Depois, deixou uma mensagem no hotel de Con, pedindo a ele que ligasse. Então falou com a mãe, só para assegurá-la de que estava se recuperando. Às cinco, Helen ligou para saber como ela estava.

No instante em que pôs o telefone no gancho, ele tocou de novo. Ela atendeu, torcendo para que fosse Con.

– Alô?

– Sra. Daly?

– Sim?

A voz do outro lado soava abafada.

– Achei que a senhora ia gostar de saber que o seu marido vem mentindo há muitos anos.

– O quê? Eu... Quem está falando?

– Digamos apenas que Helen McCarthy não foi a razão para a senhora ter precisado sair da Irlanda.

– Do que você está falando?

– Pergunta para ele, pergunta para ela. Tchau.

Um clique cortou a ligação. Sorcha encarou o aparelho, incrédula. Ela segurou o encosto da cadeira. Teria sido um trote? Talvez. Mas que fã louco conheceria sua razão para ter seguido Con até Londres? E a conexão de Helen McCarthy com a história toda? Para acalmar a mente acelerada, ela foi até a sala de estar e ligou a TV no noticiário das seis. Não *iria*, nem *podia*, pensar naquilo, ou no fato de que o marido estava a milhares de quilômetros e não se dera ao trabalho de retornar sua ligação.

Em alguns dias, ele estaria em casa. Então poderiam sentar juntos e resolver as coisas.

Apesar de suas boas intenções, Sorcha não pregou os olhos até altas horas da madrugada, com aquela voz e sua notícia venenosa ecoando em sua cabeça.

41

O comitê de boas-vindas que recebeu os Fishermen no Heathrow quando a banda voltou de Nova York foi, como sempre, barulhento. As galerias estavam lotadas de fãs aos berros. A segurança do aeroporto conseguiu colocar o grupo, e Freddy, em um carro por uma porta dos fundos. A multidão, porém, era como cães de caça. Bastava um sentir o cheiro para que os outros fossem atrás.

– Meu Deus, eu odeio isso – resmungou Con.

Rostos se pressionaram contra as janelas e mãos tentaram, sem sucesso, abrir a porta traseira trancada.

– Você odiaria ainda mais se eles não estivessem aqui para receber a gente – comentou Todd.

Por fim, a limusine se livrou da massa de fãs, e o motorista seguiu para o centro de Londres.

Con olhou para trás e viu que o carro da polícia os seguia.

– Lar, doce lar – murmurou.

– Bom, mais um sucesso absoluto, rapazes – declarou Freddy, sorrindo, do banco da frente. – Vocês estavam ótimos, no visual e no som.

– Eu nem sei como você conseguiu escutar a gente, Freddy. Com 250 mil fãs gritando, a gente podia ter tocado canções infantis que ninguém teria percebido a diferença – murmurou Derek.

– É, pode até ser, mas acho que esse show vai entrar para a história do rock. Vocês atraíram uma multidão quase tão grande quanto a dos Beatles quando eles tocaram no Hollywood Bowl. Vocês ainda estão no auge, disso não há dúvida.

– Você chegou a questionar isso? – perguntou Todd em voz baixa.

– Bom, eu tive a impressão de que os ensaios não estavam correndo bem.

– É como dizem: péssimos ensaios, ótimos shows – refletiu Todd.

– Freddy, algo precisa ser feito, e rápido, com o nosso homem aqui – disse

Con, apontando para Ian, que tinha caído no sono com a boca aberta. – Por acaso, ele trabalhou bem no sábado. Mas não vou arriscar fazer outro show ao vivo enquanto ele não estiver limpo.

Freddy assentiu.

– Ok, vou dar um jeito nisso. Acho que a gente precisa se encontrar no fim da semana, conversar sobre o novo álbum e planejar os próximos meses. Eu vou almoçar com Helen na quarta. Ela disse que tem uma coisa para falar comigo. Alguém tem algum palpite?

Todos que estavam acordados balançaram a cabeça.

– Pare aqui, que eu e Con vamos dividir um táxi para o norte. Vai ser mais rápido. O motorista vai levar o resto de vocês para casa – disse Freddy.

O motorista encostou na Hammersmith Broadway.

– Con, vamos nos encontrar? – perguntou Todd. – Lulu vai ficar em Los Angeles por alguns dias, então estou com a casa só para mim. Aparece lá.

Freddy acenou para um táxi.

– Claro, Todd. Me liga.

Freddy e Con entraram no táxi, e ele avançou em direção a Belsize Park.

– Você vai fazer alguma coisa a respeito do Ian, não vai, Freddy? Se a gente quiser concluir esse álbum, ele tem que entrar na linha. Para ser sincero, se ele não fizer isso, a gente vai precisar pensar em uma substituição.

– Eu disse que vou conversar com ele, e vou mesmo. Você parece muito tenso, Con. Está assim a semana toda. Algum problema?

– Não, eu estou bem.

– São essas ameaças de morte?

– Bom, estar na lista de alvos de um maluco qualquer não é nada legal, mas eu estou levando.

– Logo, logo, eles vão encontrar o sujeito, sem dúvida. Tem alguma outra coisa te incomodando?

– Não – respondeu Con, olhando pela janela.

– Certo – disse Freddy, com um suspiro. – Olha, qualquer problema, grita. Eu estou pertinho – lembrou ele, depois deu um tapinha no vidro. – Aqui está ótimo.

O táxi parou. Freddy desceu, com a mala pendurada no ombro.

– Como eu disse, me liga a qualquer hora. Manda um beijo para Sorcha. Helen disse que ela esteve péssima.

Con aquiesceu.

– Tchau, Freddy.

– Para onde agora, amigo? – perguntou o motorista.

– Hampstead.

– Certo.

O táxi percorreu os quilômetros que faltavam até a casa dos Dalys, onde os portões se abriram para receber Con. Ele pagou ao motorista e entrou.

– Sorcha? Sorcha?

Con atravessou a casa silenciosa e encontrou a esposa tomando sol na varanda dos fundos. Quando escutou os passos dele, ela se virou e se levantou.

– Con, eu não ouvi você entrar.

Sorcha se aproximou dele, o abraçou e o beijou.

– Como você está? – perguntou Con. – Freddy falou que você estava muito mal.

– Eu estava, mas fiquei bem melhor agora que te vi.

– Eu também, Sorcha-porcha.

Havia uma distância incômoda entre os dois. Nenhum deles sabia exatamente o que dizer, até que ambos falaram juntos.

– Quer beber alguma coisa?

– Acho que vou tomar um banho.

– Por que você não sobe e toma um banho, que eu te levo uma bebida? – sugeriu ela.

– Parece uma ótima ideia – respondeu Con, subindo as escadas.

– Você podia ter ligado, Con.

– É, desculpa – pediu ele, correndo a mão pelos cabelos e dando de ombros. – O ritmo foi frenético.

Ele continuou subindo as escadas. Sorcha ficou ali parada com um nó na garganta, observando o marido desaparecer.

Vamos lá, vamos lá, você precisa tentar, senão as coisas nunca vão melhorar.

Sorcha foi até a cozinha preparar um chá para ela e pegar uma cerveja para Con.

Quando chegou ao andar de cima, o banheiro estava vazio, mas ainda havia vapor do banho recente do marido. Ela o encontrou nu, deitado na cama e fumando um cigarro.

– Eu te trouxe uma cerveja.

– Obrigado.

Ela se sentou na cama e lhe entregou a cerveja, que ele apoiou na barriga lisa. Um arrepio de desejo percorreu o corpo dela. Fazia mais de um mês que eles não transavam.

– A gente precisa conversar.

Sentindo-se esgotado pela agenda agitada da última semana, Con suspirou com força.

– Eu sei.

Ele se sentou e tomou um grande gole de cerveja.

– Sobre o que você quer falar?

– Sobre a gente.

Con aquiesceu.

– Vai em frente.

– Bom, para começar, tem uma tensão horrível entre nós há semanas. A gente não se comunica mais. Você vive fora, nos ensaios ou em alguma causa com Lulu. E quando *aparece* em casa, a gente mal conversa. Você sabia como eu estava doente e não se deu ao trabalho de me ligar de Nova York. Estou começando a me perguntar...

– O quê? – indagou Con, cansado, olhando para ela.

– Se você ainda me ama.

Ele suspirou e fechou os olhos.

– Ai, meu Deus. Você está certa, Sorcha. Eu estou fazendo tudo errado – disse ele, colocando a cerveja na mesinha de cabeceira e abrindo os braços. – Vem cá, vem.

Sorcha se aconchegou no abraço dele.

– Eu senti a sua falta – sussurrou ele. – Desculpa ter colocado todo o resto na sua frente. Isso vai mudar.

– Você tem estado tão frio, tão distante. É como viver com um estranho. Não com o antigo Con, que era divertido, relaxado e nunca se deixava abater por nada.

Ele olhou para o teto.

– Você está certa. Talvez eu tenha esquecido quem era o antigo Con.

Sorcha respirou fundo.

– E o novo Con ainda ama a mulher dele?

Ele baixou os olhos e encarou a esposa.

– Sorcha, eu te amo mais que tudo na vida. Desculpa ter levado tanto tempo para sair da minha própria cabeça. Prometo que vou voltar para o mundo real.

Por um instante, Sorcha foi inundada pela felicidade. Queria beijá-lo, mas precisava entender aquele telefonema misterioso.

– Con, tem alguma coisa sobre o nosso passado que eu não sei? – perguntou ela, após uma pausa, examinando o rosto dele com atenção.

Ele levou um tempo para responder.

– O que você quer dizer exatamente?

Na hora, ela soube que ele estava escondendo alguma coisa.

– Quando saímos de Ballymore – respondeu ela, então se lembrou das palavras agourentas do interlocutor misterioso. – Foi por causa de Helen McCarthy mesmo que meu pai descobriu sobre a gente?

A cor se esvaiu do rosto dele.

– Eu...

Ele não conseguiu dizer mais nada. Sorcha tomou coragem.

– Me conta tudo. Agora.

Con se empertigou.

– Helen disse alguma coisa? Aquela vaca. Não dá para confiar nela.

– Na verdade, eu não sei o que teria feito sem ela na semana passada. Helen foi a bondade em pessoa – rebateu Sorcha, depois se levantou, com as pernas trêmulas e a boca seca. – Então, desembucha.

Con afundou a cabeça nas mãos e contou a verdade à esposa.

O rosto de Sorcha estava inexpressivo, mas lágrimas escorriam de seus olhos e rolavam por suas bochechas. Quando ela ia sair do quarto, Con tentou segui-la.

– Não! Não.

Ela ergueu a mão trêmula. Con se afastou, sentindo-se culpado, e voltou para a cama como um cão repreendido.

Mais de uma hora se passou até que Sorcha voltasse. Quando ela abriu a porta do quarto, Con não tinha se mexido, mas estava com uma expressão atormentada e exausta. Claramente havia chorado.

– Acho melhor eu ir embora por um tempo. Não consigo ficar aqui nem mais um minuto – declarou Sorcha, mas continuou olhando para ele por alguns segundos. – Vou arrumar as minhas coisas.

Enquanto ela enchia uma mala com roupas, Con ficou deitado na cama em silêncio, de olhos fechados. Quando estava certa de que tinha o suficiente para uma semana, Sorcha fechou a mala, reprimindo as lágrimas. Ela foi até a porta do quarto.

– Tchau, Con.

Ele não respondeu. Ou não conseguiu.

Sorcha fechou a porta, desceu as escadas e foi até a cozinha. Na gaveta do aparador, havia um talão de cheques. Ela precisaria dele para pagar um hotel, ou talvez fosse direto para Ballymore...

Tudo o que sabia por ora era que precisava sair daquela casa e se afastar de Con. Mal podia acreditar que a separação deles tinha sido tão calma, tão fria.

Sorcha fechou a porta da casa, jogou a bagagem no porta-malas do carro e saiu pelos portões.

Uma groupie se levantou quando ela passou. Freando com força, Sorcha baixou o vidro e encarou os olhos vidrados de droga da jovem.

– Estou indo embora. Ele é todo seu.

Sorcha fechou a janela enquanto a garota a observava, confusa. Com um toque da buzina, avançou zunindo pela Heath Road.

42

Na quinta-feira à tarde, a banda ia se reunir para trocar ideias sobre o álbum em um dos novos estúdios de gravação da Metropolitan. Mais tarde, Freddy se juntaria a eles, e todos sairiam para jantar.

Derek chegou e encontrou Con em seu habitat natural, dedilhando o violão.

– Oi, Con – disse ele, mas o outro não respondeu. – Tinha esperança de te encontrar aqui. Eu queria conversar.

– Manda – respondeu Con, sem interromper o dedilhar suave.

– Sei que não paro de falar disso, mas quero a minha música no novo álbum. Caso contrário, vou ter que reconsiderar a minha posição na banda.

– Sério?

– Não sei se quero continuar fazendo parte dos Fishermen.

– E você já falou isso para Freddy?

– Não, mas falei para Helen. Ela está totalmente de acordo e acha que eu devia ter a minha chance.

– Ah, é? Isso é bem interessante, considerando que a sua aliada nem ouviu a música.

– Ela ouviu. Eu mandei uma fita para Helen, e ela disse que a música pode ficar muito boa com um pouco de trabalho – retrucou Derek, com petulância.

Con parou de tocar e ergueu os olhos para Derek.

– Só vou dizer isso mais uma vez e, depois, assunto encerrado. Sua música é uma droga, Derek. Totalmente patética. Não somos uma bandinha amadora para colocar qualquer porcaria no novo álbum. E é isso que a sua música é: uma porcaria. Se você não gostou, então faça o que disse e saia da banda. Para ser sincero, não estou nem aí. Agora, se você me dá licença, eu preciso trabalhar – declarou Con, voltando a dedilhar o violão.

Derek lançou um olhar de ódio demorado para Con antes de responder:

– Eu não sei o que aconteceu com você nos últimos tempos. Você costumava ser um sujeito decente. Deve ter sido a fama que te transformou nesse merda miserável. Se é isso que você acha, então tudo bem. Encontra outro guitarrista.

Con deu de ombros, mas não respondeu.

– Eu estou te avisando, Con Daly. Você é um irlandês arrogante e babaca que está incomodando muita gente. Já, já você vai receber o troco.

Derek saiu do estúdio. Con suspirou e continuou a tocar. A música em que vinha trabalhando começava a ganhar forma.

Às 15h10, a porta do estúdio se abriu. Todd foi direto até Con e deu um soco na cara dele. O golpe atirou Con de costas no chão.

– Seu *desgraçado*! Seu *desgraçado*! – gritou Todd, montando em cima do amigo e transformando o rosto dele em um saco de pancadas.

Deitado naquela posição, tudo o que Con podia fazer era levantar os braços para tentar se proteger.

– Quem você *pensa* que é? Seu desgraçado, seu desgraçado!

Todd continuou batendo no rosto ensanguentado de Con.

– Meu Deus, você vai me matar, Todd! Para!

– Me dá uma boa razão para eu não te matar! Dando em cima da Lulu pelas minhas costas! Da *minha* mulher! Da mulher do seu amigo! – berrou Todd, dando um murro no estômago de Con.

– O quê? – gritou ele.

– Você, mais do que ninguém, sabe quanto eu a amo. Ontem à noite, ela me contou que você está atrás dela há semanas – disse Todd, desferindo mais um golpe em Con. – Ela falou que teve sorte de sair daquele quarto de hotel em Nova York depois que você a agarrou e a beijou.

– Todd, isso não é...

– Bom, agora você conseguiu. Acabou. Está tudo acabado. Você arruinou tudo – declarou Todd, engolindo o choro.

Ele olhou para Con e viu que o nariz do amigo sangrava profusamente.

– Você destruiu a banda, Con. Eu nunca mais quero ver essa sua cara de merda.

– Que diabos está acontecendo aqui?

Todd se virou e viu Freddy parado à porta.

– Pergunta para o Con. Dá licença.

Todd empurrou Freddy, atravessou a sala de controle e saiu da suíte.

– Cacete, Con. O que você fez para merecer isso? – perguntou Freddy, ajoelhando-se e oferecendo um braço para ajudar Con a se levantar.

Ele cambaleou um pouco enquanto Freddy o acomodava em uma cadeira.

– Fica aqui. Vou pegar alguma coisa para te limpar.

Freddy atravessou a sala de controle até a pequena copa no fim do corredor. Havia uma pilha de guardanapos ao lado da máquina de café. Ele molhou alguns e voltou até Con.

– Você está com cara de quem se atracou com Muhammad Ali – brincou ele, enquanto limpava o sangue do rosto de Con. – Acho que o seu nariz pode estar quebrado, rapaz. É melhor a gente te levar para o hospital e dar uma olhada.

– Não, obrigado. Eu vou ficar bem, sério – disse Con, estremecendo ao ser tocado. – Tenho certeza de que parece pior do que está.

– Então vou chamar um carro para você. Vai para casa e deixa Sorcha cuidar de você. Talvez agora não seja o momento de entrar em detalhes sobre o que aconteceu.

Con assentiu. Freddy voltou para a sala de controle e ligou para a recepção.

– Carro solicitado. Cadê os outros?

– Derek foi embora, e Ian ainda não chegou – murmurou Con.

– Típico. Imagino que não vá ter jantar, não é?

– Parece que não.

– Ok. Vem, eu pedi para o carro encontrar a gente bem na porta. Acho que não seria nada bom para as fãs histéricas de Con Daly ver você assim. Consegue ficar de pé?

Con se levantou da cadeira com esforço.

– Consigo.

Ele seguiu Freddy para fora da suíte de gravação e subiu até a recepção. Um carro parou do lado de fora e buzinou.

– Pronto – disse Freddy, correndo para abrir a porta. – Entra. Escuta, eu te ligo amanhã para saber como você está. É melhor me contar essa história direitinho.

– Claro. Obrigado, Freddy.

Freddy fechou a porta, e o carro acelerou pela rua. Com um forte suspiro, ele voltou a entrar e desceu as escadas até a suíte de gravação.

Ian vinha pelo corredor em sua direção, vestindo um longo e espalhafatoso cafetã. Ele fez o sinal da paz para Freddy.

– Oi, bicho, o que está acontecendo? Cadê os outros?

Por alguma razão bizarra, ver Ian duas horas atrasado e em um mundo todo seu fez Freddy cair na risada.

– Foram embora, Ian. Vocês se desencontraram. Espera dois minutos que eu vou apagar as luzes da suíte de gravação, e nós dois vamos tomar uma cerveja.

– Cerveja, não, bicho. Não gosto de cerveja.

– Bom, o que você quiser. Eu preciso de um drinque.

Os dois subiram as escadas até a recepção.

Freddy se debruçou na mesa e sorriu para a jovem recepcionista.

– Você pode mandar alguém até a suíte de gravação número três? Tem uma bagunça lá que precisa ser limpa – disse Freddy, depois deu uma piscadela. – Isso fica entre nós, ok?

– Claro, senhor.

– Obrigado, Melody. Até mais.

Freddy pôs um braço nos ombros de Ian e o conduziu até a porta da frente.

– Vamos encontrar um pub, rapaz.

Con examinou o nariz no espelho. Estava dormente e de fato parecia mais torto do que o normal. Con já o havia quebrado antes, em uma briga quando criança. No dia seguinte, daria uma nova olhada nele e talvez fizesse uma visita ao Royal Free Hospital se o nariz ainda não estivesse bom. O restante dos cortes e hematomas parecia bem superficial. Con os limpou de qualquer jeito com antisséptico.

– Meu Deus, que dia... que semana – disse ele, suspirando para o espelho.

Aquela vaca da Lulu... Não só havia contado uma história absurda para Todd como também tinha ligado para Sorcha e aberto o bico.

– "Não há no céu fúria comparável ao amor transformado em ódio, nem há no inferno ferocidade como a de uma mulher desprezada" – murmurou ele, lembrando a fala de uma peça de William Congreve.

Con decidiu que o melhor a fazer era tomar duas aspirinas para aliviar a dor latejante na cabeça e dormir cedo. Estava faminto, mas, desde que Sorcha fora embora, os mantimentos vinham acabando. Se ela estivesse ali agora, cuidaria dele. Sentia falta dela... Sentia muita falta dela...

Con abriu o armário de remédios, pegou o pacote de aspirinas, encheu a caneca das escovas de dente com água e engoliu os comprimidos.

Depois, tirou a camiseta suja de sangue e a calça jeans e, cansado demais até para tomar um banho, foi para o quarto.

43

CON DALY SE SEPARA

Sorcha tomou coragem e leu a matéria debaixo da manchete na página 2.

Em uma separação escandalosa, Sorcha Daly, esposa de Con Daly, deixou a casa da família em Hampstead. Nossa fonte afirma que Sorcha foi embora enfurecida devido ao relacionamento cada vez mais próximo entre Con e Lulu Bradley – atriz, ativista pela paz e esposa de Todd Bradley. Os dois têm sido vistos juntos com frequência em passeatas nos últimos meses.

Nem Con nem Todd deram declarações sobre o caso, mas o empresário deles, Freddy Martin, disse que a situação foi resolvida de maneira amigável e não vai afetar o futuro da banda The Fishermen.

Porém, uma fonte da Metropolitan Records contou que, recentemente, houve uma briga a socos em uma das suítes de gravação. Uma olhada rápida nos registros de emergência do Royal Free Hospital, em Hampstead, nos informa que um Sr. C. Daly foi admitido com o nariz quebrado e cortes no rosto nas primeiras horas da última sexta-feira. Ele recebeu alta e tem se mantido longe das vistas em sua suntuosa mansão na periferia de Hampstead Heath.

Resta saber se essa situação delicada vai afetar uma das mais bem-sucedidas duplas de compositores da década. O Sr. e a Sra. Daly e o Sr. e a Sra. Bradley mantiveram uma amizade próxima ao longo dos anos.

O paradeiro de Sorcha Daly é desconhecido. Um porta-voz da gravadora se recusou a dar mais informações, e apenas sugeriu que a Sra. Daly pode estar com parentes no exterior.

Sorcha releu o artigo e se perguntou quem teria vazado a separação deles para a imprensa. Suspeitava que fosse alguém da Metropolitan, já que notícias sobre desentendimentos dentro da banda podiam alavancar as vendas. Será que havia algo entre Con e Lulu? Quem poderia saber. Ela torcia para que o dedo-duro que recebeu o pagamento dos tabloides tivesse oferecido a história como uma razão conveniente para a separação. Porém, também torcia para que aquela briga com Todd fosse verdade. Um nariz quebrado era o mínimo que Con merecia.

O telefone tocou. Sem pensar, Sorcha atendeu.

– Alô?

– É da recepção. Temos uma ligação para a senhora.

– Pode passar – disse ela, e esperou.

– Sra. Daly?

– Sim?

– Sra. Sorcha Daly?

– Sim?

– Que bom que a gente encontrou a senhora. Aqui é do jornal *The Mirror*. Gostaríamos de te pedir uma entrevista exclusiva sobre a situação entre o seu marido e Lulu Bradley. Estamos dispostos a pagar uma boa quantia ou doar o mesmo valor para uma instituição de caridade da sua escolha. É claro que a entrevista seria bastante solidária com a senhora. Como se sente em relação a...

Sorcha bateu o fone no gancho. Por que, ah, *por que* não pensou em se registrar com um nome falso? Com os dedos trêmulos, ligou para a recepção.

– Por favor, não passem mais nenhuma ligação para o meu quarto. Se alguém ligar para mim, vocês podem dizer que eu fui embora?

– Claro, vamos fazer o possível, Sra. Daly.

– Obrigada.

Sorcha desligou o telefone. O hotel Hampstead Post House não era exatamente o lugar mais discreto ou distante para ir, mas ela não tivera forças para dirigir ao deixar Con. Aquele parecera um lugar confortável e anônimo para passar uns dias enquanto decidia o que fazer.

Sorcha se sentou na beirada da cama desfeita e tentou pensar. A imprensa estava atrás dela. Sabia que, em questão de uma hora, haveria um bando de repórteres esperando por ela do lado de fora. Precisava sair dali rápido, mas para onde iria?

Para casa, na Irlanda? Com o alvoroço que a imprensa estava prestes a causar, achava injusto jogar esse fardo sobre a mãe recém-enlutada. Sem falar nos olhares curiosos e nas línguas de trapo que havia em Ballymore.

– Socorro – murmurou ela.

Nunca se sentira tão sozinha.

Será que deveria ir para outro hotel? Sorcha balançou a cabeça. Estava tão vulnerável. Um único recepcionista ou carregador de malas era o suficiente para avisar a imprensa.

Só conseguia pensar em uma pessoa que talvez pudesse ajudar.

Ela pegou o telefone e discou o número que sabia de cor.

– Metropolitan Records.

– Helen McCarthy, por favor.

– Perdão, mas a Srta. McCarthy está em uma reunião e não pode ser interrompida.

– É urgente. Avisa que é Sorcha Daly. Eu preciso falar com ela *agora*.

– Certo, Sra. Daly, aguarde na linha, vou ver o que posso fazer.

Sorcha esperou, agoniada.

– Sorcha, é Helen. Onde você está?

– Estou no Post House, em Hampstead. Ah, Helen... – disse Sorcha, reprimindo um soluço. – Você viu o *The Daily Express*?

– Sim, eu vi.

– Desculpa incomodar, mas o *The Mirror* acabou de me ligar. A imprensa sabe onde estou, e logo, logo vai cercar o hotel. Eu... não sei o que fazer.

– Certo. Primeiro, sem pânico. A gente vai te tirar daí. Arruma as suas coisas que eu vou mandar um carro para você. Você pode ir para a minha casa, em Holland Park. Ninguém vai te achar lá. Katie, a empregada, vai te deixar entrar. Fica lá até eu voltar, aí a gente conversa. Deve ter uma porta dos fundos que você possa usar no hotel, não?

– Não sei, eu realmente não sei.

– Vamos lá, Sorcha, fica calma. Eu vou desligar e telefonar para o gerente do hotel. Vou pedir para ele te acompanhar até o carro. Ok?

– Ok. Obrigada, Helen. Desculpa. É que é tudo tão... sórdido.

– Eu sei. Eu te ligo em uma hora. A essa altura você já vai ter chegado a Holland Park. Tchau, Sorcha.

Sorcha desligou o telefone, pegou a mala e começou a jogar as coisas que trouxera lá dentro. Então, se vestiu e procurou os óculos escuros para esconder o rosto pálido e abatido da possível intrusão de câmeras.

– Droga!

Estavam no carro dela, estacionado do lado de fora. Poderiam muito bem estar em Marte.

Sorcha fechou a mala e se sentou na cama para esperar. Alguns minutos depois, alguém bateu à porta.

– Quem é?

– É o Sr. Adams, gerente do hotel. Acabei de falar com a Srta. McCarthy.

– Tudo bem – disse Sorcha, destrancando a porta.

O gerente sorriu para ela.

– Ela me pediu para acompanhar a senhora até o seu carro. Eu falei para ele parar nos fundos.

– Obrigada.

– Venha comigo, por favor.

Ele pegou a mala dela e foi até o elevador.

– Infelizmente tem um bando de jornalistas e fotógrafos na frente do hotel, esperando a senhora aparecer. Só existe uma saída para carros nos fundos, então o táxi vai ter que passar pelo corredor polonês. É o melhor que a gente pode fazer.

Eles pegaram o elevador até o térreo, e Sorcha o seguiu por um labirinto de corredores.

– Pronto, chegamos.

O gerente parou em frente a uma saída de emergência e acionou o mecanismo. Um carro os aguardava ao lado da calçada. Sorcha correu até ele, abriu a porta de trás e entrou enquanto o gerente colocava a bagagem no porta-malas. Ele deu um tapinha na janela e fez sinal para que Sorcha abaixasse o vidro.

– Foi um prazer recebê-la, Sra. Daly. Espero que nos recomende para os seus amigos. Aqui está a sua conta – disse ele, entregando um envelope branco a ela.

– Obrigada. Sou muito grata pela sua aju...

– Ei! Olha lá! Sorcha está aqui atrás! – gritou uma voz.

Sorcha fechou a janela, e o motorista deu a partida. Quando o carro virou a esquina, uma multidão de repórteres e fotógrafos correu na direção dele.

– Não se preocupa, querida. A gente vai passar. Vai ser rapidinho. Eu atropelo os sujeitos se for preciso.

O velho motorista determinado apertou a buzina e continuou dirigindo em direção àquela massa de gente. Flashes pipocaram e repórteres bateram na janela, dizendo palavras que Sorcha não conseguia ouvir. Ela olhou para a frente e se esforçou para não chorar. Por fim, chegaram à saída do estacionamento. Sorcha viu os jornalistas se dispersarem e se dirigirem aos seus veículos.

– Agora, se segura, minha jovem, que a gente vai despistar esses ratinhos.

De repente, o carro deu uma guinada e se juntou ao tráfego, provocando uma cacofonia de buzinas. Dez minutos depois, após passar por ruas secundárias que nem Sorcha sabia que existiam em Hampstead, o carro se juntou ao fluxo principal de veículos, contornando Swiss Cottage. Costurando o tráfego, o motorista chegou a St. John's Wood e ao centro de Londres. Ele olhou pelo retrovisor e sorriu para ela.

– Conseguimos despistá-los, querida. A senhora está segura.

– Sua mala, Sra. Daly – disse o taxista, colocando os pertences de Sorcha no vestíbulo da casa de Helen.

Sorcha sorriu, agradecida.

– Muito obrigada.

– Disponha. Isso anima um pouco o meu dia. Cuide-se, senhora. Tchau.

– Eu vou te mostrar o seu quarto, Sra. Daly.

Sorcha seguiu Katie, a empregada de Helen, pela escada estreita.

– Tem um pouco de pão com patê lá embaixo, para quando a senhora estiver pronta.

– Obrigada. Eu já desço.

Ela se sentou na cama e chorou de alívio.

Depois do almoço, Katie anunciou que precisava fazer umas compras rápidas e pegar a roupa que Helen mandara lavar a seco.

Assim que a empregada saiu, o telefone tocou. Meio indecisa, Sorcha avançou até o aparelho e, após hesitar, atendeu.

– Alô? – sussurrou ela.

– É a Helen. No futuro, a gente vai combinar um código. Vou deixar tocar três vezes e depois desligar. Você está bem?

– Agora que estou aqui, sim. O motorista foi brilhante.

– Eu uso os serviços do Dan há anos. Ele é superconfiável. Enfim, eu só queria saber se você estava bem. Tenho uma reunião agora, mas devo estar em casa até as seis. Fica à vontade. Assiste a um filme velho na TV ou qualquer coisa assim.

– Obrigada, Helen. Eu te vejo mais tarde.

– Tchau, Sorcha.

Ela desligou o telefone e, pela primeira vez, prestou atenção no entorno. A casa estava tão arrumada que parecia quase inabitada. Exceto por dois imaculados sofás cor de creme e uma comprida mesa de centro de vidro fumê com uma pilha de revistas reluzentes – aparentemente intocadas – em um canto, não havia nenhum outro móvel. As paredes brancas estavam vazias, com uma ou outra imagem emoldurada. Um excelente sistema de som com alto-falantes de 90 centímetros ocupava grande parte de uma parede, e havia uma pequena TV em um canto. Sorcha voltou ao andar de cima e abriu a primeira porta que encontrou. Um pouco maior que um armário de vassouras, o cômodo estava mobiliado com uma escrivaninha antiga e uma cadeira de couro. Em duas das paredes, havia prateleiras com fileiras de livros grandes dispostos em ordem. Sorcha puxou um deles.

Leis de direitos autorais na indústria musical – Nova edição atualizada.

Ao sair do quarto, Sorcha tentou a porta seguinte e encontrou o banheiro. Era pequeno, porém funcional. A terceira porta levava a seu próprio e bem-arrumado quarto de hóspedes.

O último cômodo só podia ser o de Helen. Sorcha abriu a porta e ficou parada ali, surpresa. Era totalmente diferente da casa sóbria e elegante. A cama de casal tinha uma colcha de retalhos colorida e, encostados na cabeceira de ferro forjado, havia inúmeros bichinhos de pelúcia. Uma penteadeira fora de moda estava abarrotada de loções e cremes, e em uma das paredes havia um guarda-roupa todo espelhado. Nas outras, uma coletânea de fotos de quarto de bebê, com ursos de pelúcia e crianças brincando com laranjas e limões.

– Um quarto de criança – murmurou Sorcha.

Ele lembrava muito seu quarto na casa dos pais, em Ballymore.

Ela abriu a gaveta superior de uma grande cômoda de carvalho. Ali, encontrou meias macias e blusinhas de seda, espartilhos, cintas-ligas e calcinhas, tudo preto.

Sorcha fechou a gaveta e sorriu.

– Bom, talvez não totalmente um quarto de criança.

Ela fechou a porta e desceu as escadas.

O único som que rompia o silêncio era o tique-taque do relógio da cozinha. Sorcha pegou uma revista e, acomodando-se no sofá, mergulhou em um artigo sobre o elegante jardim de uma célebre atriz.

Quase às sete horas, uma chave girou na fechadura, e Helen apareceu na sala de estar.

– Oi, como passou o dia? – perguntou ela, colocando a pasta no chão.

– Bem, obrigada.

– Ótimo. Katie te deixou à vontade?

– Muito. Sua roupa limpa está pendurada no armário e tem lagosta e salada na geladeira para o jantar.

– Aquela mulher é de ouro – disse Helen, sorrindo. – Escuta, só vou dar um pulinho lá em cima para tomar uma chuveirada. Está muito abafado lá fora. Corre o risco de trovejar hoje à noite. Por que você não põe a mesa no pátio, para a gente comer a lagosta lá? Talvez seja a nossa última chance neste verão. E não se preocupa, o espaço é totalmente privado. Tem uma garrafa de vinho na geladeira. Pode abrir e se servir de uma taça. Eu com certeza estou precisando de uma, e imagino que você também.

Sorcha foi até a cozinha, abriu o vinho e pegou duas taças, talheres e pratos. Ela destrancou as portas do pátio e ficou aliviada ao ver que havia um muro alto de tijolos cercando as lajotas.

Quinze minutos depois, Helen desceu as escadas, elegante em uma blusa com calça larga de linho. Sorcha a observou colocar o jantar na mesa e se sentar. Ela com certeza sabia ressaltar seus pontos fortes.

– Saúde – disse Helen, erguendo a taça de vinho. – Você não deve estar a fim de comemorar no momento. Para ser franca, nem eu. Então, vamos brindar a que as coisas melhorem.

Sorcha ergueu a taça e tomou um gole do vinho.

– É muito gentil da sua parte me deixar vir para cá, Helen. Foi tudo culpa da minha própria estupidez. Eu devia ter imaginado que a notícia ia vazar.

– Bom, da próxima vez que você abandonar o seu marido, será que pode se esconder em um lugar um pouquinho mais glamouroso que o Hampstead Post House? – sugeriu Helen, sorrindo ao pegar os talheres.

– Foi o primeiro lugar que eu encontrei, só isso – explicou Sorcha, tentando espetar um pedaço de lagosta com o garfo.

– Escuta, ninguém está olhando. Vamos usar os dedos – disse Helen, rasgando uma pinça do bicho. – Então, algum plano para o futuro, Sorcha? Essa separação é permanente?

– Não, nenhum. Para ser sincera, eu tenho sido um pouco covarde. Não queria pensar. Não sei direito se ainda são os resquícios daquela gripe horrível que eu tive na semana passada, mas ainda estou me sentindo bem mal. Lá no Post House, eu dormi por horas.

– É o choque, tenho certeza – declarou Helen, limpando as mãos e a boca com um guardanapo. – Olha, Sorcha, não adianta eu ficar pisando em ovos. Você quer falar sobre o que aconteceu entre você e Con ou não?

– Eu... – começou Sorcha, dando de ombros e balançando a cabeça. – Eu não sei. Quer dizer, ainda que eu não fale, não paro de pensar nisso, então talvez seja melhor falar. Ele me contou o que te pediu para fazer – explicou Sorcha, olhando para o chão. – Lá em Ballymore.

Helen pareceu um pouco chocada.

– Meu Deus, Sorcha, eu não tenho palavras para me desculpar. Eu era uma pessoa diferente naquela época, eu...

Sorcha ergueu as mãos.

– Sério, Helen, você não precisa se desculpar. Eu não te culpo por nada.

Helen engoliu em seco.

– Isso é muito generoso da sua parte.

– Con sempre foi muito bom em conseguir o que quer. Você sabe se existe alguma coisa entre ele e Lulu?

Helen deu de ombros.

– Não. Mas, se você quer a minha opinião, eu não acreditaria nos jornais. Conhecendo aquela mulher, não me surpreenderia se a própria Lulu tivesse vazado a história. Parece que ela falou para Todd que Con está dando em cima dela há semanas – contou Helen, soltando o ar pelo nariz. – Eu não engulo essa. Ela viu uma oportunidade de ser a mulher que ficou entre a dupla de compositores da década. Lulu quer fazer a estrela dela brilhar, não importa o que isso vai custar aos outros.

Sorcha soltou uma risadinha triste.

– Talvez. É verdade que Lulu estava sempre na nossa casa, mas eu realmente achei que era por causa dos interesses que eles têm em comum. Eu acreditei que Con me amava – lamentou Sorcha, tentando conter as lágrimas. – Ele mudou tanto nos últimos meses, Helen. Sinto que já não o conheço mais.

– É, mudou mesmo – concordou Helen, com um suspiro. – E essa situação está me causando problemas enormes – contou ela, mas depois se conteve. – Nada comparado ao que você está passando, é claro.

Sorcha abanou a mão no ar.

– Tudo bem, Helen. Eu sei como isso tudo afeta os seus negócios – disse ela, balançando a cabeça. – Por um lado, eu queria que os Fishermen não tivessem feito sucesso tão rápido. Isso teria nos dado mais tempo para nos adaptar. Posso não ser a maior fã do Con neste momento, mas vejo que a pressão era... e ainda é imensa.

Helen pôs o garfo com cuidado ao lado do prato.

– Quer saber o que eu acho, Sorcha?

– O quê?

– Eu acho que Con está caminhando para algum tipo de colapso nervoso. Ele perdeu o controle e sente que não consegue mais dar conta. O que estou tentando dizer é que você não deveria desistir completamente dele. O homem fez uma grande besteira todos esses anos atrás, é verdade. Mas, bom, eu também fiz – disse Helen, oferecendo a Sorcha um sorriso caloroso. – Você precisa lembrar que isso tudo foi porque ele não suportava a ideia de uma vida sem você.

Sorcha esfregou os olhos.

– É uma forma de ver as coisas. A outra é que ele me impediu de ter um relacionamento com o meu pai, e também com o resto da minha família. Sem falar nas minhas amigas. Seamus O'Donovan podia não ser um santo, mas a escolha de cortar relações devia ter sido só minha. Que coisa mais egoísta de se fazer.

Helen tomou um gole do vinho.

– Eu nunca devia ter concordado com nada daquilo. Sou tão culpada quanto ele – declarou ela, então escolheu as palavras seguintes com cuidado. – Con precisa de você, Sorcha. Sempre precisou. Você é o único elo que ele tem com o passado.

Sorcha cutucou as cutículas.

– Entre uma soneca e outra, eu tive algum tempo para pensar em mim mesma pela primeira vez. Eu abri mão de tudo por ele, Helen. Desde o início, o que ele queria sempre vinha antes. Eu saí de Ballymore, apoiei Con quando ele veio para Londres... Até desisti da minha carreira quando me ofereceram um grande contrato como modelo. E fiz isso porque amava Con e realmente acreditava que ele me amava. Agora eu sinto que tudo isso foi construído na base de mentiras. Ele pisou em mim e me jogou fora quando achou que eu não era mais necessária. Eu posso ainda amar Con, mas acho que não gosto mais dele.

Sorcha pegou a taça de vinho e tomou um gole.

– A história com Lulu também me machuca. Eu pensei que a gente fosse amiga. É óbvio que ela estava me usando para se aproximar do Con – disse ela, massageando as têmporas. – E esse interesse da imprensa é horrível, é como pôr sal na ferida. Por quanto tempo você acha que eu preciso me esconder?

Helen deu de ombros.

– Vai saber? Depende do que surgir nos próximos dias. Assim que algo mais interessante aparecer, eles vão te deixar em paz. Vamos rezar para que isso aconteça – respondeu ela, gentilmente. – Amanhã eu vou poder te dar um retorno. Tenho uma reunião com Freddy de manhã para ver se ainda existe algum futuro para os Fishermen depois dessa confusão. Agora, colocar Todd e Con na mesma sala ou, pior, *deixar* os dois juntos para compor esse próximo álbum, são outros quinhentos.

– Imagino que você esteja penando no momento.

– Bom, não é só Todd que odeia Con. Seu adorável marido conseguiu romper completamente com Derek ao dizer que a preciosa música dele era um lixo. Muito sutil da parte dele. Derek ligou para Freddy e disse que se recusa a trabalhar com o Con de novo e que vai sair da banda. Talvez seja conversa fiada, mas, em se tratando do Derek, vai saber? Ele é uma criatura estranha, para dizer o mínimo.

Sorcha esvaziou a taça de vinho e olhou para o nada.

– É tudo tão triste.

– O quê? – perguntou Helen.

– Ah, eles eram tão bons amigos e agora... bem... essa coisa toda é uma confusão desesperadora.

– É, sim. E, infelizmente, eu tenho que tentar resolver isso. Os Fishermen são uma indústria, Sorcha. E quaisquer que sejam seus problemas pessoais, eles têm um contrato com a Metropolitan.

Helen olhou para cima quando um relâmpago iluminou o céu escuro. Ela enxugou a testa.

– Vai cair uma tempestade, graças a Deus. Eu detesto umidade. Vamos arrumar isto aqui?

Mais tarde, Sorcha subiu para tomar uma ducha. Um trovão ribombou bem em cima de sua cabeça e, enquanto se secava, ela ouviu as primeiras gotas de chuva baterem na vidraça. Quando voltou ao andar de baixo, caía um aguaceiro lá fora. Helen estava sentada à mesa de jantar com uma pilha de papéis à sua frente, mas parecia concentrada na tempestade.

– Não é magnífico? – murmurou ela. – Coloca tudo em perspectiva. Eu adorava ver as tempestades vindo do mar em Ballymore.

– Eu também – contou Sorcha com um sorriso.

– Enfim, acho que está na hora de ir para a cama. Eu já vou ter saído quando você acordar. Gosto de chegar ao escritório às oito.

– Sem problemas.

Helen guardou os papéis na pasta, trancou-a e se levantou.

– Vou subir. Apaga as luzes quando você vier, está bem?

– Pode deixar. Boa noite, Helen.

– Boa noite.

Sorcha se sentou no lugar de Helen e ficou observando a tempestade violenta lá fora.

Vinte minutos depois, subiu as escadas e foi para a cama, refletindo sobre quanto já antipatizara com Helen McCarthy e como, após os últimos dias, passara a respeitá-la mais do que a qualquer outra pessoa.

44

Helen acordou às 5h45, separou o terninho e usou o banheiro. Estava atravessando o corredor quando Sorcha disparou do quarto até o lavabo, batendo rápido a porta. Helen a ouviu vomitar violentamente, depois voltar para o quarto de hóspedes.

Uma vez pronta para enfrentar o dia, Helen saiu do quarto e bateu à porta fechada de Sorcha.

– Entra.

Helen entrou. Sorcha estava deitada na cama, com os olhos fechados.

– Tudo bem? Você está bastante pálida.

– Tudo. Já vou melhorar. Devo ter tomado vinho demais ontem à noite.

– Você só tomou umas duas taças, Sorcha.

– Então talvez seja a tensão. Isso aconteceu algumas vezes desde que eu deixei Con.

– Sempre de manhã?

– É.

Helen se sentou ao pé da cama de Sorcha e pegou um fiapo da colcha.

– Será que você não está grávida?

Uma expressão de puro pânico surgiu no rosto de Sorcha.

– Eu... Não, claro que não.

– Então você não está atrasada, nem nada assim?

– Acho que não. Eu nem pensei nisso com tudo o que está acontecendo... – respondeu Sorcha, quebrando a cabeça para tentar se lembrar. – Talvez eu esteja um pouquinho atrasada, mas deve ser estresse. Con e eu... faz anos que estamos tentando e nada acontece, então tenho certeza de que são outras coisas.

Confusa, Sorcha não deu a Helen mais nenhuma informação.

– Bom, o que quer que seja, não é muito saudável ficar vomitando todo dia de manhã. Que tal se eu pedir para o meu médico dar um pulo aqui e te examinar?

– Não tem necessidade, Helen.

– Eu acho que tem.

– Me dá mais um dia. Se eu não me sentir melhor amanhã, prometo que vou ao médico.

– Está bem – disse Helen, levantando-se da cama. – Eu tenho que ir. Katie vai chegar em uma hora. Qualquer problema, liga para Maggie, minha secretária. Ela vai saber onde me achar.

– Pode deixar.

– Certo, tchau.

– Tchau – disse Sorcha, voltando a afundar a cabeça no travesseiro. – Ah, Jesus, Maria e José. Agora não. Ah, por favor, Deus, agora não.

– Então, qual é o veredito, Freddy? A gente tem uma banda ou não tem?

Helen tamborilava o lápis dourado na mesa, aguardando a bajulação, a enrolação.

– A coisa não está nada boa, Helen, nada boa mesmo. Todd se recusa a falar comigo. Eu dei um pulo na casa dele, mas ele não atende a porta. Sei que ele está lá porque a faxineira me contou. Quanto a Con, bom, ele está refestelado na cama, todo temperamental e cheio de hematomas no rosto. Derek parece ter a ilusão de que se demitiu da banda e se mandou para algum lugar do exterior. E Ian, bom... eu diria que, se a gente conseguir colocar ordem no grupo, devia pensar em substituí-lo de qualquer jeito.

– E o álbum?

– Para ser franco, eu esqueceria o álbum. Não tem como ele ficar pronto no momento.

– E o que fazemos agora? Quer dizer, eu posso processar vocês. Temos um contrato. Os Fishermen precisam produzir.

– Estou ciente disso, Helen, mas não sei o que posso fazer. Acho que o melhor é dar um pouco de espaço para todo mundo e deixar a poeira baixar.

– Não dá tempo. Eu quero o álbum nas lojas para o Natal.

– Então você *vai* ter que processar a gente. Eu não faço milagres. Além disso, que tipo de música esses rapazes vão compor no estado em que se encontram?

– Eu entendo tudo isso, Freddy, mas a vida pessoal dos Fishermen não é problema meu.

– Ah, fala sério, Helen. Isso é um pouco pesado.

– Me desculpa, mas é a verdade. Se os Fishermen se separarem, o buraco na margem de lucro da Metropolitan vai ser mais fundo que o Pacífico. É vital que a empresa permaneça estável nos próximos meses. Eu *não* vou tolerar que o mau comportamento deles afete a minha gravadora. Pode dizer para os seus rapazes que, se não fizerem as pazes e aparecerem no estúdio na segunda-feira de manhã, eu vou abrir um processo contra eles por quebra de contrato.

Freddy deu de ombros.

– Certo, certo. Vou conversar com eles e passar o recado. Eu entro em contato assim que reunir as prima-donas. Quem, em sã consciência, ia querer ser empresário?

– Muita gente, considerando a grana que você arranca deles – respondeu Helen, com tranquilidade.

– Você é uma mulher dura, Srta. McCarthy – declarou Freddy, então se levantou, hesitou e se debruçou na escrivaninha. – Na verdade, eu queria falar com você sobre outra coisa. Encontrei uma dupla, uma moça e um rapaz. São americanos. Ele escreve as músicas, e ela canta que é uma beleza. Eu acho que eles são o som dos anos 1970. E são bonitos também. Devo enviar uma fita demo?

– Com certeza. Você sabe que a gente está sempre em busca de novos talentos.

– Esses dois podem ser a rolha para o seu buraco nos lucros. Tchau, Helen. Eu entro em contato quando tiver notícias.

Helen observou Freddy sair do escritório, depois se recostou e respirou fundo algumas vezes.

Tinha poucas esperanças nos poderes de persuasão de Freddy.

– Droga, droga!

Sorcha vestiu a jaqueta e desceu as escadas.

Precisava saber. Isso significava enfrentar a Kensington High Street, o ponto mais próximo onde com certeza haveria uma farmácia.

Ela pôs o frasco de vidro com o material na parte da frente da bolsa, a afivelou, saiu pela rua de casas em estilo *mews* e entrou na Holland Park Avenue. A tempestade da noite anterior tinha reduzido a umidade e, naquele dia, havia uma brisa refrescante e um clima de outono no ar.

Sorcha voltou 45 minutos depois, feliz por ter conseguido cumprir sua missão sem ser vista, mas desapontada por só receber o resultado do teste na segunda-feira. Um fim de semana inteiro de agonia. Naturalmente, fornecera um nome falso ao farmacêutico. Já imaginava as manchetes se a imprensa ficasse sabendo de sua possível gravidez.

Katie tinha deixado sanduíches para ela. Desconsolada, Sorcha beliscou a comida e, depois, sentindo-se exausta, subiu até o quarto para se deitar.

Agora que pensava no assunto, tudo fazia sentido. A exaustão, a náusea... Eram sintomas clássicos de gravidez.

Todos aqueles meses querendo um bebê...

O que faria?

Contaria a Con?

Eram perguntas que não conseguia responder.

Às seis e meia, a campainha tocou. Nervosa, Sorcha espiou pelo olho mágico.

– Olá? Sorcha, você está aí? Eu trabalho na Metropolitan Records. Helen me pediu para trazer um envelope urgente para ela quando eu fosse para casa. Ela falou para eu não te incomodar, mas o envelope não entra no vão da porta. Você pode abrir?

Sorcha ficou ali parada, na agonia da indecisão.

– Se isso ajuda, eu sei que vocês comeram lagosta e salada no jantar de ontem – disse a voz.

– Está bem.

Sorcha puxou o ferrolho e girou a chave. Ela espiou pela porta e viu uma garota belíssima, com grandes olhos azuis e cabelos louros, parada na soleira. A jovem parecia um tanto familiar, mas Sorcha não conseguia se lembrar de onde conhecia aquele rosto.

– Oi. Obrigada por confiar em mim – comentou a garota, oferecendo a ela um imenso envelope de papel pardo. – Você pode se certificar de que Helen receba isso?

– Claro. A gente já se viu? Você me parece muito familiar.

– Eu estou na Metropolitan há algum tempo. Talvez você tenha me visto lá.

– É, talvez.

– Bom, tenho que ir. Tchau.

– Tchau.

Helen chegou tarde em casa naquela noite. Ela se jogou no sofá, aceitando a taça de vinho que Sorcha lhe entregou.

– Meu Deus, que dia – disse ela, depois tomou um gole. – Você tem planos para o fim de semana?

Sorcha balançou a cabeça.

– Então pode vir comigo para Surrey ver a minha casa nova – continuou Helen. – Eu vou me encontrar com o designer de interiores para conversar sobre papéis de parede e cortinas. Se você quiser, é claro.

Sorcha assentiu.

– Qualquer coisa para tirar a minha cabeça dessa situação.

Helen tomou outro gole de vinho e olhou para Sorcha.

– Então... Você acha que está grávida?

Sorcha respirou fundo.

– Tem uma boa chance de eu estar, sim.

– O que você vai fazer?

– Não tenho a menor ideia.

– Bom, a gente pode se preocupar com isso quando a segunda-feira chegar. Nós duas tivemos uma semana estressante. Vamos nos dar alguns dias de folga, que tal?

– A gente pode tentar. Ah, a propósito, alguém deixou um envelope para você. Está ali em cima da mesa.

– Obrigada.

– Ela é uma garota muito bonita.

– Não é? Quando eu cheguei a Londres, entrei para a mesma faculdade de administração que Mags. Ela apareceu para fazer uma entrevista na Metropolitan há uma semana. O currículo dela era meio irregular, mas eu dei a ela o benefício da dúvida. Mags tem feito um ótimo trabalho. Ela está substituindo a minha secretária, que acabou de entrar em licença-maternidade. Mas, se continuar assim, talvez eu ofereça um emprego permanente para ela. – Helen suspirou, depois prosseguiu: – Todos os homens a adoram, é claro. Ter nascido bonita que nem você e Mags... que vantagem isso é.

– Ah, Helen, hoje em dia você coloca todas nós no chinelo.

– Eu preciso me esforçar muito para ter essa aparência. A maquiagem e as roupas certas ajudam, mas eu controlo o que como todos os dias para manter o peso. É uma luta constante.

– Mas vale a pena, Helen. Você está sempre linda.

– Obrigada. Agora, falando em comida, o que tem para o jantar?

Um pouco mais tarde, as duas mulheres foram para seus respectivos quartos.

Ambas ficaram deitadas sem conseguir dormir. Sorcha rezava para que o resultado do teste fosse negativo, e Helen agarrava-se à tênue esperança de que fosse positivo.

Ela sabia que aquela criaturinha minúscula no útero de Sorcha Daly seria a única coisa capaz de salvar os Fishermen. E, assim esperava, Sorcha também.

45

Sorcha observou o amanhecer da segunda-feira, grata porque o fim de semana tinha finalmente acabado. Às nove em ponto poderia ligar para a farmácia.

– De pé tão cedo?

Sorcha forçava uma simples torrada goela abaixo quando Helen apareceu no andar de baixo.

– É. Não dormi muito bem esta noite.

– Imagino. Olha, tenho uma reunião agora de manhã, mas devo estar de volta ao escritório na hora do almoço. Liga para mim, para eu saber o que deu.

– Pode deixar.

Helen checou rapidamente o relógio.

– É melhor eu ir andando – disse ela, pousando a mão no ombro de Sorcha. – Tenta não se preocupar. Esse problema vai se resolver sozinho. Eu te vejo mais tarde.

Às 9h07, Sorcha pôs o fone no gancho. Seu corpo inteiro tremia. Embora a notícia não fosse nenhuma surpresa, antes ainda havia uma chance de que estivesse errada.

– Entra, Srta. McCarthy.

Helen seguiu Jeremy Swain até seu amplo escritório com vista para a Old Street.

– Café? – perguntou Jeremy enquanto ela se acomodava na cadeira de couro diante da mesa dele.

– Obrigada.

Jeremy se sentou, ligou para a secretária e pediu que ela trouxesse um bule de café e duas xícaras. Depois, ele abriu a pasta à sua frente.

– Bom, a situação está favorável para a emissão de ações. Tem um burburinho sobre isso na Bolsa.

– Ótimo.

– A avaliação é sólida. Meus analistas previram um crescimento de trinta por cento nos próximos dois anos – detalhou Jeremy, erguendo os olhos para a secretária quando ela entrou com a bandeja. – Obrigado. Pode deixar aqui, a gente se serve.

Helen observou Jeremy encher duas xícaras com um café forte, depois oferecer leite e açúcar a ela.

– Eu estava pensando em marcar o lançamento na Bolsa para meados de novembro. O que você acha?

– Por mim, a data que você escolher está ótima.

– Perfeito.

Helen tomou um gole do café.

– Jeremy, será que eu posso checar os números da projeção para os Fishermen?

– Claro. Eles são o seu maior ativo no momento, responsáveis por cerca de 25 por cento do faturamento da Metropolitan.

– O que aconteceria se a banda resolvesse acabar?

Jeremy a encarou do outro lado da mesa.

– Seria uma péssima notícia para a abertura do capital. Isso é provável?

– Digamos que eles estão tendo alguns problemas. Espero que sejam resolvidos, mas não posso garantir.

– Entendi. Bom, isso complica bastante as coisas. Eu li algo sobre um deles nos jornais semana passada, mas nunca dou muita importância a tabloides. Infelizmente, tem gente que dá. Fora que, quando você abre o capital, qualquer cobertura que recebe da imprensa tem que ser positiva. E, claro, sem os Fishermen, o faturamento seria reduzido em cerca de 25 por cento, e a margem de lucros, talvez em mais ainda.

Helen terminou seu café.

– Tudo o que você está me falando eu já sabia – comentou ela com um suspiro.

– Será que a banda poderia adiar a separação por uns seis meses? Isso faria com que a abertura de capital acontecesse com o valor atual da empresa. Os seus investidores vão perceber que o mundo da música é instável e, se os Fishermen acabarem se separando, paciência. É claro que, em seis meses, há grandes chances de que a Metropolitan já tenha descoberto outra banda com potencial de estourar. E você ainda reteria os direitos sobre as músicas deles.

– Então o timing da separação é crucial – refletiu Helen, tamborilando os dedos na mesa. – O problema é que estamos falando de pessoas, e não de commodities inanimadas. Posso pressionar os rapazes para ficarem juntos por mais seis meses. Eles *ainda* têm um contrato com a gente. Têm álbum para gravar, além de um *single*. Se não produzirem, posso ameaçar processar o grupo.

– Outra medida que você obviamente não quer tomar no momento. Não existe nada pior que um processo judicial para afastar os investidores. A Metropolitan precisa estar mais pura que água nas próximas semanas, Helen.

– Claro – concordou ela, depois olhou de relance para o relógio. – Vou me encontrar com o empresário deles em 45 minutos. Depois disso, terei uma noção mais clara da situação.

– A única outra opção é adiar a abertura de capital. Seria uma pena, já que a empresa está tão em alta. Qualquer mudança repentina já deixa o mercado ansioso e, como consequência, vai ficar mais difícil da próxima vez.

Helen se levantou.

– A gente vai ter que esperar para ver. Me avisa se tiver outra ideia, por favor.

– Além de os Fishermen serem mortos a tiros e se tornarem uma lenda, fazendo com que as vendas dos álbuns anteriores disparem, não acho que vou ter muito a oferecer – brincou Jeremy, sorrindo. – Me mantenha informado, Helen.

– Pode deixar – disse ela, estendendo a mão. – Tchau, Jeremy.

Helen voltou ao escritório e guardou os detalhes da abertura de capital dentro da gaveta trancada. Ao fazer isso, notou que faltava algo. Ela apalpou os fundos da gaveta. Tinha certeza de que a arma estava ali na última vez em que olhara.

O interfone apitou.

– Freddy Martin para você.

– Pede para ele entrar.

Helen fechou a gaveta, pensando em fazer uma busca minuciosa no escritório atrás da arma. Se não a encontrasse, teria que informar a polícia o mais rápido possível.

Freddy entrou no escritório devagar.

– Então, Freddy, quais são as novidades?

– Você quer a má notícia ou a má notícia?

– Vai em frente.

– Depois de várias tentativas, eu finalmente consegui me encontrar com Todd. Meu Deus, ele está um caco. Todas as cortinas da casa estão fechadas, com Grateful Dead tocando em looping. Parece que Lulu o deixou.

– Certo, vai direto ao ponto, por favor.

– Ele está falando dos Fishermen no passado. Por ele, acabou de vez. Todd disse que está pensando em se mudar para o exterior, que não suportaria continuar na mesma terra que "aquele babaca", como carinhosamente chama Con.

– Ok, e quanto a Con?

– Mesma história. Não quer saber.

– Derek?

– Foi para o exterior. Não sei para onde. Não consigo falar com ele. Desculpa, Helen.

– Ian?

– Ah, eu o vi, sim. Não que isso tenha feito alguma diferença. Ele concorda em "fazer o que todo mundo quiser, bicho" – imitou Freddy.

– Não tem graça, Freddy. Eu vou abrir o capital da Metropolitan em dois meses. Se os Fishermen se separarem, essas brigas internas podem reduzir o valor da gravadora em milhões.

Freddy suspirou.

– O que eu posso fazer?

Helen lançou-lhe um olhar duro e frio.

– Não faço ideia, Freddy, mas é melhor você pensar em alguma coisa. Caso contrário, vou meter um processo daqueles na banda.

Freddy se levantou.

– Desculpa. Eu estou tão irritado quanto você, sabia? Eles também são o meu ganha-pão. Talvez você tenha mais influência sobre eles. Eu ainda acredito que isso vai passar com o tempo.

– A gente não *tem* tempo, Freddy. Você pode sair sozinho? – pediu ela, abruptamente, pegando o telefone na mesa e começando a discar.

Freddy deu de ombros e saiu da sala.

– Sim?

– Con, é Helen McCarthy.

– O que você quer?

– Falar com você. Com urgência. Quer que eu vá até aí? Ou você prefere me encontrar em algum lugar para almoçar?

– Estou ocupado hoje, desculpa.

– Então se desocupa. Eu chego aí em uma hora.

Helen bateu o telefone, perguntando-se por que investira tanto esforço em astros do rock arrogantes e infantis, quando poderia ter uma vida fácil e agradável lidando com cavalos puros-sangues ou tratamento de esgoto. Por fim, discou o número de casa, deixou o telefone tocar três vezes, desligou e ligou de novo.

– Alô?

– Sou eu. Você ligou?

– Liguei.

– E?

– Deu positivo.

Helen tentou encontrar o tom certo, entre a compaixão e a praticidade.

– Bom, não foi uma surpresa.

– Não, mas eu estou bem abalada.

– Posso imaginar, Sorcha. Cabeça erguida, eu estou aqui com você. Tenta não ficar pensando nisso.

– É um pouco difícil, já que sou uma prisioneira na sua casa e não tenho nada para fazer a não ser pensar.

– Eu sei, eu sei. Existem várias opções para a gente debater. Só segura a onda até hoje à noite. A gente pode tomar um copo de vinho e conversar sobre o assunto. Bom, talvez suco de laranja! – disse ela, forçando uma risadinha, mas Sorcha não correspondeu. – Desculpa.

– Está bem. Vou fazer o possível.

– Boa garota. Te vejo mais tarde.

– Obrigada por ligar, Helen.

– Sem problema. Coragem, Sorcha. Até mais.

Helen deu mais alguns telefonemas, depois pegou a pasta e saiu do escritório.

– Vou ficar fora até depois do almoço – avisou a Mags.

– Está bem. Divirta-se.

Helen ergueu as sobrancelhas e pegou o elevador até o térreo.

– Entra, por que não?

Con parecia carregar o peso do mundo nos ombros. Helen o seguiu do vestíbulo ao escritório dele.

– Eu não estou a fim de te ver, sabia?

– Problema seu.

Helen observou Con se atirar no sofá e pegar o violão. Ela pendurou a pasta em uma cadeira.

– O que você quer, Helen? – perguntou ele, dedilhando o instrumento aleatoriamente.

– Conversar.

Con se virou para encará-la. Seu queixo já exibia uma barba de uma semana, e ele tinha hematomas roxos debaixo dos olhos devido ao nariz quebrado.

– Você está péssimo.

– Obrigado – respondeu Con, voltando a desviar o olhar. – Não quero você na minha casa além do necessário, então fala logo.

– Vou falar. Você pretende deixar os Fishermen?

– Acho que não existe mais banda nenhuma para deixar, mas, sim, eu estou fora.

– Você ainda não anunciou isso para a imprensa, certo?

– Não.

– Então, não anuncia. Se estiver disposto a aguentar seis meses sem dizer uma palavra sobre o fim da banda, eu deixo de te processar pelo álbum incompleto.

– É muita gentileza sua, Helen, mas você não acha que, a essa altura, os jornalistas já devem ter adivinhado?

– Sim, mas toda essa fofoca pode ser cortada pela raiz com um comunicado à imprensa. Tudo o que você tem que fazer é ficar quieto por um tempo.

– E quanto ao Todd? Você acha que ele também vai ficar de boca fechada? Que ele estaria disposto a fingir que está tudo bem?

– Vamos ver. Se ele for sensato e não quiser enfrentar uma longa batalha judicial com uma vitória certa da Metropolitan, vai entrar no jogo.

– Helen, eu posso saber por que é tão importante para você que a gente espere?

– A Metropolitan vai abrir o capital em novembro. O valor da empresa vai despencar se os Fishermen anunciarem uma separação agora.

Con sorriu.

– Com você, tudo sempre se resume a dinheiro, não é, Helen McCarthy?

– Sim, acho que sim. Eu trabalhei muito duro para construir a minha empresa...

– A empresa do Brad.

– A nossa empresa, e não quero ver o meu esforço jogado no lixo.

Con aquiesceu.

– Eu entendo. O problema é que eu não estou nem aí para o dinheiro. Então, seu processo não me incomoda. Você pode ficar com a grana, com tudo. Eu estava mesmo pensando que era mais feliz sem ela.

– É muito fácil dizer isso quando você *tem* dinheiro. Só não se esquece de quando você chegou a Londres e lutava para manter um teto sobre a sua cabeça.

– Pelo menos eu era feliz. Eu e Sorcha éramos felizes – disse Con, endurecendo o olhar. – Eu não sinto que te devo mais nenhum favor. Se esse é o seu desejo, vai em frente e me processa. Vou fazer o que eu quiser. E eu quero sair. Agora.

– Está certo, Con. Esta é a última vez que eu te faço uma proposta: se você ficar de bico fechado pelos próximos meses, na primavera a Metropolitan vai te oferecer um contrato solo, com um dinheiro tão alto que vai ser impossível recusar.

– Você ouviu o que eu acabei de dizer, Helen? – perguntou Con, olhando espantado para ela. – Eu falei que não estou interessado em dinheiro. E eu não assinaria um novo contrato com a Metropolitan nem se ela fosse a última gravadora da face da Terra. Escutou?

– Perfeitamente.

Helen pegou a pasta. Ela tinha uma última carta na manga.

– Mas tem a questão do *single*. A gente precisa lançar uma nova faixa antes do Natal. Já que eu não consigo convencer nem você nem Todd a comporem uma música, vou ter que lançar a que o Derek escreveu. "Peggy" vai sair com o nome dos Fishermen – afirmou ela, depois o encarou por um tempo. – É melhor você me dizer o que quer fazer a respeito.

Con olhou horrorizado para Helen enquanto ela caminhava até a porta.

– Você não faria isso, Helen.

Ela se virou e deu de ombros.

– Parece que você não me deixou alternativa. Tchau, Con.

Imóvel e mudo, ele ouviu a porta da frente se fechar, depois o carro de Helen dar a partida.

Con atravessou as charnecas a passos largos, com a cabeça baixa. Tinha um nó na garganta, e sua respiração estava ofegante. Ele percebeu que queria chorar, algo que sentira poucas vezes desde a infância.

Sentou-se em um banco, se inclinou para a frente e pôs a cabeça entre as mãos. Após alguns minutos, começou a se acalmar. A paz e o espaço das charnecas eram relaxantes.

Ele olhou para cima. O céu estava azul, com nuvenzinhas de algodão flutuando no horizonte.

– Meu Deus, está tudo uma bagunça – disse ele, suspirando.

Ele amava Sorcha, mas tinha destruído completamente seu casamento. Sua carreira brilhante estava saindo dos trilhos. E, para completar, um lunático não parava de lhe enviar ameaças de morte. Con sentia que não tinha um único amigo no mundo.

Não que merecesse amigos. Havia se comportado como um grande babaca nos últimos meses, afastando quase todos ao seu redor.

Con olhou para o nada. Não sabia quais eram as respostas. Talvez devesse se encontrar com Sorcha e pedir desculpas, para ver se ela o perdoava e voltava para casa.

Quanto à banda, não conseguia enxergar um caminho de volta no pé em que estavam. Não ligava que Helen o processasse, mas era horrível que o último *single* dos Fishermen entrasse para a história como uma canção de amor insípida e mal escrita.

Ele precisava admitir que Helen McCarthy era esperta. A única coisa capaz de levá-lo ao estúdio uma última vez era seu orgulho artístico.

Con pensou na música que vinha tocando lá no fundo de sua mente nos últimos dias.

– *Perder você, depois de tanto te amar...* – cantou ele.

Fazia muito tempo que não tinha vontade de compor uma balada romântica.

Con se levantou. Queria escrever a música para Sorcha. Iria para casa e trabalharia na canção enquanto durasse aquele ímpeto. Se ela acabasse saindo tão forte quanto a sentia, quem sabe pudesse ligar para Helen e sugerir gravá-la como o *single* de Natal da banda.

Depois disso... não sabia mais. Talvez devesse dar o fora da Inglaterra, ir embora por uns tempos.

Con caminhou em direção à casa.

Já não sabia quem diabos era.

46

Quando dirigiu para casa naquela tarde, Helen já estava mais calma. Tinha recebido um telefonema de Freddy dizendo que Con entrara em contato com ele. Parece que Con vinha trabalhando em uma música e estava disposto a gravá-la como último *single* dos Fishermen. Freddy não sabia o que Todd diria a respeito, já que ninguém atendera em sua casa, mas sugeriu que pedissem para Con gravar uma versão preliminar no estúdio. Eles também concordaram que deixariam Derek, que voltara da Espanha naquela tarde, gravar a faixa dele, só por precaução.

Enquanto passava pela Hyde Park Corner e se dirigia a Holland Park, Helen refletiu sobre as implicações daquilo. Seria possível fazer com que a esposa separada, assustada e grávida de Con retornasse aos braços do marido? Se ele voltasse com Sorcha, talvez Lulu e Todd também o fizessem. Todo mundo pediria desculpas, Con e Todd se reconciliariam, e a coisa toda passaria com o tempo, como sugerira Freddy. Não só isso, mas, com um bebê a caminho e um Con agradecido ao seu lado mais uma vez, Helen achava que Sorcha teria uma chance de ser feliz de verdade. Helen *devia* isso a ela.

Tudo o que precisava fazer agora era arquitetar um encontro.

Sorcha estava sentada na varanda com uma taça de vinho quase vazia na mão.

– Oi. Como você está?

– Bem, eu acho. Espero que você não se importe, mas abri uma garrafa. Eu não devia, por causa do bebê, mas... pensei em tomar uma última taça – disse Sorcha, dando de ombros.

– Acho que essa quantidade não vai fazer mal. Eu te acompanho. Você está muito pálida, Sorcha.

– E você não estaria, no meu lugar?

– Sim, sim, claro. Deixa eu só pegar uma taça para mim.

Helen foi até a cozinha, voltou e se serviu de um pouco de vinho. Então, se sentou e examinou a expressão triste de Sorcha.

– Alguma ideia do que vai fazer?

– Ter um bebê daqui a sete meses – respondeu Sorcha, dando de ombros de novo e abrindo um meio-sorriso.

– Você não vai contar para o Con?

– Não.

– Você não acha que ele tem o direito de saber?

– Não sei.

– Vai criar o bebê sozinha, então?

– Talvez eu tenha que fazer isso.

– Bom, você também pode...

– Não – objetou Sorcha, balançando a cabeça. – Eu não poderia. Mesmo que eu não vá mais à missa, ainda tenho fé. Jamais conseguiria interromper a gravidez. O que Con fez não é culpa do bebê, certo?

– Você deixou de amá-lo?

– Não. Claro que ainda o amo, Helen. Sempre vou amar aquele rato.

– Bom, se você está decidida a não contar para o Con, precisa pensar no futuro. Você tem que analisar onde vai morar.

– Eu sei. Passei o dia pensando nisso. Eu estava me perguntando se devia voltar para Ballymore. Mas já imaginou a fofoca na cidade? Eu não ia aguentar. E não quero abusar da sua boa vontade. Vou começar a procurar um apartamento amanhã.

– Deixa de ser boba, Sorcha. Você pode ficar aqui o tempo que quiser.

Sorcha sentiu os olhos se encherem de lágrimas.

– Ah, Helen, você tem sido muito mais gentil comigo do que mereço.

– Bobagem – retrucou Helen, bruscamente. – Na verdade, gostei muito da sua companhia.

– Acho que eu já estaria louca se não tivesse você para conversar.

– Bom, então, está combinado. Você fica aqui comigo por enquanto, certo?

Sorcha sorriu, agradecida.

– Está bem.

Dois dias depois, Sorcha foi acordada de seu cochilo da tarde pelo telefone. Ele tocou três vezes, depois parou: o código de Helen. Sorcha esperou que tocasse de novo.

Ela atendeu depois do primeiro toque.

– Alô?

– Sou eu. Escuta, você me faria um favor, Sorcha? Meu carro está no conserto, e a oficina acabou de ligar dizendo que eles precisam colocar novas pastilhas de freio. Eu só vou poder pegá-lo amanhã de manhã. Você viria aqui na Metropolitan me buscar? Depois, a gente podia comer alguma coisinha. Talvez te faça bem sair um pouco.

– Tudo bem.

Embora relutasse em se aproximar da Metropolitan, depois de toda a gentileza de Helen, Sorcha não poderia se negar a fazer a um favor tão pequeno.

– Ótimo. Vou falar para a recepcionista te aguardar. Ela vai saber onde me encontrar. Eu te vejo umas seis horas.

– Está bem. Tchau, Helen.

Sorcha pôs o fone no gancho, saiu e trancou a porta da frente.

Con atravessou as portas de vidro da Metropolitan Records e foi até a recepção.

– Oi, Sr. Daly – cumprimentou a recepcionista, sorrindo. – A suíte 2 está prontinha para o senhor. A propósito, eu sou a Miranda. Comecei a trabalhar aqui na semana passada.

– Ah – disse Con, franzindo a testa. – A suíte 1 não está disponível? É lá que eu geralmente trabalho. Eu prefiro.

– Hã... – murmurou Miranda, olhando a lista de reservas. – Não, desculpa. O Sr. Longthorne está trabalhando lá.

– Não, Derek saiu meia hora atrás enquanto você estava almoçando – interveio Melody, a outra recepcionista. – Ele disse que não ia voltar, então você pode ficar lá.

Ela se inclinou sobre a mesa e sorriu para Con, com a chave pendurada nos dedos.

– Obrigado, Melody.

Con pegou a chave e foi até as escadas que levavam ao porão.

– Sr. Daly, esqueceu de assinar a sua entrada! – gritou Miranda, atrás dele.

– Deixa ele em paz, Miranda.

– A Srta. McCarthy mandou a gente *sempre* obrigar todo mundo a se registrar, não importa quem seja – insistiu Miranda.

– Neste prédio, Con Daly está acima de Deus, e Helen não mencionou nada sobre os imortais. Agora, por tudo o que é mais sagrado, atende a central telefônica.

Con destrancou a porta da suíte de gravação 1. Ao entrar, sentiu o cheiro pungente do pós-barba de Derek pairando no ar. Seu cardigã de angorá estava dobrado com cuidado no sofá, e havia várias anotações em sua caligrafia miúda e redonda coladas com fita na mesa. Era óbvio que ele não tinha terminado.

Con torceu para que a recepcionista estivesse certa e Derek não voltasse mais naquele dia. A última coisa de que precisava era um confronto com seu ex-colega de banda.

Ele se sentou no banquinho giratório e ligou o console. A música tocava em sua cabeça, implorando para ser gravada. Registraria a melodia primeiro. A canção deveria ser a mais simples possível, só ele e seu velho violão. No refrão, poderia aumentar o volume e criar boas harmonias e instrumentações para Todd, Ian e Derek, *se* eles concordassem em tocar naquela última faixa.

Con tirou o violão do estojo e desapareceu em um mundinho só seu.

Sorcha parou em frente à Metropolitan Records às 17h55.

Enquanto dirigia por Londres, começara a pensar na criança que crescia dentro dela. Era tudo o que havia desejado ao longo daqueles anos. Não importava os problemas que enfrentasse, não pensaria no bebê como algo negativo.

Sorcha tocou a barriga timidamente.

– A gente vai ficar bem, bebê – murmurou ela.

Então, pegou a bolsa, saiu do carro e entrou.

– Oi – disse Sorcha, sentindo-se desconfortável e nervosa por estar dentro de um prédio tão intimamente associado a Con.

– Oi, Sra. Daly. A Srta. McCarthy acabou de ligar e disse que está na suíte de gravação 2. É para a senhora ir direto para lá encontrar com ela, porque parece que ainda vai demorar um pouco.

– Eu... Ok – respondeu Sorcha, aquiescendo e rezando para não ter que ficar ali muito tempo.

Ela desceu os degraus até o porão e atravessou o corredor mal iluminado até a suíte dois. A sala estava escura, e a porta, trancada. A recepcionista devia ter se confundido com o número. Ela avançou mais um pouco e deu uma olhada na suíte um. As luzes estavam acesas, mas também parecia vazia. Sorcha abriu a porta e entrou. Não havia ninguém na sala de controle e no estúdio de gravação atrás do vidro. Dando meia-volta, Sorcha se preparou para ir embora, porém, antes que pegasse na maçaneta, a porta se abriu.

Ali estava Con, com um copo plástico de café na mão.

Eles se entreolharam. Sorcha percebeu que Con havia empalidecido.

– Oi, Sorcha.

– Oi.

– Você estava me procurando?

Ela pensou ter visto esperança nos olhos dele.

– Não. Vim ver Helen, na verdade. A recepcionista falou que ela estava aqui embaixo.

Con balançou a cabeça.

– Não. Não vi nem sinal dela a tarde toda. Por que você estaria atrás da Helen?

– Porque ela me pediu para encontrá-la aqui. A gente vai sair para jantar.

– Eu não sabia que você e Helen eram tão amigas.

– A gente é. Aliás, eu estou na casa dela.

– Você e Helen McCarthy estão morando juntas?

– Eu não tinha nenhum outro lugar para ir. Helen tem sido muito gentil.

Sorcha se sentiu completamente tonta. Ela deu um passo em direção à porta.

– A recepcionista deve ter se enganado. Vou voltar lá para cima – disse ela, começando a oscilar.

– Você está bem?

– Estou, eu...

Ela viu estrelas. *Agora, não, por favor*, implorou ao próprio corpo enquanto as pernas ameaçavam ceder por completo.

Con a segurou quando ela caiu, o copo de café derramando-se no chão.

Ele meio que a arrastou e a carregou até o sofá do canto e a deitou nele. Os olhos de Sorcha estavam fechados, e a pele, cinzenta.

– Sorcha, Sorcha... – disse ele, dando tapinhas em suas bochechas enquanto a respiração dela saía ofegante.

Con observou, impotente, quando ela soltou um gemido baixo e se esforçou para abrir os olhos.

– Vou chamar um médico. Você está com uma cor horrível – disse ele, ficando de pé.

– Não, já está passando, não chama. Eu já vou melhorar. Você pode me trazer um copo de água?

– Não se mexe. Já volto.

Con saiu do estúdio, encheu um copo na torneira da pequena copa e correu de volta pelo corredor.

– Pronto – disse ele, oferecendo a água.

Sorcha levantou a cabeça para tomar um gole.

– Desculpa, Con. Estou me sentindo uma completa idiota.

– Deixa de ser boba. O cheiro do pós-barba do Derek faz qualquer um desmaiar – gracejou ele, sorrindo.

– Ele estava aqui?

– Mais cedo. E o cheiro ainda não sumiu.

Sorcha se sentou. Con observou a cor voltar lentamente às bochechas dela.

– Você está doente?

– Não. Eu estou bem – respondeu ela, tentando reunir forças para se levantar e sair. – Preciso encontrar Helen.

– A recepcionista sabe que você está aqui embaixo. Descansa um pouco. Você ainda está com uma cara péssima.

– Obrigada. Na verdade, você também.

– Todd quebrou o meu nariz.

– Você bem que mereceu.

– Bom, eu acho que não. Nunca aconteceu nada entre mim e Lulu, sabia?

– Se você diz.

– Eu sinto muito, Sorcha.

– Eu também.

Ela já estava melhor e queria ir embora. Sorcha tirou as pernas do sofá.

– Você tem que ir?

– Eu... Ah, Con – disse ela, com os olhos cheios de lágrimas.

– Não chora, Sorcha, por favor. Não aguento te ver chorar e saber que a culpa é minha.

Ele se sentou ao lado de Sorcha e segurou a mão dela.

– Eu... eu compus uma música. Para você. Eu estava aqui mexendo nela antes de gravar para valer na semana que vem. Você pode ouvir, por favor?

Sorcha fungou.

– Se você quer mesmo que eu ouça...

– Eu quero.

– Está bem. Deixa eu só dar um pulo no banheiro para me ajeitar um pouco.

– Claro.

Con abriu um sorriso fraco quando ela saiu da sala. Ele estremeceu, então pegou o cardigã de Derek e o vestiu. Depois, se sentou em frente ao console para rebobinar a fita.

Sorcha jogou uma água fria no rosto e retocou o batom. Vê-lo de novo era tão doloroso. Ela ouviria a música, depois encontraria Helen e iria embora.

– Ela se chama "Losing You". Pronta?

– Claro.

Sorcha foi se sentar no sofá. Con apertou o play, sentado de costas para ela no banquinho em frente ao console de gravação. Ela ouviu as notas suaves de um violão saírem dos alto-falantes.

Perder você, depois de tanto te amar,
Foi o pior que podia me acontecer.
E é verdade, depois de tudo o que falei
E de como fui cruel,
O que mais você podia fazer?
Perder você, perder você...

Os olhos de Sorcha se encheram de lágrimas quando Con começou a cantar junto com a gravação.

Então, pelo tempo que for, eu vou tentar,
E se você não voltar, vou desmoronar.
Eu te amo.
Por favor, volta para casa, porque lar é onde o coração está

Essa distância ainda vai me matar.
Perder você, perder você...

Sorcha se levantou, seus olhos cegos pelas lágrimas.

– Eu te amo, Con – murmurou ela, sem ser ouvida devido à música.

Ela caminhou devagar na direção dele.

De repente, viu uma figura parada bem na frente da porta.

– Oi, eu...

Por um instante, os olhos da figura demonstraram confusão. Sorcha a observou erguer as mãos e apontar uma arma para as costas de Con.

– O que você...?

A figura apertou o gatilho.

– *Não*! – gritou Sorcha, mergulhando para salvar Con.

Uma bala rasgou o ar com um assovio, despedaçando o painel de vidro. O tiro foi seguido por outro, e mais outro.

Sorcha caiu em cima de Con, derrubando-o do banquinho e protegendo-o com o próprio corpo da saraivada de balas.

A figura saiu da sala.

A música continuou tocando.

Parte Três

Reenconto

47

Londres, 1986

– Prontinho, Helen. Confere, se quiser. A gente não roubou os seus trocados, nem aqueles brincos de ouro bonitos. Aposto que dá para vendê-los por uma graninha.

Helen assentiu enquanto examinava o conteúdo da bolsa marrom. A última vez que a vira fora em 21 de dezembro de 1969.

– Alguém vai vir te pegar?

Helen balançou a cabeça.

– Você vai ficar bem sozinha? O mundo lá fora está bem diferente.

– Vou ficar bem.

– Bem, boa sorte para você. Comporte-se. Não quero te ver aqui de novo.

– Pode deixar.

Helen pegou a bolsinha no balcão, se virou e seguiu a carcereira até o escritório da diretora. Ela sabia que era normal ouvir um discurso motivacional antes de ser liberada.

– Entra, Helen, e senta.

A diretora, uma mulher pequena e magra na casa dos 60, baixou os papéis que analisava e tirou os óculos.

Helen se sentou.

– Bom, como você sabe, está saindo em regime de liberdade condicional. Eu queria dar uma palavrinha rápida com você antes disso. Como se sente em relação a voltar para a sociedade?

– Bem.

– Ótimo. Você foi uma interna exemplar. Tivemos poucos motivos para nos sentar aqui, uma de frente para a outra, o que é mais do que eu posso dizer sobre a maioria das nossas hóspedes. Eu espero que o diploma que você conquistou em direito seja útil no futuro.

– Ajudou a afastar o tédio.

– Tenho certeza disso.

A diretora examinou Helen McCarthy. A jovem que chegara ao escritório dela dezessete anos antes, alegando veementemente sua inocência, estava irreconhecível. O sedentarismo e a dieta rica em carboidratos acrescentaram uns bons 19 quilos ao seu corpo. Seus cabelos pendiam ralos e longos sobre os ombros. No vestido de brechó em poliéster escolhido para a soltura, ela parecia uma década mais velha que seus 40 anos.

– Helen, eu sei que você sempre alegou inocência e quanto tempo, dinheiro e esforço investiu nos seus dois recursos fracassados, mas agora acabou. Sem recriminações, sem vinganças. Isso só te traria de volta para cá. Você ainda é jovem. Aproveita o que tem de vida, usa o que aprendeu aqui e começa de novo. Você já sabe para onde vai?

Helen assentiu.

– Ah, sim.

– Ótimo. Uma das condições do seu regime é que você se apresente ao oficial de condicional a cada duas semanas. Não perca nenhum encontro. Além de ficar de olho em você, eles também estão disponíveis para conversar e dar conselhos.

– Claro.

– Bem, não vou mais tomar seu tempo. Pode ir, Helen.

Helen se levantou e estendeu a mão.

– Tchau, Sra. Curtis.

– Tchau.

Vivien Curtis observou Helen sair do escritório. Ela suspirou. Quase todas as novas detentas que chegavam à sua penitenciária alegavam inocência. Helen McCarthy gastara milhares de libras em duas apelações infrutíferas. Com certeza havia muitas evidências circunstanciais... Quem poderia saber?

Ela fechou o arquivo de Helen e o guardou na gaveta “Ex-detentas”.

Helen olhava pela janela enquanto o táxi a conduzia até o centro de Londres. Tudo parecia maior, mais brilhante. Os carros nas ruas movimentadas ao seu redor lembravam a Era Espacial, e nas vitrines das lojas havia móveis e roupas que ela só vira de relance na TV e nos jornais que lera.

Dezessete anos. Dezessete anos por um crime que não cometeu. Dezessete anos se perguntando *quem* era o verdadeiro criminoso. Grande parte de seu dinheiro fora gasto com honorários de advogados. Ela ainda tinha a casa em Londres e a propriedade em Ballymore, que agora, ao que tudo indicava, não passava de um amontoado apodrecido de ruínas, umidade e fungos.

E era só isso.

Ela havia perdido sua preciosa empresa. A Metropolitan Records abrira o capital com sucesso um ano depois da prisão de Helen, com um Brad recém-regenerado à sua frente. Ele tivera o enorme prazer de escrever a ela na prisão para dizer que o conselho diretor votara por sua saída.

No início, pensara em suicídio várias vezes. Sua vida estava acabada, seus planos tinham virado pó. Tomara todo tipo de medicação que lhe ofereciam para tentar eliminar a dor. Só a ideia de sair de lá e limpar seu nome a mantivera viva. Seu diploma em direito lhe dera o conhecimento necessário para ser bem-sucedida.

– Bem ali, obrigada – disse ela ao taxista, quando se aproximaram da entrada da casa.

– São 12 libras, querida.

Helen engoliu em seco. Tinha 20 libras na bolsa, que recebera ao sair da prisão. Dezessete anos antes, uma viagem daquelas não teria lhe custado mais que 2 libras.

Ela pagou ao taxista, saiu do carro e foi até a porta descascada. Girou a chave e entrou.

A casa cheirava a mofo, mas estava organizada e limpa. Katie tinha recebido um pequeno pagamento para ficar de olho nela.

Helen pôs a bolsa no chão e foi até a sala de estar. Mesmo sem querer, sorriu. A coleção de móveis poderia ser vendida como um tesouro dos anos 1960 em perfeitas condições.

Ela vagou pela casa, sabendo que precisava se livrar das lembranças terríveis da última vez em que esteve ali...

48

Setembro de 1969

Helen deduziu que aquela batida à porta às onze da noite fosse Sorcha, chegando da Metropolitan ou para chorar em seu ombro porque estava mesmo tudo acabado entre ela e Con ou para fazer a mala e voltar para Hampstead. A última pessoa que esperava ver era um policial.

– Boa noite, a senhora é Helen McCarthy?

– Sou. Algum problema?

– Infelizmente, sim. A senhora confirma que é diretora da Metropolitan Records?

– Confirmo.

– Sinto muito informar, mas houve um sério incidente nas instalações da sua empresa.

– Ai, meu Deus. Quem? O que houve? Alguém está ferido?

– Não estou autorizado a revelar esses detalhes no momento. A senhora poderia me acompanhar até a delegacia?

– Claro, mas...

Com a mente girando, Helen foi conduzida no banco de trás de um carro até a delegacia de Paddington. Um jovem policial tomou seu depoimento, que consistia na descrição de seus movimentos entre as cinco e as sete da noite. Foi quando o suposto "incidente" ocorreu.

– Obrigado, senhora – disse o policial.

– Pelo amor de Deus, será que alguém pode me dizer que diabos aconteceu?

– O inspetor está ocupado, mas daqui a pouco vem explicar tudo.

– Eu posso dar um telefonema?

– No momento, não.

Helen ficou naquela angústia por mais de meia hora, até que um rosto familiar entrou na sala.

Ele parecia exausto. Tinha envelhecido nos últimos anos.

– Srta. McCarthy, acho que já nos vimos.

– Já, embora infelizmente eu não lembre o seu nome.

– Inspetor Garratt. Conversamos sobre o assassinato do seu amigo Tony Bryant há uns três ou quatro anos.

Era isso mesmo.

– Foi. Por favor, inspetor Garratt, o senhor pode me dizer o que está acontecendo?

O inspetor se sentou e esfregou o queixo com a barba por fazer. Ele olhou para ela.

– A senhorita realmente não sabe?

– Claro que não! Me fala, por favor.

– Ah, Srta. McCarthy, parece que tem uma propensão a estar no lugar errado, na hora errada. Mais ou menos às seis e meia da tarde de hoje, um atirador não identificado alvejou Con Daly e a esposa dele, Sorcha, na suíte de gravação um, no porão da Metropolitan Records.

Helen encarou Garratt.

– Não, eu... Eles estão...

– O Sr. Daly não foi gravemente ferido, mas o estado da Sra. Daly é delicado. Ela está na UTI do Charing Cross Hospital. O prognóstico não é bom.

– Eu... Eu preciso ir para o hospital!

Helen fez menção de se levantar, mas o inspetor ergueu a mão para que ela permanecesse sentada.

– Tudo a seu tempo.

– Eles foram atrás do Con e tentaram matá-lo como disseram que fariam – comentou Helen, mordendo o lábio.

– Quem tentou matar o Sr. Daly?

– Com certeza o senhor sabe que Con Daly vem recebendo ameaças de morte há algum tempo, não? Ele até está sendo acompanhado por um esquadrão policial dia e noite.

– Sim, eu sei disso, mas, depois de conversar brevemente com o Sr. Daly, achamos que foi alguém que ele, e com certeza a esposa dele, conheciam. Parece que o Sr. Daly a ouviu dizer "oi" antes de a pessoa atirar. Isso meio que elimina a possibilidade de ser um assassino de aluguel de um grupo terrorista, não acha?

– Sim... Imagino que sim... Eu... – disse Helen, levando a mão à têmpora latejante. – Eu... Desculpa. Isso tudo foi um choque terrível.

– Claro. Srta. McCarthy, o segurança noturno afirma que a viu sair do porão por volta das 18h10.

– Isso. Eu fui checar se Con e Sorcha ainda estavam na suíte de gravação.

– Só que o Sr. Daly disse que não viu nem falou com a senhorita. Por quê?

– Porque eu não queria atrapalhar os dois, nem interromper uma possível reconciliação. Que, a propósito, eu providenciei.

– Então a senhorita providenciou para que o Sr. e a Sra. Daly estivessem juntos no estúdio?

– Bom, na verdade, na suíte de gravação número dois, mas sim – respondeu Helen, depois encarou o inspetor Garratt. – Isso não é nenhum crime, é? Eu só estava tentando ajudar, para que eles voltassem.

– E a senhorita está dizendo que os dois estavam bem às 18h10?

– Sim, com certeza.

– Entendi. Srta. McCarthy, existe alguma outra saída no prédio além da porta da frente?

– Sim. Existem três saídas de emergência, mas elas ficam trancadas por razões óbvias. As chaves estão atrás do vidro em cima da porta, que deve ser quebrado em caso de incêndio.

– Essas chaves têm cópias?

– Têm. Elas ficam em uma gaveta trancada do meu escritório.

– Entendi. O problema, Srta. McCarthy, é que o segurança jura que a senhorita foi a única pessoa que ele viu sair do prédio entre 18h e 18h45, o horário que o Sr. Daly o alertou sobre a situação. Nenhuma das saídas de emergência foi violada, e a polícia vasculhou o prédio de cima a baixo quando chegou. Ele estava deserto.

Helen sentiu o suor escorrer por suas costas. Sua boca estava completamente seca.

– O senhor não está tentando dizer que...

– Dizer o quê, Srta. McCarthy?

– Que eu... que eu... Isso é ridículo! Só porque um segurança disse que eu fui a única pessoa que ele viu sair, não significa...

Helen não conseguiu nem mesmo proferir as palavras.

– Ele pode estar mentindo! – insistiu ela. – Não existe nenhuma prova. Eu sinto que o senhor está me acusando!

– Não é nada disso, Srta. McCarthy. Só estou tentando estabelecer os fatos, juntar as peças desse misterioso quebra-cabeça. Por acaso tem uma arma?

Helen corou.

– Tenho.

– Por alguma razão em particular?

– Eu sou membro de um clube de tiro. Aprendi a atirar por conta própria. Sou uma mulher rica que mora sozinha. Depois da morte do Tony, senti que devia me proteger. Tem tanto maluco solto por aí que achei que valia a pena comprar uma.

– E a senhorita poderia nos mostrar onde a arma está agora?

– Não. Minha arma foi roubada da gaveta trancada. Eu dei pela falta dela há uns dois dias. E informei a delegacia local quando aconteceu – contou Helen, então pôs as mãos nos olhos e balançou a cabeça. – Não consigo acreditar que estou respondendo essas perguntas idiotas. Por que diabos eu ia querer machucar Con Daly ou a esposa dele? Ele é o maior astro da Metropolitan, e Sorcha está morando comigo faz duas semanas. Ela é minha amiga. Pelo amor de Deus, eu só estava tentando dar a eles a oportunidade de ficarem juntos, não queria assassinar os dois!

– Bem, essas são perguntas que vão ser respondidas no devido tempo. Por hoje, é o suficiente. Alguém vai levá-la para casa. Eu prefiro que não saia de lá por enquanto. A senhorita não se opõe a uma busca no local, certo? É óbvio que não tem nada a esconder.

– Não, mas é melhor o senhor conseguir um mandado antes. Vou contratar um advogado e talvez abra um processo por assédio moral. Essa conversa inteira foi totalmente absurda.

– Só estou fazendo o meu trabalho, Srta. McCarthy. E sugiro que contrate mesmo um advogado – disse ele, ficando de pé. – Boa noite.

Con ouvia o bipe dos monitores. Ele apertou a mão pequena e branca da esposa.

– Sorcha, Sorcha-porcha, *por favor*, aguenta firme. Volta para mim, volta – murmurou ele.

– O senhor aceita um café, Sr. Daly? – perguntou a enfermeira noturna atrás dele, com um sotaque irlandês familiar e reconfortante.

– Não, mas obrigado.

A enfermeira checou o labirinto de tubos conectados a Sorcha.

– Alguma mudança?

Ela balançou a cabeça.

– Não. Continua rezando. É a única coisa que dá para fazer.

Con assentiu. Ele mexeu o braço dolorido, enfaixado para proteger o ferimento de raspão causado pela bala perdida.

– Sorcha, Sorcha, abre os olhos e fala comigo. Conta para mim quem fez isso. Você viu, você viu. Aquelas balas eram para mim, não para você. Você não devia ter tentado me salvar. Eu deveria estar deitado aí, não você. Não você, meu amor.

Lágrimas surgiram nos olhos dele.

Ele começou a murmurar uma melodia. Então, baixinho, cantou a letra de "Losing You".

Con sentiu uma leve pressão na mão. Sorcha piscou e moveu um pouco a cabeça. Ele se debruçou sobre ela.

– Sorcha, meu anjo, está tudo bem. Eu estou aqui com você.

Sorcha tentava falar com ele, mas Con não conseguia ouvir devido à máscara de oxigênio. Hesitante, ele a moveu até o queixo dela.

O inspetor Garratt observava através do vidro. Ele entrou no quarto rapidamente e foi até o outro lado da cama, de bloquinho e caneta na mão.

– Meu Deus, o senhor não pode nos deixar a sós por cinco minutos? – murmurou Con.

– Pergunta para ela, Con.

– Perguntar o quê?

– Quem ela viu.

Con aquiesceu.

– Está bem. Quem foi, Sorcha? Quem foi?

Os olhos dela se encheram de lágrimas.

– Foi... Eu não lembr... o nome – disse Sorcha, depois balançou a cabeça, frustrada, enquanto o inspetor Garratt anotava cada palavra que ela falava.

– Sorcha, foi Helen McCarthy que você viu?

Os olhos de Sorcha se encheram de alívio.

– Sim, Helen... pergunta para Helen... uma velha amiga...

Ela começou a ficar sem fôlego.

– Eu... te amo, Con... *a gente* te ama... a gente te ama.

– Vamos lá, já chega – disse a enfermeira atrás dele.

Os olhos de Sorcha se fecharam quando a enfermeira devolveu a máscara de oxigênio à posição correta. A respiração dela se estabilizou.

Garratt olhou para Con do outro lado da cama.

– Pronto. Vou deixá-lo em paz. Desculpa incomodar em um momento como este, mas era melhor a gente saber – disse ele, depois se levantou. – Eu vou rezar por ela, Sr. Daly. A gente vai precisar conversar amanhã.

O inspetor saiu do quarto.

Sorcha morreu às 3h10 daquela madrugada, sem dizer nem mais uma única palavra.

– Sr. Daly, eu sinto muitíssimo. Não tinha nada que a gente pudesse fazer.

Con olhava pela janela. Ele mal ouvia as palavras do médico. Amanhecia em Londres. O começo de um novo dia. Um que Sorcha não veria.

– Se ela estivesse mais adiantada na gravidez, talvez a gente pudesse ter salvado a criança, mas, no caso dela, bom... Sorcha só estava com doze semanas.

– Eu... – Con então virou-se para o médico. – O que o senhor falou?

– O bebê. Ele não tinha como sobreviver.

– Que bebê?

– Sr. Daly, não sabia que a sua esposa estava grávida? Achei que...

– Sorcha ia ter um bebê? – perguntou ele, mal conseguindo falar.

– Ia. Eu sinto muito, Sr. Daly.

– Não, não... Eu...

Con se levantou da cadeira e soltou um grito angustiado. Ficou parado por um instante, depois saiu do quarto e disparou às cegas pelo corredor.

– Con! Con, aonde você vai?

Freddy estava sentado em uma cadeira no fim do corredor. Ele seguiu Con escada abaixo.

– Con, por favor!

Con parou na escada e se virou para encará-lo. Freddy viu lágrimas escorrerem livremente pelo rosto do jovem.

– Minha mulher... meu bebê... Ah, meu Deus... Eu matei a minha mulher e o meu bebê... Eu matei... Eu matei os dois.

49

Eles chegaram com o mandado de busca às onze e meia da manhã seguinte.

Puseram a casa abaixo, esvaziando gavetas, levantando carpetes e até mesmo rasgando a coleção de bichinhos de pelúcia que ficava na cama.

Helen ficou sentada na varanda, com as mãos cerradas no colo, incapaz de presenciar a destruição. Parecia ter entrado em um pesadelo horrível.

O inspetor Garratt chegou depois do almoço. Ele se juntou a Helen na varanda, puxou uma cadeira e se sentou na frente dela.

– Sorcha Daly morreu nesta madrugada.

Helen segurou as laterais da cadeira e engoliu em seco.

– Eu espero que o senhor pegue o desgraçado que fez isso.

– Pode deixar, eu pretendo pegar.

Garratt pôs dois envelopes transparentes na mesa, além de um volumoso papel pardo.

– Onde a senhorita costuma guardar sua arma?

– Eu já falei. Na gaveta trancada do meu escritório.

– Encontramos o registro lá, mas, como a senhorita relatou, não a arma.

– Como eu disse, ela desapareceu.

– Aí fizemos uma busca completa nas instalações da Metropolitan.

Helen ergueu os olhos e encarou Garratt com frieza.

– Do que diabos o senhor está falando?

Garratt tirou uma arma de dentro do envelope de papel pardo.

– Isto é seu, Srta. McCarthy?

Helen se inclinou para olhar mais de perto.

– Pode ser. É do mesmo tipo que eu tenho.

– Comparamos o número de série da arma com o da sua licença. É mesmo a sua arma. A senhorita poderia me dizer onde ela foi encontrada?

– Eu *falei* para o senhor. Na última vez em que a vi, ela estava lá em cima, na primeira gaveta da minha mesa.

– Então, a senhorita consegue pensar em quem poderia ter usado a sua arma para matar Sorcha Daly e depois escondido ela no reservatório do banheiro feminino da Metropolitan Records?

Helen soltou uma risada curta.

– Não, inspetor, não consigo pensar em ninguém.

– Acredite em mim, isso não é motivo de piada. Seu revólver foi a arma do crime. As balas correspondem às encontradas no estúdio de gravação um. Suas impressões digitais estão por toda parte.

Helen encarou Garratt.

– Claro que estão. A arma é minha. É óbvio. Alguém está tentando me incriminar.

– Acha mesmo? Então eu diria que essa pessoa fez um bom trabalho, Srta. McCarthy.

– Parece uma daquelas histórias ruins de detetive. O senhor não tem nenhuma prova, testemunha ou motivação...

– Infelizmente é aí que está enganada. Logo antes de morrer, a Sra. Daly nos contou que foi a senhorita quem ela viu na porta e que atirou nela.

O corpo inteiro de Helen gelou.

– Ela disse *o quê*?

– Eu acredito que a senhorita atraiu a Sra. Daly até o porão, para um estúdio com isolamento acústico, assim ninguém ouviria os tiros quando a matasse. O Sr. Daly nos contou que a senhorita tinha muita inveja da esposa dele, há vários anos...

– Chega! Já chega! Eu vou chamar um advogado!

O inspetor Garratt se levantou.

– Faça isso, agora mesmo. A senhorita vai precisar de toda a ajuda possível. Helen McCarthy, você está presa pelo assassinato de Sorcha Daly. Você tem o direito de permanecer calada, e tudo o que disser poderá ser usado como prova contra você.

50

Londres, 1986

Helen estava exatamente em cima da lajota da varanda onde haviam algemado seus pulsos. Ela olhou para baixo. A argamassa dera lugar ao musgo e ao líquen. Sua raiva e sua revolta começaram ali, dezessete anos antes, e nunca a abandonaram, nem por um único instante.

Mesmo à noite, seus sonhos eram intensos, repletos de imagens do circo midiático que se seguira à sua prisão e julgamento. Con Daly se derramara em lágrimas contando ao júri que Sorcha estava grávida de três meses, que Helen sabia e que, portanto, ela não havia matado só a esposa, mas também o filho dele.

Helen suspirou. Ela nunca tivera a menor chance.

Foram dezessete anos para pensar e repensar em quem poderia ter armado contra ela com tanta perfeição. Claro, a única pessoa que podia responder isso estava morta.

No início, não conseguira acreditar que, após ter sido tão boa com Sorcha, ela a havia acusado antes de morrer. Conforme o julgamento se desenrolava e todas as testemunhas apareciam para falar mal dela, descrever sua obsessão pela empresa, sua natureza dura, a forma como sempre estava sozinha... a fé de Helen na humanidade se extinguiu por completo. Durante o encarceramento, ela aceitou que, para o mundo lá fora, parecia fria e insensível. Mal sabiam eles que tudo o que queria era ser aceita. Se tinha a cabeça voltada para os negócios era só porque, durante a vida inteira, sentira que precisava provar alguma coisa. Como era irônico que aquilo houvesse sido sua ruína.

Não fizera nenhuma amiga na prisão, porque não confiava em ninguém. Tinha baixado a guarda com Sorcha por um curto período, e olha no que deu.

Helen voltou devagar para dentro de casa. Subiu as escadas, onde as carcaças de seus bichos de pelúcia tinham sido rearrumadas na cama.

Ela se sentou e pegou um ursinho magro.

Sem recriminações, sem vinganças...

As palavras da diretora ressoaram em sua cabeça.

Será que deveria esquecer o passado, vender aquela casa e a da Irlanda e ir para o exterior, para um lugar onde pudesse recomeçar?

Helen apertou o ursinho contra o peito.

Não. A raiva era sua única razão de viver.

51

Derek ajeitou a gravata. Olhando-se no espelho, analisou o terno bege de 10 anos, mas que ainda tinha a marca de uma alfaiataria cara. Naquela tarde, era importante manter as aparências.

Para o mundo inteiro, ele ainda era Derek Longthorne, ex-integrante da banda The Fishermen, agora um empresário e empreendedor de sucesso.

Ele pintara os cabelos na noite anterior, mas achou que fora um erro. Provavelmente usara água oxigenada demais. Os fios brilhavam como a auréola de um sol amarelo-vivo, ressaltando suas sobrancelhas grisalhas e a pele que começava a murchar ao redor do maxilar. Ele suspirou. Era tarde demais para consertar.

Derek observou o quarto para ver se estava tudo limpo e arrumado, depois foi até a sala de estar. O sofá, com uns bons quinze anos de uso, estava puído. Com agulha e algodão, ele tentara remendar as partes em que o tecido tinha cedido completamente, mas o desgaste era nítido. O cômodo, antes tão claro e aconchegante, precisava ser redecorado.

Ele odiava aquele lugar. Simbolizava o fim de sua fortuna.

Derek foi até a cozinha e ligou a chaleira. Sua mão tremia quando alcançou o pote de café no armário.

A reunião daquela tarde poderia salvá-lo.

Seis semanas antes, estava debruçado sobre a pilha crescente de contas, perguntando-se como diabos faria para pagar aquilo tudo, quando o telefone tocara.

Era Freddy Martin. Ele perguntou o que Derek achava de os Fishermen se reunirem em um grande show beneficente no estádio de Wembley, em julho. Sem pressão, dissera Freddy. Os outros ainda não haviam decidido e, como Derek sabia, Con fora dado como desaparecido. Freddy sugerira que Derek pensasse no assunto e entrasse em contato em algumas semanas. Derek desligara o telefone e se sentira tentado a se ajoelhar para agradecer a um deus no qual não acreditava.

As vendas dos álbuns dos Fishermen tinham sido enormes após a tragédia da morte de Sorcha e o desaparecimento de Con. "Losing You", a canção que Con compusera e gravara para a esposa, ocupara o primeiro lugar das paradas por doze semanas consecutivas. Depois de todo esse tempo, os álbuns da banda ainda vendiam de maneira constante no mundo inteiro.

Derek ainda deveria ser um homem rico. E poderia ser, se não tivesse decidido investir todo o seu dinheiro na Morgan Electronics, uma fabricante de chips de computadores. A empresa sugara quase todos os seus centavos, até que finalmente entrara em recuperação judicial um ano antes.

Ele agora dependia completamente de seu cheque semestral de royalties, cuja maior parte era destinada ao pagamento de dívidas. Seu apartamento em Chelsea valia uma quantia considerável, porém, em sua última tentativa desesperada de manter a Morgan Electronics em atividade, precisara usá-lo como garantia. Então, quando a empresa afundou, foi preciso refinanciar o imóvel em 75 por cento de seu valor para mantê-lo.

Derek havia pensado em contatar algumas gravadoras com a ideia de lançar um *single* e depois talvez um álbum, mas sua única tentativa de carreira solo fracassara de maneira tão desastrosa que seria difícil encontrar alguém interessado.

Ele ainda achava que "Peggy" era uma grande canção.

Derek olhou para o nada. Era raro passar um único dia sem pensar nela e se perguntar onde ela estaria. Os pais dela haviam se mudado, e seu apartamento fora ocupado por uma alegre família caribenha. Era como se todos os vestígios de Peggy tivessem desaparecido.

Ela deve estar escondida com o Con no Triângulo das Bermudas, pensou ele ao acrescentar adoçante ao café. A dieta que começara algumas semanas antes não dera em nada. Todas as manhãs, a balança anunciava alegremente que ele não perdera um único grama. Naquele ritmo, teria que dar o braço a torcer e encarar a academia. Não lhe agradava a ideia de quase dois bilhões de fãs tecendo comentários sobre seu físico de meia-idade.

Principalmente porque Todd ainda parecia bastante jovem. O tempo fora gentil com ele. Ele fora mudando aos poucos de astro do rock para produtor musical e, recentemente, abrira seu próprio selo independente. Nunca se casara de novo após se divorciar de Lulu, mas estava sempre acompanhado de uma mulher. De vez em quando, eles se encontravam para conversar, mas aquelas reuniões sempre acabavam em dolorosas lembranças. Por mais que

Todd debochasse da obsessão de Derek por Peggy, ele sabia que o primo ainda amava Lulu.

Lulu agora era uma grande estrela de Hollywood, com ombreiras e lábios carnudos em sua novela americana no horário nobre. Derek sorriu ao se lembrar daquela jaqueta militar fedorenta que ela costumava usar e das manifestações contra a guerra das quais participava.

Todos eles haviam mudado naqueles dezessete anos, mas talvez a maior surpresa fosse Ian. Ele vivia em um casarão perto de Windsor com a esposa, Virginia, e os três filhos. Dirigia um bem-sucedido centro de jardinagem, e era o exemplo do homem de família feliz. Não bebia, não usava drogas, não fumava... Meu Deus, Derek suportara algumas noites entediantes na casa dele.

Naquela tarde, eles três e Freddy se encontrariam para falar sobre o show que se aproximava. A princípio, todos concordaram com a ideia. Afinal, como Derek dissera a Freddy quando ele ligara para marcar a reunião, se era para ajudar criancinhas pobres e famintas na África, ele poderia abrir mão de algumas tardes em sua agenda lotada.

Derek tomou o café, depois pôs o copo na pia, o enxaguou e o emborcou no escorredor.

Talvez compusessem um *single*, lançado especialmente para o show, com parte da renda destinada à caridade, então quem sabe um álbum... uma turnê mundial de retorno...

Claro que qualquer coisa além do show não era realmente viável, a menos que o astro do rock ausente desse as caras. Con agira como um babaca egoísta, mas já fora punido de maneira severa e justificada. Derek estava preparado para perdoá-lo e esquecer tudo, se ao menos ele voltasse. *Então...*

Derek fechou a porta e estremeceu ao pensar na riqueza brilhando diante de seus olhos. Seria como voltar aos velhos e bons tempos.

Eu te amo, a gente te ama...

A nota contínua soou em seu ouvido, sinalizando que ela dera seu último suspiro...

Eu sinto muitíssimo... Não tinha nada que a gente pudesse fazer... Sr. Daly, não sabia que a sua esposa estava grávida?... Sim, pergunta para Helen... Eu condeno a senhorita à prisão perpétua pelo assassinato de Sorcha Daly...

Ele gritou e se sentou, o suor escorrendo pelo rosto, como fizera todas as noites por dezessete longos anos.

Ficou deitado ali, observando a aurora espreitar pelas frestas do telhado que se desintegrava aos poucos. Às seis da manhã, já estava um calor sufocante, apesar do clima úmido lá fora. Ele saiu da cama, desceu a grandiosa e empoeirada escadaria e abriu a porta da frente. Para além do caminho de cascalho coberto de musgo, havia um tapete de grama verde e, depois, uma série de campos ondulados.

O paraíso, para alguns. Um lar para ele.

Con avançou pelo caminho, depois correu pelo gramado malcuidado, forçando-se a soltar o ar antes de desabar na grama úmida. Ele se virou e olhou para o céu, imaginando se ela o observava, ou se o corpo que jazia debaixo da terra – e que agora com certeza não passava de pó – era tudo o que restava.

Como poderia haver um deus?

Não havia Deus nenhum.

Aquela agitação voltara a tomar conta dele.

Ele achava que finalmente encontrara o lugar onde poderia morar até o fim da vida. Tinha atravessado de volta o mar da Irlanda para se sentir perto dela. A vazia mansão McCarthy se provara o refúgio perfeito contra o mundo. Afinal, não havia Helen nenhuma para mantê-la, e a casa ficara abandonada desde que a tia dela morrera. O melhor era que, devido às contas não pagas, o lugar não tinha eletricidade, telefone ou TV. Ninguém o incomodava ali. Sempre que precisava ir até a cidade para comprar leite ou papel higiênico, se cobria de chapéus, óculos escuros e suéteres enormes. Mesmo sem toda aquela parafernália, Con duvidava que teria sido reconhecido. Sua barba escandalosa e os cabelos longos o transformavam em um estranho.

No dia anterior, em uma de suas viagens para comer, avistara um jornal. A primeira página dizia que haveria um enorme show beneficente em prol das crianças famintas da África. Era a primeira coisa boa que vira a indústria musical fazer em um bom tempo. A ideia era inspiradora.

Con se sentou. No que estava pensando? Por que deixaria seu cantinho seguro para voltar à civilização e às más lembranças? Ainda assim, já estava longe havia tempo suficiente para saber que jamais encontraria a paz. Talvez a única opção fosse voltar e enfrentar o passado.

Dois dias depois, Con saiu da casa e pegou carona até o aeroporto de Cork, com uma mochila em um ombro e o violão no outro.

Lulu observou a nova cabeleireira pentear seus cabelos das pontas à raiz, criando o característico *bouffant* que milhares de mulheres do mundo todo tentavam imitar.

– Ai, você está me machucando – disse ela em tom ríspido.

– Desculpa, Sra. Bradley. Só estou tentando fazer o meu trabalho.

Lulu ergueu uma sobrancelha.

– Quando Trish volta?

– Depois que ela tiver o bebê, Sra. Bradley.

– Quanto mais cedo, melhor, pelo que eu estou vendo.

A cabeleireira não disse nada. A porta se abriu, e Jeff, o coordenador do estúdio, entrou.

– Pronta, Lulu querida?

– Se não estou, a culpa não é minha – respondeu ela, apontando para a cabeleireira, que ainda lutava para deixar seus cabelos do jeito certo.

– Dá um tempo para Marcie, Lulu. É o primeiro dia dela.

– Não tem lugar para amadores nesta novela, Jeff.

– Aqui, Sra. Bradley, prontinho.

Marcie a banhou com um jato de spray. Lulu se levantou da cadeira e seguiu Jeff pelo corredor.

– Ei, o que está acontecendo? Se você não se cuidar, sua reputação de "uma bruxa na tela, mas um anjo fora dela" vai virar fumaça.

– Desculpa, Jeff – disse Lulu, com um suspiro. – Eu vou pedir desculpas para Marcie depois. Não estou muito bem hoje, só isso.

– Bom, usa essa rabugice ali. A gente está na cozinha, na cena dois.

Eles chegaram ao estúdio. Lulu seguiu Jeff até o suntuoso cenário da cozinha, onde até um escorredor de saladas podia ser encontrado na quarta gaveta dos armários de carvalho maciço.

– Oi, Lulu. Linda como sempre – disse a voz do diretor, saindo dos alto-falantes da galeria logo acima. – Ok, vai até Paige. Começamos do início. É sexta à tarde, e eu sei que todo mundo aqui quer ir embora para aproveitar o fim de semana. Vamos tentar fazer isso em um único take.

Lulu foi até a loura esbelta que, no ano anterior, fora eleita Miss Wisconsin e agora estava pronta para deslanchar como a nova beldade da novela mais famosa da TV americana.

Paige sorriu para ela, tímida.

– Oi, Lulu.

– Tá, tá. Vamos logo com isso.

– Ok, estúdio. Estamos prontos para o take.

Todos ficaram em silêncio.

A claquete abriu e fechou.

– *Flamingo Grove*, episódio 46, cena 12, take 1. Ação!

A caminho de casa, em sua limusine, Lulu discou o número do RP.

– Chas, estou pensando em passar umas duas semanas no Reino Unido durante o recesso de verão. Você não quer me arrumar alguma coisa para convencer o estúdio a me levar no Concorde? Estou louca para experimentar esse jato. Todos os meus amigos disseram que é fabuloso.

– Vou fazer o possível, querida. Você sabe que o seu público no Reino Unido é imenso. O único problema é que a maioria dos programas de entrevistas também está de recesso. Mas deixa comigo, vou ver o que posso fazer.

– Obrigada. Ah, e você tem como me arranjar dois ingressos para o Music for Life, em Wembley? Como já vou estar lá, seria uma pena perder.

– Vou tentar, mas esses ingressos valem ouro tanto em Londres quanto em Nova York.

– Pague o que for preciso, ok?

– Pode deixar, querida. A gente vai se falando.

Lulu desligou o telefone.

Seu analista diria que ela estava louca por querer voltar, mas não havia citação junguiana ou referência freudiana capaz de impedi-la.

52

– Todd, entra e fica à vontade.

– Obrigado, Freddy.

Todd se sentou em uma grande poltrona. Freddy não havia poupado recursos para aquela reunião, reservando uma suíte confortável no Savoy. Todd examinou o envelhecido Freddy, agora com quase 60 anos e completamente careca, mas ainda uma figura importante na indústria musical. Havia pouco tempo ele descobrira uma jovem dupla do East End e garantira um contrato com o novo selo de Todd. Ele não era muito fã da música bobinha que eles tocavam, mas viu o imenso potencial comercial da dupla, como Freddy havia prometido.

– Será que os outros já estão chegando? – perguntou Todd, consultado o relógio enquanto um generoso Freddy abria uma garrafa de champanhe.

– Estão. Você bebe ou não?

– Uma taça de espumante não vai fazer mal. Não posso ficar muito. Tenho uma reunião às quatro e meia.

Freddy entregou a taça a Todd.

– Claro. Até lá, a gente já vai ter terminado.

A porta se abriu, e Ian entrou.

– Oi, pessoal. Como estão?

– Bem.

Sem perguntar, Freddy entregou um copo de água a Ian enquanto ele se sentava diante de Todd.

– Se a gente tocar mesmo nesse show, espero que possa te arranjar algo mais descolado que um cardigã e uma calça de veludo cotelê – disse Freddy, rindo e examinando Ian.

– Você me quer de volta naquele cafetã, é? – brincou Ian, sorrindo. – Acho que não vai dar tempo de deixar o meu cabelo crescer.

– Você é o único de nós que a imprensa vai dizer que está mais bonito do que há dezessete anos – comentou Todd.

– Bom, isso é o que o amor de uma boa mulher, zero carne e um organismo livre de toxinas fazem por você, Todd.

– Me poupe do discurso, antes que eu vomite.

Ambos ergueram os olhos quando Derek entrou na sala.

– Oi, Derek.

Todos os três homens resistiram à tentação de encarar a auréola brilhante e amarelada no topo da cabeça dele.

– Champanhe, Derek?

– Sim, claro.

Ele pegou a taça de Freddy e se sentou na última poltrona livre.

– Certo. Bom, antes de começar a discutir planos para o futuro, eu só queria dizer que é um prazer ver vocês três juntos depois de todo esse tempo. Eu sei que vocês mantiveram contato ao longo dos anos, mas é legal saber que, mesmo depois do colapso da banda, não existe nenhuma animosidade entre nós.

– Nunca existiu entre *nós* três – murmurou Todd.

– Não, imagino que não. Enfim, pelas conversas que a gente teve por telefone, me pareceu que vocês estão dispostos a tocar no show.

– Sim.

– Com certeza.

– É uma causa maravilhosa.

– Ótimo. Então a decisão de vocês não depende de o Sr. Daly responder ou não aos apelos pela volta dele?

– Não, de forma alguma – afirmou Todd. – Quer dizer, a gente não está relançando a banda nem nada assim. É só uma apresentação para ajudar uma causa nobre.

– É. De certa forma, é até melhor que ele não seja encontrado. Como seria ver Con de novo, Todd? – perguntou Ian.

– Fica tranquilo, eu daria conta – disse Todd, sem se alongar.

– Bom, como faltam duas semanas para o show e não se tem notícias do Con, acho pouco provável que o vejamos de novo. Então, vamos precisar agir como se ele não fosse aparecer e fazer planos de contingência. Por causa da agitação que um possível reencontro de vocês gerou, os organizadores querem que os Fishermen toquem por último, para prender o público até o fim.

Pensei em vocês começarem com "Can Someone Tell Me Where She's Gone?". Você compôs a melodia com o Con de qualquer forma, Todd. Depois, vamos emendar com "She Loves You Truly". Eu estava me perguntando se, nessa hora, poderíamos convidar Elton ou Rod para se juntar a vocês, preencher um pouco esse vazio deixado pelo Con cantando uma velha favorita. Várias bandas estão unindo forças. Isso torna a noite mais interessante.

Todd deu de ombros.

– Tanto faz – respondeu ele.

– Os organizadores sugeriram que o show termine com a última música do Con.

– "Losing You"? – perguntou Todd.

Freddy assentiu.

– Ela é universalmente conhecida, e eles esperam que o tom triste da canção faça mais pessoas abrirem a carteira. Todos os outros artistas vão se juntar à banda para cantar e dar as mãos, esse tipo de coisa.

– E aquele *single* que você mencionou? – perguntou Derek.

– É, eles querem que alguém componha uma música nova que possa ser gravada por todos os artistas. O lucro obviamente iria para a caridade. Brad, da Metropolitan, ofereceu o estúdio. A fábrica vai produzir o vinil de graça, e a maioria dos cantores já se comprometeu a gravar uma ou duas frases.

– Então não seriam só os Fishermen?

– Não, Derek. Você entendeu errado, amigo. Com um membro essencial da banda desaparecido, seria impossível pensar em lançar um *single* – explicou Freddy.

– Entendi.

– Então, todo mundo concorda em trabalhar nos termos que eu acabei de descrever?

Todd e Ian aquiesceram. Derek olhava para as mãos.

– Acho que vocês deveriam deixar uns dois ou três dias livres na agenda para ensaiar – continuou Freddy. – Tenho certeza de que estão bem enferrujados e, mesmo que seja um show para caridade, queremos que pareça profissional. Vou reservar um estúdio na Metropolitan e tentar fazer com que o escolhido para se juntar à banda apareça lá qualquer dia.

– Por mim está ótimo – concordou Todd.

– Ah, uma última coisa. Brad teve a ideia de lançar um LP com os grandes sucessos da banda bem na época do show. Pode parecer mercenário, mas se vocês estão dispostos a fazer a sua parte para salvar as crianças com fome, então ele não vê razão para não lucrar com uma nova onda de interesse nos Fishermen. Alguém tem alguma objeção?

O rosto de Derek se iluminou.

– Não, de jeito nenhum.

– Acho moralmente questionável lucrar com o que até agora parecia uma ideia altruísta – comentou Ian.

– Deixa de bancar o virtuoso, Ian. Isso nem combina com você – retrucou Todd.

– Bom, não tem muito que fazer. A Metropolitan pode relançar qualquer música de vocês quando quiser. De qualquer forma, isso só traz vantagens financeiras para vocês. Doem os royalties para a África se quiserem aliviar a consciência. Bem, então é isso, só falta fazer o anúncio para a imprensa, é claro. Vamos ter que marcar uma coletiva para os próximos dias, mas eu entro em contato com vocês para agendar a data e o horário – disse Freddy com um sorriso. – Acho que vai ser divertido para vocês voltarem a exercitar os músculos musicais.

Todd se levantou.

– Não vejo a hora de tirar o pó daquele violão velho. Eu tenho que ir. Vejo vocês em breve.

– Eu também – disse Ian. – Virginia está me esperando lá embaixo. A gente vai levar as crianças ao Trocadero para comer espaguete.

– Tchau, rapazes – disse Freddy quando Ian e Todd saíram da suíte.

– Eu também preciso ir – afirmou Derek, sem muita energia.

– Como vão os negócios, Derek? – perguntou Freddy.

– Bem, muito bem – respondeu ele, ficando de pé. – Tchau, Freddy.

Freddy observou Derek sair. Por acaso, tinha visto um artigo sobre o fim da Morgan Electronics no *The Financial Times*. Derek exalava desespero por todos os poros do corpo.

Eram quatro horas da manhã. Helen estava debruçada na mesa de trabalho, fumando o décimo quinto cigarro desde a meia-noite, um hábito que havia adquirido na prisão.

Só tinha certeza de uma coisa: Sorcha fora assassinada por engano, protegendo o homem que amava. O assassino estava atrás de Con.

A lista à sua frente era a mesma havia dezessete anos: suspeitos que poderiam querer machucar Con e eram espertos o suficiente para incriminá-la. O fato de Sorcha conhecer o assassino fora um ponto-chave nas evidências da acusação. Pelo menos isso reduzia a lista.

Helen analisou os nomes mais uma vez.

Derek Longthorne. Ele com certeza odiava Con na época, e Helen sempre o achara esquisito. Ela não riscou o nome dele da lista.

Todd. Ele tinha todas as razões para querer Con morto depois de ter sido traído publicamente. Ela manteve o nome dele também.

Lulu. Será que foi um crime passional? Ela deixou o nome da estrela ali.

Ian. Será que ele tinha descoberto que Con o queria fora da banda e decidira abatê-lo a tiros em um ataque de raiva estimulado pelas drogas?

A mão de Helen pairou sobre o nome de Ian. Depois do que acontecera com ela, tudo era possível, mas duvidava que, naquela época, ele tivesse cérebro o suficiente para planejar um crime tão complexo. Ainda assim...

Brad. Ela riscou o nome dele. Ele estava preso na clínica de reabilitação naquela sexta à noite.

Freddy. A única razão em que conseguia pensar era que ele sabia que os Fishermen estavam desmoronando. O assassinato de um dos integrantes da banda alavancaria as vendas. Ele era inteligente o bastante para arquitetar o plano e tinha acesso ao prédio, mas...

Helen suspirou. Nada daquilo fazia sentido. Nunca fizera.

Se ao menos pudesse falar com o Con e interrogá-lo para saber o que Sorcha *realmente* dissera antes de morrer... Foram as declarações dele e do inspetor Garratt que haviam convencido o júri a condená-la.

Con estava sabia Deus onde.

Sua única esperança era que Garratt – provavelmente, agora aposentado – a recebesse.

Naquela tarde, ela procurara o endereço dele na lista telefônica e tentara ligar para o número. O som da voz dele lhe causara arrepios, mas pelo menos ela sabia que ele estava vivo. Helen não falou nada, só desligou. Tinha o endereço dele. No dia seguinte, após passar na biblioteca, faria uma visita.

Helen apertou o botão que a conduziu pela microficha até 19 de setembro de 1969. Os disparos tinham aparecido na primeira página de todos os jornais. Havia uma foto de Con saindo do hospital após a morte de Sorcha. A devastação em seu rosto era tão grande que ela mal conseguiu encará-lo.

A página seguinte mostrava uma foto promocional dos Fishermen tirada algumas semanas antes dos disparos. Helen voltou para a foto de Con. Depois, para a dos Fishermen. Seu cérebro registrou algo, mas não compreendeu de imediato.

Ela analisou as duas fotos mais uma vez. Finalmente entendeu o que era.

Na imagem da primeira página, Con estava com um cardigã. Isso por si só já era estranho, porém mais estranho ainda era o fato de ele ser idêntico ao que Derek vestia na foto promocional.

Devia ser uma coincidência. Helen suspirou. Não significava nada, mas pelo menos era um fato novo.

Ela fez cópias xerocadas das duas fotos e saiu para pegar um ônibus até Ealing.

O exterior da pequena casa geminada era impecável. Amores-perfeitos estavam dispostos em fileiras organizadas ao redor do gramado verde e, quando Helen tocou a campainha de latão, um pouco de verniz fresco manchou seu dedo indicador.

A porta se abriu.

– Sr. Garratt?

Apesar de já ter mais de 70 anos, Helen viu que ele a reconheceu.

– Srta. McCarthy. Veio me matar na porta de casa?

– Não. Vim pedir a sua ajuda.

– Entendi – disse ele, examinando-a com desconfiança. – Desculpa se não me sinto muito à vontade. Não é a primeira vez que um ex-detento aparece para se vingar. Eu tenho um botão de emergência conectado à delegacia para situações desse tipo.

– A última coisa que eu quero é que o senhor morra. Estou tentando limpar o meu nome, e o senhor é a única pessoa que pode me ajudar. Se quiser, pode me revistar para ver se estou com alguma arma ou faca. Por favor, me dê só alguns minutos do seu tempo.

– Pode falar.

– Certo. Eu quero saber exatamente o que Sorcha disse antes de morrer.

– Como sabe muito bem, perguntamos para Sorcha se foi a senhorita que ela viu com a arma na porta da suíte de gravação um, e ela disse a mim e ao Sr. Daly que sim.

– E ela não falou mais nada?

– Eu não lembro a frase exata, mas, sim, nós dois ouvimos a vítima confirmar. Eu anotei no meu bloco cada palavra pronunciada por ela.

– E por acaso o senhor teria esse bloco por aí?

– O depoimento da Sorcha foi digitado e está no arquivo policial.

– Acho improvável que eu tenha acesso a ele, certo?

– Sem dúvidas. Posso lhe dar um conselho? A senhorita não só foi condenada por esse crime, como perdeu duas apelações. As evidências eram indiscutíveis. Agora é uma mulher livre. Esqueça isso.

– Não fui eu, inspetor Garratt. Meu Deus, se eu quisesse matar Sorcha ou Con, não teria usado a minha própria arma, escondido no reservatório e depois passado na maior cara de pau pelo segurança! Não faz sentido. Nada faz sentido – argumentou Helen, sentindo os ombros se curvarem. – Desculpa. Eu não devia ter vindo aqui. Vou embora.

– Olha, me dá o seu endereço. Se eu conseguir a declaração, mando uma cópia para a senhorita. Mas não vai adiantar nada. As palavras da Sra. Daly estão lá, preto no branco, e foram ouvidas por duas testemunhas.

Helen rabiscou o endereço no verso da passagem de ônibus e entregou a ele.

– Ainda o mesmo endereço. A senhorita conseguiu ficar com a casa, então?

– Consegui, foi só o que me restou. Tchau.

– Srta. McCarthy, uma última coisa. Como deve saber, crimes anteriores não são aceitos como prova nos julgamentos, mas eu sempre me perguntei... A senhorita matou aquele rapaz que encontramos na banheira do apartamento? Tony... hã...

– Tony Bryant? Não! Claro que não! O senhor realmente acredita que eu sou uma assassina fria e calculista, não é?

– Meu trabalho é analisar os fatos, Srta. McCarthy. Sua condenação pela morte de Sorcha Daly somada à sua presença no apartamento de outra vítima de assassinato me fazem refletir sobre essa possibilidade. Ainda mais porque o assassinato de Bryant nunca foi solucionado.

Helen sentiu que lágrimas lhe ardiam os olhos.

– O senhor vê? Até eu limpar o meu nome, todo mundo vai pensar assim. Eu sou culpada até provar minha inocência – disse Helen, cerrando o maxilar. – E pretendo provar essa inocência, nem que seja a última coisa que eu faça. Tchau, inspetor!

Ele a observou se virar e descer o caminho de entrada, com passos largos e decididos. Ela parecia convencida da própria inocência, ainda que fosse a única. Ele já tinha visto isso. Se não lhe falhava a memória, o caso não deixava margem para dúvida.

Garratt fechou a porta e foi até o pequeno cômodo que usava como biblioteca. Ali, nas prateleiras, arquivadas com capricho em ordem alfabética, estavam as cópias de suas anotações sobre os crimes que investigara e ainda lhe interessavam. Agora, um de seus únicos prazeres era examinar de novo os casos não resolvidos. Mantinha seu cérebro ativo.

– Daly... Daly...

Ele puxou o arquivo da prateleira e, só por diversão, pegou o de Tony Bryant também. Garratt foi até a mesa, se sentou e os abriu. Ele encontrou a página que tanto interessava a Helen McCarthy, depois folheou o resto das anotações e depoimentos que tomara de todos os funcionários da Metropolitan.

Não, não havia como negar a culpa dela. Ele passou para o arquivo de Bryant e releu o conteúdo dele.

– Espera um minuto...

Garratt reexaminou o arquivo de Daly para se certificar. Sim, dito e feito, o nome era o mesmo.

Só podia ser coincidência, certo? Garratt já tinha visto muitas no seu tempo, mas nunca se sabe...

Ele pegou uma folha de papel pautado e um envelope. Pôs a página xerocada do bloco dentro dele e, em seguida, escreveu o nome que acabara de descobrir. Ele deduziu que Helen sabia da conexão, mas, se não soubesse, talvez valesse a pena dar uma olhada naquilo.

Garratt lacrou, endereçou e selou o envelope, depois decidiu que era hora de uma xícara de chá.

53

– Certo, pessoal, vamos ver o barulho que vocês fazem – instigou Freddy, abrindo um largo sorriso quando Todd, Derek e Ian se acomodaram no estúdio. – Para começar, "Way Across the River". Os *riffs* são fáceis, ótimos para mãos enferrujadas. Certo, quando vocês estiverem prontos.

Todd deu o sinal, e eles começaram a tocar.

Brad estava na porta do estúdio, de braços cruzados.

– Caramba, isso leva a gente de volta para aquela época, não é?

– É, os bons e velhos tempos – concordou Freddy.

– Isso eu já não sei, não lembro muito bem – brincou Brad, sorrindo. – Eu chamei um fotógrafo para vir aqui às três e meia.

– Ótimo.

– O interesse da imprensa está grande, Freddy. Eu dei o aval para que o LP e o CD de compilação sejam lançados uma semana depois do show.

O telefone tocou. Brad foi até o console de gravação e o atendeu.

– É o Brad. O quê? Ok, Melody, eu vou subir – disse ele, depois desligou o telefone. – Tenho que ir dar uma olhada em um esquisitão que está xeretando a recepção. Volto em um segundo.

Brad subiu os degraus de dois em dois.

– Ali – disse Melody, apontando para as portas de vidro. – Já está aqui há uns vinte minutos. Eu não gostei nada da cara dele.

Brad olhou para o homem do outro lado das portas de vidro. Ele era alto e forte, vestia uma calça jeans maltrapilha e tinha um violão pendurado no ombro. Seus cabelos escuros estavam embaraçados e a barba era comprida e desgrenhada.

– Deve estar atrás de um contrato. Ele vai começar a tocar aquele violão velho no minuto em que eu me aproximar.

Brad foi até a porta da frente e a abriu.

– Posso ajudar, amigo?

O homem se virou para ele devagar, os olhos de um azul penetrante no rosto emaciado.

– Eu perguntei se posso ajudar.

– Não sei, pode?

– Escuta, amigo, você está assustando as nossas garotas vagando por aqui. Se não veio fazer nada, cai fora antes que eu chame a polícia.

– Brad?

– Sim?

Devagar, o homem abriu um sorriso.

– Você não está me reconhecendo, não é?

– Não, eu... – respondeu Brad, voltando a examiná-lo. – Não... Eu... Cacete. Cacete, não é possível!

Atônitas, as duas recepcionistas observaram o chefe se atirar nos braços do homem lá fora.

– Certo, vamos dar uma passada em "Can Someone Tell Me Where She's Gone?" – disse Freddy. – Você fica com a parte do Con por enquanto, Todd. Provavelmente vai dividi-la com Paul na noite do show.

Os três começaram a tocar a introdução.

– *Viajei para longe, e ainda não consegui encontrar a mulher que deixei para trás, eu...*

A voz de Todd foi desaparecendo à medida que outra voz familiar e ligeiramente rouca assumiu o controle.

– *Procurei nos quatro cantos do mundo, na terra e no mar e... ah, alguém pode me dizer aonde ela foi?*

Todos no estúdio se viraram para a porta.

E observaram o homem cantar até o fim do verso.

Ele parou, e fez-se silêncio.

– Caramba! Será que ninguém vai dizer que ficou feliz de me ver? – perguntou ele.

Todd se levantou devagar e foi até ele. Depois, estendeu a mão.

– Oi, Con. Bem-vindo ao lar.

O fotógrafo que apareceu vinte minutos depois achou que nunca tivera tanta sorte na vida. Ali estava Con Daly, de volta do mundo dos mortos, conversando casualmente com os antigos colegas.

– Isto vai ser capa de todos os jornais amanhã – assegurou ele a Brad.

– Ótimo. Dá um jeito de ser mesmo. Vai ajudar na divulgação do show.

Con bocejou.

– Desculpa. Eu estou exausto.

– Que tal a gente reservar uma suíte no Ritz para você, Con? – sugeriu Freddy. – Você vai poder relaxar e se recuperar por alguns dias. E vamos tentar manter a imprensa longe por um tempo.

– Deixa de ser bobo. Con pode ficar na minha casa, conhecer minha mulher e meus filhos – argumentou Ian.

– Não seria muito sensato, Ian. Você teria que construir um muro de 2 metros de altura em volta da casa para impedir que a imprensa chegasse até ele – disse Brad.

– Vem comigo, Con. Minha casa é segura – ofereceu Todd gentilmente.

Con olhou para ele.

– Obrigado, Todd. Seria ótimo.

Eles não conversaram muito no trajeto para casa. Con passou o tempo olhando pela janela, para as ruas agitadas de Londres, enquanto Todd ouvia o noticiário.

– *Notícia de última hora: Con Daly, vocalista da banda de rock The Fishermen, que fez um enorme sucesso nos anos 1960, entrou hoje cedo em sua antiga gravadora, a Metropolitan. A banda volta a se reunir para tocar no concerto Music for Life, em Wembley, na próxima semana. A empolgação com o retorno do irlandês só tende a aumentar o interesse no evento, que conta com a banda The Fishermen como atração principal.*

Todd desligou o rádio e olhou para Con.

– Vou fazer o possível para mantê-los longe.

Con assentiu.

– Obrigado, Todd.

Nas 48 horas seguintes, Con não fez mais que comer e dormir. Quando entrou com o café da manhã, Todd o encontrou enrodilhado no chão ao lado da cama de casal, mas não comentou nada.

Acampados dia e noite do lado de fora da casa, os jornalistas levaram escadas e até mesmo contrataram um guindaste para tentar fotografar o retorno do filho pródigo.

No terceiro dia, enquanto Todd estava em seu escritório no sótão, Con surgiu na porta, de banho tomado e recém-barbeado.

– Todd, me desculpa.

Ele se virou.

– Pelo quê?

– Eu me comportei como um idiota, babaca e cretino tantos anos atrás. O pedido de desculpas está dezessete anos atrasado, mas eu queria fazer mesmo assim.

Todd assentiu.

– Se significa alguma coisa, e eu não sei se significa, nunca aconteceu nada entre mim e Lulu – continuou Con. – Ela inventou grande parte daquilo.

– É. Eu comecei a perceber porque todos os casos dela com aquelas celebridades de Hollywood terminavam em "*desastre total*" nas primeiras páginas dos tabloides – comentou Todd, parecendo realmente magoado. – Seja como for, são águas passadas. Lulu sempre foi volúvel.

– Obrigado – disse Con, com os olhos marejados.

– E eu sinto muito mesmo... pelo que aconteceu. Ainda não acredito que ela não está aqui.

– Eu sei.

– Depois do julgamento, eu fui até Hampstead para te ver. A casa estava toda fechada, então deduzi que você tinha ido viajar por um tempo. Achei que você ia voltar. Por que ficou tanto tempo fora?

Con se empoleirou na beirada da mesa de Todd, pegou um elástico e o esticou entre os dedos.

– Sempre que eu pensava em voltar, não conseguia. Sorcha morreu para me proteger das balas da Helen. Perdê-la já foi difícil, mas depois de ouvir que ela estava esperando um filho nosso... O bebê morreu com ela.

Con olhou para Todd com os olhos marejados.

– Eu me senti responsável pelas duas mortes. Ainda me sinto.

– Para onde você foi?

– Para todo canto. No começo, eu só precisava me manter na estrada. Viajar entorpece a mente. Além disso, as pessoas me reconheciam naquela época. Em algum momento, eu voltei para casa.

– Acho que nem a sua própria mãe te reconheceria hoje.

– Eu percebi isso quando cheguei na porta da Metropolitan. Brad ameaçou chamar a polícia se eu não fosse embora – comentou Con, sorrindo.

– Por que você decidiu voltar agora?

– Já faz tempo que eu venho pensando nisso. Comecei a perceber que nunca ia escapar das lembranças, então podia muito bem voltar e enfrentar o passado. E eu li sobre o concerto em um jornal. Gostei da ideia da nossa música ter um propósito, fazer algo de bom. Foi o incentivo de que eu precisava.

– Você deixou uma vida para trás?

Ele deu de ombros.

– Não. A vida parece ser uma perda sucessiva das pessoas que a gente ama. Enfim, chega dessa melancolia. Eu voltei para fazer música. Quando vamos nos reunir para ensaiar?

Com o coração martelando no peito, Helen encarou a fotografia de Con Daly no jornal.

Ambos tinham partido dezessete anos antes e voltado na mesma semana.

Será que Con a receberia? Não, ele a culpava pela morte de Sorcha.

Ela ouviu um barulho no escaninho da porta e foi até o vestíbulo pegar a correspondência.

Encontrou um envelope branco, endereçado com capricho. Ela rasgou a borda e viu o nome do ex-inspetor Garratt no fim da carta. Ficou surpresa e grata por ele ter cumprido sua palavra e escrito para ela. Helen foi até a mesa de jantar, se sentou e desdobrou a carta.

Prezada Srta. McCarthy,

Segue anexa uma cópia das minhas anotações feitas na noite em que a Sra. Daly morreu. Veja por si mesma que ela a implicou.

Atenciosamente, T. Garratt.

Também havia uma observação.

O nome que Garratt mencionava ali a interessava.

Helen olhou pela janela e balançou a cabeça.

– Então, foi *essa* pessoa... E eu nunca soube.

Ela pôs a carta de lado e desdobrou a página onde estavam escritas as últimas palavras de Sorcha.

"Eu não lembr... o nome... Sim, Helen... pergunta para Helen... uma velha amiga..."

Ela pegou uma caneta e escreveu inúmeras vezes o nome que o inspetor Garratt mencionou na observação. Depois, voltou a analisar as palavras de Sorcha.

Helen olhou para o nada por um longo tempo.

Agora sabia quem havia assassinado Sorcha Daly.

Mas a pergunta era: por quê?

54

Todd pegou a correspondência no tapete e subiu até a cozinha.

Enquanto a cafeteira italiana fazia seu trabalho, ele deu uma olhada nas cartas. Contas, propagandas e uma carta endereçada a Con. Seu instinto o levou a abri-la.

VOCÊ ESTÁ DE VOLTA, MAS NÃO POR MUITO TEMPO. DEPOIS DE SÁBADO, VOCÊ NÃO CANTA MAIS. DESTA VEZ, NÃO VAI HAVER ERROS. TE VEJO LÁ.

Ele releu a carta.

– Merda – disse ele, depois pegou o telefone. – Freddy, é Todd. Escuta, eu preciso de um conselho. Lembra que Con estava recebendo ameaças de morte pelo correio? Bom, chegou mais uma hoje de manhã. Eu sei, também não consigo acreditar. Vou ler para você.

Freddy soltou um palavrão.

– Eu sei, também não estou gostando nada disso. Deve ser algum maluco usando o passado para assustar Con, não? Devo contar? Você acha? Eu só fico preocupado de ele desaparecer de novo se souber. Ok, vou fazer isso. Eu sei que a gente não pode correr nenhum risco. Até mais.

Todd pôs o fone no gancho devagar.

– Me contar o quê?

Todd se virou e viu Con de pé na porta, com os braços cruzados.

– Con, não fica preocupado.

– Fala o que é, Todd.

– Infelizmente é mais uma daquelas cartas ridículas que você costumava receber anos atrás – revelou ele, estendendo o papel para Con.

Enquanto ele lia, Todd observou o amigo estremecer.

– Não entra em pânico, Con, por favor. Freddy disse que a gente devia ligar logo para a polícia. Ele sugeriu avisar a imprensa também, para eles divulgarem que a segurança vai ser reforçada no show. Se esse maluco estiver falando sério, pode recuar quando souber que a cobertura policial vai ser imensa. Caso você concorde, eu posso ligar para Scotland Yard agora mesmo. Con?

Com a carta na mão, Con olhava pela janela.

– Você está bem? – insistiu Todd.

Con não respondeu.

– Olha, eu sei que é devastador, mas temos maneiras de resolver isso. Deixa eu ligar para a polícia, Con. Tenho certeza de que é só uma carta idiota de algum maluco.

– Claro – respondeu Con por fim. – Eu vou tomar um banho.

Enquanto a água cascateava sobre sua cabeça, Con se perguntou se tinha sido um erro voltar.

Ele se vestiu e desceu as escadas. Todd fitava a janela.

– Você ligou para eles?

– Liguei. Vão enviar alguém agora mesmo. Você vai ter proteção 24 horas por dia. Eles vão conversar com os organizadores do evento agora de manhã para discutir a segurança.

– Ótimo.

– Con, tem uma coisa que você precisa saber.

– O quê?

– Helen McCarthy acabou de sair da prisão em liberdade condicional.

Helen estava ficando sem dinheiro. As quase 2 mil libras que ainda restavam em sua conta eram pouco a pouco consumidas. Em algum momento das semanas seguintes, teria que tirar o Porsche vintage da garagem, substituir o motor e dar uma boa lavada e polida no carro. Depois, tentaria vendê-lo.

Mas não importava se acabasse sem-teto e sem nenhum vintém.

Agora que sabia *quem* havia arruinado sua vida, bastava terminar o quebra-cabeça, apresentar as evidências à polícia e, finalmente, limpar seu nome.

Quatro telefonemas lhe asseguraram as informações necessárias. Qualquer um que afirmava ligar da Receita Federal costumava ser transferido e recebia todos os detalhes solicitados.

E, finalmente, Helen iria encontrar a pessoa que armara para ela com tanta perfeição. Ela entrou no carro alugado e saiu dirigindo.

As ruas claustrofóbicas de Londres deram lugar a campos verdes dos dois lados da rodovia, uma estrada que nem existia na última vez em que viajara para aquelas bandas. Ela levou algumas horas dirigindo sem descanso para chegar ao seu destino. Helen atravessou os portões e parou do lado de fora da construção vitoriana em ruínas, desligando o motor. Tirou um batom da bolsa e o passou devagar. Então, desceu do carro, trancou-o e caminhou até a entrada.

– Sinto muito que você tenha vindo à toa. Ela foi embora faz um mês. Você disse que também esteve no exterior?

– Sim, isso mesmo – respondeu Helen, aquiescendo.

– A gente sempre se perguntou se ela tinha família. Ela nunca falava de ninguém.

– Não somos muito próximas.

– Você não parece nada com ela, se me permite dizer. Não tem nenhum traço em comum com a sua irmã.

– Todo mundo sempre disse isso – concordou Helen. – Então, a senhora poderia me passar o novo endereço dela?

– Claro – respondeu a mulher, abrindo o arquivo. – Ela foi para o que a gente chama de casa de transição. Hoje em dia, como você sabe, o cuidado dentro da comunidade está em alta. O governo não tem mais verba para manter lugares como este. Aqui, vou anotar para você.

– Como... como ela estava quando saiu daqui?

– Ah, melhor do que quando chegou. Este era o único lugar onde ela se sentia segura. Na verdade, ela estava bem animada quando foi embora. Não parava de falar sobre esse evento que vai ter, o *Music for Life*. Assim que soube dele, encomendou um ingresso pelo correio.

– Sério?

– Sim, o ingresso chegou logo depois que ela partiu. Eu enviei para ela pelo correio. Ah, ela adorava música, mas é claro que você deve saber disso.

– Depois de tantos anos sem contato, é como se eu não conhecesse mais a minha irmã. Ela tinha... preferência por alguma banda ou disco em particular?

Helen assentiu quando a mulher respondeu o que ela já esperava ouvir.

– E tinha uma música específica que ela tocava sem parar naquele gravadorzinho dela – continuou a funcionária.

– Qual? Talvez eu possa comprar uma fita nova de presente para quando a gente se encontrar.

– Hum, eu não entendo muito de rock, ainda mais dos anos 1960. Prefiro country. Acho que foi uma das últimas músicas da banda, uma em que só um deles canta. Era diferente das mais antigas.

– Por acaso se chamava "Losing You"?

– Hum, sim, acho que sim, mas não tenho certeza.

– Bom, se a senhora se lembrar, me avisa. É melhor eu não tomar mais o seu tempo.

Helen se levantou. A mulher entregou a ela o endereço impresso em uma folha de papel.

– Manda um beijo para a sua irmã. Depois de todos esses anos, acabei me afeiçoando a ela. Olhando para ela, a gente não diz... bom... é mesmo uma tragédia. Tchau, querida.

Helen parou em uma cafeteria na beira da estrada para comer e refletir sobre a conversa. Comprou um jornal e o folheou enquanto mastigava o sanduíche insosso de queijo e alface.

"Os planos para o concerto de amanhã estão indo muito bem", informaram os organizadores. "À medida que as horas passam, mais e mais bandas se oferecem para vir cantar pela África."

Mas é claro que contar com tantas estrelas debaixo do mesmo teto está sendo um pesadelo para a equipe de segurança, principalmente porque foi noticiado ontem que Con Daly, recém-chegado de seu exílio autoimposto, recebeu uma ameaça de morte citando o evento como alvo.

"Talvez seja só algum maluco, mas, como o Sr. Daly já foi ameaçado no passado, estamos levando isso muito a sério", afirmou um porta-voz da Scotland Yard. "Eu gostaria de advertir às pessoas que estão pensando em causar problemas que a operação de segurança vai ser a mais rigorosa dos últimos anos."

O sangue de Helen gelou. Ela engoliu em seco.

– Ai, caramba.

– Som, som, um, dois, três, quatro, cinco, bananas, maçãs, bolas do Bob.

A voz ressoou pelos enormes alto-falantes enquanto Johnny, o organizador do concerto, conduzia os Fishermen até o amplo palco do estádio de Wembley.

– Então, pessoal, Tina vai estar na frente enquanto o equipamento de vocês é posicionado. Quando ela terminar, vocês entram no palco, que vai estar completamente escuro. Eu vou anunciar vocês com um dramático rufar de tambores, aí o palco vai se mover para a frente automaticamente. Quando a plateia se acalmar, o que a gente acha que pode levar uns dez minutos, vocês começam a tocar. Tudo bem até aqui? Con?

Con tinha perambulado até a frente do palco e agora olhava para o estádio.

– Claro.

– No fim do set, o holofote vai se voltar para você, Con. Você começa com o primeiro verso de "Losing You" enquanto a gente organiza todo mundo nos bastidores para sair e cantar o último verso. É melhor se prepararem para pelo menos três bis. Ninguém vai querer que acabe. Em algum momento, vamos encerrar com uma transmissão via satélite para Nova York. Ok?

Todos assentiram.

– Ótimo. Vocês estão agendados para as três da tarde. Eu só posso dar 45 minutos de ensaio para vocês. A gente tem trinta bandas, e vocês já têm quinze minutos a mais que a maioria.

– Tudo bem, Johnny – disse Todd.

– Perfeito. Peço desculpas, mas eu tenho um milhão de coisas para resolver. Fiquem aqui o tempo que quiserem. Tem chá e café nas garrafas térmicas logo ali.

Johnny acenou para eles e cruzou o palco.

– O que vocês querem fazer? – perguntou Freddy. – Comer alguma coisa? Ainda faltam umas duas horas para o ensaio.

– Meu estômago me diz que seria uma boa filar a boia – respondeu Ian. – Tem um indiano ótimo aqui na rua. O curry de legumes deles é excelente.

– Está bem – concordou Freddy.

– Meu Deus, como ele ficou chique – debochou Todd para Con enquanto o grupo deixava o palco.

– Derek Longthorne, telefone para você – anunciou uma voz, ressoando pelo alto-falante.

– Por aqui, Sr. Longthorne – disse um assistente pessoal, aparecendo no palco ao lado dele.

– Encontra com a gente no Bombay Palace, Derek! – gritou Freddy.

– Pode deixar.

Quinze minutos depois, Derek entrou no restaurante de curry quase saltitante e se sentou ao lado de Todd.

– A gente pediu para você. Quer dizer, a gente pediu quase tudo do cardápio. Você parece feliz. Ganhou na loteria?

Derek balançou a cabeça.

– Não, nada tão emocionante, infelizmente. Só uma velha amiga que quer vir amanhã, só isso.

– Desculpa, querida, eu não a vejo há duas semanas. Ela não é uma prisioneira aqui, sabe? Pode ir e vir quando quiser.

Helen já imaginava.

– Obrigada.

Ela saiu da decadente casa geminada e entrou no Metro. Estava exausta. Iria para casa, tomaria um banho e decidiria se tinha evidências suficientes para convencer a polícia.

Porém, ainda não havia a motivação...

Estava virando à direita para entrar na rua quando viu o carro da polícia parado bem na sua porta. Com o coração disparado, deu a ré até a rua movimentada, botou a seta para a esquerda, virou na rua seguinte e desligou o motor.

A ameaça à vida de Con... eles suspeitavam dela. Se fosse para casa agora, os policiais a levariam até a delegacia para interrogá-la e a manteriam presa até que o concerto terminasse e fosse tarde demais.

Helen esfregou a testa, frustrada. A polícia obviamente não era uma opção.

Teria que agir sozinha.

– Ai, meu Deus, para onde agora? – gritou.

Precisava pegar algo que estava dentro de casa se quisesse ter a chance de finalmente provar sua inocência.

À meia-noite, Helen viu o carro da polícia sair de sua rua. Ou tinham desistido ou estavam trocando de turno. Ela ligou o motor, engatou a marcha a ré, recuou perigosamente até a avenida principal e entrou em sua rua. Então, deixou o carro perto da entrada, saiu e correu até a porta da frente. Arquejando, subiu as escadas e foi até o escritório, revirando a primeira gaveta até encontrar o que procurava. Embora fosse antigo, o logotipo não havia mudado; isso iria ajudar. Ela pegou a carteira de plástico com as informações recém-descobertas e guardou o crachá ali. Jogou a carteira dentro da bolsa, foi até o quarto e pegou o terninho elegante com sapatos combinando que tinha comprado no início da semana. Então, encontrou a mala e atirou as roupas lá, acrescentando alguns itens de maquiagem que estavam em cima da penteadeira.

Helen desceu as escadas correndo, bateu a porta da frente e disparou até o carro.

Não havia dirigido mais que 90 metros quando olhou pelo retrovisor e viu o carro de polícia voltar à rua.

Respirando aliviada, partiu em direção ao centro de Londres.

A campainha de Todd tocou às 2h10. Insone devido à expectativa pelo dia seguinte, ele se levantou na hora e desceu as escadas correndo para falar ao interfone.

– Sim?

– É o sargento Pearson, Sr. Bradley. Desculpe incomodar, mas posso entrar? Preciso dar uma palavrinha com o Sr. Daly.

– Claro.

Con estava de pé atrás dele, completamente nu.

– Tem um policial aqui que quer falar com você. Vai vestir uma roupa, que eu deixo ele entrar.

Todd conduziu o policial escada acima e até a sala de estar. Con apareceu vestido com uma calça jeans.

– Desculpa o horário, senhores, mas nós temos uma boa notícia.

Os dois homens o observavam em silêncio.

– Hoje à tarde, uma mulher foi vista rondando esta casa. Uma das nossas equipes de vigilância observou a suspeita por um tempo e depois a interrogou. Ela se comportou de maneira bastante desagradável e se recusou a mostrar o conteúdo da bolsa aos oficiais. Ela foi presa e levada até a delegacia. Encontramos isto aqui na bolsa dela.

Pearson pegou um pedaço de papel, com um dos lados preenchido com as familiares letras de jornal, e o colocou sobre a mesa.

TE VEJO AMANHÃ PELA ÚLTIMA VEZ.

– A mulher falou que ela e o Sr. Daly foram amantes, mas que depois foi trocada pela esposa dele.

– O quê? Eu e Sorcha já chegamos a Londres juntos – murmurou Con.

– Sem dúvida, senhor. Após uma investigação aprofundada, descobrimos que a mulher entrou e saiu de instituições psiquiátricas durante os últimos 25 anos. Ela é maníaco-depressiva, com histórico de pequenos crimes. E confessou ter enviado todas aquelas cartas ameaçadoras para a sua casa em Hampstead.

– Então o senhor acha que é essa mulher que vocês estavam procurando?

– Com certeza, Sr. Daly. As impressões digitais dela batem com as da carta enviada ao senhor na semana passada e com as que temos nos nossos arquivos há dezessete anos.

– Acha que ela iria tentar alguma coisa amanhã?

– Quem sabe? Enfim, o ponto é que ela agora está atrás das grades, e o senhor pode relaxar.

– Excelente notícia, não é, Con? – perguntou Todd.

– É, sim – respondeu ele.

Pearson se levantou.

– Bom, eu já vou. Vou deixar os senhores dormirem pelo que resta da noite. Um ótimo show amanhã.

– Obrigado – disse Con, levantando-se e apertando a mão dele. – E obrigado também por todo esse trabalho duro por minha causa. Desculpa ter desperdiçado o tempo da polícia.

– De forma alguma. É para isso que estamos aqui.

Todd acompanhou o policial até a porta. Con parou perto da janela e olhou para a escuridão lá fora, perguntando-se por que não se sentia mais aliviado.

55

Os Fishermen deviam chegar ao estádio às quatro da tarde. Nos bastidores, o caos era inacreditável.

– Caramba, escutem só esses gritos!

Todd espreitava por uma fresta entre as divisórias das coxias, observando uma banda famosa terminar sua apresentação.

– O som de oitenta mil pessoas – disse Freddy, sorrindo. – Vocês já se apresentaram para públicos maiores.

– Nunca com uma atmosfera tão incrível.

– O tempo ajudou, é claro – lembrou Ian, erguendo os olhos para o céu azul cristalino. – Já imaginaram se tivesse caído um temporal?

– Com essa energia que está lá fora, acho que podia ter nevado que não ia fazer diferença.

– Vocês querem ir ao camarote assistir a um pouco do show? – sugeriu Freddy.

– Claro. A gente ainda tem umas horinhas – disse Con.

– Eu não vou. Estou esperando uma pessoa, na verdade. Vou ficar por aqui – respondeu Derek.

– Ok – disse Todd. – Encontra a gente lá.

– Pode deixar.

O camarote estava cheio de políticos, membros da família real e várias estrelas do evento. O champanhe corria solto.

– Vinte milhões prometidos até agora – comentou Johnny, exausto, mas exultante. – A gente deve triplicar fácil esse valor nas próximas horas. Daqui a pouco, Nova York vai começar a contribuir.

– Que dia – comentou Todd, entusiasmado. – Foi uma ideia incrível, Johnny.

– Mas foi o apoio de vocês todos que realmente fez isso acontecer.

– Oi, Todd.

A voz familiar atrás dele o fez estremecer. Ele se virou.

– Lulu.

Ela se aproximou e o beijou nas bochechas.

– Como você está? Você parece bem.

– Estou muito bem. O que te traz aqui?

– Eu tinha uns compromissos de divulgação em Londres e pensei em dar uma passada aqui para rever velhos amigos.

– Licença. Vou deixar vocês dois à vontade – disse Johnny, desaparecendo.

– Isto virou um verdadeiro reencontro – comentou Todd, tentando manter a calma.

– É mesmo. Como está o recém-chegado?

– Está ali conversando com a primeira-ministra. Duvido que saiba quem ela é – respondeu ele, sorrindo.

– Con te contou para onde foi?

– Não com muitos detalhes. Enfim, e com você, tudo certo? Você está fantástica.

– Obrigada. Tudo certo, sim.

– A vida de estrela de Hollywood parece te fazer bem.

– De certo modo... sim... é agradável. Mas eu sinto muita falta de... Londres.

Lulu ofereceu a ele um sorriso caloroso. Todd respondeu do mesmo jeito.

– Bom, se me permite dizer, eu fiz um ótimo trabalho.

De pé atrás dela, o cabeleireiro mostrou a nuca de Helen para ela com o espelho.

– Está muito melhor, não acha?

Helen sorriu. O chanel lustroso a deixou alguns anos mais jovem. Com aquele corte, o terninho ajustado e a maquiagem cuidadosamente aplicada, ninguém da prisão a reconheceria.

– Acho, obrigada.

Ela foi até o balcão e pagou algumas libras.

Uma onda de aplausos saiu do rádio.

– Obrigada, querida – disse o cabeleireiro. – Vou te dizer uma coisa, eu preferia estar em Wembley do que suando a camisa aqui hoje. Esse concerto parece fantástico.

– Na verdade, é para lá que eu estou indo.

Helen tirou da bolsa seu crachá oficial da Metropolitan Records, prendendo-o na lapela.

– Sou diretora de uma gravadora.

– É mesmo? Que sorte a sua. Vai lá tomar champanhe com os poderosos, enquanto eu fico aqui olhando para raízes oleosas a tarde inteira... Divirta-se.

– Pode deixar – respondeu ela, sorrindo para ele, e saiu do salão.

– Você veio! Eu estava começando a achar...

Ele lhe lançou um olhar ansioso. Ficou evidente que seus sentimentos não haviam mudado.

– Claro que vim.

– É muito bom te ver. Você está... tão bonita.

– Obrigada.

– Vamos lá encontrar os outros. Acho que uma taça de champanhe cairia bem.

Ele lhe ofereceu o braço. Sorrindo, ela o aceitou, e os dois caminharam em direção ao camarote.

– Perdão, senhora, posso ver o seu crachá?

– Claro – disse Helen, mostrando rápido a identificação na lapela ao segurança, que balançou a cabeça.

– Não, senhora, o seu crachá para o evento de *hoje*.

– Ah, esse.

Helen remexeu dentro da bolsa enquanto o guarda a examinava.

– Eu não estou encontrando.

– Bom, infelizmente não posso deixar a senhora entrar.

– O quê? Isso é ridículo! Eu sou diretora da Metropolitan Records! Os Fishermen estão me esperando.

– Ah, estão? – replicou o segurança, que já tinha ouvido de tudo naquela noite.

– Olha, eu não encontrei o crachá, mas vou te mostrar o que eu tenho aqui.

Helen tirou algumas fotos da carteira.

– Aqui somos eu e os Fishermen na Metropolitan, depois de assinar o novo contrato.

O segurança analisou as fotos.

– Muito legal também, mas não te dão permissão para entrar aqui hoje.

Helen ficou frustrada. A menos que o nocauteasse com os próprios punhos, não havia como passar por ele.

Uma grande limusine parou na entrada do túnel. Do banco de trás, saíram vários jovens vestidos com conjuntos esportivos fluorescentes.

– Caramba, são os Seven Wonders. Meus filhos adoram eles.

De repente, a entrada foi tomada por uma horda de fãs adolescentes.

– Por aqui, senhores – disse o segurança, sorrindo, quando o grupo alcançou a entrada. – Com licença, o senhor poderia dar um autógrafo para a minha filhinha? Ela é sua maior fã.

O guarda vasculhou a jaqueta atrás de um pedaço de papel e um lápis, depois os entregou ao jovem.

– Poderia escrever "Para Tracy"? – pediu ele, inclinando a cabeça enquanto o astro rabiscava em resposta.

O segurança começou a dobrar o precioso papel para enfiar na carteira, então percebeu que a mulher de terninho azul havia desaparecido. Ele deu de ombros e pensou no rosto de Tracy quando lhe entregasse o autógrafo.

Acostumada aos bastidores, Helen se misturou ao ambiente geral. Ficou impressionada com o número de rostos que reconheceu e torceu, desesperadamente, para não ser reconhecida. Conferiu o relógio. Oito e meia. Os Fishermen estavam previstos para as nove, mas ela não os avistou em meio à multidão. Ela se acomodou em uma cadeira no canto da tenda VIP e esperou.

– Vamos lá, pessoal. Faltam vinte minutos. Hora de ir – anunciou Freddy, reunindo sua banda. – Moças, vocês vão ficar aqui, onde têm uma visão melhor, ou querem ir com a gente para assistir da lateral? – perguntou, olhando para a esposa de Ian, Lulu e a loura atraente que estava grudada em Derek.

– Da lateral, eu acho – respondeu Virginia.

– Ótimo. Vamos lá.

Os Fishermen caminharam juntos pelo túnel que dava nos bastidores.

– Vocês, moças, divirtam-se na tenda VIP. Vou dar uma injeção de ânimo aqui nos rapazes – sugeriu Freddy. – A gente vem pegar vocês quando estiver na hora. Venham, rapazes. Atrás de mim.

Helen a viu assim que ela entrou.

– Meu Deus – murmurou, soltando o ar com força.

Mesmo então, não conseguia acreditar que estava certa.

Sentada, Helen as observou rirem e conversarem segurando taças de champanhe. O que faria agora? Não tinha um plano. Não dava para ir até o segurança mais próximo e dizer que havia uma grande chance de aquela mulher ali estar prestes a assassinar Con Daly.

Ela observou Freddy voltar e acompanhar as mulheres para fora da tenda. Helen os seguiu a uma distância discreta. O céu estava começando a escurecer e, felizmente, não havia muita luz nos bastidores.

Ela viu Con primeiro, depois Todd e Derek saíram do camarim e entraram nas coxias. Helen se escondeu em uma das divisórias enquanto tentava clarear a mente, sem desgrudar os olhos da mulher a poucos metros de distância.

– Dois minutos, rapazes – informou um assistente pessoal exausto.

Con se dirigiu à lateral do palco com as mãos nos bolsos.

Lulu o seguiu.

Ian se aproximou devagar de Con, abraçado à esposa.

Helen observou a mulher se aproximar com Derek do grupo ao lado do palco.

Só Todd estava sozinho, mal-humorado e olhando para o nada, a poucos metros dela.

– Senhoras e senhores, daqui a pouco o momento pelo qual todos vocês estão esperando!

Era agora ou nunca. Precisava fazer alguma coisa.

Ela correu em direção a Todd e agarrou o braço dele.

– Todd, é Helen. Helen McCarthy.

Todd se virou, com um misto de horror e surpresa no rosto.

– Meu Deus, Helen! Que diabos está fazendo aqui?

– Escuta, está vendo aquela mulher ali? Ela está atrás do Con. Eu ainda não consegui descobrir por quê. Acho que ela e Con devem ter tido um caso em algum momento, e ela ficou recalcada. Tudo o que eu sei é que aquela mulher matou Sorcha e agora está atrás do Con. Sei que você acha que sou maluca, mas *precisa* acreditar em mim. Você precisa detê-la, Todd.

– Eu... – disse Todd, confuso, olhando para ela. – Eu não sei do que você está falando, Helen, mas agora não é a hora nem o lugar para isso. E sobre essa história de a Peggy ter um caso com o Con, eu...

Helen encarou Todd.

– Peggy? Você chamou aquela mulher de Peggy?

– Chamei. Ela é ex-namorada do Derek. Você já deve tê-lo ouvido falar sobre ela. Ela apareceu aqui hoje, do nada.

Peggy, Peggy, Peggy...

Helen se esforçava para entender.

– Vou ter que pedir para alguém te tirar daqui, Helen. Se Con te vir, ele vai pirar.

Todd olhou em volta, nervoso, à procura de alguém do evento.

Helen observou a mulher se afastar do grupo na lateral do palco e mergulhar nas sombras. Ela abriu a bolsa.

– Ai, meu Deus, ai, meu Deus – sussurrou ela.

– Desculpa, amigo, esta senhora não deveria estar aqui. Poderia levá-la lá para fora? – pediu Todd, afastando-se e lançando um olhar nervoso para Helen.

– A senhora poderia vir comigo, por favor?

Em câmera lenta, Helen viu o revólver ser retirado da bolsa.

– Trinta segundos, rapazes.

– Senhora, por favor. Não quero ter que te levar à força.

Helen a observou, esperando que ela avançasse e apontasse a arma para Con. Mas ela ficou onde estava.

Peggy, Peggy, Peggy...

– Dez segundos, e vocês entram.

– Vamos, senhora – disse o segurança, pegando o braço dela e conduzindo-a pelo cotovelo.

A mulher ergueu a arma e apontou para a pessoa bem na frente dela.

– Todd! Todd! *Não* é do Con que ela está atrás, é do *Derek*! – gritou Helen, enquanto o segurança começava a puxá-la em direção à saída. – Derek, sai daí! Pelo amor de Deus, *sai daí*!

Ele não conseguia ouvi-la. A plateia gritava a plenos pulmões.

Desvencilhando-se das mãos do segurança, Helen se atirou entre as costas de Derek e a arma.

– É com vocês!

A arma disparou.

Helen caiu no chão.

– Cacete!

Todd e Derek se viraram ao ouvir o som do tiro. Con e Ian já tinham começado a entrar no palco.

– Peggy, que diabos... – disse Derek, perplexo ao ver a arma ainda fumegando na mão dela.

– Você o matou, seu canalha, não matou?

O rosto de Derek ficou branco.

– O quê?

– Tony! Meu querido Tony. Se você não podia ficar comigo, então ninguém ficaria, não é? Seu doente patético!

Todd sinalizou para o segurança alertar os colegas. Ele tirou Lulu e Virginia da zona de perigo, aterrorizado pela visão da arma agora apontada diretamente para Derek.

– Meu Deus, o que está acontecendo? A gente precisa de vocês no palco. Eu... – disse Johnny, parando de repente ao ver Helen no chão e a arma nas mãos da outra mulher.

– Ok, ok, eu vou falar com o Con e a plateia, entreter o pessoal por um tempo.

– Peggy, eu não sei do que você está falando.

– Para de me chamar de *Peggy*! – gritou ela. – Eu odeio esse nome. Era o meu apelido idiota na escola. Meu nome é Maggie! *Maggie! Maggie!* Diminutivo de Margaret! Está me ouvindo?

– Tá, tá, Maggie. Desculpa.

Derek a observava sacudir a arma com lágrimas escorrendo no rosto.

– Você devia estar morto. Achei que tinha te matado antes, mas na verdade você era Con. Eu não entendi nada. Mas agora eu posso te matar, não posso?

Derek viu o bando de seguranças corpulentos se aproximarem atrás dela.

– Maggie... Eu não matei o seu Tony... Ele... Eu... – disse Derek, respirando rápido.

– Você o matou, sim. Eu sei que matou. Eu *sei*...

– Abaixa, Derek! – gritou Todd enquanto os seguranças a agarravam por trás.

Debatendo-se, Maggie apertou o gatilho. Três balas ricochetearam nas divisórias ao lado do palco.

– Chega, senhora! – gritou um dos seguranças, lutando contra ela até que a arma estivesse em seu poder. – Vamos mantê-la presa aqui até a polícia chegar.

– Meu Deus, ai, meu Deus – disse Derek, agachado no chão com a cabeça entre as mãos.

Todd se ajoelhou ao lado de Helen e sentiu o pulso dela.

– É melhor alguém chamar uma ambulância, e rápido. Lulu, vem aqui e fica com ela até o socorro chegar – ordenou ele, depois se aproximou de Derek. – Você está bem, amigo?

Derek sabia que precisava ficar o mais calmo possível.

– Estou, estou, claro.

– Escuta, eu não sei do que diabos ela estava falando, mas tem um bilhão de pessoas esperando para ver as nossas caras feias lá fora. Como dizem, o show precisa continuar. Você consegue?

Derek ergueu os olhos para Todd e abriu um sorriso fraco. Ele não tinha escolha. Tinha que agir normalmente.

– Claro.

56

Helen abriu os olhos e sentiu o corpo pesado. Até mesmo virar a cabeça era um esforço.

Parecia estar na enfermaria de um hospital. Uma dormência na perna indicava que tinha algum tipo de ferimento. Ela testou as outras articulações e descobriu, com alívio, que conseguia mover todo o resto.

Ao olhar para cima e ver o soro que entrava em seu braço, ela se perguntou como poderia chamar a atenção de uma enfermeira.

Dez minutos depois, a porta do quarto se abriu.

– A bela adormecida acordou – disse a enfermeira, verificando o soro.

– O que aconteceu comigo?

– Você passou por uma cirurgia para remover uma bala da coxa esquerda. A anestesia te deixou grogue, só isso. Você chegou aqui acordada, falando sem parar sobre uma Peggy e um... Desmond ou sei lá o quê. Enfim, você vai ficar bem. Amanhã deve sair do soro e começar a comer, então vou deixar uma ficha aqui com sugestões de jantar. Preenche quando quiser. Sua amiga ainda está aqui. Vou avisar que você acordou.

A enfermeira saiu, apressada.

Helen se perguntou quem seria aquela "amiga". Até onde sabia, não tinha nenhuma.

– Oi, como você está? – perguntou Lulu, pálida e sem nenhum resquício de maquiagem.

– Não sei direito. Todos os outros estão bem?

– Estão. Mas foi por pouco. Eles acham que ela teria matado Derek se não fosse pelo seu mergulho heroico. Como você chegou nela?

Helen suspirou.

– É uma longa história.

– Bom, todo mundo quer ouvir. A gente conseguiu juntar algumas peças, é claro. Maggie era sua secretária na época, logo tinha acesso à sua arma e circulava pelo prédio com facilidade. A gente acha que ela confundiu Con e Derek naquele dia no estúdio.

– Con estava com o cardigã do Derek, no estúdio que era para ele usar. Eu sempre soube que o assassino não estava atrás da Sorcha. Parece que o alvo também não era o Con – explicou Helen, suspirando.

– É. Como eu disse, quando você se sentir um pouco mais forte, talvez possa contar tudo bem devagar para nós, idiotas, que somos um pouco mais lentos. Mas vou te dizer uma coisa, Helen, você está livre. Ela confessou ontem à noite que atirou na Sorcha, mesmo que tenha sido um erro. Dezessete anos por um crime que você não cometeu. Meu Deus, você deve estar se sentindo muito amargurada...!

Helen mordeu o lábio enquanto lágrimas ardiam em seus olhos.

– Claro que estou. Mas também aliviada por tudo isso ter finalmente acabado.

– Todos nós estamos arrasados por ter pensado que foi você. Espero que possa nos perdoar.

Helen aquiesceu.

– Como foi ontem à noite?

– Bom, fora o pequeno, hã, incidente, foi sensacional. De verdade. Pena que você não viu os rapazes. Parecia que eles nunca tinham parado de tocar. A multidão foi ao delírio, principalmente por causa do Con, é claro. Teve dez bis. Acho que os Fishermen podiam começar uma carreira nova se quisessem.

As pálpebras de Helen começaram a ceder.

– Olha, se você não se importa, vou te deixar sozinha por um tempo. Quero ir para casa tomar banho.

– Claro. Pode ir.

– Posso trazer os rapazes para te ver depois? Acho que todos eles querem conversar. E Derek é todo seu pelo tempo que você quiser. Ele está muito grato.

Helen sorriu e fechou os olhos.

Às seis da tarde, Helen já se sentia bem melhor. O soro fora removido, e ela já podia se sentar.

A enfermeira entrou, apressada, seus olhos cheios de um súbito respeito por Helen.

– Querida, você tem um convidado especial. Eu o vi na TV ontem à noite. Posso pedir para ele entrar?

Helen assentiu.

Con entrou com um ar cansado e envergonhado, carregando um buquê enorme. Ele entregou as flores a Helen.

– De mim e dos rapazes.

– Obrigada. Você pode colocar ali para mim?

– Pode deixar que eu levo – disse a enfermeira, que estava parada no fundo. – Que garota de sorte, hein? – brincou ela, sorrindo.

Con se sentou.

– A banda inteira queria vir, Helen, mas achamos que seria muito cansativo para você.

Helen assentiu.

– E seria mesmo. Estou exausta.

– E... Eu queria te ver, para agradecer. Soube que você falou para Todd que achava que Maggie estava atrás de mim ontem à noite. Você estava lá para tentar me salvar.

– Bom, eu estava lá para tentar *me* salvar. Era o único jeito de provar a minha inocência.

– No fim das contas, não era atrás de mim que ela estava.

– Não, mas eu só me toquei disso no último minuto.

Con a encarou.

– Eu vim mesmo pedir perdão pela rapidez com que te acusei. Fiquei tão arrasado com a perda da Sorcha que queria que alguém fosse punido.

– Entendo por que você acreditou que eu fosse culpada, Con. Tanto você quanto o inspetor Garratt pensaram que Sorcha havia me acusado de estar no estúdio naquela tarde. Lendo as anotações do Garratt, eu entendi o que ela disse *de verdade*. Sorcha não se lembrava do nome da Maggie e vocês deviam perguntar para mim, porque ela era uma velha amiga minha.

– E era mesmo?

– Era. Eu estudei na mesma faculdade que ela logo que cheguei a Londres. Tive um breve caso com o nosso professor, Tony Bryant, durante um verão. Ele me falou que a namorada dele estava fora, que a amava e que o nosso relacionamento terminaria quando ela voltasse. Eu só soube que essa namorada era Maggie quando Garratt me contou. Imagino que eles tenham mantido o relacionamento em segredo porque ela era aluna, e ele, professor.

Maggie deve ter descoberto que eu e Tony tivemos um caso enquanto ela estava fora. Talvez por isso tenha armado para mim – refletiu Helen.

– E, no fim das contas, a Peggy do Derek e a sua Maggie eram a mesma mulher – comentou Con, suspirando.

– Ambos apelidos de Margaret – respondeu Helen.

Con aquiesceu.

– Ele sempre foi louco por ela. Quando Maggie o dispensou, disse que estava apaixonada por outra pessoa. Devia ser esse Tony. Eu me lembro bem dessa história.

– Obviamente, Maggie achou que Derek tinha matado Tony.

Con pareceu surpreso.

– Tony morreu?

– Morreu. Foi assassinado. Eles nunca descobriram quem foi – respondeu Helen, depois olhou para Con. – Você diz que Derek era obcecado pela Peggy. Acha que era obcecado o suficiente para matar Tony por tê-la roubado dele?

Con soltou o ar com força.

– Ele caiu em uma depressão braba... mas Derek não me parece um assassino. Pelo amor de Deus, que assassino se chama "Derek"?! – disse ele, esfregando os olhos cansados. – O mais desesperador é que Todd acha que ele e Peggy nunca tiveram um relacionamento de verdade. Ele distorceu a história toda na mente dele. Seja como for, a morte do Tony deve ter bagunçado a cabeça da Maggie.

– Ah, com certeza bagunçou – concordou Helen. – Nos últimos dias, eu descobri que ela teve um colapso nervoso quando Tony morreu. A mulher ficou internada em um hospital psiquiátrico por três anos.

Helen balançou a cabeça, depois continuou:

– Claro que eu não fazia ideia disso quando a contratei como minha secretária na Metropolitan. Ela ficou pouco tempo lá, mas sempre recusava convites para shows e ficava na dela quando os Fishermen estavam na gravadora. Imagino que não queria ser reconhecida por Derek ou algum de vocês. Quando Maggie me procurou pedindo trabalho, já devia ter planejado isso tudo.

– Ontem à noite, eu estava me perguntando por que Sorcha disse "oi" para Maggie quando ela apareceu na porta com a arma. Eu não fazia ideia de que elas se conheciam. Nunca vi Maggie na Metropolitan.

– Maggie entregou um envelope na minha casa quando Sorcha estava hospedada lá.

Con assentiu, tentando juntar todas as peças.

– E onde ela esteve nos últimos dezessete anos?

– Entrando e saindo de instituições. Eu falei com a enfermeira-chefe da mais recente. Ela contou que Maggie vivia escutando uma única música. Era "Losing You".

– Ah. Bom, vamos torcer para que agora ela fique internada para sempre.

Helen suspirou.

– Ah, Con, o pior disso tudo é que Sorcha morreu... E nada disso tinha a ver com ela.

– Eu sei. Ela deve ter visto Maggie apontar a arma para mim e se atirou na frente para me proteger. Depois de tudo que eu fiz ela passar... vou viver com isso pelo resto da vida.

– Eu também. Pensar que Sorcha tinha me acusado de atirar nela foi uma das coisas mais difíceis de engolir. Todo o rancor que existia entre a gente no passado já tinha acabado – contou Helen, com lágrimas lhe ardendo os olhos. – A gente tinha se tornado amiga.

– Bom, você pode se consolar com o fato de que insistiu e salvou a vida de Derek. Helen, você pode perdoar a mim e aos outros por termos te acusado com tanta rapidez?

– Eu consigo entender o motivo. Mas o perdão por dezessete anos perdidos vai demorar um pouco mais.

– Eu entendo – disse Con, com um suspiro.

– Depois da noite passada, está correndo algum boato de que a banda vai voltar?

– Com certeza. Você sabe como são essas coisas.

– Sei.

– E quanto a você? Precisa pensar no futuro. Deve existir algum tipo de compensação por ter sido presa injustamente todo esse tempo.

– Acho que sim – disse Helen, sorrindo. – Talvez eu consulte um advogado, mas duvido muito. Dinheiro nunca me faltou, e ser rica nunca me fez feliz. Eu tenho as minhas casas em Londres e na Irlanda e o suficiente para me sustentar por um tempo enquanto penso no futuro.

Con soltou uma risadinha cansada.

– Sua casa da Irlanda precisa de uma boa pintura. Eu fiquei escondido lá por um bom tempo.

Helen ergueu uma sobrancelha.

– Então era lá que você estava. Você deve ter incontáveis milhões com todos aqueles cheques de royalties acumulados há dezessete anos. Pode me comprar um banheiro novo.

– Eu poderia comprar uma ilhazinha no Caribe, se quisesse – respondeu ele, abrindo um largo sorriso. Depois, Con estendeu a mão e segurou a dela. – Helen McCarthy, eu te conheço desde que você era menina. A gente tem uma história juntos. E eu cheguei à conclusão de que você tem mais colhões do que qualquer homem que já conheci. Você perdeu uma amiga quando Sorcha morreu. Eu ficaria honrado se me aceitasse como substituto.

Os olhos de Helen se encheram de lágrimas.

– Sabe, Con, você acabou de me oferecer aquilo de que eu mais preciso na vida.

Eles se abraçaram.

– E aí, a gente vai topar ou não? – perguntou Freddy, enquanto servia uma xícara de chá para cada um deles na sala de estar. – É uma proposta e tanto. Uma turnê mundial por seis meses. Um contrato de gravação com a Metropolitan estimado em quase 20 milhões. A gente precisa agarrar essa chance agora, enquanto a oferta está na mesa.

Ian deu de ombros.

– Não sei. Eu teria que deixar minha mulher e meus filhos ou arrastar todo mundo comigo por seis meses.

– Eu tenho compromissos com as minhas bandas – argumentou Todd.

– Meu Deus, camaradas. Vocês receberam a proposta do século e ficam aí debatendo pormenores – disse Derek, frustrado, balançando a cabeça. – Bom, vocês sabem que eu estou dentro. Só lembrem da onda de adrenalina que a gente sentiu na frente de toda aquela gente há dez dias.

– Que bela forma de encerrar – comentou Todd.

– E eu me oponho a você se referir à minha esposa e aos meus filhos como pormenores – declarou Ian.

– E quanto a você, Con?

Con bebia o chá devagar.

– Eu teria que pensar um pouco no assunto.

– Mas você teve os dois últimos dias para pensar. A gente precisa dar uma resposta até amanhã – insistiu Derek.

– Se eles querem a gente amanhã, ainda vão querer no dia seguinte, Derek.

– Con está certo. Vamos pensar por mais 48 horas. Com essa quantia, a Metropolitan vai querer dedicação total. Eu quero que vocês tenham certeza.

– Ok. A gente volta a se reunir em dois dias – afirmou Todd, pousando a xícara na mesa. – Você vem, Con? Eu tenho uma reunião às cinco.

– Claro. Até mais, pessoal.

Todd saiu para passar a noite fora. Con andou de um lado para outro na casa do antigo parceiro de banda, refletindo sobre a situação.

O passado já estava resolvido. Finalmente era hora de olhar para o futuro.

Ian foi para casa e discutiu a situação com Virginia. Eles sentiriam saudade um do outro, mas, com aquela quantia, poderiam comprar sua fazenda orgânica no interior de Kent, viver uma vida feliz e nunca mais ter que pensar nas finanças.

Derek foi para casa e passou a noite em claro. Se o resto do grupo não concordasse, sem dúvida estaria em um mar de merda, a bordo de um barquinho sem remos. Em seis meses, o dinheiro acabaria.

Por outro lado, será que não tivera sorte? Ainda era um homem livre. Todos os dias desde o concerto, aguardara a polícia aparecer em sua porta. Se eles reabrissem a investigação... Derek começou a suar em bicas. Naquela noite, perdera totalmente o controle. Tinha se enchido de bebida e pó e... A lembrança de suas ações revirou seu estômago e o encheu de raiva.

Se os caras concordassem com a turnê e ele recebesse seu naco daqueles 20 milhões, então talvez se mudasse para o exterior, só por precaução.

Naquela noite, rezou por uma última chance.

Freddy desligou o telefone após falar com o Con e deu um soco no ar. Todos os quatro tinham concordado. Vinte por cento de 20 milhões de libras eram... Meu Deus, uma quantia enorme de dinheiro.

Os Fishermen estavam de volta.

Helen se sentou no Fokker 50 Aer Lingus e observou o avião sobrevoar os campos verdejantes do condado de Cork.

A vista lhe causou um arrepio pelo corpo. Era estranho que, enquanto estava presa, seus pensamentos voassem todas as noites não até sua casa em Londres ou seu escritório confortável na Metropolitan, mas até as praias limpas, claras e varridas pelo vento e o ar frio e revigorante do país onde nascera.

Quando a aeronave pousou no aeroporto de Cork, Helen sentiu uma espécie de júbilo.

Sabia que havia tomado a decisão certa.

Estava voltando para casa.

Epílogo

Junho de 1987

A campainha tocou. Helen limpou as mãos em um pano de prato, saiu da cozinha e foi até a porta da frente. Levou um tempinho. Lonas de proteção e ferramentas de pedreiro estavam espalhadas pelo vestíbulo.

Ela abriu a porta.

– Con! Meu Deus! Que diabos você está fazendo aqui?

– Ah, bom, tive vontade de voltar, ver o lugar que costumava chamar de casa e visitar a minha velha amiga Helen.

Ele abriu os braços e a abraçou sem jeito em meio às latas de tinta no chão perto da porta.

– Entra, se você conseguir – convidou ela, com um sorriso.

– Reforma geral, é?

– É, o plano é esse. Os pedreiros chegaram há seis meses, prometendo terminar a obra no verão. Até agora, acho que só conseguiram aplicar dry-wall em uma parede úmida... Mas, bom, estamos na Irlanda, certo? Estou começando a suspeitar que eles só usam a minha casa para guardar o equipamento até precisarem dele em outro lugar. Enfim, não importa. Em termos de dinheiro, quanto mais eles demorarem, melhor. Vem, vamos para a cozinha. É antiga, mas tem lugar para sentar.

Helen preparou um chá, e Con se sentou à mesa.

– Você está ótima, Helen. Perdeu um bom peso.

– Ah, isso é a preocupação, Con Daly. Pela primeira vez na minha vida, estou contando os centavos em vez dos quilos.

– Para ser sincero, eu nunca te vi tão feliz.

Helen levou duas canecas de chá fumegante para a mesa.

– Você está certo. Por alguma razão bizarra e inexplicável, eu estou feliz. Talvez seja a idade. Minhas expectativas se tornaram mais razoáveis... Talvez seja este lugar. Eu odiava a casa quando era criança, mas agora amo de paixão. Ainda bem que nunca a vendi.

– Quais são os seus planos, Helen? Você deve ter algum.

– Claro. Em algum momento, eu pretendo abrir uma pousada nesta casa. E quero reabastecer os estábulos. Eu sempre amei cavalos.

– Eu lembro – comentou Con, depois tomou um gole do chá.

– E quanto a você? Como foi a turnê? Infelizmente eu não leio jornal e a imagem da TV é péssima. Estou bastante desatualizada.

– A turnê foi incrível. Trabalho duro, mas bem divertida. Acho que, no fim, todos nós decidimos que seria uma coisa única. Estamos velhos demais para dormir em bancos de ônibus e depois aparecer inteiros para um público de 40 mil pessoas no dia seguinte.

– E os outros? Como eles estão?

– Em boa forma. Ian começou a fazer um curso de agricultura orgânica, Derek decidiu se mudar para a Espanha e Todd foi para os Estados Unidos.

– Sério? A negócios?

– Negócios com Lulu.

– Entendi.

– Como sempre, ela está dando um baita trabalho para o cara, mas não dá para negar que ele a adora.

– E você? Quais são os seus planos?

– Bom, eu voei até aqui por duas razões. A primeira foi para visitar a mãe da Sorcha. Eu achei que, depois de todo esse tempo, devia fazer isso.

– Ah, Con, Mary O'Donovan morreu no ano passado, pouco antes de eu voltar... – contou Helen, balançando a cabeça. – Ela foi para o túmulo achando que eu tinha assassinado a filha dela.

– Eu sei que ela faleceu. Eles me contaram ontem à noite aqui no vilarejo. Ah, bom, se ela está lá em cima, vai saber a verdade.

– Infelizmente eu deixei de acreditar nisso tudo há um bom tempo. Enfim, que outra razão te trouxe a Ballymore depois desse tempo todo?

– Bom, Helen, como eu disse quando cheguei, queria falar com você.

– Sobre o quê?

Ele contou a ela.

Quando ele terminou, ela se levantou para ferver mais água. Já tinha enchido metade da chaleira quando parou.

– Ah, que se dane, que tal um copo de uísque?

Ela pegou a garrafa e dois copos e voltou a se sentar à mesa.

– Agora, deixa eu ver se entendi. Você quer abrir uma fundação para oferecer ajuda e assistência a jovens músicos talentosos, principalmente irlandeses. E quer que eu a administre para você?

– Mais ou menos isso, Helen.

– Por que eu?

– Porque não conheço mente empresarial mais competente que a sua. E detesto ver que está sendo desperdiçada.

– A escolha é minha, Con. Brad me ofereceu de volta o cargo de diretora da Metropolitan um ano atrás. Eu não quis.

– Eu sei. Helen, eu odiaria interferir nos seus grandes planos para este lugar, mas não consigo te ver acordando de madrugada e fritando bacon e ovos em uma frigideira pelo resto da vida.

– Se tudo der certo, vou contratar alguém para fazer isso para mim – disse ela, abrindo um largo sorriso e tomando um gole do uísque.

– Com um terreno deste tamanho, eu estava pensando que um estúdio de gravação ficaria ótimo em um dos antigos estábulos.

– Estava, é?

– É. E com todos esses quartos, seria possível oferecer seminários e aulas com especialistas de música, convidar artistas profissionais para vir até Ballymore falar sobre a experiência deles aos nossos jovens talentos...

– Con, parece que você tem muitas ideias. Por que não toca esse projeto sozinho?

– Bom, Helen, é porque eu não pretendo estar por perto. Pelo menos não todos os dias. Mas isso é outra história. Escuta, vamos nos ater ao básico. Se você estiver interessada na ideia, eu estou disposto a pagar pela reforma da casa, colocar uma suíte de gravação em um dos estábulos e transformar o espaço em um centro de aprendizagem musical. Você vai poder empregar quantos funcionários quiser, o que significaria envolver o vilarejo. Na verdade, isso colocaria Ballymore no mapa. E você não teria que ir muito longe para procurar talentos. Eu estava em um bar da cidade ontem à noite, e ouvi uma jovem artista com potencial para ser a próxima Alison Moyet.

Os olhos de Con brilhavam de animação.

– Essa ideia realmente atiçou a sua imaginação, não foi?

– Foi. Helen, eu tenho mais dinheiro do que sei como gastar. Isso me daria a chance de retribuir um pouco, ajudar a próxima geração. Com a nossa experiência e os nossos contatos, nós podemos fazer a diferença.

– Ah, Con... – disse Helen, esfregando a testa. – Eu não sei mesmo.

– Então vou continuar falando até você aceitar.

Já passava das oito da noite quando Con saiu da casa. Fora preciso muita persuasão, mas, por fim, Helen dera sua aprovação. Os detalhes poderiam ser decididos depois. Ele não estaria presente por muito mais tempo, mas conhecia Helen. Uma vez que pusesse a mão na massa, não precisaria mais dele.

Con desceu a passos largos a colina que dava nas dunas. O sol se punha no horizonte, uma massa alaranjada perfeita como um cartão-postal. Ele atravessou as dunas e viu sua velha cabana, sem metade do telhado e com as janelas fechadas por tábuas. Ainda assim, estava de pé, desafiando as intempéries que a atacavam sem dó nem piedade.

Tudo o que Con Daly sempre quisera fora ser alguém na vida, escapar daquela cabana e de Ballymore. Ele tinha feito isso, mas a um custo terrível.

Ele se sentou em uma duna e olhou para o mar.

– Sorcha, eu te amo. Sempre vou te amar.

De repente, o vento soprou rápido em volta dele. Con estremeceu de leve, sentindo a presença forte dela. Era hora de ir. Para onde? Não sabia ao certo. Mas seria para um lugar remoto.

– Tchau, Sorcha, meu amor.

Con começou a cantar a música dela baixinho. A última canção.

Perder você, depois de tanto te amar,
Foi o pior que podia me acontecer.
E é verdade, depois de tudo o que falei
E de como fui cruel,
O que mais você podia fazer?
Perder você, perder você...

Con se levantou e foi embora da praia.

CONHEÇA A SAGA DAS SETE IRMÃS

"O projeto mais ambicioso e emocionante de Lucinda Riley. Um labirinto sedutor de histórias, escrito com o estilo que fez da autora uma das melhores escritoras atuais. Esta é uma série épica." – *Lancashire Evening Post*

"Lucinda Riley criou uma série que vai agradar a todos os leitores de Kristin Hannah e Kate Morton." – *Booklist*

Com a série As Sete Irmãs, Lucinda Riley elabora uma saga familiar de fôlego, que levará os leitores a diversos recantos e épocas e a viver amores impossíveis, sonhos grandiosos e surpresas emocionantes.

No passado, o enigmático Pa Salt adotou suas filhas em diversos recantos do mundo, sem um motivo aparente. Após sua morte, elas descobrem que o pai lhes deixou pistas sobre as origens de cada uma, que remontam a personalidades importantes. Assim começam as jornadas das Sete Irmãs em busca de seus passados.

Baseando-se livremente na mitologia das Plêiades – a constelação de sete estrelas que já inspirou desde os maias e os gregos até os aborígines –, Lucinda Riley cria uma série grandiosa que une fatos históricos e narrativas apaixonantes.

Conheça a série:

As Sete Irmãs (Livro 1)
A irmã da tempestade (Livro 2)
A irmã da sombra (Livro 3)
A irmã da pérola (Livro 4)
A irmã da lua (Livro 5)
A irmã do sol (Livro 6)
A irmã desaparecida (Livro 7)
Atlas (Livro 8)

LEIA UM TRECHO DO PRIMEIRO LIVRO

1

Sempre vou lembrar exatamente onde me encontrava e o que estava fazendo quando recebi a notícia de que meu pai havia morrido.

Estava sentada no lindo jardim da casa da minha velha amiga de escola em Londres, com um exemplar de *A odisseia de Penélope* aberto no colo, mas sem nenhuma página lida, aproveitando o sol de junho enquanto Jenny buscava seu filho pequeno no quarto.

Eu estava tranquila e feliz por ter tido a bela ideia de sair de casa um pouco. Observava o florescer da clematite. O sol, tal qual um parteiro, a encorajava a dar à luz uma profusão de cores. Foi quando meu celular tocou. Olhei para a tela e vi que era Marina.

– Oi, Ma, como você está? – falei, esperando que ela conseguisse notar o calor em minha voz.

– Maia, eu…

Marina fez uma pausa e, naquele instante, percebi que havia algo terrivelmente errado.

– O que houve?

– Maia, não existe uma maneira fácil de dizer isto. Seu pai teve um ataque cardíaco aqui em casa, ontem à tarde, e hoje cedo ele… faleceu.

Fiquei em silêncio, enquanto um milhão de pensamentos diferentes e ridículos passavam pela minha mente. O primeiro era o de que Marina, por alguma razão desconhecida, tivesse resolvido fazer uma piada de mau gosto.

– Você é a primeira das irmãs para quem estou contando, Maia, já que é a mais velha. Queria saber se você quer contar para suas irmãs ou prefere que eu faça isso.

– Eu…

Eu ainda não conseguia fazer nada coerente sair dos meus lábios, agora que começava a me dar conta de que Marina, minha querida Marina, o mais próximo de uma mãe que eu conhecera, nunca me falaria algo assim *se não fosse verdade*. Então tinha que ser verdade. E, naquele momento, meu mundo inteiro virou de cabeça para baixo.

– Maia, por favor, me diga que você está bem. Esta é a pior ligação que já tive que fazer, mas que opção eu tinha? Só Deus sabe como as outras garotas vão reagir.

Foi então que ouvi o sofrimento na voz *dela* e percebi que Marina precisava me contar aquilo não apenas por mim, mas também para dividir aquela tristeza. Então passei à minha zona de conforto usual, que era tranquilizar os outros.

– É claro que conto para minhas irmãs se você preferir, Ma, embora não tenha certeza de onde todas estão. Ally não está longe de casa, treinando para uma regata?

E, enquanto falávamos sobre a localização de cada uma de minhas irmãs, como se tivéssemos que reuni-las para uma festa de aniversário e não para o enterro de nosso pai, a conversa foi me parecendo cada vez mais surreal.

– Quando você acha que deve ser o funeral? Com Electra em Los Angeles e Ally em algum lugar em alto-mar, com certeza não podemos pensar nisso até semana que vem – disse eu.

– Bem… – Ouvi a hesitação na voz de Marina. – Talvez seja melhor conversarmos sobre isso quando você estiver em casa. Não há nenhuma pressa agora, Maia, por isso, se preferir passar seus últimos dias de férias em Londres, não tem problema. Não há mais o que fazer por ele aqui… – Sua voz falhou, tomada pela tristeza.

– Ma, é claro que vou estar no primeiro voo para Genebra que eu conseguir! Vou ligar para a companhia aérea imediatamente e depois vou fazer o máximo para entrar em contato com todas elas.

– Sinto tanto, *chérie* – disse Marina com pesar. – Sei como você o adorava.

– Sim – falei, a estranha tranquilidade que eu sentira enquanto debatíamos o que fazer me abandonando como a calmaria antes de uma tempestade violenta. – Ligo para você mais tarde, quando souber a que horas devo chegar.

– Por favor, cuide-se, Maia. Você passou por um choque terrível.

Apertei o botão para encerrar a ligação e, antes que as nuvens em meu coração derramassem uma torrente e me afogassem, subi até o quarto para pegar minha passagem e entrar em contato com a companhia aérea. Enquanto esperava ser atendida, olhei para a cama em que eu tinha acordado naquela manhã para mais *um dia como outro qualquer*. E agradeci a Deus por os seres humanos não terem o poder de prever o futuro.

A mulher intrometida que acabou atendendo não era nem um pouco prestativa, e eu sabia, enquanto ela falava sobre voos lotados, multas e detalhes do cartão de crédito, que minha barragem emocional estava prestes a se romper. Finalmente, quando consegui que me garantisse, com muita má vontade, um lugar no voo das quatro horas para Genebra – o que significava ter que jogar tudo na minha mala imediatamente e pegar um táxi para Heathrow –, sentei-me na cama e olhei por tanto tempo para a ramagem que decorava o papel de parede que o padrão começou a dançar diante dos meus olhos.

– Ele se foi… – sussurrei. – Se foi para sempre. Nunca mais vou vê-lo.

Esperando que dizer essas palavras fosse provocar uma torrente de lágrimas, fiquei surpresa em ver que nada aconteceu. Em vez disso, permaneci ali sentada, paralisada, a cabeça ainda cheia de questões práticas. Seria horrível ter que contar às minhas irmãs – a todas as cinco –, e revirei meu arquivo emocional para decidir para qual ligaria primeiro. Tiggy, a segunda mais jovem de nós e de quem eu sempre fora mais próxima, foi a escolha inevitável.

Com dedos trêmulos, toquei a tela para achar seu número e liguei. Quando caiu na caixa postal, não soube o que dizer além de algumas palavras confusas lhe pedindo que me ligasse de volta com urgência. Ela estava em algum lugar das Terras Altas, na Escócia, trabalhando em uma reserva para cervos selvagens órfãos e doentes.

Quanto às outras irmãs… Eu sabia que as reações iam variar, pelo menos externamente, da indiferença ao choro mais dramático.

Como não sabia bem para que lado *eu* penderia na escala de emoção quando falasse de fato com alguma delas, escolhi o caminho covarde de mandar para todas uma mensagem pedindo que me ligassem assim que pudessem. Então arrumei apressadamente a mala e desci a escada estreita que levava à cozinha para escrever um bilhete para Jenny explicando por que tive que partir tão de repente.

Resolvi arriscar a sorte e pegar um táxi na rua, então saí de casa andando rapidamente pela verdejante Chelsea Crescent como qualquer pessoa normal faria em qualquer dia normal de Londres. Acho que cheguei a dizer oi para um cara com quem cruzei, que passeava com um cachorro, e até consegui esboçar um sorriso.

Ninguém poderia imaginar o que tinha acabado de acontecer comigo, pensei enquanto entrava num táxi na movimentada King's Road, instruindo o motorista a seguir para Heathrow.

Ninguém poderia imaginar.

❁ ❁ ❁

Cinco horas depois, quando o sol descia vagarosamente sobre o lago Léman, em Genebra, eu chegava a nosso pontão particular na costa, de onde eu faria a última etapa da minha viagem de volta.

Christian já esperava por mim em nossa reluzente lancha Riva. Pela expressão em seu rosto, dava para ver que ele já sabia o que acontecera.

– Como você está, mademoiselle Maia? – perguntou, e percebi a compaixão em seus olhos azuis enquanto ele me ajudava a embarcar.

– Eu… estou feliz por ter chegado aqui – respondi sem demonstrar emoção.

Caminhei até a parte de trás do barco e me sentei no banco de couro cor de creme que formava um semicírculo na popa. Normalmente eu me sentava com Christian na frente, no banco do passageiro, enquanto atravessávamos as águas calmas na viagem de vinte minutos até nossa casa. Mas, naquele dia, queria um pouco de privacidade. Quando ele ligou o potente motor, o sol cintilava nas janelas das fabulosas casas que ladeavam as margens do lago. Muitas vezes, quando fazia esse trajeto, sentia que entrava num mundo etéreo, desconectado da realidade.

O mundo de Pa Salt.

Notei a primeira vaga evidência de lágrimas arder em meus olhos quando pensei no apelido carinhoso de meu pai, que eu tinha criado quando era mais nova. Ele sempre adorou velejar e, às vezes, quando voltava para nossa casa à beira do lago, cheirava a mar e ar fresco. De alguma forma, o nome pegou e, à medida que minhas irmãs mais novas foram chegando, passaram a chamá-lo assim também.

Conforme a lancha ganhava velocidade, o vento quente passando pelo meu cabelo, pensei nas centenas de viagens que eu tinha feito para Atlantis, o castelo de conto de fadas de Pa Salt. Como ficava em um promontório particular, atrás do qual se erguia abruptamente uma meia-lua de montanhas, inacessível por terra: só se podia chegar lá de barco. Os vizinhos mais próximos ficavam a quilômetros de distância pelo lago, então Atlantis era nosso reino particular, isolado do resto do mundo. Tudo o que havia naquele lugar era mágico, como se Pa Salt e nós – suas filhas – tivéssemos vivido ali sob algum encantamento.

Cada uma de nós tinha sido adotada por Pa Salt ainda bebê, vindas dos quatro cantos do mundo e levadas até lá para viver sob sua proteção. E cada uma de nós, como Pa sempre gostava de dizer, era especial, diferente... éramos *suas* meninas. Ele tirara nossos nomes das Sete Irmãs, sua constelação preferida. Maia era a primeira e a mais velha.

Quando eu era criança, ele me levava até seu observatório com cúpula de vidro no alto da casa, me levantava com suas mãos grandes e fortes e me fazia olhar o céu noturno pelo telescópio.

– Ali está – dizia enquanto ajustava a lente. – Olha, Maia, aquela é a linda estrela brilhante que inspirou seu nome.

E eu a *via*. Enquanto ele explicava as lendas que eram a origem dos nomes das minhas irmãs e do meu, eu mal escutava, simplesmente desfrutava da sensação de seus braços apertados à minha volta, completamente atenta àquele momento raro e especial quando o tinha só para mim.

Com o tempo percebi que Marina, que eu imaginava enquanto crescia que fosse minha mãe – eu até encurtara seu nome para "Ma" –, era apenas uma babá, contratada por Pa para cuidar de mim porque ele passava muito tempo fora. Mas é claro que Marina era muito mais do que isso para todas nós, garotas. Era ela quem secava nossas lágrimas, nos repreendia pelo mau comportamento à mesa e nos orientara tranquilamente durante a difícil transição da infância para a idade adulta.

Ela sempre estivera por perto, e eu não a teria amado mais se tivesse me dado à luz.

Durante os três primeiros anos da minha infância, Marina e eu moramos sozinhas em nosso castelo mágico às margens do lago Léman enquanto Pa Salt viajava pelos sete mares cuidando de seus negócios. E então, uma a uma, minhas irmãs começaram a chegar.

Normalmente, Pa me trazia um presente quando voltava para casa. Eu escutava o motor da lancha chegando e saía correndo pelos vastos gramados e por entre as árvores até o cais para recebê-lo. Como qualquer criança, eu queria ver o que ele tinha escondido em seus bolsos mágicos para me encantar. Em uma ocasião especial, no entanto, depois de me presentear com uma rena de madeira primorosamente esculpida, assegurando que vinha da oficina do Papai Noel no polo Norte, uma mulher uniformizada apareceu saindo de trás dele, e em seus braços havia um pequeno embrulho envolto em um xale. E o embrulho se mexia.

– Desta vez, Maia, eu lhe trouxe o mais especial dos presentes. Agora você tem uma irmã. – Ele sorrira para mim enquanto me pegava nos braços. – E não vai mais ficar sozinha quando eu tiver que viajar.

Depois disso, a vida mudou. A enfermeira que Pa trouxera com ele foi embora em algumas semanas, e Marina assumiu os cuidados da minha irmãzinha. Eu não conseguia entender como aquela coisinha vermelha que berrava e que por vezes cheirava mal e desviava a atenção de mim poderia ser um presente. Até que, certa manhã, Alcíone – que recebeu o nome da segunda estrela das Sete Irmãs – sorriu para mim de sua cadeira alta no café da manhã.

– Ela sabe quem eu sou – falei fascinada para Marina, que lhe dava comida.

– É claro que sabe, querida. Você é a irmã mais velha, aquela que ela vai admirar. Caberá a você lhe ensinar tudo que ela não sabe.

À medida que crescia, ela ia se tornando minha sombra, seguindo-me para todos os lugares, o que me agradava e me irritava em igual medida.

– Maia, me espere! – pedia gritando enquanto cambaleava atrás de mim.

Apesar de Ally – como eu a apelidara – ter sido originalmente um acréscimo indesejado à minha vida de sonho em Atlantis, eu não poderia ter desejado uma companhia mais doce e adorável. Ela raramente chorava e não tinha os ataques de pirraça das crianças de sua idade. Com seus cachos ruivos caindo pelo rosto e os grandes olhos azuis, Ally tinha um encanto natural que atraía as pessoas, incluindo nosso pai. Quando Pa Salt voltava de suas viagens longas ao exterior, eu notava como seus olhos se iluminavam quando ele a via, de uma maneira que eu tinha certeza que não brilhavam por mim. E, enquanto eu era tímida e reticente com estranhos, Ally tinha um jeito sempre receptivo, sempre disposta a confiar nos outros, e isso encantava todos.

Ela também era uma daquelas crianças que parecem se sobressair em tudo – especialmente na música e em qualquer esporte que tivesse a ver com água. Lembro-me de Pa ensinando-a a nadar na nossa ampla piscina. Enquanto eu lutava para me manter na superfície e odiava ficar embaixo d'água, minha irmãzinha parecia uma sereia. E, enquanto eu não conseguia me equilibrar direito nem no *Titã*, o imenso e lindo iate oceânico de Pa, quando estávamos em casa Ally implorava que ele a levasse para dar uma volta no pequeno Laser que mantinha atracado em nosso cais particular. Eu me agachava na popa estreita do barco, enquanto Pa e Ally assumiam o controle e cruzávamos rapidamente as águas cristalinas. Aquela paixão comum por velejar os conectava de uma forma que eu sentia que nunca conseguiria.

Embora Ally tenha estudado música no Conservatório de Genebra e fosse uma flautista altamente talentosa, que poderia ter seguido carreira em uma orquestra profissional, desde que deixara a escola de música tinha escolhido ser velejadora em tempo integral. Agora participava regularmente de regatas e representara a Suíça em diversas competições.

Quando Ally tinha quase 3 anos, Pa chegou em casa com nossa próxima irmã, a quem deu o nome de Astérope, como a terceira das Sete Irmãs.

– Mas vamos chamá-la de Estrela – disse Pa, sorrindo para Marina, Ally e para mim, que observávamos a recém-chegada deitada no berço.

Naquela época, eu tinha aulas todas as manhãs com um professor particular, por isso a chegada da minha mais nova irmã me afetou menos do que a de Ally havia afetado. Então, apenas seis meses depois, outra bebê se juntou a nós, uma garotinha de doze semanas chamada Celeno, nome que Ally imediatamente reduziu para Ceci.

Havia uma diferença de apenas três meses entre Estrela e Ceci e, desde que me lembro, as duas forjaram uma estreita ligação. Pareciam gêmeas, conversando em uma linguagem de bebê só delas, e continuavam se comunicando desse jeito. Elas viviam em seu próprio mundo particular, que excluía todas nós, suas outras irmãs. E mesmo agora, na casa dos 20 anos, nada havia mudado. Ceci, a mais nova das duas, era sempre a chefe, atarracada e morena, em contraste com Estrela, pálida e muito magra.

No ano seguinte, outra bebê chegou – Taígeta, que apelidei de "Tiggy", porque seu cabelo escuro e curto nascia em ângulos estranhos de sua cabecinha e me fazia lembrar do porco-espinho da famosa história de Beatrix Potter.

Eu tinha então 7 anos e me liguei a Tiggy desde o primeiro momento em que coloquei os olhos nela. Ela era a mais delicada de todas nós e, na infância, enfrentara uma doença atrás da outra, mas, mesmo ainda bem pequena, fora sempre serena e complacente. Depois que Pa trouxe para casa, alguns meses mais tarde, outra neném, que recebeu o nome de Electra, Marina, exausta, muitas vezes me perguntava se eu me importaria de ficar com Tiggy, que continuamente tinha febre ou tosse. Depois que a diagnosticaram como asmática, raramente a tiravam do quarto para passear em seu carrinho, de modo que o ar frio e a névoa pesada do inverno de Genebra não atingissem seu peito.

Electra era a mais nova das irmãs, e seu nome combinava perfeitamente com ela. Eu já estava acostumada com bebês e toda a atenção que exigiam, mas minha irmã mais nova era, sem dúvida, a mais desafiadora de todas. Tudo relacionado a ela *era* elétrico. Sua habilidade natural de mudar em um instante da água para o vinho e vice-versa fazia nossa casa, antes tão tranquila, reverberar diariamente com seus gritos agudos. Os ataques de pirraça ressoavam na minha cabeça de criança e, quando ela cresceu, sua personalidade impetuosa não se suavizou.

Ally, Tiggy e eu tínhamos, secretamente, nosso próprio apelido para ela: nossa irmã caçula era chamada entre nós três de "Difícil". Todas pisávamos em ovos perto dela, tentando não fazer nada que pudesse deflagrar uma repentina mudança de humor. Sinceramente, havia momentos em que eu a odiava por toda a perturbação que trouxera a Atlantis.

Porém, quando Electra sabia que uma de nós estava em apuros, ela era a primeira a oferecer ajuda e apoio. Assim como era capaz de um enorme egoísmo, sua generosidade em outras ocasiões era igualmente marcante.

Depois de Electra, toda a família esperava a chegada da Sétima Irmã. Afinal, tínhamos recebido nossos nomes em homenagem à constelação preferida de Pa Salt e não estaríamos completas sem ela. Até sabíamos seu nome – Mérope – e nos perguntávamos como ela seria. Mas um ano se passou, depois outro, e outro, e nosso pai não trouxe mais nenhum bebê para casa.

Lembro-me claramente de um dia em que estava com ele no observatório. Eu tinha 14 anos, e entrava na adolescência. Esperávamos para assistir a um eclipse, que, explicara Pa, era um momento seminal para a humanidade e geralmente trazia alguma mudança.

– Pa – disse eu –, o senhor nunca vai trazer para casa nossa sétima irmã?

Ao ouvir isso, sua figura grande e protetora pareceu congelar por alguns segundos. De repente, parecia que ele carregava o peso do mundo nos ombros. Embora não tivesse se virado, pois estava ajustando o telescópio para o eclipse que ia acontecer, percebi instintivamente que o que eu dissera o deixara angustiado.

– Não, Maia, não vou. Porque eu nunca a encontrei.

✺ ✺ ✺

Quando pude enxergar Marina de pé no cais, perto da cerca viva de abetos que escondia nossa casa de olhares curiosos, finalmente senti o peso da verdade inexorável que era a perda de Pa.

Então percebi que o homem que tinha criado o reino em que todas havíamos sido princesas não estava mais lá para conservar o encantamento.

CONHEÇA OS OUTROS LIVROS DA SÉRIE

A irmã da tempestade

Ally D'Aplièse é uma grande velejadora e está se preparando para uma importante regata, mas a notícia da morte do pai faz com que ela abandone seus planos e volte para casa, para se reunir com as cinco irmãs. Lá, elas descobrem que Pa Salt – como era carinhosamente chamado pelas filhas adotivas – deixou, para cada uma delas, uma pista sobre suas verdadeiras origens.

Apesar do choque, Ally encontra apoio em um grande amor. Porém, mais uma vez seu mundo vira de cabeça para baixo, então ela decide seguir as pistas deixadas por Pa Salt e ir em busca do próprio passado. Nessa jornada, ela chega à Noruega, onde descobre que sua história está ligada à da jovem cantora Anna Landvik, que viveu há mais de cem anos e participou da estreia de uma das obras mais famosas do grande compositor Edvard Grieg. E, à medida que mergulha na vida de Anna, Ally começa a se perguntar quem realmente era seu pai adotivo.

A irmã da sombra

Estrela D'Aplièse está numa encruzilhada após a repentina morte do pai, o misterioso bilionário Pa Salt. Antes de morrer, ele deixou a cada uma das seis filhas adotivas uma pista sobre suas origens, porém a jovem hesita em abrir mão da segurança da sua vida atual.

Enigmática e introspectiva, ela sempre se apoiou na irmã Ceci, seguindo-a aonde quer que fosse. Agora as duas se estabelecem em Londres, mas, para Estrela, a nova residência não oferece o contato com a natureza nem a tranquilidade da casa de sua infância. Insatisfeita, ela acaba cedendo à curiosidade e decide ir atrás da pista sobre seu nascimento.

Nessa busca, uma livraria de obras raras se torna a porta de entrada para o mundo da literatura e sua conexão com Flora MacNichol, uma jovem inglesa que, cem anos antes, teve como grande inspiração a escritora Beatrix Potter. Cada vez mais encantada com a história de Flora, Estrela se identifica com aquela jornada de autoconhecimento e está disposta a sair da sombra da irmã superprotetora e descobrir o amor.

A irmã da pérola

Ceci D'Aplièse sempre se sentiu um peixe fora d'água. Após a morte do pai adotivo e o distanciamento de sua adorada irmã Estrela, ela de repente se percebe mais sozinha do que nunca. Depois de abandonar a faculdade, decide deixar sua vida sem sentido em Londres e desvendar o mistério por trás de suas origens. As únicas pistas que tem são uma fotografia em preto e branco e o nome de uma das primeiras exploradoras da Austrália, que viveu no país mais de um século antes.

A caminho de Sydney, Ceci faz uma parada no único local em que já se sentiu verdadeiramente em paz consigo mesma: as deslumbrantes praias de Krabi, na Tailândia. Lá, em meio aos mochileiros e aos festejos de fim de ano, conhece o misterioso Ace, um homem tão solitário quanto ela e o primeiro de muitos novos amigos que irão ajudá-la em sua jornada.

Ao chegar às escaldantes planícies australianas, algo dentro de Ceci responde à energia do local. À medida que chega mais perto de descobrir a verdade sobre seus antepassados, ela começa a perceber que afinal talvez seja possível encontrar nesse continente desconhecido aquilo que sempre procurou sem sucesso: a sensação de pertencer a algum lugar.

A irmã da lua

Após a morte de Pa Salt, seu misterioso pai adotivo, Tiggy D'Aplièse resolve seguir os próprios instintos e fixar residência nas Terras Altas escocesas. Lá, ela tem o emprego que ama, cuidando de animais selvagens na vasta e isolada Propriedade Kinnaird.

No novo lar, Tiggy conhece Chilly, um cigano que altera totalmente seu destino. O homem conta que ela possui um sexto sentido ancestral e que, segundo uma profecia, ele a levaria até suas origens em Granada, na Espanha.

À sombra da magnífica Alhambra, Tiggy descobre sua conexão com a lendária comunidade cigana de Sacromonte e com La Candela, a maior dançarina de flamenco da sua geração. Seguindo a complexa trilha do passado, ela logo precisará usar seu novo talento e discernir que rumo tomar na vida.

A irmã do sol

Electra D'Aplièse parece ter a vida perfeita: uma carreira de sucesso como modelo, uma beleza inegável e uma vida amorosa agitada com homens bonitos e influentes.

No entanto, longe dos holofotes, Electra está desmoronando. Com a morte do pai adotivo, Pa Salt, e o recente término de um relacionamento, ela afunda em seus vícios, incapaz de pedir ajuda à família e aos amigos.

É nesse momento conturbado que Electra recebe uma carta inesperada. Uma mulher chamada Stella Jackson afirma ser sua avó… e ela tem uma longa história para contar.

É assim que Electra mergulha numa saga emocionante que envolve as turbulências da guerra, a militância por direitos civis e um amor que ultrapassa barreiras sociais. Todo o seu passado se revela para ajudá-la a entender o presente e, quem sabe, mudar seu futuro.

A irmã desaparecida

Cada uma das seis irmãs D'Aplièse seguiu uma jornada incrível para descobrir sua ascendência, mas elas ainda têm uma pergunta sem resposta: quem é e onde está a sétima irmã?

Elas têm só duas pistas: o endereço de um vinhedo e o desenho de um anel incomum, com esmeraldas dispostas em forma de estrela. A busca pela irmã desaparecida vai levá-las numa viagem pelo mundo – Nova Zelândia, Canadá, Inglaterra, França e Irlanda –, unindo-as em sua missão de finalmente completar a família.

Nessa saga, as seis vão desenterrar uma história de amor, força e sacrifício que começou quase cem anos atrás, quando outra corajosa jovem arriscou tudo para mudar o mundo ao seu redor.

1928, Paris

Um menino é encontrado à beira da morte e acolhido por uma bondosa família. Gentil, precoce e talentoso, ele se adapta muito bem ao novo lar, e a família lhe proporciona uma vida com a qual ele jamais havia sonhado. Entretanto, ele se recusa a dizer uma única palavra sobre sua verdadeira identidade.

Ao se tornar um rapaz, descobrindo o amor e estudando no prestigiado Conservatório de Paris, ele quase consegue esquecer os horrores de seu passado e a promessa que fez. Mas, na Europa da década de 1930, um mal vem crescendo e se alastrando, e ninguém mais está a salvo. Em seu íntimo, ele sabe que precisará fugir novamente.

2008, mar Egeu

As sete irmãs estão reunidas, pela primeira vez, a bordo do *Titã* para dar um último adeus ao enigmático pai que tanto amavam.

Para surpresa geral, Pa Salt havia escolhido justo a irmã desaparecida para receber as pistas sobre o passado de todas elas. Mas, para cada verdade revelada, surge uma nova pergunta. As irmãs precisarão enfrentar a ideia de que seu pai adorado era alguém que elas mal conheciam. E, ainda mais chocante, que os segredos de seu passado ameaçam trazer consequências para o presente.

CONHEÇA OS LIVROS DE LUCINDA RILEY

A garota italiana

A árvore dos anjos

O segredo de Helena

A casa das orquídeas

A carta secreta

A garota do penhasco

A sala das borboletas

A rosa da meia-noite

Morte no internato

A luz através da janela

Beleza oculta

A última canção

SÉRIE AS SETE IRMÃS

As Sete Irmãs

A irmã da tempestade

A irmã da sombra

A irmã da pérola

A irmã da lua

A irmã do sol

A irmã desaparecida

Atlas